삼국지
장정일
9

|             | 장정일 삼국지 9 |
|---|---|
| 저자 | 장정일 |
| 1판 1쇄 인쇄 | 2004. 11. 17. |
| 1판 1쇄 발행 | 2004. 11. 22. |
| 발행처 | 김영사 |
| 발행인 | 박은주 |
| 등록번호 | 제406-2003-036호 |
| 등록일자 | 1979. 5. 17. |

경기도 파주시 교하읍 문발리 출판단지 514-2 우편번호 413-834
마케팅부 031)955-3100, 편집부 031)955-3250, 팩시밀리 031)955-3111

글 ⓒ 2004, 장정일 · 그림 ⓒ 2004, 김태권
이 책의 글과 그림의 저작권은 각각의 저작권자에게 있습니다. 서면에 의한
저작권자와 출판사의 허락없이 내용의 일부를 인용하거나 발췌하는 것을 금합니다.

COPYRIGHT ⓒ 2004 by Jang Jung Ill
PAINTINGS COPYRIGHT ⓒ 2004 by Kim Tae Kwon
All rights reserved including the rights of reproduction
in whole or in part in any form. Printed in KOREA.

값은 표지에 있습니다.
ISBN 89-349-1548-X 04820
      89-349-1539-0(전10권)

| 독자의견 전화 | 02)741-1990 |
|---|---|
| 홈페이지 | http://www.gimmyoung.com |
| 이메일 | bestbook@gimmyoung.com |

좋은 독자가 좋은 책을 만듭니다.
김영사는 독자 여러분의 의견에 항상 귀 기울이고 있습니다.

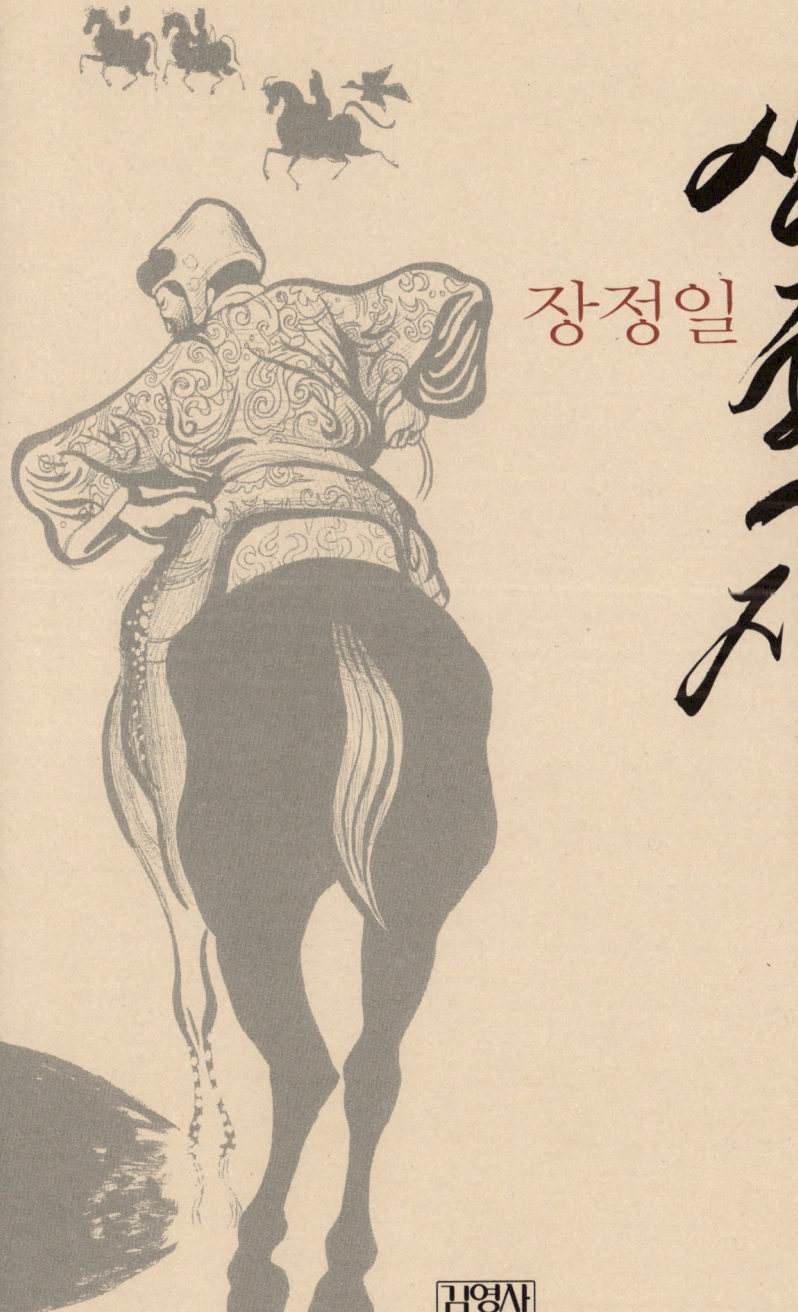

장정일

삼국지

9

북벌! 북벌!
北伐

김영사

## [등장인물]

**강유 姜維**
원래 위나라의 지방 수비 대장이었으나, 그의 능력을 눈여겨본 제갈량의 회유책에 걸려 촉나라로 전향했다. 제갈량은 27세밖에 되지 않은 그를 총애하여 높은 벼슬과 막중한 책임을 맡겼는데, 어쩌면 제갈량은 그에게서 자신의 젊은 시절을 보았을지도 모른다. 강유의 뛰어난 능력도 볼 만하지만, 제갈량 사후 촉나라를 위해 절치부심하는 그의 모습을 보고 가슴 뭉클해지지 않을 독자는 없을 것이다.

**마속 馬謖**
'여럿 가운데 가장 뛰어나다'는 뜻의 백미(白眉)는 마속의 다섯 형제 가운데 가장 뛰어났던 마량이 흰 눈썹을 가지고 있었기 때문에 생겨난 말이다. 마속은 제갈량의 절친한 친구이기도 했던 마량의 동생으로, 두뇌가 기민하고 읽은 게 많아서 제갈량이 곁에 두고 총애했다. 제갈량이 맹획을 일곱 번이나 잡고 풀어준 것도 '성을 공격하기보다 민심을 공략하라'는 마속의 건의를 듣고서이다. 하지만 마속은 제갈량의 1차 북벌 때 길목에 토성을 쌓고 방비를 하라는 왕평의 충고를 무시하고 산 중에 진지를 세워 위군에게 대패했다. 읍참마속(泣斬馬謖)이란 고사성어는 이때 생겨났다.

**하후무 夏侯楙**
위의 대장군이었던 하후돈의 아들로 조조의 딸 청하공주와 결혼했다. 제갈량이 1차로 위의 국경을 침범해오자 조비는 매제를 총사령관으로 삼아 촉군을 물리치게 했다. 하지만 그의 군사적 능력은 유명무실했다. 제갈량은 하후무를 실컷 농락하다가 생포까지 했으나, 마치 '이런 사람이 위나라에 많이 활약하면 할수록 촉나라의 발전에 보탬이 된다'는 듯이 살려서 보내준다.

**조예 曹叡**
조비와 원소의 며느리였던 견씨 사이에서 난 아들로 아버지에 이어 위의 2대 황제에 올랐다. 견씨는 빼어난 미모로 조비의 사랑을 받았으나, 조비가 황제가 되면서 후비들에게 관심을 쏟자 투기를 하다가 죽임을 당한다. 견씨를 죽인 조비는 아들마저 미워해 조예는 불우한 소년기를 보냈다. 20세에 등극한 조예는 대규모 조경공사와 궁전짓기에 몰두했는데, 이는 어머니의 비극적인 죽음과 잇따른 자식들의 요절을 잊기 위한 것으로 보인다.

| 하후패 夏侯覇 | 하후연의 장자로 제갈량이 다섯번째 국경을 침범해오자 사마의 밑에서 선봉을 맡기도 했다. 이후 사마의가 정권을 찬탈하고 조씨 일가와 자신의 일가를 살육하자 신변의 위협을 느끼고 촉으로 망명했다. 이후 강유의 북벌에 적극 협력했다.

| 장완 蔣琬 비위 費禕 | 촉의 중신으로 제갈량이 북벌을 떠날 때 장완에게는 내치(內治)를 맡겼고 비위에게는 북벌을 수행하게 했다. 제갈량이 오장원에서 병사하기 직전 '승상 자리를 누구에게 승계하면 좋겠느냐?'는 유선의 파발에 답하기를, '첫째는 장완, 두번째는 비위'라고 말했다. 실제로 장완과 비위는 차례대로 승상직에 올랐다.

| 학소 郝昭 | 평생 동안 변경으로만 다니며 위의 국경을 지킨 장수. 제갈량이 대군을 거느리고 두번째로 국경을 침범해왔을 때 성의 해자를 깊이 파고 망루를 높이는 것으로 진창을 지켰다. 이때 그의 휘하에는 단 3천 명의 병사만 있었다. 강유나 학소의 존재가 증명하듯이 위나라 변경에는 세상에 알려지지 않은 용장들이 허다했다.

| 왕랑 王朗 | 후한의 구신(舊臣). 헌제 때 효렴으로 발탁되어 회계 태수가 되었으나 손책에게 패배하고 조조의 사람이 되었다. 훗날 왕랑은 조비를 황제로 옹립하기 위해 헌제를 폐위하는 일에 적극 나서기도 했다. 제갈량이 1차로 국경을 넘어왔을 때 조비는 조진을 총사령관으로 삼고 왕랑에게는 언변으로 제갈량을 회유하는 임무를 맡겼다. 하지만 부하들이 보는 앞에서 제갈량의 호된 질책을 받고 말 위에서 뇌일혈을 일으켜 죽었다. 정사의 기록에 의하면 왕랑은 아예 조진의 군사가 된 적도 없고 종군을 한 적도 없다. 그러나 서기 223년 유비가 죽고 스무 살도 채 되지 않은 유선이 즉위하자 제갈량이 촉의 대소 정무를 도맡아 돌볼 수밖에 없었고, 바로 이때 왕랑을 비롯해 화흠·허지·제갈장 등의 위나라 명사와 대신들이 앞다투어 제갈량의 회유를 전하는 서신을 보냈다.

차례

# 9 — 북벌! 북벌!

강유의 등장 9 | 사마의의 복권과 마속의 죽음 55
제갈량의 후출사표 92 | 아쉬운 철군 144 | 서촉 정벌에 나선 사마의 167
다섯 번째 북벌에 나선 제갈량 204 | 제갈량의 죽음 247
죽은 자가 산 자를 놀리다 275 | 사마의의 정권 장악 296

## 一 황건기의 黃巾起義
황건군의 등장 | 환관의 시대 | 동탁의 등장 | 조조의 낙향 | 여덟 제후의 거병 | 옥새를 차지한 손견 | 낙양을 차지한 동탁 | 동탁의 죽음 | 신군벌의 등장 | 조조의 재등장

## 二 무단 武斷의 시대
혼자가 된 여포 | 서주를 얻은 유비 | 이각·곽사 연정의 분열 | 황제는 낙양으로 | 황제를 업은 조조 | 강동을 평정한 손책 | 유비와 원술의 싸움을 말린 여포 | 조조와 원술의 싸움 | 여포의 죽음 | 유비와 조조의 밀월시대

## 三 관도대전 官渡大戰
조조와 결별한 유비 | 손책의 죽음 | 조조를 암살하라 | 유비는 원소에게, 관우는 조조에게 | 관도대전 개막 | 다시 모인 형제 | 관도 수성전 | 황건군과 손잡다 | 불타는 오소 | 원소의 죽음

## 四 삼고초려 三顧草廬
중원을 평정한 조조 | 조조의 북벌 | 형주에 은거한 유비 | 서서와의 이별 | 삼고초려 | 강동을 굳히는 손권 | 제갈량의 첫 전투 | 형주에서 쫓겨나는 유비 | 10만 백성은 유비를 따르고

## 五 적벽대전 赤壁大戰
강을 건너는 사람들 | 제갈량과 노숙의 만남 | 강동을 설득하는 제갈량 | 제갈량을 죽여야 한다 | 주유에게 속은 조조 | 감택의 거짓 투항과 방통의 연환계 | 동남풍을 일으킨 제갈량 | 형주의 3군을 차지한 유비 | 황충과 위연 | 유비의 정략결혼 | 동오를 탈출하는 유비

## 六 삼국의 정립
주유의 죽음 | 조조와 맞선 마초 | 익주를 바치려는 장송 | 익주를 차지한 유비 | 구석의 위를 받은 조조 | 서촉 공략에 나선 방통의 죽음 | 서촉을 차지하고 마초를 얻은 유비 | 형주를 돌려받으려는 손권 | 한중을 탐내는 조조 | 합비를 놓고 싸우는 조조와 손권

## 七 형주 荊州 쟁탈전
한조의 마지막 충신들 | 노장 황충의 기개 | 계륵을 내뱉은 조조 | 한중왕이 된 유비 | 허도를 떨게 한 관우 | 육손의 등장 | 관우의 죽음 | 조조의 최후 | 황제가 된 조비

## 八 동정 東征과 남정 南征
장비의 죽음 | 유비의 동정 | 돌아온 육손 | 유비의 죽음 | 제갈량의 남정 | 절치부심하는 맹획 | 맹절과 축융부인 | 일곱 번째 잡힌 맹획 | 출사표를 쓰는 제갈량

## 十 천하통일
사마의의 죽음 | 사마사의 죽음 | 강유의 북벌 | 사마소의 시대 | 강유와 등애의 대결 | 촉의 패망 | 강유의 차도지계 | 사마염의 천하통일

# 강유의 등장

서기 227년 봄 3월.

제갈량은 북벌군을 이끌고 한중을 향해 나가다가 면양沔陽에 이르러 마초의 무덤을 찾아갔다. 마초의 아우 마대에게 상복을 입고 제사를 지내도록 영을 내리고 자신이 직접 제문을 읽었다. 제사를 마치고 제갈량과 장수들이 음복을 하고 있을 때 전령이 급히 달려와 보고했다.

"조예가 조조의 부마 하후무에게 관중의 모든 병마를 주어 한중을 지키게 했습니다."

그러자 위연이 말했다.

"하후무는 지략도 없고 용맹도 없는 애송이입니다. 저에게 정병 5천만 주시면 포중褒中과 진령秦嶺을 넘어 동쪽 자오곡子午谷으로 가서 열흘 안에 장안을 수중에 넣겠습니다. 하후무는 우리가 도착했다는 소문만 듣고도 도성을 버리고 달아날 것입니다. 그때 저는 동쪽으로 쳐들어갈 것이니 승상께서는 야곡斜谷 쪽으로 진군하십시오. 그렇게 하면 함양咸陽의 서쪽 땅을 단번에 차지할 수 있습니다."

"장군의 말처럼 자오곡으로 나가는 것도 방법이긴 하지만, 우리는 그런 모험을 할 만큼 군사가 많지 않소. 그래서 돌다리도 두드려보고 건너는 심정으로 신중에 신중을 기해야 하오."

승산이 확실하지 않은 계책은 쓸 수 없다고 제갈량이 말하자 위연이 다시 설명했다.

"승상께서 대군을 거느리고 큰 길로만 나가시려 한다면 오히려 위군에 의해 아까운 시간만 낭비하게 됩니다. 그래 가지고 어느 세월에 중원을 차지하겠습니까?"

"아무리 그래도 위험 부담이 있는 계책은 쓸 수 없소. 우리는 농우의 평탄대로를 통해 진격할 것이오."

제갈량이 자신의 계책을 따르지 않자 위연은 무시를 당하는 것 같았다. 제갈량은 조운에게 사람을 보내 선봉에 서서 진격하라고 영을 내렸다.

한편 하후무는 장안에 머무르면서 각처에 전령을 보내 군마를 한 곳으로 모았다. 이때 서량의 대장 한덕漢德이 8만 대군을 거느리고 제일 먼저 달려왔다. 하후무는 크게 기뻐하며 한덕에게 상을 내리고 선봉장에 세웠다. 한덕에게는 무예가 뛰어난 영瑛 · 요瑤 · 경瓊 · 기琪라는 네 아들이 있었다. 그는 네 아들과 함께 서량군 8만을 거느리고 봉명산鳳鳴山 쪽으로 진군하다가 도중에 촉군과 마주쳤다. 둥그렇게 서로를 마주보며 진을 치자마자 한덕이 말을 달려 앞으로 나가 조운을 꾸짖었다.

"역적놈들아! 여기가 누구 땅인 줄 알고 함부로 쳐들어왔느냐!"

마초의 제사를 지내는 마대. 한때 중원을 떨게 하던 마초가 마지막 순간에 황제에게 남긴 유언은 참으로 비통한 것이었다. "저희 집안의 200여 명은 조조에게 몰살당하고 오직 사촌 마대만이 남았습니다. 쇠락한 집안의 제사를 이을 사람이니 폐하께 각별히 부탁드립니다. 이 외에 드릴 말씀은 없습니다."

그 말을 들은 조운은 분기탱천하여 창을 비껴든 채 말을 몰고 뛰어나가서 한덕과 싸움을 벌였다. 한덕이 불리해지자 장남 한영이 말을 달려나왔다. 그러자 조운은 한덕을 내버려두고 한영을 상대하여 단 3합 만에 그를 창으로 찔러 죽였다. 이것을 보고 둘째 아들 한요가 칼을 휘두르며 말을 몰아 호기롭게 달려나왔다. 그러나 그도 조운에게 밀리는 기색이 역력했다.

셋째 아들 한경이 급히 창을 들고 말을 몰아나와서 형과 더불어 조운을 협공했다. 그때 조운은 70세에 가까운 노인이었지만 두 사람의 협공을 받고도 눈 하나 까딱하지 않았다. 뒤에서 지켜보던 한덕의 넷째 아들 한기가 조운에게 쩔쩔매는 두 형을 보고 칼을 빼든 채 말을 달려나와 조운을 포위했다. 그러자 조운은 혈기방장한 세 명의 젊은 적장에게 완전히 포위됐다. 하지만 조운은 늘 자신의 능력을 발휘하기 위해 일부러 사면초가의 상황을 만들고 그로부터 반등의 괴력을 끌어내는 장수였다.

조운은 말을 타고 급하게 달려온 한기가 숨을 고르기도 전에 재빨리 창을 휘둘러 가슴을 찔렀다. 한기가 조운의 창에 찔려 말에서 굴러떨어지자 한덕의 진에서 여러 장수들이 달려나와 급히 한기를 싣고 도망쳤다.

조운은 그 틈을 타서 창을 거두고 자기 진으로 돌아갔다. 이때 한경이 창을 말안장에 꽂고 급히 활을 뽑아 화살을 쏘았다. 하지만 조운은 뒤를 돌아보지도 않고 창을 휘둘러 날아오는 화살을 떨쳐냈다. 화가 난 한경이 다시 창을 뽑아들고 말에 박차를 가해 조운을 뒤쫓아왔다. 한경이 창으로 등을 찌르려는 순간, 조운이 갑자기 말안장에 꽂아둔 활을 뽑아 살을 메기고 한경에게 번갯불처럼 쏘아붙였다. 화살이 날아오리라곤 미처 생각지도 못했던 한경은 이마에 화살을 맞고 말에서 떨어져 죽었다.

이 광경을 본 한요는 칼을 휘두르며 말을 몰아 조운에게 달려들었다. 한요가 다가와 칼을 휘두르자 조운은 칼을 피하는 것과 동시에 땅에 창을 꽂더니 맨손으로 한요의 양쪽 겨드랑이에 손을 넣고 번쩍 들어올렸다. 한요를 사로잡은 조운은 버둥거리는 적장을 촉군의 진 앞에 던져놓고 다시 말을 타고 달려나가 땅에 꽂혀 있는 창을 뽑아들고는 곧장 적진을 향해 달려갔다. 진작부터 조운의 명성을 알고 있는 데다 한덕의 네 아들이 힘도 써보지 못하고 당하는 꼴을 목격한 서량병들은 하루살이처럼 흩어져 달아났다. 그것을 본 등지가 전군을 독촉하여 서량병을 추격하자 8만의 서량군 가운데 살아남은 병사가 채 반이 되지 않았다.

졸지에 네 아들을 잃어버린 한덕은 패잔병을 이끌고 도독 하후무를 찾아가 울면서 조운에게 당한 사실을 보고했다. 하후무는 한덕에게 복수를 해주마고 위로하고 직접 군사를 거느려 조운을 찾아나섰다. 하후무가 일전을 청한다는 보고를 들은 조운은 창을 들고 말에 올라 1천여 군마를 거느리고 봉명산 앞으로 달려왔다. 위군의 진영에서 황금 투구를 쓰고 백마에 올라앉아 있던 하후무가 칼을 뽑아들고 말을 달려나가려고 했다. 이때 한덕이 소리쳤다.

"저놈은 내 아들을 죽인 원수이니 나에게 맡겨주시오!"

한덕은 자신의 주무기인 커다란 도끼를 휘두르며 조운에게 달려들었다. 그러나 그 역시 조운의 상대가 되지 못했다. 조운은 불과 3합 만에 한덕을 찔러 죽이고 하후무를 취하기 위해 곧바로 말을 달려나갔다. 그러자 하후무는 오금이 저려 잽싸게 자기 진지로 도주했다.

이날 촉군은 10여 리나 쫓아가며 위군을 시살했다. 그날 밤 하후무는 장수들과 밤새워 대책을 협의했다.

"조운의 명성을 오래전부터 듣고 있었으나 저 정도인 줄은 몰랐다. 하물며 그는 70에 가까운 노장이 아닌가?"

그러자 정욱의 아들 참군 정무程武가 말했다.

"조운이 오늘 큰 무훈을 세웠으니 지금쯤 하늘 높은 줄 모르고 우쭐해 있을 것입니다. 그러니 도독께서는 내일 다시 군사를 거느리고 나가 길 양쪽에 군사를 매복시켜놓고 싸우는 체하다가 도망치십시오. 그러면 조운이 어제 생각만 하고 도독을 따라올 것이니 매복이 있는 곳으로 유인하여 사로잡도록 하십시오."

다음날 아침 하후무는 정무의 진언에 따라 곧 동희董禧에게 3만 군사를 거느리고 나가 길 왼쪽에 매복하게 하고, 또 설칙薛則에게도 3만 군사를 이끌고 길 오른쪽에 매복하게 했다. 그런 다음 자신은 군사를 거느리고 촉진 앞에 나가 북을 치며 싸움을 걸었다. 조운이 말에 올라 나가려고 하자 등지가 말렸다.

"어제 크게 패하고 도망친 하후무가 다시 나타난 것은 노장군을 유인하기 위한 것이니 조심하셔야 합니다."

"아직 입에서 젖비린내도 가시지 않은 놈에게 무슨 수가 있겠소?"

조운이 말을 달려 앞으로 나가자 위장 반수潘遂가 호기롭게 말을 몰아 달려나왔다. 그러나 그는 몇 번 칼을 휘두르는 체하다가 곧장 말머리를 돌려 달아났다. 조운이 때를 놓치지 않고 그 뒤를 바짝 추격하자 위의 진지에서 여덟 명의 장수가 동시에 뛰쳐나와 앞을 가로막았다. 그러자 촉진에서도 등지를 비롯한 여덟 명의 장수가 일제히 나가 위장과 맞서니 하후무가 급히 징을 쳐서 장수들을 불러 달아났.

조운과 등지는 군사를 몰아 산중 깊숙이까지 위군을 추격했다. 조운이 산모퉁이 하나를 막 돌았을 때 갑자기 좌우에서 북소리와 함성이 들리며 왼쪽에서는 동희가, 오른쪽에서는 설칙이 위군을 이끌고 나타났다. 조운의 후미에 있던 등지는 다행히도 포위망을 뚫고 달아났으나 조운은 너무 깊숙이 따라붙은 탓에 퇴로가 끊겼다.

조운과 그를 따르는 1천여 명의 부하들은 좌우에서 달려드는 위군을 헤치고 산길을 따라 도망갔으나 산 정상에서 지켜보고 있던 하후무가 깃발을 흔들어 신호를 하는 바람에 사방 퇴로가 모두 막혔다. 포위망을 뚫을 수 없음을 직감한 조운은 최후의 수단으로 하후무가 있는 산 정상을 향해 올라갔다. 그러나 산중턱까지 갔을 때 나무토막과 돌무더기가 비오듯 쏟아져 더 이상 산 위로 올라가는 것도 여의치 않았다. 아침부터 해질 무렵까지 포위망을 뚫기 위해 진력을 다했으나 뜻대로 되지 않자 조운은 으슥한 숲속을 찾아 군사들을 쉬게 하면서 밤이 되길 기다렸다.

말에서 내려 갑옷을 풀고 앉아 있는데 사방에서 대낮같이 밝은 불길이 치솟으며 북소리가 요란하게 들렸다. 조운이 급히 갑옷을 조여 입고 말에 올라타자, 위군이 사방에서 포위망을 좁혀오고 있는 게 보였다. 조운이 군사를 거느리고 포위망 가운데에서 가장 허약해 보이는 곳을 향해 돌진했지만 화살이 비오듯이 쏟아져 더 이상 앞으로 나갈 수가 없었다. 그제야 조운이 밝은 달을 보며 탄식했다.

"내가 젊었을 적 생각만 하고 늙은 것을 깨닫지 못했구나!"

그때 동북쪽 모퉁이에서 갑자기 함성이 크게 울리면서 위군의 포위망이 무너졌다. 조운은 동북쪽 방면에 구원군이 나타났음을 직감하고 그 쪽으로 부하들을 이끌고 달려갔다. 장포가 말꼬리에 사람의 수급을 매달고 장팔사모를 휘두르며 위군을 시살하고 있었다. 조운이 반가워 소리쳤다.

"장포가 어떻게 여기까지 왔소?"

"승상께서 행여 노장군이 실수라도 하실까 염려하여 저에게 5천 군마를 주어 뒤따르게 했습니다. 노장군께서 포위되었다는 소문을 듣고 달려오는 도중에 위장 설칙이 길을 가로막기에 이렇게 목을 베어 말꼬리에 매달았습니다."

조운과 장포는 병사들을 합하여 급히 서북쪽의 포위망을 치면서 달아나기 시작했다. 얼마쯤 나갔을 때 위군이 앞을 가로막기는커녕 무기를 버리고 뿔뿔이 흩어지는 게 보였다. 그때 두 사람 앞에 한 장수가 한손에는 청룡언월도靑龍偃月刀를 들고 다른 한손에는 사람의 머리를 들고 나타났다. 조운이 놀라 자세히 살펴보니 짐작대로 관흥이었다.

"승상의 명을 받아 특별히 5천 군마를 이끌고 달려오는 중에 위장 동희를 만나 단칼에 목을 베었습니다. 승상께서는 곧 뒤따라오신다고 하셨습니다."

조운이 장포·관흥에게 말했다.

"두 장수는 모두 나의 친조카나 마찬가지인데 이렇게 큰 공을 세우는 걸 보니 흐뭇하기 짝이 없소. 늙은 나는 오늘 밤이 지나기 전에 하후무를 사로잡아 선제 폐하의 은혜에 보답하고자 하는데 조카들의 생각은 어떻소?"

장포·관흥이 조운을 따르기로 하자 세 사람은 1만이 넘는 병사를 거느리고 도망치기 급급한 위군을 추격했다. 전세가 역전되는 가운데 등지마저 군사를 거느리고 접응하니 위병의 시체는 산골짜기를 가득 메우고 들판을 몇 겹이나 덮고도 남았다.

하후무는 지모가 모자라는데다가 실전 경험마저 부족하여 초반의 대패를 수습하지 못하고 장수 100여 명만을 거느린 채 남안군南安郡을 향해 부리나케 달아났다. 그리하여 지휘부를 잃은 위군은 무기를 버리고 투항하거나 각자 살길을 찾아 흩어졌다.

관흥·장포는 하후무가 남안성으로 줄행랑을 놓았다는 소문을 듣고 밤새 달려 뒤를 추격했다. 하지만 남안성에 도착한 하후무는 성문을 굳게 닫고 지키기만 할 뿐 대적하려 들지 않았다.

관흥·장포, 두 장수가 남안성을 물샐 틈 없이 포위하고 있을 때 조운이 군사를 거느리고 나타나 세 장수가 삼면에서 성을 공격했다. 잠시 후 등지도 군사를 거느리고 뒤따라와 합세했다. 10여 일 동안이나 성을 포위하고 맹공을 펼쳤으나 워낙 방비가 든든한 성이라 함락되지 않았다. 전투가 소강 상태에 빠져 있을 때, 제갈량이 후군을 거느리고 면양에 도착했다는 소식이 들려왔다.

제갈량은 좌군을 양평陽平에, 우군을 석성石城에 주둔시킨 다음 친히 중군을 거느리고 남안성으로 달려왔다. 제갈량이 도착하자 조운·등지·관흥·장포 등이 장막 밖까지 나와 절하고 남안성에 오기까지의 전황과 남안성을 포위한 후의 상황을 설명했다. 보고를 들은 제갈량은 즉시 작은 수레를 타고 성을 한 바퀴 둘러보고 진지로 돌아와 장수들을 불러모았다.

"성을 둘러보니 호가 깊으며 성벽이 높고 굳건하여 공략하기가 쉽지 않을 것 같소. 뿐만 아니라 우리가 이 성을 공략하려고 오랫동안 시간을 허비하는 사이에 위군들이 한중을 취한다면 우리 군사는 위험에 처하게 될 것이오."

제갈량의 말을 들은 등지가 말했다.

"하후무는 위국의 부마이니 만일 이 자를 사로잡기만 한다면 다른 장수 100여 명을 죽이는 것보다 낫습니다. 독 안에 든 쥐를 왜 놓아주려 하십니까?"

"하후무 따위는 언제라도 잡을 수 있소. 이곳은 서쪽으로 천수군天水郡과 붙어 있고 북으로는 안정군安定郡과 면해 있소. 지금 두 곳의 태수가 누구인지 아시오?"

부장 하나가 대답했다.

"천수 태수는 마준馬遵이고, 안정 태수는 최량崔諒으로 알고 있습니다."

제갈량은 크게 기뻐하며 위연에게 무언가 귀엣말을 했다. 위연이 영을 받고 장막을 나서자 제갈량은 관흥·장포는 물론 또 다른 장수 두 사람에게도 각각 계책을 내려주었다. 영을 받은 장수들이 휘하 병사들을 거느리고 나서자 제갈량은 남안성 밖에 풀과 나무를 높이 쌓도록 영을 내렸다. 남안성 밖에 풀과 나무로 성을 쌓고 있다는 소문을 들은 위군들은 제갈량의 수작을 우습게 여겼다.

한편 안정 태수 최량은 촉의 군사들이 남안성을 포위하여 위제의 부마가 곤경에 처했다는 소문을 듣고 당황하여 4천 군마에게 성을 단단히 지키라 명령했다. 그러던 어느 날 하후무가 보낸 전령이 최량을 찾아왔다.

"저는 하후무 도독의 휘하에 있는 배서裵緒라는 장수로 도독의 명을 받들어 천수와 안정 두 고을에 구원을 청하러 왔습니다. 지금 남안의 사정은 매우 위급하여 매일 성 위에 봉화를 올려 두 고을에서 원병이 도착하기만을 기다리고 있습니다. 그런데도 태수께서 원병을 보내주시지 않는 까닭은 무엇입니까?"

"하후 도독의 친서부터 보여주시오."

최량이 말하자 배서는 선뜻 엄심갑을 열고 땅에 흠뻑 젖은 문서를 꺼내 보였다. 하지만 글자가 몹시 번져 있어 하후무의 필적을 알아볼 수 없었다. 배서는 천수군 태수를 만나러 가야 한다며 문서를 돌려받아 급히 말을 타고 성문을 빠져나갔다. 그로부터 이틀 후, 또 다른 사자가 달려와 최량에게 말했다.

"하후부마께서 노기를 띠며 말씀하시길, 천수 태수는 구원병을 거느리고 남안으로 오기로 했는데 안정 태수는 왜 구원병을 보내지 않느냐며 어서 군대를 파견하라고 하셨습니다."

사자가 돌아가고 난 뒤에 최량이 관원들을 모아 대책을 묻자, 많은 관원들이 이구동성으로 대답했다.

"구원병을 보내지 않아 남안성을 잃고 하후부마까지 촉병에게 사로잡힌다면 태수께서는 죄를 면치 못하실 것입니다."

최량은 문관들에게 성을 맡기고 자신은 군마를 일으켜 남안성으로 향했다. 최량이 구원병을 거느리고 급히 달려가는데 남안성 쪽에서 불길이 타오르는 것이 보였다. 최량은 그것을 보고 더욱 빨리 군마를 재촉했다. 그런데 얼마 가지 않아 북소리와 함성이 구원군의 앞뒤에서 동시에 들렸다. 정찰병이 달려와 보고했다.

"앞에서는 관흥이 길을 막아섰고, 뒤에서는 장포가 길을 끊었습니다."

최량의 병사들은 촉군이 앞뒤로 포위했다는 말만 듣고도 기겁하여 개미떼마냥 흩어졌다. 최량은 심복 부하 100여 명만을 거느리고 샛길을 통해 안정으로 돌아갔다. 최량 일행이 성 밑 해자에 이르렀을 때 난데없이 성 위에서 화살이 쏟아졌다. 최량이 깜짝 놀라 고개를 들고 바라보니 누군가가 성 위에서 큰 소리로 외쳤다.

"우리가 성을 빼앗았으니 최량은 어서 항복하라!"

위연은 최량이 안정성을 떠나자 부하들을 위군으로 변장시켜 성문을 열게 하여 안정성을 점령해버렸다. 최량은 할 수 없이 군사를 이끌고 천수성을 향했다. 그러나 얼마 가지 못해 한 무리의 군사들에 의해 진로가 가로막혔다. 머리에 윤건을 쓰고 학창의를 입은 사람이 깃털 부채를 들고 사륜거에 앉아 있는 것으로 보아 소문으로만 듣던 제갈량이 분명했다. 최량이 기겁을 하고 급히 말을 돌려 도망치려고 하자 길 양쪽에서 장포·관흥이 뛰쳐나와 퇴로를 막았다. 사방에 깔린 촉군을 보고서 도저히 달아날 수 없다고 여긴 최량이 무기를 버리고 투항하자 장포·관흥이 최량을 제갈량 앞으로 데려갔다. 제갈량이 최량을 안심시키고 난 뒤에 물었다.

"혹시 남안 태수 양릉楊陵을 잘 알고 있소?"

"예, 그 사람은 양부楊阜의 집안 동생뻘 되는 사람으로, 저와는 같은 고을 사람이라 친하게 지내고 있습니다."

"그렇다면 최태수가 양릉을 설득하여 그와 함께 하후무를 사로잡을 수 있겠소?"

"승상께서 만일 저를 보내시려면 일단 군마를 물리쳐주십시오. 그러면 제가 성안으로 들어가 설득해보겠습니다."

제갈량은 촉군을 20여 리 밖까지 물리게 했다. 그러자 최량이 말을 몰아 남안성 아래로 달려가 성문을 열게 하고 부중에서 양릉을 만나 그간의 일을 낱낱이 설명했다. 사정을 듣고 난 양릉이 말했다.

"우리들은 지금까지 위제의 은혜를 받아왔는데 이제 와서 어떻게 배반한다는 말이오? 하후부마에게 말하면 좋은 계책이 생길 것이오."

양릉·최량이 하후무의 처소로 가서 그간의 사정을 설명하자 하후무가 말했다.

"성을 바치겠다고 속여 촉병이 성안으로 들어올 때 적군을 덮치는 게 좋겠소."

양릉·최량은 그 계책에 따르기로 하고, 최량이 먼저 말을 타고 제갈량의 진지로 달려가 말했다.

"양릉이 흔쾌히 성을 바치기로 했습니다. 하지만 하후무를 붙잡고 싶어도 그 곁에 장수들이 적지 않으므로 함부로 움직일 수 없다고 합니다."

"좋소. 그러면 내가 촉병을 그대에게 줄 테니 안정군에서 데리고 온 원군이라고 속여서 먼저 남안성에 들어가 있으시오. 그리고 내가 한밤에 군호를 보내면 양릉과 짜고 성문을 열어 촉군을 맞이하시오."

제갈량의 말을 들은 최량은 만일 촉병을 데려가지 않으면 의심을 살 것 같아 일단 촉군을 성안으로 데려가기로 했다. 그러면서 속으로는 군호에 따라 열린 성문으로 밀려들어오는 촉군을 성문 양쪽에서 덮칠 계산을 했다.

밤이 이슥해지자 제갈량은 관흥·장포에게 별도의 은밀한 지시를 내린 뒤에 촉군을 거느리고 최량을 따라 남안성으로 가게 했다. 한밤에 한 떼의 군마가 성 아래로 밀려들자 성의 문루에서 파수병이 물었다.

"어디서 온 누구의 군마들이오?"

"안정에서 원군을 데려왔으니 문을 열라."

문루의 파수병이 머뭇거리자 최량이 양릉에게 보내는 서신을 써서 화살에 매달아 문루로 쏘아보냈다. 그러자 파수병이 양릉에게 편지를 가져갔다.

제갈량이 촉군을 원군으로 변장시켜 나에게 데려가게 했으니, 양태수는 놀라지 말고 성문을 열어 이들을 맞이하시오.

편지를 읽은 양릉은 최량이 쏘아올린 밀서를 즉시 하후무에게 보였다. 그러자 하후무가 손바닥으로 무릎을 치며 기뻐했다.
"최량의 말대로 하시오. 촉의 두 장수가 군사를 몰고 들어오면 성문 좌우에 도부수 100여 명을 매복시켜놓고 죽이도록 하시오. 그 다음에 불을 피워 제갈량을 성안으로 불러들인다면 놈을 사로잡을 수 있을 것이오."
하후무의 분부를 받은 양릉은 성문 좌우에 병력을 배치하고 나서 성문 위로 올라가 부하들에게 성문을 활짝 열어젖히게 했다. 성문이 열리자 관흥은 최량을 앞세워서 먼저 들어가고 장포는 일부러 뒤로 쳐졌다.
양릉이 성 위에서 내려와 촉군을 맞이하는 순간 관흥이 칼을 들어 눈 깜짝할 사이에 양릉의 목을 베어 죽였다. 계책이 탄로난 것을 눈치채고 최량이 적교 옆으로 말을 몰아 달아났다. 그러자 장포가 창을 들어 던지니 단번에 최량의 심장을 관통했다.
성문으로 진입한 촉군은 좌우 양쪽에 복병이 있는 줄 알고 군사를 두 대로 나누어 갑자기 공격하니 놀라 달아나는 쪽은 오히려 위군이었다. 위의 복병을 제압한 관흥이 성루로 올라가 불길을 올려 군호를 보내자 대기하고 있던 촉병들이 쏜살같이 성안으로 몰려들었다.
 하후무는 손발이 떨려 칼 한번 제대로 휘둘러보지 못하고 남문을 향해 달아났다. 하지만 그곳에는 이미 왕평이 촉병을 거느리고 막아서 있었다. 하후무는 그제야 죽기 살기로 대들어보았지만 따라온 군사들만 모두 죽이고 자신은 왕평의 포로가 됐다. 남안성으로 들어온 제갈량은 잡혀온 위병과 백성들을 안심시키고, 촉군에게도 민폐를 끼치는 일이 없도록 단단히 당부했다. 등지가 제갈량에게 물었다.
 "승상께서는 최량이 거짓으로 투항한 사실을 어떻게 아셨습니까?"
 "나는 그가 진심으로 항복하지 않을 것을 알고 일부러 남안성으로 보내 양릉을 만나게 했소. 그러면 하후무와 상의하여 계책을 꾸밀 테니 그것을 역이용하면 될 게 아니겠소? 최량이 진심으로 우리에게 투항했다면 장포와 관흥 두 장수를 비롯해 촉군을 딸려보내는 것을 거절했을 텐데 내게 의심을 사지 않으려고 그들을 대동했던 것이오. 그래서 나는 두 장수에게 영을 내려 성문이 열리는 순간 접응나온 양릉을 죽이고 최량도 죽이게 했던 것이오."
 제갈량의 설명을 듣고 장수들이 모두 탄복하자 그가 다시 말했다.
 "안정을 지키고 있던 최량을 속여 밖으로 끌어낸 것은 나의 심복배서였소. 그가 천수 태수를 속이러 천수성으로 간 지도 꽤 됐는데 돌아오지 않으니 이제 그리로 가보도록 합시다."
 제갈량은 오의에게 남안을 지키게 하고 유염劉琰에게는 안정을 지키도록 한 다음 위연에게 군사를 주어 천수성으로 향하게 했다.
 한편 천수 태수 마준은 하후무가 남안성에서 포위되어 곤경에 빠졌다는 소문을 듣고 관원들과 장수들을 불러모았다. 공조功曹 양서梁緒, 주부主溥 윤상尹賞, 주기主記 양건梁虔 등이 이구동성으로 말했다.

"하후무는 위 황제의 부마이니 곤경에 처했음을 알면서도 구원하지 않았다가는 나중에 중벌을 면키 어려울 것입니다. 태수께서 어서 군마를 일으켜 구원하시는 것이 좋겠습니다."

마준이 쉽게 결단을 내리지 못하고 뜸을 들이고 있을 때 하후무의 심복 배서가 도착했다는 보고가 들어왔다. 부청에 들어온 배서는 엄심갑을 헤치고 땀에 젖은 하후무의 공문을 마준에게 전했다.

"하후도독께서 안정과 천수 양태수에게 구원군을 요청하셨습니다. 부마의 분부는 황제 폐하의 분부와 같으니 속히 실행하시기 바랍니다."

배서는 다짜고짜 자기 할말만 쏟아낸 뒤 급한 듯이 말을 갈아타고 남안성이 있는 방향으로 돌아갔다. 마준이 마음을 정하지 못하고 망설이고 있는데, 이튿날 안정에서 최량이 보낸 전령이 달려와 마준에게 말했다.

"저희 태수께서는 군사를 거느리고 남안으로 떠나셨습니다. 태수께서도 어서 출발하시어 하후무 도독을 도우시기 바랍니다."

안정 태수 최량이 군사를 거느리고 나갔다는 말을 들은 마준은 그제야 군마를 일으키기로 결심하고 장수들에게 병사를 점검하게 했다. 그러자 누군가가 큰 소리로 마준을 만류하고 나섰다.

"태수께서 성밖으로 나가시면 제갈량의 계책에 빠지게 됩니다."

그렇게 말한 사람은 백약伯約이라는 자를 가진 중랑장中郎將 강유姜維였다. 그의 부친 강경姜冏은 공조의 벼슬에 있다가 서쪽의 강족들이 난을 일으켰을 때 전쟁터에서 죽었다. 전쟁으로 아버지를 잃은 강유는 어려서부터 병서를 가까이 하고 무예를 닦아 군무에 두루 능통했을 뿐 아니라, 어머니에 대한 효성이 지극하여 천수 지역의 백성들이 모두 존경하는 인물이었다. 마준이 말했다.

"백약은 안정 태수 최량이 부마를 구원하러 나섰다는 말을 듣고도 그러시오?"

"들려오는 소문에 의하면 하후무는 제갈량에게 크게 패하여 남안성 안에 갇혀 있다고 합니다. 촉병이 남안성을 겹겹이 에워싸고 있는데 우리가 무슨 재주로 하후무를 구출해내겠습니까? 또한 하후무가 보냈다는 장수 배서는 듣지도 보지도 못한 인물이니 믿을 수가 없고, 안정에서 왔다는 전령도 빈손으로 오지 않았습니까? 그들은 태수께서 성에서 나간 뒤 빈 성을 취하기 위해 제갈량이 보낸 첩자들이 분명합니다."

강유의 설명을 들은 마준이 말했다.

"백약이 깨우쳐주지 않았다면 큰 화를 당할 뻔했소. 내가 군사를 거느리고 나가지 않으면 제갈량이 쳐들어올 텐데 어쩌면 좋겠소?"

"태수께서 군사를 거느리고 나가면 제갈량은 반드시 복병을 성 후면에 매복시켰다가 기습해올 것입니다. 중요한 길목에 군사를 매복시킬 수 있도록 저에게 3천의 정병을 주십시오. 태수께서는 나가시되 멀리 가지 마시고 30여 리쯤만 갔다가 불길이 오르는 것을 군호로 하여 되돌아오십시오. 앞뒤에서 협공한다면 제발로 걸어오는 제갈량을 쉽게 붙잡을 수 있습니다."

마준은 강유의 계책대로 정병 3천을 뽑아 강유에게 주고, 양서梁緒와 윤상尹賞에게는 성을 지키게 한 뒤, 자신은 양서의 아우 양건과 함께 군사를 이끌고 성을 나갔다. 제갈량은 이들이 나올 줄 알고 미리 조운에게 군사를 주어 계곡에 매복해 있다가 비어 있는 천수성을 기습하게 했다.

마준이 군사를 거느리고 나오자 염탐꾼이 급히 달려가 성이 비어 있음을 알렸다. 조운은 근처에 매복하고 있던 장익과 고상에게 전령을 보내 마준이 나타나면 기습해 죽이라고 영을 내린 뒤에 직접 5천 군마를 이끌고 천수성으로 달려갔다.

"나는 상산 조자룡이다. 성이 비어 있는 줄 알고 있으니 아까운 목숨 버리지 말고 어서 성문을 열라!"

조운의 말이 끝나기도 전에 성문이 벌컥 열리면서 젊은 장수 하나가 창을 비껴들고 말을 타고 달려나왔다.

"이 늙은 놈아! 천수天水의 강유를 알고 있느냐?"

늙은 놈이라는 말에 머리끝까지 화가 솟구친 조운이 창을 비껴들고 말을 달려나가 강유와 맞섰다. 무명의 젊은 장수라고 얕보았던 조운은 창을 부딪치는 횟수가 많아질수록 상대의 정교하고 힘있는 무예에 놀랐다.

"이런 곳에 이처럼 빼어난 장수가 있다니!"

조운이 강유와 접전을 벌이고 있을 때, 북소리와 함성이 가까이 들려왔다. 남안으로 떠난 줄 알았던 마준과 양건이 되돌아와 조운의 후미를 공격하고 있었다. 조운은 적군의 포위망이 완전히 갖추어지기 전에 군사를 이끌고 달아났다. 강유가 조운을 놓칠세라 그 뒤를 바짝 쫓아왔으나, 길 양쪽에서 장익과 고상의 촉군이 튀어나오는 바람에 군사를 거두어 성으로 돌아갔다. 진지로 돌아온 조운은 제갈량의 장막으로 가서 천수성의 누군가가 촉군의 계책을 미리 간파하고 있었다고 보고했다. 조운의 말을 들은 제갈량이 주위 사람에게 물었다.

"우리의 계책을 간파할 만한 인물이 누구요?"

장막 안에 앉아 있던 남안 사람이 대답했다.

"승상의 계책을 간파할 만한 사람이라면 강유밖에 없습니다. 그는 모친에 대한 효성이 지극하고, 어려서부터 문무를 닦은 숨은 영걸입니다."

그러자 조운이 옆에서 강유의 무예가 천의무봉 같았다고 말했다. 제갈량이 탄식하며 말했다.

"천하에는 이름이 나지 않은 인물이 수두룩하구나!"

한편 성으로 돌아간 강유가 마준에게 말했다.

"조운이 패하여 돌아갔으니 이번에는 제갈량이 직접 나타날 차례입니다. 그들은 우리의 군마가 모두 성안에 있을 것이라고 생각할 테니 성안의 군마를 사방으로 분산시켜야 합니다. 저는 일단의 군마를 거느리고 나가서 성 동쪽에 매복해 있다가 적군의 진로를 끊겠습니다. 태수께서는 양건·윤상과 함께 군사를 거느리고 성안에 매복해 계십시오. 그리고 양서는 백성들을 소집해 군복을 입혀 성 위에 배치해두십시오."

마준이 강유의 말대로 군사를 매복시켜놓고 기다리자, 과연 제갈량이 직접 선봉에 서서 천수성으로 쳐들어왔다. 해질 무렵 천수성이 보이는 곳까지 다가온 제갈량은 장수들을 불러모아 말했다.

"우리는 천수성 하나를 놓고 오랜 시간을 끌 수 없다. 장수들은 삼군을 격려하고 솔선수범하여 성벽으로 돌진하라!"

제갈량의 영이 떨어지자 장수들은 촉군을 이끌고 성 밑으로 달려나갔다. 하지만 깃발이 정연히 꽂혀 있는 적의 성벽에서는 아무런 대응이 없었다. 그 대신 갑자기 사면에서 불길이 치솟더니 북소리와 함성이 크게 울리며 예기치 못했던 곳에서 천수의 군사들이 쏟아져나왔다. 동시에 아무도 보이지 않던 성루 위에서도 병사들이 나타나 활을 쏘아댔다.

제갈량이 사륜거를 버리고 급히 말에 오르자 관흥·장포 두 장수가 달려와 제갈량을 호위하여 쏟아지는 적병을 헤치고 달아났다. 한참을 달아나던 제갈량이 뒤를 돌아보니 불길이 벌겋게 피어오르는 정동쪽에서 한 떼의 군사들이 기세를 올리며 쏟아져나왔다. 제갈량이 관흥에게 영을 내려 정동쪽의 군마가 누구의 군사인지 알아오게 했다. 잠시 후 돌아온 관흥이 말했다.

"강유의 군사였습니다."

"싸움은 군사의 수로 하는 것이 아니라, 지휘관의 능력에 달렸다. 앞으로 강유는 훌륭한 장수가 되겠구나!"

제갈량은 군사를 거느리고 진지로 돌아와 장막에서 오랫동안 생각한 끝에 안정 사람을 불러 강유에 대해 물었다.

"강유가 효자라고 하던데, 그의 모친은 지금 어디에 계시느냐?"

"기현冀縣에 계시는 것으로 알고 있습니다."

제갈량이 다시 곰곰이 생각하더니 이윽고 위연을 불러 영을 내렸다.

"장군은 군마를 거느리고 기현으로 가서 기현을 공격할 듯이 허세를 부리시오. 그러다가 강유가 도착하거든 싸우는 흉내만 내다가 그냥 달아나도록 하시오."

위연이 장막을 나서자 제갈량이 안정 사람에게 다시 물었다.

"천수성의 요새지가 이 근처에 있느냐?"

"천수의 양곡은 모두 상규上圭에 있으니, 상규를 공략할 수 있다면 천수의 목줄을 조이는 거나 마찬가지입니다."

제갈량은 즉시 조운에게 상규를 탈취하게 했다. 그리고 자신은 천수성 밖 30여 리에 진지를 세웠다. 한편 촉의 군사들이 천수·상규·

기현 세 방면으로 군사를 움직이고 있다는 소식은 강유의 귀에까지 전해졌다. 이름난 효자인 강유는 홀로 계시는 모친이 걱정되어 마준에게 달려가 말했다.

"저의 어머님께서 기현에 계시는데 촉군이 그곳을 공격하러 떠났다니 눈앞이 캄캄해집니다. 제게 일단의 군마를 주시면 기현도 구하고 저희 노모님도 보호하겠습니다."

강유의 효성을 익히 알고 있는 마준은 정병 3천을 주어 기성冀城으로 떠나게 했다. 그리고 양건에게도 3천 군마를 거느리게 하여 상규로 달려가게 했다.

강유가 군사를 이끌고 기성에 당도하자 위연이 그 앞을 가로막았다. 하지만 제갈량이 지시한 대로 위연은 강유와 싸우는 흉내만 내고 거짓으로 패한 체하고 달아났다. 기성으로 들어간 강유는 군사에게 성문을 잘 지키도록 영을 내린 다음, 집으로 달려가 노모 곁을 떠나지 않았다.

양건이 상규성을 방어하러 달려오자 조운 역시 싸우지 않고 그들을 성안으로 들여보내주었다. 한편 제갈량은 남안에 사람을 보내어 하후무를 압송해오게 했다. 초췌한 얼굴로 손발을 떨고 있는 하후무에게 제갈량이 물었다.

"죽는 게 그렇게도 두려우냐?"

하후무는 자신을 죽이려 하는 줄 알고 제갈량의 발밑에 엎드려 살려달라고 애걸하며 빌었다. 제갈량이 말했다.

"기성을 지키고 있는 강유가 내게 편지를 보내기를 '부마 하후무만 살려주신다면 언제라도 투항하겠다'고 했다. 지금 너를 살려보낼 테니 강유를 항복시킬 수 있겠느냐?"

강유의 등장 29

"목숨을 살려주시는데 무엇을 못하겠습니까?"

제갈량은 하후무에게 의복과 말을 내어주고 혼자 기성으로 떠나보냈다. 하지만 주변의 지리를 잘 알지 못하는 하후무는 기성으로 가는 길을 찾지 못하고 헤매다가 봇짐을 지고 어디론가 급히 가고 있는 주민을 만나 길을 물었다. 그러자 그가 대답했다.

"강유가 이미 성을 바치고 제갈량에게 항복했으니 기성으로 갈 생각은 아예 마십시오. 촉군들이 집집마다 불을 지르고 재물을 빼앗는 통에 성 전체가 아비규환이오. 우리도 서둘러 상규로 도망치는 길입니다."

하후무가 다시 물었다.

"지금 천수성은 누가 지키고 있소?"

"천수성은 아직 태수 마준이 지키고 있지요."

하후무는 그 말에 내심 기뻐하며 말 머리를 천수성 쪽으로 몰았다. 도중에 가족들과 함께 봇짐을 싸들고 길을 떠나는 주민들이 심심찮게 눈에 띄었다. 그럴 때마다 하후무가 말을 세우고 영문을 물으니 모두가 똑같은 대답이었다. 하후무가 천수성 아래 당도하여 문을 열라고 외치자 성을 지키던 파수병이 하후무임을 알아보고 급히 성문을 열고 맞이했다.

하후무가 생환해 돌아왔다는 보고를 들은 마준이 달려나와 영접하자, 하후무는 길에서 목격한 사실과 주민들에게 들은 이야기를 마준에게 들려주었다. 마준이 송구스러워하며 말했다.

"죄송합니다. 강유가 촉에 항복하리라고는 꿈에도 생각지 못했습니다."

그러자 양서가 강유를 변호하여 말했다.

"강유가 이미 항복했습니다." 하후무는 피난민에게서 뜻밖의 대답을 듣는다. 하후돈의 아들이자 조조의 사위였던 하후무 그는 높은 지체의 인물답게 지병 장교의 복장을 하고 있지만, 전란의 와중에 떠돌이 신세로 전락한 피난민은 단지 건(巾)을 머리에 둘렀을 뿐이다. 하후무는 그런 피난민에게 자신이 속은 줄은 꿈에도 생각지 못했다.

"강유는 꾀가 많은 인물이라 분명 거짓으로 투항했을 것입니다."
"기성의 백성들이 성을 버리고 달아나고 있다는 말을 듣고도 그러느냐?"
하후무가 반박하자 양서는 입을 다물고 더 말하지 않았다. 그날 밤, 7시 무렵이 되자 성밖에서 북소리와 함성이 들려왔다. 성루에서 파수를 보던 병사가 숨가쁘게 달려와 마준에게 보고했다.
"성 아래에 강유가 촉군을 이끌고 와, 하후도독을 내놓으라고 소리치고 있습니다."
깜짝 놀란 하후무와 마준이 성루로 올라가서 내려다보니 과연 강유가 성루를 향해 부마를 내놓으라고 소리치고 있었다. 하후무가 강유에게 말했다.
"거짓으로 항복했거든 군사들에게 무기를 버리게 하라! 그렇지 않으면 역적과 한 무리가 된 것으로 알겠다!"
"네놈이 나에게 서신을 보내어 촉에 항복하라고 해놓고도 무슨 엉뚱한 소리를 하느냐? 너는 너 혼자만 살기 위하여 나를 함정에 빠뜨렸다. 내가 촉에 항복하여 상장군이 되었는데 무엇하러 다시 위로 돌아가겠느냐?"
말을 마친 강유는 밤새도록 성을 공격하다가 날이 밝자 군사들을 거느리고 돌아갔다. 하지만 그날 밤, 하후무와 입씨름을 벌이고 성을 공격한 장본인은 강유가 아니라 제갈량의 계책에 따라 강유로 변장한 촉병이었다.
한편 마준·하후무와 강유 사이를 확실하게 이간시켜놓은 제갈량은 군사를 거느리고 기성을 공격하다가 갑자기 위연을 불러 다음과 같이 분부했다.

"성안에 군량미와 마초가 떨어진 지 오래됐을 테니 적군이 보이도록 크고 작은 수레에 양곡을 가득 실어 진지로 옮기라."

제갈량의 예측대로 군량미가 떨어진 강유는 촉군이 양초를 운반하고 있다는 파수병의 보고를 받고 즉시 3천 군마를 거느리고 양곡을 빼앗기 위해 성밖으로 달려나왔다. 그러자 수레를 호위하던 촉병이 양초를 버리고 도주했다. 강유가 촉의 양초를 빼앗아 성안으로 급히 돌아가려고 하는데, 기다렸다는 듯이 촉장 장익이 일단의 군마를 거느리고 나타나 앞을 가로막았다.

강유가 목숨을 걸고 장익과 교전을 벌이고 있을 때 왕평이 촉군을 거느리고 달려와 강유를 협공했다. 양초를 탈취하는 것이 불가능하다고 느낀 강유는 수레를 버리고 성으로 달아났다. 그런데 어느새 성루에는 촉군의 깃발이 무수히 펄럭이고 있었다. 강유가 양초를 빼앗기 위해 성문을 나선 사이에 위연이 기성을 습격하여 수중에 넣은 것이다.

성을 빼앗긴 강유는 말 머리를 돌려 급히 천수성으로 도망쳤다. 이때 10여 기의 부하가 그를 뒤따랐으나 천수성으로 달아나는 도중에 촉장 장포를 만나 그마저도 모두 잃어버리고 혼자서 목숨을 부지해 천수성에 도착했다.

천수성 아래 도착한 강유는 무기를 버리고 맨손을 들어 보이며 성안으로 들여보내달라고 소리쳤다. 성루에서 지키고 있던 군사들이 대번에 강유를 알아보고 마준에게 달려가 보고했다. 그러자 마준은 부하들에게 명령해 강유를 화살로 쏘아 죽이게 했다. 강유는 비오듯 쏟아지는 화살을 피해 왔던 길로 다시 말을 몰았으나 앞에서 촉병이 추격해오는 것을 보고 급히 상규 쪽으로 달아났다. 상규에 도착하여 성문을 열어달라고 소리치자 양건이 나타나 욕을 퍼부었다.
"이 역적놈아, 나는 네가 촉에게 항복한 사실을 이미 알고 있다!"
양건이 부하들에게 명하여 화살을 퍼붓게 하니 강유는 한마디 변명할 기회도 얻지 못했다. 졸지에 역적으로 내몰린 강유는 솟아오르는 울음을 삼키고 장안으로 말을 몰았다. 그곳에 가서 자신의 억울함을 호소해보려는 심사였다.
한숨을 쉬며 숲이 우거진 산 언덕을 넘어서는데 갑자기 병사들의 함성이 들리더니 한 떼의 촉군이 나무 사이에서 나타나 강유를 둘러쌌다. 아무 무기도 지니고 있지 않은 강유가 말 머리를 돌려 도주하려고 하자, 뒤쪽에서 사륜거 한 대가 수십 명의 장수들에게 호위를 받으며 나타났다. 바로 제갈량이었다.
"백약은 달아나지 마시오!"
앞에는 제갈량이 막고 뒤에는 관흥이 버티고 있으니 강유로서는 더 이상 달아날 길이 없었다. 말에서 내린 강유가 패배를 자인하고 땅바닥에 엎드리자 제갈량이 황급히 수레에서 내려 강유의 손을 잡아 일으켜세웠다.
"내가 선제의 부름을 받아 초가를 나온 이래, 어진 선비 하나를 찾기 위해 지금까지 애썼으나 아직 구하지 못했소. 이제야 그대를 만났으니 내 평생 동안 닦은 학문을 전할 수 있게 되었구려."
강유는 크게 감격하여 제갈량에게 엎드려 절했다. 제갈량은 강유를 데리고 진지로 돌아와 천수와 상규를 취할 계책을 논의했다. 강유가 말했다.
"천수성에는 저와 절친한 윤상과 양서가 있습니다. 저에게 맡겨주신다면 그들에게 성안에서 내란을 일으키게 할 수 있습니다. 그때 성을 공격한다면 쉽게 천수성을 손에 넣을 수 있을 것입니다."

제갈량이 강유의 뜻에 따르자 강유는 손수 두 통의 편지를 쓰고 직접 말을 몰아 성 아래로 달려갔다. 그리고 화살에 편지를 매달아 성안으로 쏘았다. 파수병은 편지를 주워 즉각 마준에게 갖다주었다. 밀서를 펴본 마준이 번쩍 정신이 들어 하후무에게 달려가 말했다.

"양서와 윤상은 강유와 친한 자들인데 이렇게 밀서까지 보내오니 어찌하면 좋겠습니까?"

"내눈에도 양서는 수상해 보였소. 당장 잡아 죽이도록 하시오!"

하후무와 마준의 이야기를 들은 시자 가운데 윤상의 측근이 있어 이 소식을 얼른 윤상에게 알려줬다. 윤상이 급히 양서에게 달려가 자구책을 짰다. 머리를 맞대고 오래 의논한 끝에 두 사람은 성을 바치고 촉군에게 항복하는 수밖에 없다는 결론을 내렸다.

그날 저녁, 하후무는 자기가 머무는 공관에서 저녁을 함께 들자며 여러 차례 윤상·양서를 불렀다. 만반의 태세를 갖추고 있던 윤상·양서는 즉시 심복 부하들을 거느리고 성문으로 나가 제지하는 경비병을 죽이고 횃불을 피워 군호를 올리는 동시에 성문을 활짝 열어젖혔다. 그러자 대기하고 있던 촉병들이 일시에 성안으로 몰려들어왔다. 도부수를 숨겨놓고 공관에서 윤상·양서를 기다리고 있던 하후무·마준은 촉병이 성안으로 진입했다는 보고를 듣고 겁에 질려 수백 명의 군사만 거느린 채 급히 서문을 통해 강중羌中으로 달아났다.

양서·윤상이 성문까지 나가 제갈량을 맞아들이자, 제갈량은 두 사람을 치하하고 부하들을 시켜 성안의 군사와 백성들을 안심시키게 했다. 그리고 장수들과 둘러앉아 이번에는 상규를 취할 계책을 논의했다. 양서가 제갈량에게 말했다.

"상규는 저의 아우 양건이 지키고 있으니 저에게 맡겨주시면 투항하도록 하겠습니다."

제갈량이 양서의 계책에 따르기로 하자 양서는 그날로 대군을 거느리고 상규성으로 떠났다. 형이 왔다는 소식을 듣고 성루로 나간 양건은 양서의 권유에 따라 성문을 열고 촉군에 투항했다. 제갈량은 두 형제에게 후히 상을 내리는 한편, 양서를 천수 태수에 봉하고 양건에게는 상규를, 윤상에게는 기성을 지키게 했다.

제갈량이 하후무를 무찌르고 단번에 천수·상규·기성을 빼앗자 가깝고 먼 여러 고을에서 성을 바치는 수령들이 늘어났다. 제갈량은 귀순해온 고을의 수령들에게 자기 고을을 계속 맡아 다스리게 하고 자신은 한중의 군마를 모두 모아 기산으로 향했다. 그러자 여러 장수들이 제갈량에게 물었다.

"승상께서는 어찌하여 하후무를 뒤쫓아가지 않으십니까?"

"백약을 얻은 것은 봉황을 얻은 것과 같은데 그까짓 오리새끼는 잡아서 무엇에 쓰겠느냐?"

하후무가 세 군을 잃고 강중에 은거하고 있으며, 기산에 도착한 제갈량이 선봉대를 위수의 서쪽까지 내보냈다는 소식은 곧바로 낙양에 있는 조예의 귀에까지 들어갔다. 크게 당황한 조예가 신하들을 불러놓고 대책을 묻자 사도 왕랑이 제일 먼저 입을 열었다.

"선제께서는 외환이 있을 때마다 항상 대장군 조진을 기용하시어 사태를 수습하셨는데 폐하께서는 왜 그리 하시지 않습니까?"

조예는 왕랑의 간언을 듣고 즉시 조진을 불러 촉군을 퇴치하라는 영을 내렸다. 그러자 조진이 말했다.

"신이 폐하의 영을 어찌 사양할 수 있겠습니까? 다만 꼭 데리고 가고 싶은 사람이 있으니 그를 데려갈 수 있게 해주십시오."

"자단子丹(조진의 자)이 그토록 데려가고 싶은 사람이 누구요?"

"태원군太原郡 양곡陽曲 사람으로 백제伯濟라는 자를 쓰는 곽회郭淮입니다. 지금은 사정후射亭侯 옹주雍州 자사로 있습니다."

조예는 조진의 청을 수락하고 그에게 도독의 절을 주어 허창과 낙양에 있는 20만 군사를 거느리게 했다. 조진은 곽회를 부도독으로, 76세의 왕랑을 군사軍師로 삼았으며 자신의 아우인 조준曹遵에게 선봉장을 맡기고 탕구장군盪寇將軍 주찬朱讚을 부선봉장에 임명했다. 제갈량이 기산으로 쳐들어온 서기 227년 11월, 대궐 문밖까지 나온 조예의 전송을 받으며 출병한 조진은 곧장 대군을 거느리고 장안에 도착했다. 위수 서쪽에 진을 친 조진이 왕랑과 곽회를 불러 전략을 논의했다. 왕랑이 말했다.

"역도들과 일전을 치르기 전에 대오를 엄정히 한 군사를 데리고 나가서 천자의 위엄을 먼저 보여주는 것이 어떻겠습니까?"

조진은 좋은 생각이라고 여기고 군사들에게 내일 아침 일찍 일어나 밥을 해먹고 군마와 깃발을 완벽하게 정비하라고 영을 내렸다. 다음날 아침, 조진은 수백 명의 고수들에게 북을 치게 하고 그 소리에 맞추어 질서정연하게 행군하는 군사들을 거느리고 제갈량이 둔병한 기산 앞까지 진군했다.

기산 앞에 진을 치고 있던 촉군이 다가오는 위군을 바라보니 과연 그 기세가 웅장하여 하후무가 거느리던 군사와는 격이 달라 보였다. 양 군이 멀찌감치 바라보며 대치하고 있을 때 위군의 진영에서 조진·곽회·왕랑이 각자 자신의 이름이 새겨진 기치를 거느리고 앞으로 나왔다. 그러자 잠시 뒤에 촉진의 문기가 열리면서 관흥과 장포가 좌우로 말을 달려나오고 이어서 여러 장수들이 사륜거 한 대를 호위하여 나왔다.

거기엔 윤건을 쓰고 깃털 부채를 든 제갈량이 학창의를 입고 단정히 앉아 있었다. 양쪽의 장수들이 서로 상대편 장수의 거동을 감시하며 긴장을 늦추지 않고 있을 때, 왕랑이 사자를 보내 대화를 청했다. 제갈량이 응하자 사자가 돌아가 왕랑에게 그대로 전했다. 왕랑이 말을 몰아 먼저 앞으로 달려오니 제갈량도 수레를 몰아 왕랑 앞까지 가서 손을 모아 예를 차렸다. 말 위에서 허리를 굽혀 답례한 왕랑이 입을 열었다.

"오래전부터 이름으로만 듣다가 오늘 이렇게 만나뵙게 되니 반갑습니다. 공께서는 일찍이 하늘의 운수를 터득하고 시무時務를 꿰뚫어 보시면서 어찌하여 이처럼 명분없는 거병을 하셨소?"

"나는 당연히 토벌해야 할 역도를 치러 왔는데 어찌하여 명분이 없다 하오?"

제갈량의 대답에 왕랑이 작심한 듯 다시 말했다.

"하늘의 운수가 변하니 제위 또한 바뀌는 법이오. 이는 덕이 있는 사람에게 주는 것이니 자연의 이치가 아니겠소? 지난날 환제와 영제가 실정을 하여 황건적이 난을 일으킨 때로 거슬러올라가 보시오. 천하가 어지러워지자 동탁은 역적이 됐고 이각·곽사는 학정을 계속했으며 원술은 수춘壽春에서 황제를 자칭하고 원소는 업鄴 땅에서 호시탐탐 황제가 되기를 노렸소. 또 유표는 형주를 농단하고 여포는 서주에서 활개를 쳤소. 그런 식으로 사방에서 간웅이 일어나 사직이 위태로워지고 백성들은 도탄에 빠졌소. 이에 태조 무황제武皇帝(조조)께서 역적들을 말끔히 토멸하시고 천하를 안정시키니 만백성이 쌍수를 들어 그 덕을 추앙하게 되었소. 우리 태조께서 나라를 새로 여신 것은 권세로 취하신 게 아니라 천명이 그리 돌아간 것입니다. 대통을 이으신 세조世祖 문제文帝께서는 밝으신 덕으로 하늘의 뜻에 응하고, 민심을 자애롭게 보살피시니 요·순의 법에 따라 중국을 다스리는 게 아니고 무엇이겠소? 평소에 공은 자신을 관중과 악의에 비유하시면서 어찌하여 천리를 거역하며 인의를 거스르고 계십니까? 예로부터 전해오는 '하늘에 순응하는 자는 흥하고 거역하는 자는 망한다'는 금쪽같은 잠언을 아직 못 들으셨습니까? 우리 위나라 군사는 백만에 이르고 용맹한 장수는 천여 명에 달합니다. 썩은 풀더미 위를 날아다니는 반딧불이가 어찌 청천의 밝은 달빛과 겨룰 수 있겠습니까? 공께서 창을 거꾸로 잡고 갑옷을 벗어 부항해오신다면 내가 나서서 봉후封侯의 자리를 내려주도록 하겠소. 그러면 나라가 편안하고 백성이 즐거움을 누릴 것이니 하늘 아래 이보다 아름다운 일이 어디 있겠소?"

왕랑의 말을 들은 제갈량은 고개를 젖혀 크게 웃으며 말했다

"한 왕조의 원로 대신이었던 왕사도가 어찌 그토록 알 수 없는 소리를 하는가? 환제와 영제의 치세 때 환관들의 농간으로 조정이 능멸되고 국난에 흉년까지 겹쳐 사방에서 소요가 일기 시작한 건 그대 말이 맞다. 그 뒤에 황건적들이 난을 일으켰고 동탁과 곽사와 같은 흉포한 도적들이 한나라의 서까래를 무너뜨리고 황실을 멸망시킨 것도 그대 말이 맞다. 하지만 들어보라. 환관들이 기승을 부리기 전에 묘당廟堂에는 삭정이 같은 무리들이 벼슬을 하고, 황제 가까이에는 가금처럼 무능한 무리들과 벼룩처럼 뻔뻔한 무리들, 늑대처럼 무지막지하게 행동하는 무리들이 모여 정치를 좌지우지하고, 머슴이나 살아야 할 비천한 무리가 나랏일에 끼어들었다. 이 때문에 사직은 구

렁텅이에 빠지고 백성들은 헤어날 길 없는 도탄에 빠진 게 아닌가? 그대는 동해의 담鄕에서 태어나 어질고 재주 있는 사람에게 주는 효렴孝廉에 뽑혀 벼슬길에 올랐으니 응당 천자를 받들고 간신들과 싸워 나라를 편안케 하고 유씨를 부흥시켜야 하거늘 역적과 한 무리가 되어 황제의 자리를 빼앗는 데 앞장섰단 말인가! 하늘과 땅도 그대의 중한 죄를 용서치 않을 것이고, 천하 백성들은 그대의 후손을 자자손손 멸시하며 침을 뱉을 것이다."

왕랑이 마무 말 못하고 부끄러워 손발을 떨기 시작했다. 제갈량이 계속 말했다.

"다행히도 하늘이 무심치 않아 황숙이던 소열황제께서 서천에서 황통을 계승하셨으니, 마땅히 역적 토벌의 기치를 높이 올리는 게 하늘의 법도를 따르는 것이 아니겠는가? 일찍이 아첨에 익숙하여 의식주 걱정을 잊게 되었으면 어두운 곳에 숨어 몸을 도사리고 얼굴을 땅으로 떨어트릴 것이지 어찌 감히 황군의 행렬 앞에 나서서 하늘의 운수를 뇌까리는가? 머리가 허옇게 센 노부, 허연 수염의 늙은 도적아! 이제라도 숨이 멈춰 구천으로 떠나게 된다면 너는 무슨 낯으로 24제帝를 대하려는가? 너는 늙어 싸우지도 못할 테니 그만 돌아가 역도들을 보내어 죄값을 치르게 하라!"

제갈량의 말을 듣고 있던 왕랑은 분하고 화가 나서 무거운 바윗덩이를 올려놓은 듯 가슴이 답답해지고 숨이 가빠왔다. 그러다가 제갈량의 마지막 말을 듣고서 무언가 큰 소리로 고함을 지르려는 순간 갑자기 하늘을 향해 두 팔을 내저으며 말에서 떨어져 죽어버렸다. 위의 장수들이 놀라서 달려오자 제갈량 뒤에 있던 장수들도 황급히 달려와 사륜거를 호위하여 진지로 돌아갔다. 조진은 왕랑의 시체를 말에 태워 진지로 돌아온 뒤에 나무관에 입관하고 수레에 실어 장안으로 운구하게 했다. 그날 저녁, 부도독 곽회가 조진에게 말했다.

"제갈량은 우리가 군중에서 왕랑의 상을 치르느라 경계가 소홀할 줄 알고 오늘 밤에 반드시 우리 진지를 기습할 것입니다. 군사를 네 부대로 나누어 두 대는 좁은 산길을 통하여 비어 있는 촉의 진지를 기습하도록 하고 나머지 두 대는 촉군이 쳐들어올 본채 밖에 매복시켰다가 좌우에서 기습하는 것이 좋겠습니다."

좋은 계책이라고 여긴 조진은 조준·주찬을 불러 각기 1만 군사를 맡긴 다음 기산 뒤쪽에 매복해 있다가 촉군이 기습에 나서는 것을 기다려 비어 있는 촉의 진지를 점령하게 했다. 그런 다음 자신과 곽회는 여러 장수들과 나머지 군마를 나누어 거느리고 진지 외곽에 매복했다. 그리고 촉군이 나타나면 마른 풀 더미에 불을 붙여 군호를 보내기로 했다. 한편 촉군의 진지로 돌아온 제갈량은 조운과 위연을 자신의 장막으로 불러들였다.

"두 장군은 해가 지기를 기다려 위의 진지를 기습하시오."

"조진은 그 나름으로 병법을 꿰고 있는 인물이니, 왕랑의 상을 치르는 동안 우리가 기습해올 것을 알고 대비해두었을 것입니다."

위연이 걱정스럽게 말하자 제갈량이 말했다.

"알고 있소. 조진은 기산 뒤쪽에 군사를 매복시켜놓고 우리가 진지를 비운 사이에 탈취하려 들 것이오. 그러니 자룡과 문장은 군사를 거느리고 나가는 체하며 산 뒤쪽에 숨어 있으시오. 내가 불을 질러 군호를 보내거든 군사를 몰고 오다가 위장군은 숨기 좋은 산 어귀에 머물러 있고, 조장군은 위군과 맞서시오. 그러면 크게 승리할 것이오."

두 장수가 군사를 거느리고 진문을 나서자 제갈량은 다시 관흥·

장포를 불렀다.

"너희는 각기 일단의 군마를 거느리고 기산에 이르는 길에 매복해 있다가 위병이 통과하거든 그 뒤를 따라가 위의 진지를 쳐부숴라."

관흥·장포가 군사를 거느리고 진문을 나서자 제갈량은 마지막으로 마대·왕평·장익·장의 등을 불러 진지 밖에 매복하니 촉군의 진지는 깃발만 나부낄 뿐 개미새끼 한 마리 없는 공성이 됐다. 제갈량은 마른 풀을 모아 군호를 보낼 준비를 갖추게 하고 자신은 여러 장수와 군사들을 거느리고 사방이 잘 보이는 진지 뒤의 산비탈에 몸을 숨겼다.

한편 조진의 영을 받은 조준·주찬은 해가 떨어지자마자 두 대의 군사를 이끌고 촉의 진지로 살그머니 다가갔다. 밤 11시 무렵, 먼저 도착한 조준이 달빛 아래 희미하게 드러난 촉군의 진지를 보니 과연 방어가 허술했다. 조준은 부하들에게 명하여 일시에 촉군의 진지를 휩쓸어버리게 했다.

위군이 촉의 진지에 난입했을 때 촉의 진지는 텅 비어 있었다. 계교에 빠진 것을 알아차린 조준이 급히 군사를 돌려 달아나려는 순간, 사방에서 불길이 솟았다. 공교롭게도 바로 그때 주찬이 뒤늦게 군사를 거느리고 촉의 진지를 들이치니 위군들은 서로를 적병으로 오인하여 일대 혼전이 벌어졌다. 조준·주찬이 상황을 알아차리고 이리 뛰고 저리 뛰며 싸움을 멈추게 했을 때는 이미 많은 군사와 병마가 살상된 뒤였다.

간신히 대오를 수습한 위군이 후퇴하려는 순간, 사면에서 북소리와 함성이 진동하며 왕평·마대·장의·장익 등의 장수가 촉군을 몰고와 위군을 덮쳤다. 데리고 간 병사를 모두 잃어버린 조준·주찬은 겨우 100여 명의 패잔병을 이끌고 큰 길을 따라 도주했다. 하지만 얼마 가지 못해 조운이 거느린 촉군에게 길이 막혔다.

깜짝 놀란 조준·주찬은 기겁을 하고 샛길을 찾아 달아나기 시작했다. 이 또한 얼마 가지 못해 위연이 거느린 촉군에게 도주로가 막혔다. 다행히 어두운 숲속이라 조준·주찬은 용케 위연의 포위망을 뚫고 본진으로 도망쳤다.

한편 촉군이 기습해오기를 기다리고 있던 위군은 조준·주찬의 패잔병을 촉병으로 오인하고 급히 마른 덤불을 태워 서로에게 군호를 보냈다. 그러자 길 좌우에 매복해 있던 조진·곽회가 번개처럼 뛰어나와 그나마 남아 있던 패잔병마저 시살해버렸다. 조준·주찬이 소리를 질러 아군임을 알리자 조진·곽회는 대경실색하고 서로의 얼굴만 쳐다보았다.

위의 장수들이 어두운 길 중간에서 말을 탄 채 망연히 쳐다보고 있는데 배후에서 3대로 나뉜 촉의 대군이 위군을 감싸며 진격해왔다. 중앙에는 위연, 좌로에는 관흥, 우로에는 장포가 한 무리의 군사를 이끌고 돌진해오자 위군은 한밤에 도깨비를 만난 듯 진지를 버리고 10여 리 밖으로 달아났다. 촉군이 흩어지는 위군을 쫓아가며 호박을 찌르듯 창칼을 휘두르니 주검이 산을 쌓고 피가 내를 이룰 정도였다.

단 한번의 실책으로 대군을 잃어버린 조진은 크게 상심하여 제대로 먹지도 못하고 잠도 자지 못했다. 조진이 울화와 근심에 싸여 있는 것을 본 곽회가 조진의 장막으로 찾아와 말했다.

"도독께서는 왜 '중요한 전투에는 오랑캐를 앞세운다'는 쉬운 계책을 이용하지 않으십니까? 서강西羌 사람들은 태조(조조) 때부터 한번도 거르지 않고 조공을 바쳤으며 문제(조비)께서는 그들을 충의롭게 여겨 많은 은혜를 베풀었습니다. 도독께서는 당분간 험한 요새지에 의지해 지키면서 밀사를 서강으로 보내어 원병을 청해보십시오. 그들이 촉의 후면을 공격해준다면 우리는 적의 정면을 공격하여, 촉병의 머리와 꼬리가 서로 돌보지 못하게 하십시오. 그러면 제갈량은 군사를 물려 달아날 것입니다."

조진은 곽회의 말에 따라 그날 밤으로 서강 왕에게 편지를 쓰고 밀사를 뽑는 한편, 말 한 필에 금은 보석을 가득 실어 보냈다.

서강의 국왕은 조조 때부터 매년 조공을 바쳐온 철리길徹里吉이었다. 그의 휘하에는 아단雅丹이라는 뛰어난 문관이 승상을 맡고 월길越吉이란 빼어난 장수가 원수에 올라 있었다. 조진이 보낸 밀사는 서강에 도착하여 먼저 승상 아단을 만나 예물을 바치며 도와줄 것을 간청했다. 아단은 곧 조진의 밀사를 국왕 철리길에게 인도하여 조진의 편지를 전했다. 편지를 다 읽은 철리길이 문무대신을 불러 위의 요청에 대해 의견을 구했다. 그러자 아단이 먼저 입을 열었다.

"우리와 위나라는 오래전부터 왕래가 있던 사이로 조진 도독께서 진귀한 물품을 보내시며 화친과 원병을 부탁하니 허락하는 게 좋겠습니다."

철리길은 고개를 끄덕이고 아단과 월길에게 정병 15만을 거느리고 출병해 위군을 돕게 했다. 서강의 군사들은 모두 창검은 물론 활과 철퇴를 능숙하게 다룰 줄 알았다. 그리고 이들에게는 철거병鐵車兵이라고 불리는 전차부대가 있었다. 그것은 낙타나 노새가 끄는 수레인데, 그 위에 뾰족한 못을 수없이 박은 쇠지붕을 씌워놓은 것으로 군량미는 물론 여러 가지 물자를 실어나르는 데 이용했다.

조진의 밀사가 서강의 병사를 인도하여 서평관西平關으로 쳐들어오자 서평관을 지키고 있던 촉장 한정韓禎이 제갈량에게 전령을 보내 서강의 군사가 쳐들어온다는 보고를 올렸다. 파발을 접한 제갈량은 여러 장수들을 불러모아 물었다.

"누가 나서서 서강의 군사를 격퇴하겠느냐?"

제갈량의 말이 끝나기도 전에 장포·관흥이 앞다퉈 자원했다. 그러자 제갈량이 말했다.

"너희들의 용맹은 잘 안다만, 두 사람 다 그쪽 지리에 어두우니 그게 걱정이구나."

제갈량은 좌우를 둘러보더니 마대에게 말했다.

"자네는 그곳이 고향이나 마찬가지이고 서강병의 전법은 물론 길눈도 밝으니 두 장수와 함께 가도록 하라."

제갈량이 5만의 군사를 떼어주니 마대·관흥·장포는 군사를 거느리고 서평관으로 향했다. 진군한 지 수 일째 되어 관흥이 기병 100여 기를 거느리고 산 위에 올라가 바라보니 무기를 가득 실은 철거를 앞뒤에 거느리고 온 서강병들이 군데군데 진지를 세우고 있었다. 세심히 적진을 살핀 관흥이 진지로 돌아와 장포·마대에게 말했다.

"한눈에 보기에도 서강의 군대들이 만만치 않은 것 같소."

그러자 두 장수보다 나이가 많은 마대가 말했다.

"내일 일단 한번 부딪쳐보면 적의 허실을 알 수 있을 것이오. 그때 다시 의논합시다."

서량의 군대와 탐색전을 치러보기로 결론을 내린 세 장수는 다음 날 아침 중로는 관흥, 좌로는 장포, 우로는 마대가 맡아 각기 군사를 거느리고 서강병의 진지로 쳐들어갔다. 서강의 원수 월길이 허리에는 큰 활을 차고 손에는 보기만 해도 무시무시한 철퇴를 들고 말을 몰아 앞으로 달려나왔다.

 중로를 맡은 관흥이 3로의 군사에게 총공격을 명하자 서강의 군사가 갑자기 좌우로 갈라졌다. 그리고 철거 뒤에 숨은 병사들이 일제히 수레를 밀고 나오며 활을 쏘았다. 예기치 않은 일격을 받은 촉병은 크게 대오가 흐트러지면서 우왕좌왕했다. 견디지 못한 마대 · 장포가 군사를 앞세워 먼저 도망치자 중로를 맡아 적진 깊숙이 돌진했던 관흥의 군사만 강병에게 완전히 포위됐다.

 관흥은 포위망을 뚫으려고 안간힘을 썼으나 철거를 방패 삼아 좁혀오는 적의 포위를 쉽게 벗어날 수 없었다. 수많은 군사를 희생시키면서 사력을 다해 포위망을 뚫은 관흥은 심복 부하 몇 명과 함께 산골짜기로 도주할 길을 찾았으나 어느새 날이 어두워져 길을 잃고 말았다.

 한참 산길을 헤매고 있는데 한 무리의 군사가 깃발을 펄럭이며 달려왔다. 어느 쪽 군사인지 알 수 없어 말을 멈추고 가만히 살펴보니 자신을 찾고 있는 서강병이었다. 관흥이 깜짝 놀라 말을 돌려 달아나려고 하자 앞장서서 오던 적장이 철퇴를 휘두르며 쫓아왔다.

 "젊은 놈은 도망가지 말고 내 철퇴를 받아라!"

 관흥은 벽력같이 소리치며 달려드는 월길을 피해 필사적으로 말에 박차를 가했다. 그러나 얼마 가지 않아 커다란 개울을 만나는 바람에 할 수 없이 말 머리를 돌려 월길과 싸웠다. 10여 합을 겨뤄본 관흥은 도저히 월길의 괴력을 당해낼 수 없다고 여기고 좀 전에 되돌아섰던 개울을 향해 달아났다. 그러자 월길이 개울까지 뒤쫓아와 철퇴를 휘둘러 말의 엉덩이를 맞혔다. 말이 비명을 지르며 나뒹굴자 관흥은 물속으로 곤두박질쳤다. 물에 빠진 관흥이 얼른 칼을 고쳐잡고 뒤돌아보니 월길과 함께 쫓아왔던 서강병들이 갑자기 아우성을 치며 좌우로 흩어졌다.

관흥이 바라보니 수염을 가슴까지 늘어뜨린 낯선 장수 하나가 서강병들을 시살하며 월길 쪽으로 다가오고 있었다. 월길이 놀라 말 위에서 떨어져 물 속으로 빠졌다. 관흥이 기회를 놓치지 않고 칼을 휘두르며 월길에게 덮치자 월길은 물을 두려워하는지 사지를 버둥거리며 땅으로 기어올라가 달아나기 바빴다. 관흥은 월길이 내버리고 간 말을 타고 낯선 장수에게 다가가 두 손을 모아 예를 올린 후 물었다.

"저를 구해주신 분은 누구십니까?"

푸른 도포에 황금빛 투구를 쓰고 손에는 청룡도를 든 긴 수염의 장수가 말했다.

"저는 이 근처에서 무예를 연마하며 매일 관운장처럼 되기를 바라는 사람으로, 관운장의 아들이 서강병에게 쫓기고 있다는 말을 듣고 황급히 나섰다가 장군을 뵙게 됐습니다. 혹시 장군의 존함을 알 수 있을는지요?"

관흥이 다시 예를 갖춰 자신의 이름을 밝혔다. 그러자 관흥을 구해준 긴 수염의 남자는 크게 기뻐하며 관흥에게 허리 굽혀 절했다. 그러고 나서 동남쪽 길을 가리키며 말했다.

"어젯밤 운장께서 제 꿈에 나타나셨는데 아마도 관장군을 만나 도와주라는 뜻이었나 봅니다. 이 길로 달려가면 촉군을 만날 수 있을 것입니다. 부친의 높은 충의를 따라 꼭 한 황실을 다시 일으켜세워 주십시오."

말을 마친 긴 수염의 남자는 이름도 밝히지 않고 저녁 안개가 피어오르는 강언덕 너머로 표표히 사라졌다. 관흥은 상황이 급한 터라 더

촉군을 구한 것은 관우의 유령이었을까? 중국 민중은 관우를 신으로 숭배했다. '관우 신앙'은 나중에 우리나라에도 전래되었던 바, "임진왜란 때 관우가 신령한 병사(神兵)를 이끌고 나타나 조선군을 구하고 일본군을 격퇴시켰다"는 전설이 가사「한양오백년가」등에 전하고 있다.

머뭇거릴 새도 없이 동남쪽으로 말을 몰았다. 얼마쯤 달려가다가 마주 달려오던 장포를 만났다. 장포가 물었다.

"흥국興國(관흥의 자)아, 너 혹시 둘째 아버님(관공)을 뵙지 못했느냐?"

"형님, 그게 무슨 말씀이십니까?"

뭔가 짚이는 게 있었으나 관흥은 모른 체하고 의뭉히 반문했다. 그러자 장포가 흥분해서 말했다.

"내가 서강병에게 쫓겨 정신없이 도망치는데 누군가 적군을 막아 물리치면서 '장군은 빨리 북쪽길로 가서 동료를 구하시오' 라고 손짓하여 외치기에 군사를 거느리고 급히 이리 달려오는 길이다. 그런데 얼핏 보기에 생전의 둘째 아버님 모습과 너무 닮아서 너에게 묻는 것이다."

그러자 관흥도 그를 만났던 일을 장포에게 이야기해주었다. 두 사람은 관우의 높은 덕 때문에 목숨을 구하게 된 것을 감사히 여기며 진지로 돌아왔다. 먼저 돌아와 진지를 지키고 있던 마대가 이들을 맞으며 말했다.

"서강병이 너무 강하니 우리 힘으로는 제압하기 어렵소. 내가 이곳에 남아서 진지를 지킬 테니 두 분께서는 승상을 모셔오는 게 어떻겠소?"

관흥·장포는 그날 밤으로 제갈량이 있는 진지로 달려갔다. 두 사람으로부터 전황을 보고받은 제갈량은 즉시 조운과 위연을 불러 은밀히 계책을 내린 다음 자신은 3만 군사를 거느리고 강유·장익·관흥·장포와 함께 마대가 지키고 있는 진으로 향했다. 마대의 진지에 도착한 제갈량이 높은 산정에 올라가 적진을 내려다보니 철거를 늘어놓은 서강병의 위세가 만만치 않았다. 진지로 돌아온 제갈량은 장막으로 마대·장익을 불러 무언가를 분부했다. 두 사람이 물러가자 강유를 불러 물었다.

"백약은 서강병을 격파할 방법을 알겠는가?"

"서강 사람들은 자기 용맹만 믿고 나서니 한번 해볼 만합니다."

강유의 말을 들은 제갈량이 흐뭇한 얼굴로 말했다.

"오늘 하늘에는 두터운 구름이 낮게 깔려 있고 찬바람이 매섭게 부는 것으로 보아 분명 눈이 내릴 것이다. 그러니 여기에 맞추어 계책을 쓴다면 반드시 이길 것이다."

제갈량은 관흥·장포에게 적군이 달려올 길목에 군사를 매복하게 하고, 강유에게는 군사를 거느리고 나가 싸우되 철거병이 나타나면 곧바로 후퇴하라고 영을 내렸다. 그리고 진지를 지키는 장수를 불러 진문에는 깃발만 꽂아놓고 군마는 일절 배치하지 말라고 분부했다.

제갈량이 서강병과의 일전을 준비시킨 지 얼마 되지 않아 무릎까지 쌓이는 폭설이 내리기 시작했다. 강유가 일단의 군사를 거느리고 나가 싸움을 걸자 월길은 철거병을 이끌고 나타났다. 강유는 제갈량의 지시대로 군사를 거느리고 진지 뒤쪽으로 달아났다. 월길은 촉군의 진지를 빼앗을 욕심에서 곧바로 진지를 향해 다가갔다.

촉군의 진지에는 찬바람에 무수한 깃발만 펄럭이고 있을 뿐, 북소리조차 들리지 않았다. 전초병이 돌아가 월길에게 사실을 보고했다. 그러자 옆에 있던 아단이 말했다.

"제갈량이 급히 달아나면서 군사들이 없으면서도 있는 것처럼 꾸민 것일 테니 걱정할 필요 없소."

월길은 고개를 끄덕이고는 군사를 거느려 촉의 진지 앞으로 나는 듯이 달려갔다. 그러자 거문고를 안고 수레에 올라탄 제갈량이 몇 명의 기병을 거느리고 허둥지둥 진지 뒤로 도망치는 모습이 보였다. 부하들과 함께 촉의 진지로 진입한 월길은 곧바로 제갈량이 사라진 진지 뒤쪽으로 달려갔다. 그러자 작은 수레 하나가 먼 언덕 너머로 바삐 사라지는 게 보였다. 월길이 복병을 두려워하여 군사를 멈추자 아단이 다시 월길을 부추겼다.

"촉병들이 매복해 있어봤자, 한 줌도 안 될 것이오."

월길이 대군을 거느리고 추격을 재개하려는데 또 촉군이 무릎까지 쌓이는 눈밭을 헤치고 허둥지둥 달아나는 모습이 보였다. 월길은 부하들을 격려하고 독촉하여 강유의 군사를 뒤쫓았다. 이때 전령이 다급히 달려와 촉병들이 산 뒤에서 쏟아져나오고 있다고 보고했다.

"까짓 복병이 두려워 대마大馬를 놓치면 되겠소?"

아단이 나서서 재촉하자 월길은 군마를 이끌고 추격을 계속했다. 서강병이 촉군이 꼬리를 감춘 산모퉁이를 향해 다가섰을 때, 갑자기 땅 밑이 꺼지며 철거와 병사들이 깊은 구덩이 속으로 굴러떨어졌다. 뒤따라오던 서강병들이 급히 말 머리를 돌려 후퇴하려고 할 때, 좌우 산기슭에 매복해 있던 관흥·장포가 군사를 거느리고 뛰어나와 일제히 화살을 쏘았다. 게다가 강유·마대·장익이 뒤쪽에서 군사를 이끌고 나타나 서강의 군사를 시살하니 흰 눈으로 덮인 벌판이 금세 붉은 피로 물들었다.

촉군이 파놓은 함정과 매복에 걸려 거느리고 간 병사를 절반 이상이나 잃어버린 월길은 혼자 말을 몰아 샛길로 도망치다가 관흥과 맞닥뜨렸다. 월길은 며칠 전에 자신을 피해 달아나던 관흥을 만나 허세를 부려보고자 했으나 다시 만난 관흥은 그때의 관흥이 아니었다. 월길은 철퇴를 몇 번 휘둘러보지도 못하고 관흥이 휘두르는 칼에 몸이 두 동강 나 말 아래로 굴렀다.

그날 저녁, 촉의 장수들은 각기 한 무리씩의 서강병을 포로로 잡아 돌아왔다. 가장 늦게 돌아온 마대는 아단을 결박지어서 제갈량에게 바쳤다. 그러자 제갈량은 손수 아단의 결박을 풀어주고 술을 내려 놀란 가슴을 가라앉혀주었다. 그리고 나서 부드러운 말로 달래니 아단은 크게 감동했다. 제갈량이 말했다.

"나는 한나라 황실의 대통을 이어받은 황제의 명을 받들어 역도를 정죄하고 있는 중인데, 왜 그대들이 죄를 받으려 나서는가? 그대를 풀어줄 테니 왕에게 가서 우리 촉과 서강은 지근의 거리에 있으니 앞으로 영원히 동맹을 맺어 사이좋게 지내고, 역도들의 말을 좇지 말라고 전하시오."

제갈량이 전리품으로 얻은 병마와 무기를 서강의 병사들에게 돌려주자 아단은 여러 차례 허리 굽혀 절하고 자기 땅으로 돌아갔다. 서강병이 돌아간 뒤, 제갈량은 그날 밤으로 3군을 거느리고 기산의 진지로 돌아가 그간의 승전보를 성도에 알렸다.

한편 서강으로 밀서를 보내놓고 원군이 오기를 기다리고 있던 조진은 염탐나간 병사들로부터 의외의 소식을 들었다.

"촉의 군사들이 진지를 버리고 감쪽같이 사라졌습니다."

그러자 옆에 있던 곽회가 말했다.

"서강의 군사들이 몰려온다는 말을 듣고 막으러 간 게 분명합니다. 그러니 군사를 두 길로 나누어 촉군을 추격하는 것이 좋겠습니다."

조진은 조준·주찬을 불러 선봉과 부선봉에 삼고 각기 군사를 나누어 두 갈래 길로 촉군을 쫓게 했다. 하지만 조준은 얼마 가지 못해 매복해 있던 촉군을 만났다.

"이 쥐새끼 같은 놈아, 어디를 급히 가느냐?"

위연이 벽력같이 소리치며 달려들자 조준도 칼을 빼어들고 맞섰다. 하지만 조준은 위연의 상대가 되지 못하여 단칼에 목이 달아나 말 아래로 굴렀다. 대장의 목이 떨어지는 것을 본 위군은 개미새끼처럼 흩어져 달아났다.

한편 또 다른 길로 나선 부선봉장 주찬은 조운이 거느린 촉군에게 앞이 가로막혔다. 주찬은 조운이 늙은 것만 믿고 젓가락질보다 못한 실력으로 창을 놀리다가 조운이 휘두르는 창에 찔려 죽고 말았다. 대장이 죽자 주찬을 따라나선 병사들 역시 무기를 버리고 한꺼번에 흩어져 달아났다. 선봉으로 나선 장수들이 모두 죽고 병사들마저 흩어져 달아났다는 보고를 받은 조진·곽회는 말 머리를 돌려 진지로 돌아가려고 했다. 그때 관흥·장포가 길 양쪽에서 나타나 퇴로를 끊으니 두 사람은 진지를 버리고 위수까지 달아났다.

# 사마의의 복권과 마속의 죽음

두 장수를 잃은 조진은 매우 슬퍼하며 원병을 청하는 표를 써서 조정에 올렸다. 전황이 순조롭지 않은 것을 알게 된 조예가 신하들을 불러 물었다.

"대도독 조진이 여러 번 촉에 패하고 장수들마저 여럿을 잃었다고 한다. 뿐만 아니라 구원병으로 왔던 강병들도 크게 패배하여 돌아갔다고 하니 어찌하면 좋겠느냐?"

화흠이 먼저 진언했다.

"촉군이 저토록 강건하니 폐하께서 여러 제후를 불러 친히 원정길에 오르시는 길밖에 없습니다. 만일 그렇게 아니하신다면 장안을 잃게 될지도 모르며 장안을 빼앗긴다면 관중마저 위태롭게 됩니다."

하지만 태부 종요의 의견은 달랐다.

"장수란 보통 사람보다 뛰어난 지략이 있어야 능히 부하를 부릴 수 있습니다. 손자가 말하기를 '적을 알고 나를 알면 백 번 싸워 백 번 이길 수 있다'고 했습니다. 신의 생각으로는 조장군이 오랫동안 군사를 부렸다고는 하지만 제갈량의 적수는 되지 못합니다. 신이 온 집안의 생명을 걸고 촉병을 물리칠 수 있는 사람을 한 명 천거해도 되는지요?"

"경은 조정의 원로대신인데 내가 어찌 경의 말을 듣지 않겠소? 촉병을 물리칠 수 있는 사람이 누구인지 어서 말해보시오."

조예가 재촉하자 종요가 조심스레 말했다.

"지난날 제갈량이 군사를 일으켜 우리 국경으로 쳐들어오다가 이 사람 때문에 실패할까 두려워 못된 유언비어를 퍼뜨렸습니다. 그래서 폐하의 의심을 불러일으켜 그를 기용하지 못하게 만들었습니다. 만일 폐하께서 그를 다시 기용하신다면 제갈량은 제풀에 물러갈 것입니다."

"정말 그런 일이 있었단 말이오? 어서 그의 이름을 말해보시오!"

조예는 종요가 말하는 사람이 누구인지 눈치챘으나 자기 입으로 먼저 말하는 게 무안해서 다시 종요를 다그쳤다. 그러자 종요가 대답했다.

"표기대장군 사마의입니다."

"안 그래도 그 일 때문에 짐도 마음이 편치 못했소. 그래, 지금 중달은 어디에 있소?"

"들리는 소문에 의하면 완성에서 하는 일 없이 지내고 있다 합니다."

조예는 즉시 인편에 조서를 보내 사마의의 관직을 복직시켰다. 그리고 새로 평서도독平西都督의 지위를 내려 남양南陽의 군마를 거느리고 장안으로 떠나게 했다. 이어 조예 자신도 군사를 거느리고 장안으로 갈 생각을 했다.

낙양의 움직임이 이처럼 바삐 돌아가는 동안, 원정을 나와 대승을 거듭한 제갈량은 자신의 진지로 장수들을 불러모아 잔치를 베풀고 있었다. 자축연이 한창 무르익어갈 때, 영안궁永安宮을 지키고 있던 이엄이 아들 이풍을 보냈다는 보고가 들어왔다. 제갈량은 동오가 국경을 넘어온 줄 알고 깜짝 놀라 그를 불러들였다. 그런데 이풍은 전혀 뜻밖의 사실을 알렸다.

"승상께서 들으시면 기뻐하실 소식입니다. 지난날 맹달이 위에 항복했던 것은 자기가 관공을 죽였다는 선제의 오해를 풀지 못했기 때문이지 딴뜻이 있어서가 아닙니다. 처음에 맹달이 위에 투항했을 때 조비는 그의 재주를 높이 사서 수레를 같이 타고 다닐 정도로 융숭히 대접했습니다. 그리고 산기상시散騎常侍의 벼슬과 신성新城 태수의 직을 주어 남쪽의 상용上庸과 금성金城을 지키게 했습니다. 하지만 조비가 죽고 조예가 즉위하자 자신의 지위가 불안정해져 늘 불안을 느끼게 됐습니다. 그래서 주변의 심복들에게 '나는 본래 촉의 장수인데 어쩌다 이 지경에 이르게 되었는가?' 하고 자주 한탄을 한답니다. 근래에는 인편으로 저의 부친께 수차례나 서신을 보내어 조만간 승상께 되돌아갈 뜻이 있음을 전해달라고 부탁했습니다. 맹달은 승상께서 일전에 다섯 갈래 길로 서천에 이르렀을 때에도 투항하여 접응하고자 했다 합니다. 지금 그는 승상께서 위를 토벌한다는 소식을 듣고 자신이 있는 신성을 비롯해 금성과 상용 세 곳의 군마를 일으켜 낙양을 취하겠다고 합니다. 승상께서 장안을 취하신다면 신구新舊 서울이 모두 촉의 수중에 떨어지니 중원 수복이 쉬워질 것입니다."

제갈량은 이풍에게 후히 상을 내리고 영안으로 되돌려보냈다. 이 날, 위에 나가 있던 세작들이 급히 달려와 조예가 군사를 거느리고 장안으로 진군해오고 있으며 관직이 복직된 사마의 또한 남양의 군마를 거느리고 장안에서 조예와 회동하기로 했다는 소식을 알렸다. 제갈량이 크게 당황하자 참군 마속이 말했다.

"승상께서 조예를 걱정하실 까닭이 어디 있습니까? 그가 제발로 장안까지 온다면 사로잡기 쉬우니 더 좋지 않습니까?"

"내가 철부지 조예를 두려워하겠느냐? 맹달이 거사를 하려는 중요한 때에 사마의가 복직되었으니 일이 쉽게 풀리지 않을 것이다. 내가 걱정하는 것은 오직 그것뿐이다."

제갈량이 걱정하자 마속이 말했다.

"그러면 승상께서 사마의를 막을 대책을 서신으로 쓰셔서 어서 맹달에게 보내십시오."

제갈량은 마속의 말에 따라 급히 서신을 써서 인편으로 맹달에게 보냈다. 제갈량으로부터 회답이 오기만을 기다리고 있던 맹달은 사신이 가지고 온 서신을 얼른 펴보았다.

근래에 공이 보낸 서신을 읽고 공의 충심과 의리가 변치 않음을 알게 되었소. 이번 대사를 성공시킨다면 공은 한 왕조를 다시 일으킨 일등 공신이 될 것이오. 하지만 이 일은 천하의 안위가 걸려 있으니 살얼음을 밟듯이 신중해야 하오. 들리는 소문에 따르면 조예가 사마의를 다시 기용하여 남양의 모든 군마를 일임했다고 하니 특히 조심하시오. 사마의가 공의 거사를 조금이라도 눈치챈다면 나보다 공을 먼저 칠 것이오. 부디 매사에 만전을 기하고 만약의 사태에 대비하시오.

제갈량의 편지를 읽은 맹달은 제갈량의 당부를 웃어넘겼다.
"제갈량은 하지 않아도 될 근심을 일삼아 하는구나!"
맹달은 제갈량에게 보내는 답신을 써서 편지를 가지고 온 사신에게 보냈다. 제갈량이 읽어보니 편지의 내용은 다음과 같았다.

승상께서 보내신 글월을 받았습니다. 천하를 안정되게 하는 거사를 어찌 태만히 하겠습니까? 그러나 완성에서 낙성洛城까지가 약 800여 리이고 이곳 신성까지는 1200여 리나 되니 사마의를 크게 염려하실 필요 없습니다. 만일 제가 거사했다는 소식을 듣고 사마의가 위주에게 표를 올린다면 서신이 오가는 데만 1개월이 걸릴 것입니다. 제가 지키는 신성은 견고한데다 3군이 길목을 든든히 지키고 있으니 사마의가 온다 해도 두려울 것이 뭐가 있겠습니까? 승상께서는 편안한 마음으로 오직 승전보가 오기만을 기다려주십시오.

맹달의 답서를 읽은 제갈량은 서신을 구겨 땅바닥에 던지며 말했다.
"맹달은 사마의의 손에 죽을 수밖에 없겠구나!"
"어떻게 해서 그렇습니까?"
마속이 묻자 제갈량이 대답했다.
"병법에 이르기를 '적이 방심할 때 공격하고 미처 생각지 못할 때 두들기라'고 했다. 맹달은 사마의가 성으로 쳐들어오는 데 한 달이 걸릴 것으로 예상하고 있다. 그러나 조예가 이미 중책을 맡겼는데 사마의가 뭐하러 표를 올리겠느냐? 사마의는 반드시 단 열흘 만에 들이닥쳐 맹달을 잡아 죽이고 나서 표를 올릴 것이다."
제갈량은 함께 따라온 맹달의 심복에게 편지를 써주며 다음과 같이 일렀다.

"거사를 하기 전까지는 아무리 친한 사람에게라도 비밀을 누설하지 말라고 전하라. 그렇지 않으면 큰 화를 당할 것이다."

한편 완성에서 무료히 지내고 있던 사마의는 한중에서 위군이 촉병에게 연일 패하고 있다는 소문을 듣고 며칠째 한숨을 내쉬었다. 그러자 부친 곁에서 병서를 읽고 있던 큰아들 사마사司馬師와 둘째 아들 사마소司馬昭가 물었다.

"아버님께서는 요즘 무슨 일로 그렇게 한숨을 쉬십니까?"

"너희들이 어찌 나라의 일을 알겠느냐?"

그러자 큰아들 사마사가 다시 물었다.

"혹시 위제가 기용해주지 않아서입니까?"

사마의가 아무 대답도 없자 사마소가 크게 웃으며 말했다.

"나라가 어지러워지면 황제께서 반드시 아버님을 부르실 것이니 근심하지 마십시오."

공교롭게도 사마소의 말이 끝나기도 전에 위제가 보낸 사신이 조서를 전하러 왔다. 사마의는 당장 완성의 군마를 불러 장안으로 향할 채비를 차렸다. 이때 금성 태수 신의申儀가 몰래 보낸 사람이 도착했다. 사마의가 급히 달려온 까닭을 묻자 밀사는 맹달이 반기를 들려 한다는 사실을 말했다.

"이 기밀은 맹달의 심복 이보李輔와 처남 등현鄧賢에게서 들었으니 확실하다고 합니다."

"지금 제갈량이 기산에 주둔하고 있으면서 장안을 넘보고 있기에 황제께서 직접 나서셨다. 그런데 맹달이란 작자가 그 틈을 노려 낙양을 집어삼키려 한다니 어마어마한 술수로구나!"

옆에서 듣고 있던 큰아들 사마사가 말했다.

"아버님께서는 이 사실을 빨리 천자께 알리십시오."

"교지를 받으려면 한 달은 족히 걸릴 것이니 그건 불가하다."

사마의는 장안으로 떠나기 위해 군사를 모아놓고 이렇게 말했다.

"지금부터 너희들은 이틀 걸리는 길을 하루 만에 가야 한다. 이를 어기는 자는 참수할 테니 뒤처지는 일이 없도록 하라."

군사를 거느리고 신성으로 출발하기 전에 사마의는 '촉군을 물리칠 준비를 하라'는 격문 한 장을 써서 참군 양기梁畿에게 주어 그날 중으로 맹달에게 전하게 했다. 행여 맹달의 의심을 사지 않으려는 심산에서였다.

양기가 신성으로 떠나자 사마의는 군사를 거느리고 쉬지 않고 달려갔다. 행군한 지 이틀째, 사마의의 군대 쪽으로 한 무리의 위군이 달려왔다. 사마의가 진군을 멈추고 위군을 맞으니 우장군 서황이 말 위에서 허리를 굽혀 인사하며 말했다.

"황제께서는 촉병과 맞아 싸우기 위해 친히 장안으로 행군하고 계시는데 도독께서는 어디로 가시는 길입니까?"

"맹달이 제갈량과 짜고 반기를 들었다는 기밀을 접하고 신성으로 놈을 잡으러 가는 길이오."

사마의가 말하자 서황이 선뜻 선봉장을 자청했다. 사마의는 크게 기뻐하며 서황을 선봉에 세우고 자신은 중군을 맡았으며 그의 두 아들에겐 후군을 거느리게 했다. 사마의가 다시 군사들을 독촉하여 달려가는데 앞서갔던 전초병이 제갈량의 밀서를 지닌 맹달의 심복을 붙잡아 사마의에게 넘겼다. 사마의가 다그치자 맹달의 심복은 두려움에 사지를 떨면서 그 동안 제갈량과 맹달 사이에 오고간 기밀을 낱

낯이 실토했다. 맹달의 심복에게서 빼앗은 제갈량의 밀서를 읽은 사마의가 나지막이 중얼거렸다.

"세상일에 밝다는 사람들이 생각하는 바는 역시 똑같구나! 다행히도 내가 제갈량의 술수를 알아차렸으니 이것은 모두 황제 폐하의 복이다."

사마의는 밤낮을 가리지 않고 군사들을 강행군시켰다. 한편 맹달은 금성 태수 신의와 상용 태수 신탐에게 미리 거사를 알려주고 함께 할 것을 권했다. 신탐·신의는 거짓으로 승낙하여 맹달을 안심시킨 뒤에 거사를 준비하는 체하며 매일 군마를 훈련시켰다. 사실은 위의 군사들이 나타나면 내응하기 위해서였다. 그러면서 양초가 준비되지 않았다는 핑계로 거사일을 차일피일 미루었다. 사마의가 보낸 참군 양기가 신성에 도착한 것은 바로 그때였다. 맹달이 태연한 척 양기를 맞이하자 양기가 사마의의 친서를 주며 말했다.

"사마도독께서 천자의 명을 받아 촉병을 물리치게 되었습니다. 태수께서는 미리 군마를 점검해놓고 기다리라고 분부하셨습니다."

"사마도독께서는 언제 군사를 일으킬 생각이십니까?"

"벌써 완성을 떠나 장안으로 가고 있을 것입니다."

맹달은 사마의가 군사를 거느려 장안으로 가고 있다는 말에 내심 기뻐했다.

'이번 거사는 성공한 거나 마찬가지구나!'

맹달은 술상을 차려 양기를 대접한 뒤 성문 밖까지 따라나가 전송했다. 그런 다음 신탐·신의에게 사람을 보내 내일 낙양으로 진군한다고 통보하면서 기치를 대한大漢으로 바꾸라는 지시도 함께 내렸다. 기분이 좋아진 맹달은 내일의 거사를 의논하기 위해 몇몇 심복들을 불렀다. 그러나 심복보다 먼저 달려온 것은 성문을 지키던 파수병이었다.

"성밖의 먼 들판에 한 떼의 군사가 밀려오고 있는데 어느 편 군사인지 도무지 알 수가 없습니다."

맹달이 뒤늦게 달려온 심복들과 함께 급히 성루로 올라가 아래를 굽어보니 '우장군 서황'이라는 깃발을 든 위군이 성 아래로 까맣게 몰려오고 있었다. 맹달은 크게 당황하여 급히 적교를 거둬올렸다. 그러자 말 위에 올라탄 서황이 성벽 둘레에 파놓은 연못 앞으로 나와서 외쳤다.

"역적 맹달아! 빨리 나와서 모가지를 늘이지 못하겠느냐?"

약이 바짝 오른 맹달이 부하들에게 활을 쏘게 하자 서황의 이마에 명중했다. 위군이 방패를 들고 급히 달려와 말에서 굴러떨어진 서황을 떠메고 달아났다. 위군이 빗발치는 화살을 피해 달아나자 맹달은 성문을 열고 그 뒤를 추격했다. 하지만 얼마 가지 못해 사방에서 하늘을 가릴 만큼 무수한 기치창검이 나타나더니 사마의의 군사들이 들이닥쳤다. 맹달은 그제야 후회하며 탄식했다.

"내가 왜 공명의 충고를 되새기지 않았던가!"

맹달은 황급히 군사를 거느리고 신성으로 돌아가 성문을 굳게 걸어 잠갔다.

이마에 화살을 맞고 쓰러진 서황은 진중으로 옮겨져 군의의 치료를 받았으나 그날 밤을 넘기지 못하고 숨을 거두었다. 그의 나이 59세, 촉의 노장이었던 황충이나 조운에 비하면 죽음이 일찍 찾아온 셈이었다. 사마의는 서황의 영구를 낙양으로 운구하게 했다.

성문을 걸어잠근 다음 날, 맹달이 성루에 올라가 사방을 살펴보니 위의 군사들이 물샐 틈 없이 포위하고 있었다. 가슴이 답답하고 불안해진 맹달이 안절부절 못하고 있을 때 멀리 '신탐'과 '신의'라고 씌어진 깃발을 높이 치켜든 군사들이 양쪽에서 몰려왔다. 맹달은 신탐과 신의가 구원하러 오는 줄 착각하고 신이 나서 성안의 군사를 이끌고 성문을 나섰다. 그러나 신의·신탐이 말을 달려오며 소리쳤다.

"역적 맹달은 누구를 맞으러 나오느냐?"

맹달은 두 사람이 자신을 속였음을 알고 급히 말 머리를 돌려 성으로 달아났다. 성 아래 당도한 맹달이 적교를 내리라고 소리치자 갑자기 성 위에서 화살이 무수히 빗발치더니 이보와 등현이 성루 위에 나타나 소리쳤다.

"맹달, 이 역적아! 이 성이 원래 누구의 성이더냐?"

모든 일이 수포로 돌아간 것을 깨달은 맹달은 샛길을 향해 죽을 힘을 다해 말을 달렸다. 그 뒤를 신탐이 끈질기게 따라붙었다. 맹달의 말이 지쳐서 더 이상 달리지 못하자 맹달은 할 수 없이 말 머리를 돌려 신탐과 맞섰다. 하지만 이미 전의가 꺾인 맹달은 공중에 헛손질만 하다가 신탐의 창에 찔려 죽었다. 그러자 맹달을 따라온 군사들은 무기를 버리고 땅바닥에 엎드렸다.

사마의는 이보·등현이 활짝 열어젖힌 성문으로 군사를 거느리고 들어가 맹달의 심복들은 참수하고, 나머지 병사들에게는 죄를 묻지 않았다.

민심을 수습하여 안정시킨 사마의가 조예에게 그 간의 사정과 승전보를 함께 올렸다. 조예는 크게 기뻐하며 신탐·신의에게 벼슬을 올려주고 맹달의 수급은 창에 꽂아 성문 앞에 효시하게 했다. 사마의는 이보·등현에게 각각 신성과 상용을 지키게 하고 자신은 군사를 거느리고 장안으로 향해 성밖에 진지를 세웠다. 그리고 성안으로 들어가 조예를 만났다. 사마의를 맞이한 조예가 그의 두 손을 잡고 말했다.

"짐이 귀가 얇아 충신을 욕보였구려. 중달이 맹달의 반역을 저지하지 못했다면 낙양과 장안은 이미 역도들의 손에 넘어갔을 것이오."

"맹달이 반기를 들 것이라는 밀고를 접하고 폐하께 알리려 했으나 교지를 받는 데 너무 시간이 걸릴 것 같아 임의로 일을 처리했습니다. 만일 폐하의 교지를 받은 다음 맹달을 처치하려 했다면 틀림없이 제갈량의 계책에 빠졌을 것입니다."

사마의는 앞뒤 사정을 공손히 말한 뒤에 제갈량이 맹달에게 보냈던 밀서를 조예에게 바쳤다. 제갈량의 글을 읽은 조예는 다시 한번 사마의의 손을 마주잡으며 말했다.

"경의 시무는 손오보다 낫구려!"

조예는 천자의 상징인 금월부金鉞斧(금도끼) 한 자루를 하사하며 이렇게 말했다.

"앞으로 중대하고 시급한 일이 있을 때에는 내게 알릴 필요 없이 도독이 알아서 처리하시오."

사마의가 엎드려 두 손으로 금월부를 받고 나서 조예에게 말했다.

"신에게 선봉장 한 사람을 천거하게 해주십시오."

"누구인지 말만 하시오."

"우장군 장합을 데려다 쓰고 싶습니다."

사마의의 청을 받아들인 조예는 장합을 선봉장에 임명하는 한편 여러 장수들에게 사마의를 따라 한중으로 가서 촉군을 물리치라는 영을 내렸다.

사마의는 신비·손례孫禮 두 장수에게 정병 5만을 주어 조진을 도우러 보내고 자신은 20만 군마를 거느리고 장안을 떠났다. 사마의가 선봉장 장합에게 말했다.

"제갈량은 천성이 신중한 인물이니 그를 이기자면 우리도 그만큼 신중해야 할 것이오. 지난날 그가 자오곡을 통해 곧바로 장안을 취할 수 있었는데도 그러지 않았던 것은 결코 지모가 모자라서가 아니라 도박을 피하려는 뜻에서였소. 이번에 그는 야곡을 통해 미성尾城을 취하려는 전략을 구사할 것이오. 그런 뒤에 군사를 두 갈래로 나누어 기곡箕谷으로 쳐들어온다면 우리는 궁지에 몰리게 되오. 그래서 나는 자단(조진의 자)에게 파발을 보내 미성을 지키게 하고 만일 촉군이 나타나더라도 나가 싸우지 말게 했소. 손례와 신비에게 기곡 입구를 지키고 있다가 적병이 나타나면 물리치라 했으니 어찌 될지 지켜보아야겠소."

"장군께서는 어느 곳으로 나가시려 하십니까?"

"진령秦嶺을 넘어가면 가정街亭이란 곳이 나오는데 그곳에 열류성列柳城이 있소. 가정과 열류성은 한중에 이르는 중요한 관문으로 제갈량은 자단을 집적거리다 말고 반드시 그곳으로 진격해올 것이오. 그러기 전에 장군과 내가 가정을 먼저 취하면 양평관陽平關을 위협하는 형세가 될 게 아니겠소? 우리가 가정에 이르는 길을 끊으면 보급로가 막힌 제갈량은 농서 일대를 버리고 한중으로 돌아갈 수밖에 없을 것이오. 이때 매복해둔 군사로 기습한다면 우리는 승리를 얻을 수 있소. 만일 제갈량이 돌아가지 않고 버틴다면 철저히 보급로를 끊는 것만으로도 적을 한 달 안에 궤멸시킬 수 있을 것이오."

장합이 감탄을 금치 못하자 사마의가 다시 말했다.

"제갈량과 맹달을 비교할 수는 없으니 장군은 여러 장수들과 긴밀히 연락을 취하면서 길목이 있으면 항상 복병에 유의하시오. 내 말을 한 귀로 듣고 한 귀로 흘려보낸다면 반드시 제갈량의 계책에 빠지고 말 것이오."

사마의와 장합이 제갈량과 싸우기 위해 대군을 거느리고 나갈 무렵, 기산에 있던 제갈량은 신성에서 급히 달려온 염탐꾼에게 놀라운 소식을 보고받았다.

"완성에서 신성까지 보름이 걸리는 거리를 사마의가 단지 열흘 만에 주파하는 바람에 맹달은 아무 준비 없이 있다가 죽임을 당했습니다. 그 뒤 사마의는 군사를 거느리고 장안으로 가서 위주를 만나고 지금 장합을 선봉장으로 내세워 이리로 달려오고 있습니다."

제갈량은 깜짝 놀라 장수들을 불러모았다.

"맹달이 어리석어 내 말을 듣지 않더니 결국 비참한 운명을 맞았다. 사마의가 군사를 거느리고 나섰다면 반드시 가정을 취하려고 할 것이니, 누가 군사를 거느리고 나가 가정을 지키겠느냐?"

제갈량이 좌우를 둘러보며 말하자 참군 마속이 시원스레 나섰다.

"제가 가서 위군을 막겠습니다."

"가정은 비록 작은 땅이긴 하지만 매우 중요한 곳이다. 만일 가정을 빼앗긴다면 우리는 큰 곤란을 당할 것이다. 자네가 비록 지략이 뛰어나다고는 하지만 그곳에는 성도 없을 뿐 아니라 의지할 계곡이나 지형물이 전혀 없으니 지키는 데 많은 어려움이 있을 것이다."

마속이 자신있게 대답했다.

"저는 어려서부터 병서를 읽어 병법을 모르지 않습니다. 어찌 손바닥만한 가정 하나 지키지 못하겠습니까?"

"사마의는 함부로 얕볼 인물이 아니다. 더욱이 선봉에 선 장수가 장합이라고 하지 않느냐?"

제갈량이 주의를 주자 마속이 흥분하여 말했다.

"사마의와 장합은 물론이고 조예가 직접 온다 한들 무엇이 두렵겠습니까? 제 가족들을 걸고 맹세하니 조금의 실수도 없을 것입니다."

"군중에서는 희언戱言이 없는 법이다."

제갈량이 다짐하자 마속이 말했다.

"희언이 아니니, 각서를 쓰겠습니다."

마속이 각서를 쓰자 제갈량은 그제야 출전을 허락하고 2만 5천의 정병을 그에게 주었다. 마속이 떠나기 전에 제갈량이 왕평을 불러 말했다.

"나는 왕장군이 매사에 신중한 것을 알고 있소. 그러니 마속과 함께 가정으로 가서 그를 돕도록 하시오. 마속에게 일러 여러 곳이 잘 보이는 길목에 진지를 세우게 하고, 진지를 세운 뒤에는 반드시 주변 지형과 진지의 배치도를 그려 내게 보내도록 하시오. 항상 조심하여 마속으로 하여금 그곳을 잘 지키게 보좌한다면 모두가 왕장군의 공이 될 것이니 각별히 유념하시오."

마속·왕평이 군사를 거느리고 진지를 빠져나간 뒤, 깊은 생각에 잠긴 제갈량이 고상을 불러 말했다.

"가정 동북방에 열류성이라는 성이 있다. 남들이 잘 알지 못하는 험한 산 속에 있어 군사를 숨겨놓기 적당하다. 내가 자네에게 1만 군사를 줄 테니 그곳에 주둔하고 있다가 가정이 위급해지면 달려가도록 하라."

고상을 보낸 제갈량은 아무래도 안심이 되지 않아 위연을 불렀다.

"마속이 걱정되어 고상에게 대비하게 했지만 장합의 상대가 되진 못하오. 다른 장수 하나가 가정의 오른쪽에 진을 치고 방어해야 안심할 수 있으니 그대가 군사를 거느리고 나가 가정 뒤쪽에 진을 치도록 하시오."

"승상께서는 마땅히 선봉장이 되어 적을 격파해야 할 저에게 어찌하여 남의 뒤나 봐주라고 하십니까?"

위연이 불만스레 말하자 제갈량이 달랬다.

"선봉에 나서서 적을 격파하는 일은 일개 비장裨將들도 할 수 있소. 가정은 양평관에 이르는 길목으로 그곳을 지키는 것은 한중 전체를 지키는 일이나 마찬가지요. 그러니 어찌 장군이 맡은 일이 남의 뒤나 봐주는 일이겠소? 이 일은 그대 같이 경륜이 많은 장수가 아니면 능히 감당할 수 없으니 다시 한번 생각해보시오."

제갈량의 설명을 들은 위연은 그제야 납득하고 군사를 거느리고 진지를 나섰다. 위연을 내보낸 제갈량은 한결 마음이 놓이긴 했으나 걱정이 말끔히 사라진 건 아니었다. 그래서 노장 조운과 등지를 불러 말했다.

"사마의는 지모가 풍부한데다 임기응변도 뛰어나니 안일하게 대처할 수 없소. 두 장수에게 각기 일단의 군마를 줄 것이니 기곡으로 나가서 적을 혼란에 빠트리도록 하시오. 위군이 가만히 있을 때는 싸움을 걸고, 맞서 싸우러 달려오면 슬쩍 피하시오. 그 사이에 나는 야곡으로 대군을 거느리고 나가 미성을 취하겠소. 미성이 우리 손에 떨어지면 장안은 목전이오."

조운·등지가 명을 받고 물러가자 제갈량은 강유를 선봉장으로 삼아 야곡으로 향했다.

한편 가정에 당도한 마속은 진지를 세울 땅을 탐색하며 왕평에게 말했다.

"승상은 걱정이 너무 지나치다고 생각하지 않소? 이처럼 험한 산골짜기를 위군이 어떻게 쳐들어올 수 있겠소!"

"설사 그렇다 하더라도 방비를 허술히 할 수는 없지요. 빨리 군사들에게 명하여 나무를 베어다가 다섯 개의 길이 모두 보이는 요지에 진지를 세우도록 합시다."

"그럴 필요 뭐 있소? 저쪽에 있는 산은 사면이 막혀 있을 뿐만 아니라 숲도 울창하니 그곳을 진지 삼아 주둔한다면 병사들의 수고를 줄일 수 있지 않겠소?"

마속이 대수롭지 않게 받아넘기자 왕평이 말했다.

"참군께서 잘못 알고 계십니다. 만일 이곳을 버리고 산 위에 주둔시켰다가 위군에게 포위를 당하면 어찌하시렵니까?"

"왕장군은 여자처럼 왜 그리 소견이 좁소? 병법에 이르기를 '높은 곳에서 아래를 내려다보며 전투를 하는 것은 대나무를 쪼개는 것과 같다'고 하지 않았소. 위군이 몰려온다면 한 놈도 살려서 돌려보내지 않을 것이오."

마속이 방자하게 말하자 왕평이 대꾸했다.

"저는 수차례 승상을 모시고 다녔는데 그때마다 진을 치는 방법에 대해 배웠습니다. 참군께서 진을 치려는 저 산은 외부와 차단되어 있는 절지絶地입니다. 만일 적군이 우리의 수로를 끊는다면 얼마나 견딜 것이라고 생각하십니까?"

"자꾸 쓸데없는 소리 하지 마시오. 손자의 병법에 이르기를 '죽을 곳에 처해야 살기 위해 싸운다'고 했소. 왕장군 말처럼 위군이 우리의 물길을 끊는다면 병사들은 죽을 각오를 하고 싸울 것이 아니오? 승상께서는 내가 평소에 병서를 읽는다는 것을 알고 중임을 맡기셨은데 웬 말이 이렇게 많소?"

마속이 짜증을 내자 왕평도 자기 뜻을 굽히지 않았다.

"그러면 이렇게 하는 게 어떻겠습니까? 참군께서는 주력을 데리고 산위에 진지를 세우십시오. 그리고 저에게도 얼마의 병사를 떼어주시면 서쪽의 산 밑에 진지를 하나 더 세우겠습니다. 그러면 적군이 올 때 서로 도울 수 있어 좋지 않겠습니까?"

"어림 없는 소리 하지 마시오!"

마속이 왕평의 청을 거절했다. 바로 그때 전초병이 달려와 위군이 쳐들어온다고 보고했다. 그 말을 들은 왕평이 다시 한번 군사를 나누어달라고 청하자 마속이 귀찮은 듯이 내뱉었다.

"좋소. 장군에게 5천 군사를 떼어줄 테니 산 밑에서 혼자 위군을 막든지 달아나든지 마음대로 하시오. 대신 내가 적병을 쳐부순 뒤에 승상께서 이곳에 당도하시면 반드시 군령을 물을 테니 그래도 괜찮겠소?"

왕평이 수락하자 마속은 그제야 5천 군마를 떼어주었다. 왕평은 군사를 거느리고 산 서쪽 10여 리 밖에 진지를 세우고, 마속이 진을 친 산세의 지형과 진지도를 그려 전령에게 주면서 쉬지 말고 말을 달려가 제갈량에게 보이도록 했다.

한편 사마의는 둘째 아들 사마소를 불러 가정에 촉군이 와 있는지 정탐하게 했다. 부친의 영을 받고 나간 사마소는 가정을 세밀히 살펴보고 돌아와 보고했다.

"촉군이 벌써 가정을 지키고 있었습니다."

"과연 제갈량은 신중하기 짝이 없구나!"

사마소가 물었다.

"아버님께서는 미리 낙심하실 필요가 없습니다. 촉군이 미리 와 있다고는 하지만 가정은 이미 빼앗은 거나 마찬가지입니다!"

"네가 뭘 안다고 함부로 큰소리를 치느냐?"

"적장이 누구인지는 모르나 우둔하게도 산꼭대기에 진지를 세웠으니 방법이 있지 않겠습니까?"

사마소의 설명을 들은 사마의는 크게 기뻐했다.

"네 말대로 촉군이 산 위에 진을 치고 있다면 가정은 손에 넣은 것이나 다름없다."

그날 저녁, 사마의는 사마소와 함께 100여 기의 부하를 거느리고 직접 정찰에 나섰다. 촉의 진세를 살펴본 사마의는 희색이 만면하여 진지로 돌아왔다. 마속은 사마의가 촉군의 진지를 살펴보고 돌아갔다는 전초병의 보고를 듣고 장수들을 불러 말했다.

"사마의가 미련하게도 이 산을 포위하려 들지는 않을 것이다. 적군이 접근하면 내가 산 꼭대기에서 붉은 기를 흔들 테니 너희들은 내려가서 쫓으라."

한편 진지로 돌아온 사마의는 염탐꾼을 보내 산 위에 진을 세운 촉장이 누구인지 알아오게 했다. 염탐꾼이 금세 돌아와 말했다.

"산 위에 있는 촉장은 마량의 아우 마속이라고 합니다."

"마속이라면 이름만 알려졌지 실속은 없는 인물이다. 제갈량이 그런 자에게 군사를 맡기다니 그들의 패배는 불보듯 뻔하다."

사마의가 염탐꾼에게 다시 물었다.

"가정 주변에 마속의 군사 말고는 없더냐?"

"산에서 10여 리 떨어진 곳에 왕평이 진을 치고 있었습니다."

사마의는 선봉장 장합에게 영을 내려 왕평이 구원하러 올 수 있는 길을 끊게 했다. 그리고 신의와 신탐을 불러 산을 포위하고 물길을 끊은 다음 촉병이 물을 찾아 내려오길 기다렸다가 공격하라 일렀다.

다음날 아침, 장합·신의·신탐이 각자의 임무를 수행하기 위해 일단의 군사를 거느리고 나서자 사마의는 나머지 군마를 이끌고 마속이 진지를 세워놓은 산을 향해 진군했다. 위군이 산을 포위하고 있다는 보고를 접한 마속이 산 위에서 아래를 굽어보니 대오가 정연하고 사기가 충천한 위군이 들판 아래 겹겹이 진을 치고 있었다. 어젯밤에 장수들을 불러 말했던 대로 마속이 붉은 깃발을 휘둘렀다. 그러나 누구 하나 위군과 싸우기 위해 산 밑으로 달려 내려가는 사람이 없었다. 장수들끼리 서로 미루기만 하고 내려가지 않자 마속은 칼을 뽑아 부근에 있는 두 장수의 목을 쳤다. 그제야 장수들은 잔뜩 겁을 집어먹은 병사들을 이끌고 산 아래로 내려가 위군과 싸웠다. 하지만 산을 내려간 촉군은 위군의 강한 공격을 받고 도로 산 위로 쫓겨 올라왔다. 마속은 군사들로 하여금 진지를 단단히 지키게 하고 원군이 오기만을 기다렸다.

한편 10여 리 밖에 진을 치고 있던 왕평은 위군이 마속의 진지를 포위하고 있다는 소식을 듣고 급히 군사를 거느리고 달려나갔다가 장합과 마주쳤다. 왕평은 장합을 물리치기 위해 있는 힘을 다해 싸웠으나 버티지 못하고 자기 진지로 되돌아갔다. 적군에게 포위된 채 물길마저 끊긴 촉병은 대낮부터 해질녘까지 밥을 지어먹기는커녕 물 한 방울도 마시지 못했다. 그러자 어둠을 틈타 산을 내려가 위군에게 투항하는 사병들이 속출했다.

그날 밤 9시경이 되자 사마의는 군사에게 명하여 산에 불을 지르게 했다. 굶주림과 갈증에 시달린 촉병은 산 전체가 불길에 휩싸이자 마속에게 달려와 무슨 명령이든 내려주길 기다렸다. 산을 내려가는 수밖에 없다고 생각한 마속은 패잔병을 거느리고 서쪽 방향으로 달아났다. 사마의는 일부러 하산길을 터주어 장합이 있는 대로로 향하게 했다. 마속이 거느린 촉군은 얼마 달아나지 않아 사마의가 꾸민 대로 장합의 군사와 마주쳤다. 기겁을 한 마속이 샛길을 따라 도주를 계속하자 장합이 30여 리나 뒤쫓았다. 마속의 군사가 장합의 군대에게 막 시살을 당하려는 순간, 북소리와 함성이 울리며 한 무리의 촉군이 나타났다. 제갈량이 보낸 위연의 군사였다.

장합은 갑작스레 뛰쳐나온 위연의 기습을 받고 군사를 되돌려 달아났다. 기세가 오른 위연은 파죽지세로 가정까지 달려갔다. 그때 함성이 크게 울리면서 길 양쪽에서 위군의 복병이 쏟아져나왔다. 왼쪽에서 뛰어나온 사마의와 오른쪽에서 뛰어나온 사마소에게 포위된 위연은 좌충우돌하며 퇴로를 찾았으나 여의치 않았다. 도망치던 마속이 돌아와 합세했으나 상황은 호전되지 않았다. 위군의 포위망을 뚫지 못하고 촉병이 하나 둘씩 쓰러지고 있을 때 한 무리의 군사가 나타나 위군을 시살하기 시작했다. 장합이 물러난 것을 알고 뒤따라온 왕평의 원군이었다.

장합은 갑자기 나타난 왕평의 기습을 견디지 못하고 달아나기 시작했다. 위연·왕평은 그 기세를 몰아 가정까지 진격해 들어갔다. 하지만 가정의 곳곳에는 이미 위군의 깃발이 펄럭이고 있었다. 위연·왕평이 한 발 늦은 것을 깨닫고 말 머리를 돌려 후퇴하자 이번에는 위군쪽에서 신탐·신의가 군사를 거느리고 촉군을 쫓아왔다. 다급해

진 왕평·위연은 뒤도 돌아보지 않고 열류성으로 달아나다가 길 중간에서 가정이 위군에게 함락되었다는 소식을 듣고 구원을 나선 고상과 만났다. 두 사람이 하루 동안에 있었던 일을 설명해주자 고상이 말했다.

"이대로 열류성으로 가기보다 오늘 밤에 가정을 다시 기습합시다."

위연·왕평은 고상의 의견에 따르기로 하고 날이 어둡기를 기다려 세 대로 군사를 나누어 가정으로 진격했다. 세 장수 가운데 위연이 한 길을 택하여 가정으로 나갔으나 위군은 그림자도 보이지 않았다. 뭔가 술수가 있다고 느낀 위연이 진군을 멈추고 길가에 매복해 있자 잠시 뒤에 고상의 군사가 도착했다. 두 장수가 의견을 나누며 왕평을 기다리고 있을 때 갑자기 포 소리가 크게 울리더니 사방에서 불길이 치솟았다. 그와 동시에 북소리와 함성을 울리며 위군이 나타나 촉군을 순식간에 에워쌌다.

두 장수는 매복에 걸린 것을 깨닫고 바늘만한 구멍이라도 찾기 위해 동분서주했다. 한창 형세가 위급할 때 위군 뒤쪽에서 일단의 군마가 나타나 위군을 공격했다. 바로 왕평이었다. 위연·고상이 그때를 놓치지 않고 접응하니 비로소 포위망이 뚫렸다. 세 장수는 가정을 버리고 열류성을 향해 달렸다. 열류성 가까이 다다랐을 때 갑자기 앞을 가로막는 군사가 있었다. 위장 곽회였다.

조진 휘하에 있던 곽회는 사마의가 홀로 공을 세우는 것을 시기하여 조진과 상의하여 군사를 거느리고 가정으로 나왔다. 그러나 오는 길에 가정이 이미 사마의와 장합의 손에 떨어졌다는 소식을 듣고 방향을 돌려 열류성으로 가다가 촉의 패잔병을 만나게 된 것이다.

위군의 매복에 걸려 많은 군사를 잃어버린 촉군은 곽회를 만나 또

다시 많은 군사를 잃었다. 곽회의 추격을 따돌린 위연은 양평관까지 빼앗길 수 없어서 왕평·고상을 데리고 급히 양평관으로 달려갔다. 곽회는 달아나는 촉군을 버려두고 휘하 장수들을 불러 말했다.

"가정은 사마의에게 빼앗겼지만, 열류성은 우리 것이다!"

곽회가 느긋이 군사를 거느리고 열류성 아래에 당도해보니 성루에는 온통 위군의 깃발이 펄럭이고 있었다. 곽회가 놀라 입을 벌리고 있는데, 성문 위에 사마의가 불쑥 나타나 큰 소리로 웃으며 말했다.

"백제伯濟(곽회의 자)는 어디 있다가 이제 오시오?"

곽회가 뒤통수를 긁적이며 성안으로 들어가 예를 올리자 사마의가 말했다.

"백제가 공을 세울 기회를 줄 테니 나서보겠소?"

"예, 분부만 내려주십시오."

"가정을 빼앗긴 제갈량은 급히 군사를 물릴 테니, 자단과 함께 힘을 합쳐 그 뒤를 추격하도록 하시오."

곽회가 서둘러 열류성을 떠나자 사마의가 장합을 불러 말했다.

"조진과 곽회는 내가 많은 공을 세우는 것을 시기하여 이곳으로 달려온 게 분명하오. 하지만 내가 먼저 가정을 취하게 된 것은 오로지 운 때문이었소. 여기서 달아난 촉장들은 양평관을 지키러 갔을 것이오. 내가 멋모르고 양평관을 취하려고 군사를 움직인다면 제갈량이 우리 뒤를 공격할 게 뻔하오. 병서에 이르기를 '달아나는 자를 급히 쫓으면 반격당하고, 궁지에 몰린 자는 발악하니 조심하라'고 했소. 나는 군사를 거느리고 야곡으로 갈 테니 장군은 샛길을 통해 기곡으로 가시오. 달아나는 촉병을 보거든 굳이 싸우려 들지 말고 그들의 퇴로를 끊는 데 신경쓰시오."

장합이 군사 절반을 거느리고 나가자 사마의는 장수들을 불러놓고 말했다.

"야곡을 취한 뒤에는 곧바로 서성西城으로 진격할 것이다. 서성은 깊은 산중의 보잘것없는 성이긴 하지만 촉병이 군량미를 쌓아놓은 곳이다. 또 그곳은 남안·천수·안정의 세 고을로 향하는 길목이기도 하니 서성을 손에 넣기만 한다면 세 고을을 쉽게 빼앗을 수 있다."

사마의는 신탐·신의에게 열류성을 지키게 한 다음 자신은 나머지 군사를 거느리고 야곡으로 향했다.

한편 기산에 있던 제갈량에게 왕평이 인편에 지형과 진지를 그린 도본을 보내왔다는 보고가 들어왔다. 제갈량이 급히 도본을 받아 탁자에 펼쳐보더니 놀라 소리쳤다.

"마속이 이렇게 어리석으니, 이제 촉군은 다 죽겠구나!"

함께 도본을 보던 장수들이 물었다.

"이 진세가 그만큼 나쁘단 말입니까?"

"이 그림을 자세히 보시오. 적을 막을 수 있는 길목을 버리고 산 위에다 진을 쳤으니, 적군이 몰려와 사면을 에워싸고 물길을 끊는다면 어떻게 하겠소? 촉군은 이틀도 넘기지 못할 것이오. 가정을 빼앗기면 우리는 달아날 길도 없게 되오."

제갈량이 한숨을 쉬어가며 말하자 장사 양의가 나섰다.

"제가 빨리 가서 마속을 대신하겠습니다."

제갈량은 도본을 보며 가정을 지키는 법을 양의에게 설명해주었다. 양의가 제갈량의 설명을 듣고 군사를 거느리고 나가려 할 때 전령이 달려와 가정과 열류성이 적군에게 함락되었다고 알렸다. 제갈량이 발을 구르며 길게 탄식했다.

"내가 사람을 잘못 썼으니, 모두 내 탓이다!"

제갈량은 급히 관흥과 장포를 불러 대책을 내렸다.

"너희 둘에게 각기 정병 3천을 줄 테니 대로를 피해 급히 무공산武功山으로 가라. 매복 중에 위병을 만나거든 크게 싸움을 벌일 듯이 기세만 올리고, 적군이 놀라 달아나거든 절대 뒤를 추격하지 말라. 적군이 멀리 도망친 것을 확인하고 나서 서둘러 양평관으로 가거라."

두 사람이 급히 군마를 거느리고 나서자 제갈량은 다시 장익을 불러 검각劍閣을 수리하여 촉군이 쫓겨 들어올 때 맞을 수 있도록 하라고 영을 내렸다. 장익이 분부를 받고 나가자 이번에는 마대와 강유를 불러 적군이 오는 길목에 매복해 있다가 적이 완전히 물러서는 것을 보아 은밀히 퇴군할 것을 지시했다. 그리고 천수·남안·안정 3군에 전령을 보내 관리와 군사들을 모두 한중으로 물리게 했다. 또 기현으로 심복을 급파해 강유의 노모를 한중으로 모셔오도록 했다.

분주히 지시를 내리고 난 제갈량은 스스로 5천 군마를 거느리고 서성에 있는 양초를 운반하러 나섰다. 이때 전초병들이 사방에서 달려와 보고했다.

"사마의가 15만 대군을 거느리고 서성을 향해 밀어닥치고 있습니다."

그때 촉장들은 모두 싸우러 나가서 아직 돌아오지 않았거나 새로운 임무를 받고 싸우러 나간 탓에 쓸 만한 장수가 한 명도 남아 있지 않았다. 또 제갈량이 거느리고 온 5천 군마 중에서 절반은 군량미와 마초를 운반하고 있어 성에는 불과 2500명의 군사밖에 없었다. 사마의가 15만 대군을 거느리고 벌떼처럼 쳐들어온다는 소식을 들은 문관들은 모두가 질겁했다. 보고를 받은 제갈량이 성루에 올라가 바라보니 위군이 들판을 새카맣게 뒤덮으며 서성으로 몰려오고 있었다.

제갈량은 급히 영을 내려 성 위의 모든 깃발을 거두게 했다. 그리고 부장들과 병사들을 모아놓고 엄명을 내렸다.

"너희들은 각자가 맡은 성벽을 지키며 태평하게 거닐라. 또 사대문을 활짝 열고 각 문마다 백성처럼 꾸민 20여 명의 군사에게 물을 뿌리며 청소를 시켜라. 누구든 두려워 떠는 자는 내가 목을 벨 테다!"

부장들이 병사들을 거느리고 흩어지자 제갈량은 학창의를 걸치고 머리에 윤건을 쓴 다음 어린 동자 둘에게 거문고를 들게 하여 성루 위의 난간으로 올라갔다. 그리고 향을 사르며 유유히 거문고를 탔다.

촉군의 방비를 살피러 왔던 위의 전초병이 서성에 있는 군사와 백성들의 태연한 모습을 보고 사마의에게 돌아가 그대로 알렸다. 보고를 받은 사마의는 전초병의 말이 믿기지 않았으나 일단 3군의 진군을 멈추게 하고 스스로 말을 달려 성 아래에 가보았다. 성벽을 태평하게 거니는 병사들과 성문을 활짝 열고 청소를 하는 백성들, 그리고 성루 위에 앉아 두 동자의 시중을 받으며 거문고를 타는 제갈량의 모습까지 과연 전초병의 보고대로였다. 그들은 전혀 다른 사람을 의식하지 않는 듯했다. 제갈량이 자신을 유인하려는 수작이라고 여긴 사마의는 급히 대기하고 있는 군사들에게 돌아와 말했다.

"군사들은 어서 뒤돌아서라. 후군을 선봉이 되게 하고 선봉에 섰던 군사가 후군이 되어 북산을 향해 퇴군하라!"

그러자 사마소가 말했다.

"제갈량의 수중에는 부릴 장수도 군사도 없습니다. 그래서 저런 만용을 부리는 게 아니겠습니까?"

"제갈량은 무모한 농간을 부릴 사람이 아니다. 그는 평생 확실히 이길 수 있는 계교만 쓴 사람이다. 그렇지 않고서야 저렇게 활짝 성문을 열어놓을 리 없지 않느냐? 여러 말 말고 속히 군사를 물리도록 하라."

사마의가 위군을 물려 서성에서 멀어져가자 여러 문관들이 박장대소하며 달려와 제갈량에게 물었다.

"사마의가 15만 정병을 거느렸으면서도 화살 한 대 날려보지 않고 서둘러 도망친 까닭이 무엇입니까?"

"그는 내가 조심성이 많고 모험을 피하는 성격인 줄을 잘 알고 있다. 내가 이렇게 무모한 일을 벌이리라곤 미처 생각지 못하고 도리어 복병이 있는 줄 알고 겁을 먹은 것이다. 그는 군사를 거느리고 북산으로 도망칠 게 분명하니, 곧 관흥과 장포를 만나 또 한번 놀라게 될 것이다."

제갈량의 설명을 들은 문관들이 놀라움을 금치 못하고 한 목소리로 말했다.

"사람의 마음을 읽는 승상의 재주는 귀신도 따라오지 못할 것입니다. 저희들 같았으면 성을 버리고 달아나기 바빴을 것입니다."

"내가 거느린 군사는 고작 2500명밖에 되지 않으니 도망친들 어디까지 갈 수 있었겠느냐? 만일 그랬다면 지금쯤 사마의에게 사로잡혔을 것이다."

말을 마친 제갈량은 그제야 박장대소하며 말했다.

"만약 내가 사마의였다면 저렇게 어이없이 달아나진 않았을 것이다!"

하지만 사마의가 다시 쳐들어올 것을 예상한 제갈량은 서성의 관원들과 백성들을 모아 한중으로 떠났다. 천수·안정·남안의 관리와 군사는 물론 백성들도 제갈량을 뒤따랐다.

한편 북산으로 후퇴하던 위군은 무공산 모퉁이를 돌아설 때 난데없이 진동하는 북소리와 함성을 듣고 질겁을 했다. 간이 콩알만 해진 사마의가 두 아들을 돌아보며 말했다.

"보아라. 제갈량이 여기까지 미리 손을 써두지 않았느냐?"

사마의가 말을 마치기도 전에 '우호위사右護衛使 호익장군虎翼將軍 장포張苞'라고 씌어진 깃발을 앞세우고 일단의 촉군이 몰려왔다. 그러자 위군은 싸워보지도 않고 갑옷과 무기를 버리고 도주했다. 한참을 달려 촉군의 추격을 따돌렸다고 여겼을 때 또다시 북소리와 함성이 들리더니 '좌호위사左護衛使 용양장군龍驤將軍 관흥關興'이라고 씌어진 깃발을 앞세운 촉군이 새로 나타났다. 사마의가 간신히 샛길을 찾아 달아나자 산골짜기 여기저기서 함성이 메아리쳤다. 사마의는 촉병의 수가 얼마나 되는지 도무지 가늠할 수 없었다. 위군은 무거운 무기와 거추장스런 수레 등을 모두 버리고 가정을 향해 달아났다. 관흥·장포는 제갈량의 명령에 따라 위군을 추격하지 않고 길바닥에 버려진 무기와 수레를 거두어 한중으로 돌아왔다.

사마의가 가정으로 무조건 달아난 것과 반대로 조진은 제갈량이 한중으로 군사를 물리고 있다는 소식을 접하고 급히 군사를 몰아 촉군을 추격했다. 그러나 얼마 가지 못해 포소리를 군호로 사방에서 쏟아져나오는 촉군을 보고 가슴이 덜컥 내려앉았다. 일시에 쏟아져나온 촉군은 위군이 추격해올 것을 알고 제갈량이 매복시켜두었던 강유·마대였다.

조진은 번개처럼 튀어나온 마대의 칼에 선봉장 진조陳造의 목이 날아가는 것을 보고 뒤도 돌아보지 않고 도망쳤다. 강유·마대는 더 이상 쫓지 않고 밤을 지새워 한중으로 돌아갔다. 한편 기곡에 매복하고 있던 조운·등지는 급히 달려온 전령으로부터 회군해도 좋다는 제갈량의 지시를 받았다. 조운이 등지에게 말했다.

"승상께서는 우리더러 후퇴해도 좋다고 말씀하시지만, 우리가 물러갔다는 냄새를 맡으면 위군은 날파리떼처럼 뒤를 쫓아올 것이오. 내가 뒤를 돌볼 테니 장군은 나의 깃발을 앞세워 먼저 퇴군하도록 하시오."

등지가 조운의 말에 따라 그의 깃발을 앞세우고 먼저 후퇴했다. 염탐꾼을 통해 조운이 후퇴한다는 소식을 들은 위장 곽회가 선봉장 소옹蘇顒을 불러 당부했다.

"촉장 조운은 용맹하여 감히 대적할 자가 없다. 그러니 그를 쫓아가되 맞서 싸우지 않는 게 좋겠다."

"달아나는 장수에게 무슨 용맹이 있겠습니까? 제가 조운을 사로잡겠습니다."

소옹이 장담하고 나서자 곽회는 3천 군마를 떼어주면서 기곡으로 달려가게 했다. 소옹이 공을 세울 욕심으로 정신없이 촉병의 뒤를 추격해갔을 때 눈앞에 보이는 산모퉁이에서 붉은 바탕에 흰 글씨로 '조운趙雲'이라고 크게 씌어진 깃발 하나가 나타났다. 곽회 앞에서 큰소리를 쳤던 소옹은 조운의 이름이 씌어진 깃발을 보자 갑자기 정신이 들면서 급히 말 머리를 돌려 달아나기 시작했다. 소옹이 뒤도 돌아보지 않고 달아나는데 갑자기 북소리와 함성이 울리며 눈앞에 일단의 군마가 나타났다. 소옹이 말 머리를 돌려 달아날 사이도 없이 한 장수가 창을 비껴들고 벽력처럼 소리치며 달려나왔다.

"이놈, 니는 상산의 조자룡을 몰라보느냐?"

뒤에 있어야 할 조운이 갑자기 앞에서 나타나자 소옹은 어리둥절하여 손발이 얼어붙었다. 결국 소옹은 조운의 창에 찔려 말에서 떨어졌다. 자기들의 대장이 조운의 단창에 찔려 죽는 것을 본 위군은 머리를 쥐고 뿔뿔이 흩어져 달아났다. 조운은 소옹의 추격군을 물리치고 앞서간 등지를 쫓아갔다. 그 뒤를 곽회의 부장 만정萬政이 급히 쫓아왔다. 조운은 병사들을 먼저 가게 하고 자신은 단기로 창을 비껴들고 길 어귀에 버티고 섰다. 곽회의 부장 만정은 길 가운데 단기로 서 있는 장수가 조운임을 알아보고 두려워서 앞으로 나아가지 못했다. 그러는 중에 날이 어두워지자 조운은 30리나 앞서간 자신의 병사들을 뒤따라갔다.

한참 뒤에 곽회가 도착하자 만정은 조운이 버티고 있어 더 이상 진격하지 못했다고 보고했다. 곽회가 버럭 화를 내며 만정에게 조운의 뒤를 서서 쫓아가게 했다. 만정은 날래고 강한 병사 수백 기를 이끌고 급히 달려갔다. 이들이 나무가 울창한 숲을 지날 때 갑자기 등 뒤에서 벽력같은 고함이 들렸다.

"너희가 나를 찾느냐?"

조운이었다. 만정을 따라나선 수백 기의 병사들은 조운을 보자마자 머리를 감싸쥐고 숲속으로 달아났다. 곽회에게 호된 꾸지람을 들은 만정은 달아나지도 못한 채 저 혼자 칼을 빼들고 쭈뼛쭈뼛 조운에게 다가섰다. 그러자 조운이 창을 들어 만정의 가슴을 겨누며 소리쳤다.

"네 이놈, 너는 목숨이 두 개나 되더냐!"

그러자 만정은 깜짝 놀라 말에서 떨어지며 옆에 있는 연못 속에 빠졌다. 조운이 창으로 만정의 턱을 받쳐올리며 말했다.

"너를 살려 보내줄 테니 곽회에게 가서 전하라! 조무래기를 보내지 말고 장수가 직접 나서라고!"

만정이 절을 하며 말을 타고 달아나자 조운은 말 머리를 돌려 앞서 간 촉군을 쫓아갔다. 제갈량이 군사를 물리자 조진과 곽회는 천수·남안·안정 세 고을을 화살 한 대 쏘지 않고 거저 얻었다.

한편 가정으로 달아난 사마의가 새로 군사를 정비하여 나타났을 때, 촉군은 이미 한중으로 돌아간 뒤였다. 사마의는 서성으로 혼자 말을 달려가서 산속에 피신해 있던 백성들에게 물었다.

"제갈량이 서성을 떠나기 전에 얼마나 많은 군사를 거느리고 있었느냐?"

백성들은 그때 제갈량에게는 고작 2500명의 병사밖에 없었으며 변변한 장수 하나 없었다고 대답했다. 사마의가 가슴을 치며 진지로 돌아오자 위장 하나가 사마의에게 보고했다.

"무공산에 나타났던 장포와 관흥은 겨우 3천여 명의 병사를 이 산 저 산으로 옮겨다니며 대군인 위군을 속였다고 합니다."

"내가 제갈량에게 완전히 농락당했구나!"

길게 탄식을 내뱉은 사마의는 농서의 관리들과 백성들을 위로하고, 군사를 거느리고 장안으로 돌아가 조예에게 전황을 보고했다. 고개를 끄덕이며 보고를 듣던 조예가 사마의를 치하하며 말했다.

"잘했소. 경이 아니었다면 농서의 여러 고을을 누가 되찾을 수 있었겠소?"

"촉병이 농서에서는 물러갔다고 하지만 아직 한중에 머물러 있으니 완전히 소멸했다고는 할 수 없습니다. 신에게 다시 대군을 주신다면 힘을 다해 서천을 취하여 폐하께 바치겠습니다."

조예가 쾌히 수락하자 문무백관 가운데 상서 손자孫資가 나서서 말했다.

"제게 촉을 무찌르고 동오를 쳐부술 묘책이 있습니다."

"촉과 동오를 동시에 평정할 계책이라니? 어서 말해보시오."

조예가 반기며 말하자 손자가 대답했다.

"전에 태조(조조)께서 장로를 쳐서 한중을 얻으실 때 신하들에게 말씀하시기를 '남정南鄭은 하늘이 만들어놓은 요새다'라고 하셨습니다. 그 중에도 야곡에 이르는 500리 길은 마치 돌로 쌓은 굴과 같으니 빼앗기가 쉽지 않습니다. 아무런 쓸모 없는 땅을 빼앗느라고 국력을 허비한다면 반드시 동오가 군사를 거느리고 쳐들어올 것입니다. 그러니 각처의 장수들에게 요새지를 단단히 지키게 하고 군사를 양성하는 것이 좋겠습니다. 그러면 수 년 안에 폐하께서 거느리신 중원은 날마다 융성해져서 동오와 촉의 세력을 합치더라도 따라올 수 없게 될 것입니다. 그간에 동오와 촉은 서로 2인자가 되려고 싸울 것이니, 그때를 노려 적을 친다면 반드시 성공할 것입니다. 폐하께서는 이 점을 깊이 생각해보십시오."

손자의 말을 들은 조예는 사마의에게 의견을 물었다.

"중달은 이 말을 어떻게 생각하오?"

"손상서의 말이 틀리지 않으니 그대로 따르는 게 좋을 듯합니다."

조예는 사마의에게 영을 내려 각처에 나가 있는 장수들에게 자신이 맡은 요새지를 철통같이 지키게 했다. 그리고 곽회·장합에게는 장안을 지키게 하고, 3군의 군사와 장수들에게 두루 상을 내린 다음 어가를 타고 낙양으로 돌아갔다.

한편 한중으로 돌아온 제갈량은 조운·등지가 보이지 않자 크게 걱정하며 장포·관흥을 불러 각기 5천의 군사를 거느리고 나가서 두 사람을 구원하라는 영을 내렸다. 두 장수가 막 진지를 나서려고 할 때 조운·등지가 돌아오고 있다는 보고가 들어왔다. 제갈량이 기뻐서 영문까지 나가보니 조운·등지는 데리고 나갔던 부하를 고스란히 거느렸을 뿐 아니라, 전리품까지 산더미처럼 거두어왔다. 조운은 제갈량이 마중나와 있는 것을 보고 말에서 내려 땅바닥에 엎드리며 말했다.

"패하여 돌아오는 저희를 어찌 여기까지 나와 맞으십니까?"

제갈량이 조운의 두 손을 잡고 일으키며 말했다.

"내가 어리석어 오늘 같은 패배를 당했구려. 그 때문에 많은 장수와 군사들이 상했는데 유독 장군께서는 한 명의 군사도 잃지 않으셨소. 그런데 어찌 패장이라 하겠소?"

등지가 조운을 대신해 제갈량에게 말했다.

"제가 본대를 거느리고 먼저 군사를 물리는 동안 조장군 혼자 뒤에 남아 적을 막고 적장의 목을 베었습니다. 그래서 아군은 털끝 하나 다치지 않았습니다."

"과연 자룡은 장군 중의 장군이십니다."

제갈량은 금 50근과 비단 1만 필을 조운과 휘하 병사에게 하사했다. 그러자 조운이 말했다.

"3군이 세 고을을 잃고 돌아왔으니 마땅히 군령으로 다스려야 하는데, 이처럼 상을 주시니 승상께서는 상벌을 내리시는 데 어두운 듯합니다. 내리신 물건은 도로 창고에 넣어두셨다가 겨울이 오면 골고루 군사들에게 나누어주십시오."

"선제께서 살아계셨을 때 항상 자룡을 가리켜 덕이 크다고 하시더니 정말이구려!"

제갈량이 조운의 덕을 칭송하고 있을 때 마속·왕평·위연·고상 등이 도착했다는 보고가 들어왔다. 제갈량은 먼저 왕평을 장막 안으로 불러들여 크게 질책했다.

"내가 너를 마속에게 딸려주며 뭐라고 하더냐? 왜 제대로 보좌하지 않고 태만히 했느냐?"

"저는 길가에 토성을 쌓고 진지를 세워야 한다고 여러 번 말했습니다. 그러나 마장군은 자신감이 지나쳐 제 말을 듣지 않았습니다. 그래서 할 수 없이 억지로 5천 군마를 떼어받아 산 아래 10여 리 밖에 진지를 세웠습니다. 위군이 마장군이 주둔한 산을 포위하기에 제가 10여 차례나 군사를 거느리고 가서 구원하려 했으나 여의치 않았습니다. 다음날 수로가 끊긴 촉병이 위군에게 무더기로 투항하기 시작했고 저는 위연 장군에게 달려가 지원을 요청했습니다. 위장군과 제가 가정으로 돌아왔을 때는 이미 위군에게 점령당한 뒤였습니다. 할 수 없이 말 머리를 돌려 열류성으로 가는 길에 고상 장군을 만나 군사를 3로로 나누어서 다시 가정으로 쳐들어갔습니다. 그러나 도리어 위장군과 고상 장군이 포위되는 바람에 저는 그 속을 달려가 두 장수를 구출했습니다. 그 뒤에 저희는 양평관이 함락되지 않을까 걱정되어 급히 그리로 달려갔습니다. 제가 마장군에게 거듭 간언한 사실은 함께 있던 부장들에게 물어보시면 아실 것입니다."

제갈량은 왕평을 장막 밖으로 내보내고 마속을 불렀다. 마속은 자신의 몸을 스스로 결박지어 들어와 무릎을 꿇고 엎드렸다. 제갈량이 말했다.

"너는 어려서부터 병서를 읽어 전법을 잘 알고 있다. 그럼에도 가정은 워낙 중요한 지역이라고 내가 너에게 여러 번 다짐을 두지 않았느냐? 그때 너는 가족들을 걸고 이 중임을 맡았다. 네가 왕평의 말을 들었던들 어찌 이런 화를 당했겠느냐? 이번 패전으로 많은 군사를 축내고 여러 성지를 빼앗긴 것은 모두가 네 잘못이다. 군율이 엄정하지 못하면 차제에 군사를 복종시킬 수 없는 법이니, 네가 죽더라도 나를 원망하지 말라. 네 식구들에게는 예전처럼 양곡과 장작을 대어줄 것이니 뒷일은 걱정하지 말라."

말을 마친 제갈량이 마속의 목을 베라고 명령하자, 마속이 울면서 말했다.

"승상께서 저를 자식처럼 귀하게 보셨고 저는 승상을 아버님처럼 여겼습니다. 저의 죄는 피할 길이 없으나, 승상께서는 옛날 순임금이 곤鯀을 극형에 처하고도 그의 아들 우를 기용한 것처럼 제 자식을 대해주십시오. 그러면 아무 여한 없이 죽음을 맞이하겠습니다."

말을 마친 마속이 크게 소리내어 울자 제갈량도 따라 울며 말했다.

"너와 나는 피를 나누진 않았지만 형제나 같았다. 네 아들이 곧 나의 아들이니 그 일은 말하지 않아도 된다."

제갈량의 영에 따라 무사들이 마속을 좌우에서 호송하여 원문 밖으로 데려가 목을 베려고 할 때, 마침 성도에서 달려온 참군 장완이 그 광경을 목격했다. 장완은 무사들을 잠시 멈추게 하고 제갈량에게 달려가 말했다.

"옛날 초나라 왕이 충신을 죽이니 진晉나라 문공文公이 기뻐했다고 합니다. 천하가 평정되지 않은 이때에 지모가 뛰어난 신하를 죽이는 것은 나라의 손실이 아닙니까?"

"옛날 손무孫武가 천하를 다스렸던 것은 법을 엄정히 운용했기 때문이오. 공의 말처럼 사방이 나뉘어 다투고 있는 이때에 법을 지키지

않는다면 어찌 혼란을 수습할 수 있겠소? 애석한 일이지만 어쩔 수 없소!"

잠시 뒤에 무사들이 마속의 목을 베어 제갈량에게 바쳤다. 마속의 수급을 본 제갈량이 또다시 크게 소리내어 울자 장완이 제갈량에게 물었다.

"승상께서는 법에 따라 마속을 처벌하셨으면서 어찌 그리 슬피 우십니까?"

"내가 우는 것은 마속 때문이 아니오. 지난날 선제께서 백제성에서 임종하실 때 내게 말하길 '마속은 말만큼 실속이 없으니 크게 쓰지 말라'고 하셨소. 내가 그 말을 중히 듣지 않았다가 이 꼴을 당하고 보니, 선제의 영명하심이 새삼 그립구려. 내가 통곡하는 까닭은 이 때문이오."

가정의 패배로 참형을 당한 이때 마속의 나이 39세였다.

제갈량이 울면서 마속을 베다(읍참마속:泣斬馬謖). 그림에 보이는 외뿔짐승(獨角獸)은 화상석에 그려진 '해태'이다. 해태는 옳고 그름을 가려, 바르지 못한 사람을 그 뿔로 들이받는다는 신령한 동물로, 공정한 재판을 상징한다. 2천 년 가까운 시간이 흐르면서 해태의 모습도 크게 변했는데, 광화문 앞 해태의 모습은 보다 넉넉하고 푸근해 보인다.

# 제갈량의 후출사표

　서기 228년 5월. 제갈량은 참수한 마속의 수급을 각 진지에 돌려 군율의 엄정함을 보인 다음 수급을 시신에 붙여 관에 넣어 장례를 지내주었다. 그때 제갈량은 제문을 지어 읽었고, 마속의 식솔들에게 마속이 받던 은급을 그대로 받을 수 있게 해주었다. 그런 다음 아래와 같은 표문을 써서 장완에게 주어 유선에게 바치게 했다.

　신은 가진 재주도 없으면서 승상의 지위에 앉아 3군을 거느렸습니다. 돌이켜보면 신이 해이한 판단과 방만한 군율을 행하는 바람에 가정을 잃고 기곡마저 잃었습니다. 이 모든 것은 신이 매사에 밝지 못하여 사람을 잘못 쓴 탓입니다. 이는 피할 수 없는 저의 죄가 분명하니 폐하께서는 벼슬을 3등급 내려 신의 실책을 벌하십시오. 부끄러워 머리를 들 수 없으니 그저 먼 곳에서 몸을 엎디어 명을 기다립니다.

제갈량의 표문을 읽고 난 유선이 문무백관을 둘러보며 말했다.

"싸움에 이기고 지는 것은 병가에 흔한 일이다. 그런데 승상은 왜 이런 말을 하는가?"

시중 비위가 나서서 말했다.

"신이 듣건대 나라를 다스리는 사람은 법을 중히 여겨야 한다고 합니다. 법이 제대로 시행되지 않는다면 무슨 수로 아랫사람을 복종시킬 수 있겠습니까? 승상께서 스스로 벼슬을 깎아달라고 청한 것은 법을 지키기 위함이니 들어주시기 바랍니다."

유선은 비위의 말에 따라 제갈량이 청한 대로 벼슬을 3등급 깎아 우장군으로 낮추었으나, 승상의 임무와 3군을 통솔하는 일은 그대로 하게 했다. 유선의 조서를 가지고 온 비위는 행여 제갈량이 황제의 조서를 받고 자책할까봐 치하의 말부터 했다.

"촉의 백성들은 승상께서 일찍이 네 고을을 점령하신 것을 알고 매우 기뻐하고 있습니다."

"아니 그게 무슨 말씀이오? 빼앗았다가 다시 잃었으니 처음부터 빼앗지 않은 것만 못하오. 공이 나를 치하하는 것은 나를 부끄럽게 하는 것과 같소."

그러자 비위는 슬쩍 말머리를 돌렸다.

"천자께서 승상이 위의 강유를 얻으셨다는 말을 들으시고 위군을 물리친 것보다 더 기뻐하셨습니다."

제갈량은 비위가 자신을 놀리는 줄 알고 화를 냈다.

"싸우러 나갔다가 땅을 수복하지도 못하고 아까운 군사만 축냈으니 무슨 말로도 내 잘못을 덮을 수 없소. 내가 강유를 얻었다고는 하나 위의 입장에서는 바닷물 한 동이를 덜어낸 것에 지나지 않소."

"승상께서는 여전히 3군을 맡고 계십니다. 그러니 어제의 일은 잊으시고 다시 위를 정벌하실 수 있지 않습니까?"

비위가 제갈량을 위로하자 제갈량이 그제야 화를 풀고 말했다.

"저번에 우리가 기산과 기곡으로 처음 나갔을 때는 우리 군사가 적군보다 많았소. 그런데도 패한 것은 무릇 전쟁이 군사의 많고 적음에 따라 승부가 나는 게 아니라 군사를 부릴 장수의 능력 여하에 달려 있기 때문이오. 앞으로 나는 병사와 장수의 수를 줄이되 상벌을 확실히 하여 새 변화를 일으켜보려고 하오. 모쪼록 나라의 앞날을 걱정하는 많은 충신들이 내 부족한 점을 나무라고 틀린 데를 꾸짖어주기 바라오. 그래야 국정의 큰 틀이 바로잡히고 적도들도 토멸할 수 있으며 자연 천하통일도 이룰 수 있을 것이오."

"승상의 말을 성도에 있는 여러 대신들에게 그대로 전하도록 하겠습니다."

비위가 성도로 돌아간 뒤 제갈량은 한중에 머물며 백성을 돌보고 군사를 훈련시켰다. 또 성을 공략하는 무기와 물을 건너는 장비를 만들거나 개량하는 한편 양초를 넉넉히 비축했다. 위의 세작들이 제갈량의 동태를 세세히 낙양으로 전하자 조예가 사마의를 불러 대책을 물었다.

"지금은 한여름이니 촉을 공격해서 이로울 게 없습니다. 우리가 군사를 거느리고 적진 깊숙이 진격해 들어가더라도 그들은 나와 싸우려 들지 않을 것입니다. 오히려 우리가 피곤하고 지칠 때까지 기다려 반격해온다면 큰 화를 당하게 될 것입니다."

사마의의 설명을 듣고 난 조예가 다시 물었다.

"만일 촉을 저대로 놓아둔다면 언젠가 다시 쳐들어올 게 아니겠소?"

"제갈량은 한나라 때의 한신을 흉내내어 진창陳倉을 건너 장안으로 오려 할 것입니다. 신이 한 사람을 천거하겠으니 그로 하여금 진창에 토성을 쌓아 대비하게 하십시오. 이 사람은 키가 구척장신의 거인으로 지략이 남달리 뛰어나고 활솜씨 또한 일품입니다. 그가 진창에 버티고 있는 한 제갈량도 어쩔 수 없을 것입니다."

조예가 기뻐하며 그 사람의 이름을 묻자 사마의가 대답했다.

"태원太原 사람으로 이름은 학소郝昭이고 자는 백도伯道라고 합니다. 지금은 잡패장군雜霸將軍으로 하서河西를 지키고 있습니다."

조예는 사마의의 천거에 따라 학소를 진서장군鎭西將軍에 임명하고 진창을 지키게 했다. 조예가 학소를 진창으로 보낸 뒤 얼마 되지 않아 양주에 있는 사마대도독司馬大都督 조휴가 표를 올렸다.

동오의 파양鄱陽 태수 주방周魴이 파양 고을을 바쳐 투항할 뜻을 은밀히 알려왔습니다. 주방은 그와 함께 동오를 격파할 일곱 가지 계책까지 헌상했는데, 지금 출병하면 동오를 격파할 수 있다고 합니다.

조예는 표문을 읽고 나서 사마의에게 보여주며 의견을 물었다. 사마의가 표문을 읽어보고 말했다.

"아주 신빙성 있는 계책입니다. 이대로만 따른다면 동오를 평정할 수 있을 것입니다. 신이 군사를 거느리고 나가 조휴를 돕겠습니다."

이때 누군가가 당상으로 나서며 말했다.

"오나라 사람은 거짓말을 밥먹듯 하니 그대로 믿을 수 없습니다. 제가 알고 있는 주방은 지모가 출중하니 분명히 딴 속셈이 있을 것입니다."

그렇게 말하고 나선 사람은 건위장군建威將軍 가규賈逵였다. 사마의가 조예에게 말했다.

"가규의 말도 맞기는 하지만 이런 좋은 기회를 놓치기도 아깝습니다."

두 사람의 의견을 귀담아들은 조예가 말했다.

"그렇다면 중달이 조휴를 도우러 갈 때 가규도 함께 가도록 하라."

사마의와 가규가 군사를 거느리고 급히 조휴에게 달려가 합세했다. 조휴는 가규를 선봉장에 세워 환성睆城으로 진격하게 하고, 전장군 만총과 동환東睆 태수 호질胡質에게는 양성陽城을 취한 뒤 동관東關으로 가게 했다. 그리고 사마의에게는 강릉을 점령하게 했다.

세작을 통해 위군의 움직임을 간파한 손권은 급히 무창 동관에 문무백관을 소집했다.

"파양 태수 주방이 은밀히 표를 올리기를, 위나라의 양주 도독 조휴가 늘 강남을 노리고 있기에 미리 오를 격파할 일곱 가지 계책을 말해주었다고 하오. 그러면서 내게 이르기를 조만간 위군이 쳐들어올 것이니 깊숙이 유인하여 괴멸시키는 게 좋겠다고 했소. 실제로 지금 위군이 3로로 쳐들어오고 있으니 어찌해야 되겠소?"

"위군을 맞아 물리칠 인물로는 육손이 적격입니다."

고옹이 육손을 천거하자 손권은 지체없이 육손을 불러 보국대장군輔國大將軍 평북도원수平北都元帥로 삼았다. 그리고 천자를 상징하는 황월黃鉞(금도끼)과 백모白旄(소의 꼬리로 만든 기)를 내려 문무백관을 통솔하게 하는 한편 어림군까지 그의 손에 맡겼다.

손권에게서 대임을 받은 육손은 분위장군奮威將軍 주환을 좌도독으로 삼고 수남장군綏南將軍 전종全琮을 우도독에 임명했다. 그러고 나서 강남의 81개 고을과 형주·호남의 군사 30만을 거느리고 3로로 위군을 맞으러 나섰다. 좌군을 맡은 주환이 중군을 맡은 육손에게 말했다.

"위장 조휴가 대임을 맡긴 했지만, 용맹과 지모는 원수께 한참 못 미치는 인물입니다. 그가 제발로 이 험지를 찾아왔으니 화약을 지고 불 속으로 뛰어든 격입니다. 이번에 조휴가 패하면 반드시 군사를 두 갈래로 나누어 좌군은 협석夾石으로, 우군은 계차桂車 쪽으로 도망칠 것입니다. 깊은 산중에 나 있는 이 두 길은 험하고 비좁기로 유명합니다. 저는 자황子璜(전종의 자)과 함께 두 길로 달려가서 큰 나무와 바윗덩어리로 길을 막아놓고 내복해 있다가 조휴를 사로잡겠습니다. 그런 뒤에 여세를 몰아 진격한다면 수춘은 물론이고 낙양까지 넘볼 수 있습니다. 이런 좋은 기회는 만세에 한 번 올까 말까 하니 들어주십시오."

"그것은 그리 좋은 계책이 아니오. 나에게 따로 묘책이 있소."

육손이 자기 의견을 묵살하자 주환은 불만을 품고 물러갔다. 육손은 제갈근에게 사마의가 쳐들어올지 모르니 강릉을 지키라는 영을 주어 보냈다. 육손이 서둘러 환성에 당도했을 때 조휴 역시 환성 부근에 이르러 주방의 영접을 받았다. 조휴가 마중을 나온 주방에게 물었다.

"그대가 보내준 글월을 천자께 보이고 이처럼 세 갈래로 대군을 나누어 서둘러 달려왔소. 만일 이번에 우리가 강동을 손에 넣게 된다면 모두가 주태수의 공이오. 그대의 글을 읽고 어떤 사람은 계략이라고 염려하는 사람도 있었소. 하지만 나는 그대가 우리를 속이는 일은 없을 것이라 믿고 있소."

조휴의 말을 들은 주방은 갑자기 대성통곡을 하더니 옆에 있는 부하의 칼을 뽑아 자기 목을 찌르려고 했다. 조휴가 주방의 팔을 잡고 만류하자 주방이 칼을 짚고 서서 말했다.

"내가 말한 일곱 가지 계책은 실로 목숨을 걸고 위에 헌상한 것이오. 장군께서 나를 의심하는 것은 분명히 우리 오나라 사람이 저에 대한 나쁜 소문을 퍼뜨렸기 때문이오. 장군께서 이간계를 눈치채지 못하고 끝내 나를 의심하신다면 나는 죽을 수밖에 없소."

말을 마친 주방이 다시 칼을 들어 자기 목을 겨누자 조휴가 주방의 두 팔을 잡고 다급히 소리쳤다.

"농담으로 한 말이니 태수는 제발 멈추시오."

조휴가 극력 말리자 주방은 칼로 자기 머리카락을 잘라 땅에 던지며 말했다.

"나는 충심으로 계책을 내었는데 장군은 나를 의심한 게 분명하오. 부모님이 주신 머리카락을 대신 잘라 낙양에 계신 황제 폐하께 충성을 맹세하오."

조휴가 다시 한번 사과하자 주방은 술상을 차려 조휴와 위장들을 대접했다. 연회가 끝나고 나서 장수들이 각자의 장막으로 물러갔을 때, 환성 밖에 있던 가규가 조휴의 장막을 방문했다. 조휴가 영문을 묻자 가규가 말했다.

"제 느낌으로는 이 성 주위에 동오 군사들이 매복해 있을 것 같습니다. 그러니 도독께서는 함부로 군사를 움직이지 마시고, 다른 군사가 오기를 기다려 함께 움직이셔야 합니다."

가규의 말을 들은 조휴가 화를 내며 말했다.

"네놈은 내가 공을 세우는 것을 막기 위해 왔느냐?"

"듣자 하니 주방이 머리카락을 자르며 맹세했다고 하는데 거기에 현혹되지 마십시오. 춘추시대에 요리要離가 오나라 공자 광光의 분부를 받고 오왕의 아들 경기慶忌를 죽이러 갈 때, 일부러 자신의 팔을 벤 뒤 공자 광이 한 짓이라며 경기를 감쪽같이 속이고 나서 그를 해치지 않았습니까?"

그러자 조휴는 더욱 화가 나서 소리쳤다.

"진군을 목전에 두고 네놈은 어찌하여 그 따위 망발로 나를 혼란에 빠뜨리려 하느냐!"

조휴는 무사들에게 당장 가규를 끌어내 참수하라고 영을 내렸다. 그러자 장막으로 돌아갔던 장수들이 달려와 진군을 하기도 전에 대장의 목을 베어서는 안 된다고 말렸다. 여러 장수들이 나와 말리자 조휴는 못이기는 척 명령을 취소했다. 대신 다음날 아침 진군할 때, 가규 혼자 남아서 진지를 지키게 하고 자신은 동관을 취하러 군사를 거느리고 나갔다. 파양 태수 주방은 가규가 지휘권을 박탈당했다는 소문을 듣고 속으로 기뻐하며 말했다.

"조휴가 가규의 말을 따랐다면 나는 오늘 크게 패했을 것이다. 이는 하늘이 도운 것이다!"

주방이 환성으로 밀사를 보내 이와 같은 사실을 알리자 육손이 서성과 여러 장수들을 불러 말했다.

"앞에 보이는 석정石亭은 산길이긴 하지만 매복하기엔 안성맞춤이다. 너희들은 어서 그리로 달려가서 미리 진지를 구축하고 위군이 나타나기를 기다려라."

육손의 영을 받은 서성은 여러 장수들과 군사를 거느리고 석정으로 향했다. 한편 조휴는 주방을 선봉장으로 삼아 환성으로 진군했다.

한참을 진군해가다가 조휴가 주방에게 물었다.

"저 앞쪽에는 뭐가 있소?"

조휴가 채찍을 들어 전방을 가리키자 주방이 대답했다.

"석정은 주둔하기 적당하니 오군이 차지하기 전에 점거하시는 게 이롭습니다."

조휴는 아무런 의심없이 병사는 물론 양초와 각종 물품을 실은 수레를 석정으로 모으게 했다. 위군이 석정에 군사를 부리고 난 다음날 아침, 전령이 다급하게 달려와 조휴에게 말했다.

"수를 헤아릴 수 없을 정도로 많은 오군이 산 어귀에 진을 치고 있습니다."

"어제는 오군이 보이지 않았는데 그게 무슨 소리냐?"

조휴가 주방을 불러오게 했으나 그는 이미 부하를 데리고 위군 진지를 빠져나간 뒤였다. 그제야 조휴는 발을 구르며 소리쳤다.

"쥐새끼 같은 놈이 나를 잘도 속여넘겼구나! 하지만 싸움은 이제부터 시작이다!"

조휴는 대장 장보張普에게 3천의 군마를 내어주며 선봉에서 오군을 맞아 싸우게 했다. 위군과 오군이 둥그렇게 진을 치자 장보가 호기롭게 말을 몰아 달려나가 소리쳤다.

"적장은 어서 나와 항복하라!"

그러자 오의 선봉장 서성이 말을 달려나와 장보에게 칼을 휘둘렀다. 장보는 있는 힘을 다해 서성과 맞섰으나 도무지 상대가 되지 못했다. 힘에 부친 장보가 군사를 거느리고 진지로 돌아가 조휴에게 사실대로 보고하자 조휴가 말했다.

"내가 내일 1천의 기마를 거느리고 나가 적군을 유인해올 테니, 자네와 설교薛喬는 각기 2만 군사를 거느리고 석정의 남쪽과 북쪽에 매복해 있다가 포소리를 군호로 양쪽에서 뛰쳐나오라. 삼면에서 협공한다면 반드시 크게 이길 것이다."

조휴의 영을 받은 장보와 설교는 날이 어둡기를 기다려 각기 2만 군사를 거느리고 매복을 나갔다. 한편 오의 원수 육손은 주환과 전종을 불러 말했다.

"너희 둘은 각기 3만 군사를 거느리고 석정을 남과 북으로 우회하여 조휴의 진지에 불을 질러라. 불길을 군호 삼아 내가 군사를 거느리고 접응하겠다."

육손의 영을 받은 주환·전종이 당징 군사를 거느리고 밤길을 나섰다. 밤 9시가 되어 주환이 위의 진지 가까이에 이르렀을 때 위장 장보가 거느린 복병과 마주쳤다. 장보는 다가오는 군사가 오군인 줄 모르고 가까이 다가갔다가 갑자기 내리친 주환의 칼날에 목이 날아갔다. 대장을 잃은 위군들은 무기를 버리고 앞다퉈 달아났다.

한편 전종 역시 군사를 거느리고 위군의 진지 뒤쪽으로 진군하다가 위장 설교를 만났다. 위군을 발견한 전종이 재빨리 공격 명령을 내리자 선제 공격을 빼앗긴 위군은 크게 패하여 본진으로 달아났다. 전종이 그 여세를 몰아 위군의 진지까지 쫓아갔을 때 이미 한 발 앞선 주환이 위군의 진지에 불을 지르며 맹공을 가하고 있었다. 진지에 있던 조휴는 매복을 나갔던 두 대의 군사가 허겁지겁 진지로 쫓겨 들어오자 아무 말에나 올라타고 협석 쪽으로 달아났다. 하지만 얼마 가지 못해 서성이 거느리고 온 대군과 맞닥뜨려 그나마 뒤를 따라온 얼마 되지 않은 군사들까지 모조리 잃어버렸다. 간신히 포위망을 뚫은 조휴는 뒤도 돌아보지 않고 협석으로 말을 달려갔다. 그러다가 산모통이에서 군사를 거느리고 오는 가규를 만나 스스로를 자책하며 말했다.

"내가 장군의 말을 무시하다가 참담한 꼴을 당했구려!"

"이러고 있을 때가 아닙니다. 동오의 군사들이 이 길마저 끊기 전에 어서 피하십시오."

가규는 조휴를 앞서가게 하고 자신은 그 뒤를 경계하며 샛길로 달아났다. 그러는 와중에도 가규는 산림이 우거진 산모퉁이가 나타나자 군사들에게 명령하여 깃발을 꽂아두어 마치 복병이 있는 것처럼 했다. 조휴를 뒤쫓아오던 서성은 숲이 우거진 산모퉁이에 깃발이 펄럭이는 것을 보고 복병이 있을 것을 염려해 군사를 거두어 돌아갔다. 사마의는 조휴가 참패했다는 소식을 듣고 강릉으로 가던 길을 포기하고 군사를 물렸다.

그날 밤 오군은 일거에 위의 주력을 괴멸시키는 대승을 거두었다. 서성·주환·전종이 산더미 같은 양초와 무기를 수레에 싣고 돌아오자 육손은 크게 기뻐했다. 육손이 위군을 대파하고 개선한다는 보고를 받은 손권은 문무백관을 거느리고 친히 무창武昌까지 나와 육손을 맞이하고, 함께 수레를 타고 궁으로 돌아왔다. 손권은 참전한 장수들에게 골고루 상을 내리고 나서 머리칼이 없는 주방을 가까이 불러 그를 위로했다.

"경이 머리카락을 자르면서까지 애를 썼기에 오늘의 승리를 이룰 수 있었소. 경의 이름과 충절은 청사에 길이 남을 것이오."

손권은 주방에게 내후內侯의 벼슬을 내리고, 크게 잔치를 베풀어 병사들의 노고를 치하했다. 다음날 아침, 육손이 손권에게 진언했다.

"조휴가 대패하여 돌아갔으니 위주는 큰 충격을 받았을 것입니다.

이때 폐하께서 촉으로 친서를 보내 제갈량으로 하여금 위를 공략하도록 하는 것이 좋겠습니다."

손권은 육손의 계책에 따라 즉시 편지를 쓰고 사자에게 주어 촉으로 보냈다.

서기 228년 9월.

위의 대도독 조휴는 낙양에 도착하자마자 패배의 충격을 잊지 못하고 시름시름 병을 앓다가 죽고 말았다. 조예는 조휴의 장례를 후히 치러주었다. 강릉에서 회군한 사마의가 뒤늦게 군사를 이끌고 낙양에 도착하자 여러 장수들이 걱정하며 물었다.

"조휴가 패한 책임을 도독에게까지 물을지도 모르는데 뭣하러 이처럼 서둘러 돌아오셨습니까?"

"우리가 동오에 참패했다는 소문은 벌써 한중까지 들어갔을 것이오. 그러면 이 틈을 노려 제갈량이 장안을 취하려 달려올 것이오. 그러니 어떻게 지체할 수 있겠소?"

사마의의 설명을 들은 장수들은 사마의가 제갈량을 귀신보다 더 두려워한다며 비웃었다.

한편 손권의 친서를 가지고 성도에 도착한 오의 사신은 육손이 위군을 대파한 이야기로 오국의 군세를 자랑하는 한편, 지금이 위를 칠 절호의 기회라고 부추겼다. 손권의 친서를 읽어본 유선은 그 편지와 오에서 온 사신을 제갈량이 있는 한중으로 보냈다. 한중에서 착실히 군사를 훈련시키고 군마를 살찌우며 양초를 모으는 데 열중하던 제갈량은 오의 사신으로부터 석정 전투에 대해 듣고 손권의 편지를 꼼꼼히 읽어보았다. 그러고 나서 출사를 결심하고 여러 차례 잔치를 베풀어 군사들의 사기를 북돋웠다.

제갈량이 장수들과 술을 마시며 출병을 협의하고 있던 어느 날 저녁, 갑자기 거센 돌개바람이 불더니 뜰앞에 있는 커다란 소나무를 뿌리째 뽑아버렸다. 출진을 앞둔 장수들의 얼굴에 불길한 기색이 떠오르자 제갈량이 점괘를 뽑아보았다.

"허어, 대장 중에 대장을 잃을 조짐이구나!"

제갈량의 중얼거림을 들은 장수들이 어색한 침묵 속에서 술을 마시고 있을 때 조운의 두 아들 조통趙統과 조광趙廣이 달려와 제갈량을 만나고자 한다는 보고가 들어왔다. 순간 제갈량은 자기도 모르게 들고 있던 술잔을 떨어뜨렸다.

"아아, 자룡이었구나!"

제갈량이 조통과 조광을 부르자 두 사람이 쓰러지듯 달려와 엎드려 통곡했다.

"아버님께서 어젯밤 11시경부터 앓으시다가 오늘 아침에 작고하셨습니다."

"자룡이 죽은 것은 나라의 기둥을 잃은 것이요, 나의 한 팔을 잃은 것과 같다."

술자리에 있던 장수들은 갑작스러운 조운의 죽음에 당황하고 눈물을 흘리며 애통해했다. 제갈량은 조운의 두 아들에게 직접 성도로 가서 황제에게 부고를 전하라고 지시했다. 조운이 죽었다는 소식을 들은 유선은 체면을 차리지 않고 목놓아 울었다.

"자룡이여! 짐이 어렸을 때 목숨을 걸고 나를 구해준 생명의 은인이 아닌가!"

유선은 조서를 내려 조운에게 대장군의 벼슬을 더하고 순평후順平侯라는 시호를 내렸다. 그리고 성대히 장사지내고 성도의 금병산錦屛

山 동쪽에 묘당을 세워 계절마다 제사를 올리게 했다. 또한 유선은 조운의 두 아들을 후대하여 큰아들 조통은 호분중랑장虎賁中郎將으로 삼고 둘째 아들에게는 아문장牙門將의 직위를 주어 조운의 묘를 지키게 했다. 장례가 끝나자 한중에서 따라온 제갈량의 사람이 유선에게 보고했다.

"동오의 사신과 이야기를 나눠본 승상께서는 지금이 위를 칠 적기라고 생각하시고 곧 북벌을 나서시려 합니다."

보고를 들은 즉시 유선이 문무백관을 불러 제갈량의 출사에 대하여 묻자, 대부분의 대신들이 만류하고 나섰다. 유선이 단안을 내리지 못하고 망설이고 있을 때 양의가 제갈량의 두 번째 출사표를 가지고 왔다.

선제께서 말씀하시길 한나라와 역적은 양립할 수 없으며, 왕업이 이대로 안주해서는 안 된다고 하시면서 신에게 역적들을 토벌하라고 당부하셨습니다. 선제의 혜안은 신의 재주가 미약하고 적은 강고한 것을 아셨습니다. 그러나 적을 그대로 방치하면 왕업이 망할 것이니 앉아서 기다리지 말고 적극 공략하기를 신에게 부탁하셨습니다.

신은 자나깨나 선제의 명을 가슴에 새기고 오직 북쪽의 위를 정벌할 생각으로 먼저 노수를 건너 남방으로 향했습니다. 그곳에서 끼니를 걸러가며 남만인과 싸운 것은 신이 저 자신을 소중히 여기지 않아서이거나 공에 눈이 멀어서가 아니었습니다. 왕업이 촉도蜀都(성도)의 안정에만 치중해서는 안 된다고 생각하여 위험을 무릅썼던 것입니다. 서촉과 벌인 싸움에 지친 낙양의 역도들이 연이어 동오와의 싸움에 패하여 군세가 피폐해졌으니 지금이야말로 적을 칠 절호의 기회라고 여겨집니다.

고제高帝(유방)께서는 영명하심이 해나 달과 같으셨으며 거느린 신하들의 지모는 깊은 못과 같았습니다. 그럼에도 불구하고 갖은 고난을 겪으신 후에야 평안을 찾으셨습니다. 지금 폐하는 고제에 미치지 못하시고 거느린 신하도 장량이나 진평에 미치지 못하는 터에, 가만히 앉아 천하가 평정되기를 기다리고 계시니 신으로서는 첫번째로 납득이 되지 않는 일입니다.

일찍이 유요와 왕랑 등은 각기 큰 땅을 점거하고 있으면서 입으로만 계책을 지껄이며 말할 때마다 성군을 자처하니 그가 거느리던 관원들마저 해이해져 싸워야 할 때 싸울 생각을 하지 못하고 세월만 보냈습니다. 두 사람은 차일피일 싸우기를 망설이다가 손권에게 병합되고 말았으니 신에게 두번째로 납득이 되지 않는 일이 바로 이것입니다.

조조는 지모와 기상이 뛰어나고 군사를 부리는 것도 손권에 뒤지지 않았지만 남양에서 낭패를 당했고 오소에서는 곤경에 처했으며 기련에서는 큰 위기에 몰렸고 여양에서는 달아났고 북산에서는 패했으며 동관에서는 죽을 고비를 겪었습니다. 그러고 나서 얻은 것이 겨우 지금의 불안정한 평화입니다. 하물며 신같이 무능한 사람이 어찌 아무 위기 없이 순조롭게 천하를 평정할 수 있겠습니까? 신이 납득하지 못할 세번째 일이 바로 이것입니다.

조조는 다섯 차례나 창패昌霸를 공격하고도 수중에 넣지 못했고 네 차례에 걸쳐 소호巢湖를 쳐내려갔으면서도 뜻을 이루지 못했습니다. 이복李伏을 기용하자 금세 배반해버렸고, 하후 형제에게 맡겼으나 그들은 모두 패하고 말았습니다. 선제께서 그토록 뛰어나다고 칭찬을 아끼지 않은 조조도 이렇게 착오가 많았는데 신처럼 아둔한 사람이 어찌 쉽게 이길 수 있겠습니까? 이것이 신이 납득하기 힘든 네 번째 일입니다.

신이 한중에 와서 위군과 싸운 지 겨우 1년 만에 조운·양군陽群·마옥馬玉·염지閻芝·정립丁立·백수白壽·유합劉郃·등동鄧銅과 같은 쓸 만한 상장과 부장들을 거의 70여 명이나 잃어버려 새로 싸움을 벌인다 하더라도 선봉에 세울 만한 장수가 하나도 없습니다. 또 수십 년에 걸쳐 여러 고을에서 발탁하여 이제는 믿고 맡길 정도가 된 빈수賓叟·청강靑羌·산기散騎·무기武騎와 같은 말단 장수들도 1천여 명 가까이 잃었습니다. 이대로 몇 년만 지나면 남아 있는 장수들 가운데 3분의 2가 축날 게 분명하니 그때는 누굴 데리고 역도들을 토벌할 수 있겠습니까? 이 또한 신이 납득할 수 없는 다섯번째 일입니다.

 지금 백성들은 곤궁하고 군사는 좀더 쉬고 싶어합니다. 하지만 그렇다고 해서 천하 대사를 마냥 미뤄둘 수만은 없습니다. 생각해보면, 아무 일을 하지 않고 지키고 있는 것이나 나아가 움직이는 것이나 거기에 드는 수고와 비용은 매한가지입니다. 그러므로 한시라도 빨리 군사를 일으켜 일을 도모해야 하는데도 손놓고 기다리고 있으니, 이것이 신이 납득하기 어려운 여섯번째 일입니다.

 마음먹은 대로 되지 않는 것이 천하의 일입니다. 지난날 선제께서 초楚 땅에서 패하셨을 때, 조조는 천하 대세가 결정난 듯 손뼉을 치며 기뻐했습니다. 하지만 선제께서 곧 동으로 오·월과 화친을 맺고 서쪽으로 파촉巴蜀을 취하신 뒤에 북벌에 나서서 하후연의 목을 베니 조조의 간담이 서늘해졌습니다. 이는 조조가 대세를 잘못 읽은 것이며 한이 기사회생할 조짐이었습니다. 그러나 오가 배반하여 관운장이 형주에서 죽게 되고 선제께서 백제성에서 뜻하지 않게 임종하시는 바람에 조비는 마음놓고 제위를 찬탈하게 됐습니다.

 인간사의 모든 일이 이처럼 뜻대로 되지 않으니, 신은 다만 몸을 돌보지 않고 죽을 때까지 나라를 위해 애쓸 뿐입니다. 일의 성패를 따져 무엇 하겠습니까? 그것은 모두 하늘에 달려 있습니다.

유선은 제갈량이 올린 표문을 읽고 몹시 마음이 격동하여 제갈량으로 하여금 출사하라는 영을 내렸다. 황제의 윤허를 얻은 제갈량은 곧 정병 30만을 일으키고 노장 위연을 선봉에 세워 진창으로 출진했다.

제갈량이 30만 대군을 거느리고 진창으로 쳐들어오고 있다는 소식은 금방 낙양까지 전해졌다. 조예가 문무백관을 모아 대책을 묻자 대장군 조진이 먼저 입을 열었다.

"지난날 신이 농서를 제대로 지키지 못하여 늘 마음이 편치 않았습니다. 폐하께서 신을 믿고 대군을 맡겨주신다면 이번 기회에 제갈량을 사로잡아 폐하의 은덕에 보답하겠습니다."

조예가 크게 기뻐하며 선봉장으로 누구를 데려가겠냐고 물었다. 그러자 조진이 막히지 않고 대답했다.

"신이 근래에 큰 장수가 될 사람을 하나 얻었습니다. 농서 적도狄道 사람으로 왕쌍王雙이란 이름을 가진 자인데 그가 쓰는 칼의 무게는 60근이나 되고 철궁을 쏘면 백발백중입니다. 또 3개의 유성추流星鎚를 자유자재로 쓰니 혼자서 1만여 군사를 감당할 수 있습니다. 이 사람에게 선봉장을 맡겨주신다면 신이 보증하도록 하겠습니다."

조진의 설명을 들은 조예는 당장 왕쌍을 불러오게 했다. 잠시 뒤에 어전에 대령한 왕쌍을 보니 구척장신의 거한이었다. 조예는 크게 흡족해하며 왕쌍에게 비단 도포와 금으로 만든 갑옷을 하사하고 호위장군에 봉했다. 그리고 조진을 대도독으로, 왕쌍을 선봉으로 삼아 촉군을 물리치게 했다. 조진이 정병 15만과 곽회·장합 등의 여러 장수를 거느리고 낙양을 출발할 무렵, 진창을 먼저 살피러 왔던 촉의 전초병이 제갈량에게 돌아가 보고했다.

"진창은 학소가 지키고 있는데 성 주위에는 깊은 도랑이 파여 있고 높은 누대가 숱하게 세워져 있었습니다. 그리고 진창으로 가는 길목에도 울타리를 세워 미리 대비를 해놓았습니다. 차라리 진창을 버리고 태백령太白嶺을 넘어 조도鳥道에서 기산으로 가는 것이 좋겠습니다."

"진창의 정북쪽은 가정이다. 그러니 이곳을 교두보로 삼지 않을 수 없다."

제갈량은 위연을 불러 군사를 거느리고 나가서 진창성을 공격하게 했다. 며칠 동안 밤낮을 가리지 않고 공격했으나 성을 얻지 못했다. 위연이 빈손으로 돌아가 제갈량에게 사실을 고하자 제갈량이 크게 역정을 냈다. 그때 부곡部曲 근상鄞祥이 나서서 제갈량에게 말했다.

"제가 여러 해 동안 승상을 모시면서 아직 이렇다 할 공을 세우지 못했습니다. 재주는 미약하나 저를 보내주신다면 학소를 투항시켜보겠습니다."

"어떤 말로 학소를 설득시킬지 말해보아라."

제갈량이 묻자 근상이 대답했다.

"학소와 저는 같은 농서 사람으로 어려서부터 친분이 있는 사이입니다. 그를 만나 이해득실을 따져 투항을 권유하면 반드시 제 말에 따를 것입니다."

제갈량이 허락하자 근상은 지체없이 진창성으로 달려갔다. 성 아래에 당도한 근상이 성루를 바라보며 학소의 이름을 외쳐 부르자 학소가 성문을 열고 근상을 맞이했다. 학소가 물었다.

"자네는 제갈량의 사람이 아닌가?"

"그렇네. 나는 공명의 휘하에서 참모로 일하고 있네. 오늘 자네를 찾아온 것은 특별히 할말이 있어서일세."

학소의 낯빛이 갑자기 변했다.

"더 말하지 말게! 나는 위국을, 자네는 촉국을 섬기고 있으니 각자 최선을 다하기로 하세! 옛날에 형제처럼 지냈다 하더라도 지금은 서로 적이니 속히 이 성을 나가주게!"

학소의 제지에도 불구하고 근상이 다시 한번 설득하려 들자 학소는 자리에서 일어나 누각으로 올라가버렸다. 학소의 부하들에 의해 성밖으로 쫓겨난 근상은 말에 올라 누각 난간에 앉아 있는 학소를 바라보며 소리쳤다.

"백도(학소의 자)야! 너는 어찌하여 형의 말을 들어보지도 않느냐?"

"위나라 법에도 형과 아우의 법도는 엄연히 있네. 하지만 나는 위 황제의 은혜를 입은 몸이니 어쩌겠나? 그러니 자네는 속히 제갈량에게 돌아가 이 성이나 공격하라고 말하게. 나는 만반의 준비가 되어 있다네."

근상이 진지로 돌아와 제갈량에게 사실대로 고하자 제갈량은 근상을 다시 한번 진창으로 보내 학소를 설득시키게 했다. 돌아간 줄 알았던 근상이 성 아래에서 또다시 자신의 이름을 부르고 있다는 보고를 받은 학소는 부하들과 함께 누각으로 달려갔다. 근상이 학소를 보고 소리쳤다.

"백도! 자네가 아까워서 다시 돌아왔네. 자네 혼자서 수십만 대군을 어찌 감당하려고 하는가? 우리가 어릴 때 사서를 읽으며 간신적자들을 얼마나 미워했는가? 그런 자네가 어찌 촉한을 따르지 않고 조적을 따르는가? 백도! 내 말을 따라 후회하는 일이 없도록 하게!"
학소는 크게 노하여 활을 꺼내 살을 메기고 근상에게 말했다.
"너와 나는 이미 모시는 주군이 다르다. 빨리 물러가지 않으면 내 손에 죽을 것이다!"
학소가 활을 겨누며 위협하자 근상은 머리를 감싸쥐고 제갈량에게 돌아와 사실을 보고했다. 그러자 제갈량이 화를 참으며 근상에게 물었다.
"그래, 두 번씩이나 성을 살펴보니 대략 얼마쯤 군사가 있어 보이더냐?"
"정확히는 알 수 없지만 3천 명은 되어 보였습니다."
근상의 말을 들은 제갈량은 회심의 미소를 지으며 말했다.
"학소란 작자는 뭘 믿고 큰소리를 치는지 모르겠구나!"
제갈량은 한 대에 10여 명의 군사가 탈 수 있는 운제雲梯 100대를 준비하도록 했다. 운제가 준비되자 촉군은 사다리와 밧줄을 준비하여 북을 울리며 일제히 진창성으로 쳐들어갔다. 촉병이 사면에서 운제를 앞세우고 다가오는 것을 목격한 학소는 3천 명의 부하들에게 불화살을 준비하고 있다가 운제가 성 가까이 오면 일제히 쏘아붙이라고 지시했다.
제갈량은 학소가 불화살을 준비한 줄도 모르고 3군에 명하여 북과 함성을 울리며 사면에서 공격하게 했다. 그러자 성루에서 빗발처럼 불화살이 쏟아져 100대의 운제는 삽시간에 불길에 휩싸였고, 운제에 탄 많은 군사들이 떨어져 죽거나 불에 타 죽었다. 예상치 못한 반격을 당한 제갈량은 군사를 물린 뒤에 밤새 성문을 깨트리는 데 쓸 충차衝車를 만들게 했다.

이튿날 날이 밝자 촉병은 충차를 앞세워 북을 울리고 함성을 지르며 진창성을 포위했다. 학소는 성루에서 충차를 앞세워 오는 촉군을 보고 부하들에게 커다란 돌에 구멍을 뚫고 밧줄을 꿰어 만든 차각뢰車脚檑 수십 개를 성문으로 가져와 충차를 내리치게 했다. 그러자 촉군의 충차는 물론 거기에 매달려 있던 촉군까지 차각뢰에 박살이 나고 말았다.

충차가 부숴지자 제갈량은 요화에게 3천 군사를 내어주며 한밤중에 가래와 삽으로 땅굴을 파 몰래 성안으로 잠입하라고 분부했다. 촉군이 땅굴을 파는 것을 눈치챈 학소는 성안에 호를 파서 땅굴을 차단했다. 온갖 방법을 써가며 20여 일 동안 공격했으나 모두 허사로 돌아가자 제갈량은 신경이 곤두서 밤잠을 이루지 못했다. 그러던 어느 날, 전령이 급히 달려와 말했다.

"동쪽에서 위의 대군이 밀려오고 있는데 이름을 들어보지도 못한 왕쌍이라는 자가 선봉장을 맡고 있습니다."

제갈량이 좌우의 장수들을 둘러보며, 왕쌍과 맞붙어 싸울 사람을 찾자 선뜻 위연이 자원해 나섰다. 그러자 제갈량이 말했다.

"이름도 없는 장수와 싸우는데 선봉대장인 문장이 굳이 나설 필요가 있겠소? 누구 다른 사람이 없느냐?"

비장 사웅謝雄이 자원해 나서자 제갈량은 군마를 내어주고 싸우게 했다. 안심이 되지 않은 제갈량이 사웅을 지원해줄 사람을 찾자 이번에는 비장 공기龔起가 나섰다. 제갈량은 3천 군마를 내어주며 즉각 사웅을 뒤따르게 했다.

두 사람이 떠나고 나자 제갈량은 학소가 군사를 이끌고 나올 것을 염려하여 20여 리 밖으로 군사를 물렸다. 제갈량의 분부를 받고 위군과 싸우러 나섰던 사웅은 위의 선봉장 왕쌍과 맞서 싸우다 단 3합 만에 목이 날아가고 말았다. 대장이 죽자 촉병은 일시에 전의를 잃고 정신없이 달아났다. 왕쌍이 도망가는 촉군을 시살하며 쫓아가자 일단의 촉군이 나타나 위군의 추격을 막았다. 사웅을 뒤따라나선 공기였다. 하지만 그 또한 왕쌍의 단칼에 목이 날아가 죽었다. 간신히 목숨을 건져 돌아온 촉병이 대패한 사실을 알리자 제갈량이 급히 요화·왕평·장의를 불러 왕쌍을 막게 했다. 도망쳐 살아온 병사들이 왕쌍을 손가락질해 보이자 장의가 창을 비껴들고 말을 달려나가며 소리쳤다.

"왕쌍은 나와서 내 창을 받아라!"

왕쌍이 날듯이 말을 몰고 나와 장의와 한판 승부를 벌였다. 쉽사리 승패가 나지 않자 왕쌍이 짐짓 패한 체하고 말 머리를 돌려 도망쳤다. 장의가 그 뒤를 다급히 추격하자 손에 땀을 쥐며 뒤에서 지켜보던 왕평이 장의를 따라가며 소리쳤다.

"장장군은 적장을 따라가지 마시오!"

장의가 왕평이 다급히 외치는 소리를 듣고 말 머리를 돌리려는 찰나, 왕쌍이 품에 감추고 있던 유성추를 꺼내 장의의 등판을 후려쳤다. 눈 깜짝할 사이에 일격을 당한 장의는 말안장에 바짝 엎드린 채 진지로 도망쳐왔다. 왕쌍이 때를 놓치지 않고 뒤따라왔으나 왕평과 요화가 앞을 가로막아서는 바람에 놓치고 말았다. 하지만 위군은 그 여세를 몰아 촉군을 대파했다.

제갈량이 유성추에 맞아 치료를 받고 있는 장의를 문병하러 갔다. 장의가 말했다.

"왕쌍은 대단한 용장입니다. 그는 2만 군사를 거느리고 진창성 밖에 철벽같이 진을 치고 있습니다."

왕쌍이라는 강적을 만나 쉬울 줄 알았던 진창성 공략이 난관에 부딪치고 두 장수마저 잃자 제갈량이 강유를 불러 답답한 심사를 토로했다.

"진창 어귀에서 길이 막힐 줄 예상도 못했으니, 달리 무슨 방도가 없겠느냐?"

"학소가 여간 아닌데다가 왕쌍이란 자까지 나타났으니 진창성을 취하는 것은 어려울 듯합니다. 안 되면 돌아가라는 말이 있으니 몇몇 장수들에게 가정 근처의 길목을 지키게 한 다음 승상께서 직접 대군을 거느리고 기산을 공격하는 것이 어떻겠습니까? 제게 계략이 하나 있으니 그 사이에 조진을 사로잡을 수 있을 것입니다."

강유가 제갈량에게 무엇인가 귀엣말을 하자 제갈량이 고개를 끄덕이며 흡족해했다. 그날 저녁, 제갈량은 강유의 말에 따라 왕평·이회에게 일단의 군사를 내주며 가정에 이르는 샛길을 지키게 하고 위연에게도 진창 어귀의 길목을 지키게 했다. 그리고 자신은 마대를 선봉장에 세우고 관흥·장포를 중군과 후군으로 삼아 지름길을 통해 야곡을 넘어 기산 쪽으로 내달렸다.

한편, 조진은 진창이 위태롭다는 말을 듣고 왕쌍을 구원군으로 보냈다가 대승을 거두는 바람에 크게 우쭐해 있었다. 지난번 기곡 싸움에서 사마의에게 공을 빼앗겨 늘 기분이 좋지 않았던 조진은 오랜만에 희색이 되어 대장 비요費耀에게 전군을 총감독하게 하고 여러 장수들에게 자기가 맡은 길목을 단단히 지키라고 지시했다.

그러던 어느 날, 산골짜기에서 수상한 장정 한 명을 붙잡았다는 보고를 받고 조진이 직접 문초를 했다. 마침내 잡혀온 장정이 입을 열었다.

"저는 강유의 심복으로, 밀서를 가지고 조도독을 찾아가는 길입니다."

밀서라는 말에 귀가 번쩍 뜨인 조진이 잡혀온 사내를 다그쳤다. 강유의 심복이라는 자가 바느질한 소매를 뜯고 밀서를 꺼내 바쳤다.

수백 번 참형을 당하고도 남을 강유가 이 글을 도독께 바칩니다. 저는 대대로 위의 봉록을 받으며 이제나저제나 천자의 은덕에 보답하기만을 기원해왔습니다. 그러다가 제갈량의 농간에 빠져 천자를 배반하고 위나라의 수치가 됐습니다. 하지만 전 길 벼랑에 빠졌다고 해서 어찌 사람의 도덕을 일시에 잊어버릴 수 있겠습니까? 지금 다행히도 저는 서쪽 끝에 와 있으며, 저에 대한 제갈량의 의심도 모두 없어졌습니다. 이 기회에 도독께서 대군을 거느리고 야곡으로 진군하시고, 그 중간에 촉군을 만나거든 일부러 패한 체하고 달아나십시오. 그러면 제가 때를 보아 촉군의 양초를 불태우며 후미를 교란하겠습니다. 그때 방향을 돌려 촉군을 공격해온다면 제갈량을 사로잡을 수 있을 것입니다. 제가 이렇게 말씀드리는 것은 공을 세우고자 하는 게 아니라, 저의 잘못을 속죄하기 위해서입니다. 죄 많은 강유는 도독의 명을 기다립니다.

강유의 밀서를 읽어본 조진이 손뼉을 치며 기쁨을 감추지 못했다. 하늘이 자신을 돕는 것이라고 여긴 조진은 밀서를 가져온 심복에게 술과 음식을 대접하고 밀서대로 따르겠다는 답서를 써서 보냈다. 그러자 비요가 말했다.

"제갈량은 지모가 많고 강유 또한 술수가 뛰어납니다. 잘못하다간 큰 낭패를 볼까 두렵습니다."

"장군은 걱정도 팔자요. 강유는 원래 위나라 사람으로 제갈량에게 속아 촉에 투항했던 사람이 아니오? 그러니 제자리로 돌아오는 게 당연하지 않소?"

그러자 비요가 조심스레 말했다.

"도독께서 직접 나서시다가 화를 당하면 위의 손실이니 본진을 지키는 것이 좋겠습니다. 대신 제가 군사를 거느리고 나가 강유를 내응토록 하겠습니다. 만일 이 일이 성공한다면, 공은 모두 도독에게 돌리고 그것이 계책이라면 제가 감당하겠습니다."

조진은 크게 입이 벌어지며 당장 5만 군사를 비요에게 내어주며 야곡으로 달려가게 했다. 비요는 야곡 근처까지 진군한 다음, 멈춰서서 진을 치고 부하들에게 단단히 주변을 경계하라 일렀다.

그날 낮 3시쯤, 파수병이 달려와 야곡 쪽으로 촉병이 몰려오고 있다는 보고를 했다. 비요는 즉시 군사를 독촉하여 촉군을 맞으러 나갔다가, 밀서에 쓰인 대로 패한 체 도주하기 시작했다. 비요는 촉군이 맹렬히 쫓아오면 돌아서서 싸우다가 다시 도망가고, 촉군이 또다시 쫓아오면 말 머리를 돌려 싸우기를 세 차례나 거듭했다.

하루 종일 달아나기에 바빴던 위군은 발을 뻗고 쉬고 싶었으나 촉병의 추적이 두려워 함부로 쉴 수가 없었다. 해가 서산에 뉘엿뉘엿질 무렵 비요는 부하들에게 밥을 지어먹게 했다. 위의 군사들이 밥을 막 먹으려 할 때, 갑자기 사방에서 북소리와 함성이 진동하며 촉군이 벌떼처럼 몰려왔다. 비요가 놀라 앞을 쳐다보니 제갈량이 사륜거를 타고 나와 대화하기를 원했다. 비요가 말에 올라 뒤를 돌아보며 장수들에게 당부했다.

"만일 촉병이 진격해오거든 이제껏 했던 대로 싸우는 체하다가 후퇴하라. 그러면 산 뒤쪽에서 불길이 치솟을 테니 그때 말 머리를 돌려 촉군을 역습하라. 오래지 않아 반드시 본대가 달려올 것이다."

말을 마친 비요가 제갈량이 탄 사륜거 앞으로 말을 몰고 나가 외쳤다.

"진창의 패장이 뭣하러 여기까지 오셨소?"

"너희 도독 조진은 어디 숨었느냐?"

그러자 비요가 웃으며 말했다.

"조도독은 황실의 일가이신데 어찌 너 같은 역적놈과 대화를 나누시겠느냐?"

제갈량이 크게 노하여 손에 들었던 부채를 흔들어 군호를 보내자 좌우에서 대기하고 있던 마대와 장의가 군사를 거느리고 위군을 덮쳤다. 위군은 겁을 먹은 체하며 30여 리나 무작정 달아났다. 그러다가 뒤를 돌아보니 촉병의 진지에서 불길과 함께 어수선한 함성이 들려왔다. 비요는 강유가 촉진을 교란한 것으로 여기고 즉각 방향을 돌려 촉군을 역습했다.

자기 진지에 불길이 치솟은데다가 위군의 반격을 받은 촉군은 뒤도 돌아보지 않고 달아나기 시작했다. 퇴각하는 촉군을 추격한 비요는 한달음에 불길이 치솟는 촉진까지 치달았다. 그때 갑자기 산골짜기에서 북소리와 함성이 들려오더니 좌우에서 관흥·장포가 군사를 거느리고 나와 위군을 시살했다. 그뿐 아니라 주위의 산봉우리에서 비오듯 화살이 쏟아지니 열 명 가운데 한 명도 목숨을 부지하기 어려웠다. 계책에 빠진 것을 직감한 비요가 한 줌도 되지 않는 부하들을 사지에서 건져 진지를 향해 돌아갈 때, 산모퉁이에서 미리 기다리고 있던 강유가 나타나 앞을 가로막았다. 헤아릴 수 없이 많은 부하를 잃은 비요가 분해서 소리쳤다.

"쓸개 빠진 역적놈아! 너는 네가 무슨 짓을 했는지 아느냐?"

"겁쟁이 조진이 너를 대신 보냈구나! 나는 너에게 아무런 원한이 없으니 말에서 내려 항복하면 살려주겠다!"

비요는 아무 대답도 하지 않고 말을 몰아 산골짜기 샛길로 도주했다. 그러나 얼마 못 가 계곡에서 불길이 치솟으며 촉병이 앞을 가로막자 비요는 칼을 뽑아 자진했다. 대장을 잃은 위군은 무기를 버리고 촉병에게 투항했다. 제갈량은 밤낮을 가리지 않고 기산으로 군사를 이끌고 달려가 기산 아래에 진을 쳤다. 잠시 뒤에 강유가 군사를 거느리고 도착하자 제갈량은 강유에게 큰 상을 내렸다.

위군이 크게 패하고 비요가 죽었다는 보고를 접한 조진은 크게 낙심했다. 그는 급히 곽회를 불러들이는 한편 손례와 신비에게 명하여 낙양에 있는 황제에게 전황을 알리게 했다. 촉군이 진창을 버리고 기산에 나타나는 바람에 많은 군사와 장수를 잃었다는 보고를 받은 조예는 황급히 사마의를 불러들였다.

"조진이 많은 장수와 군사를 잃고 촉군이 기산까지 밀고 들어왔으니 어찌하면 좋겠소?"

"신은 제갈량이 기산에 올 것에 대비하여 계책을 강구해놓았습니다. 이대로만 한다면 촉병은 위군이 용맹을 떨치기도 전에 저절로 도망칠 것입니다."

그 말에 조예가 바싹 다가앉았다.

사마의가 다시 입을 열어 조예에게 간언했다.

"신이 항상 폐하께 말씀드리기를, 제갈량이 반드시 진창으로 진격

기산 전투. 제갈량의 북벌(北伐)전쟁은 단순한 군벌 간의 싸움이 아닌, 한 왕조 부흥의 명분을 건 이념적인 것이어서, 이후 중원을 향해 북벌을 시도하는 많은 세력의 전범이 되었다. 먼 훗날 장개석이 군벌세력에 맞서 북벌전쟁을 일으킬 무렵, 제갈량과 북벌을 소재로 삼은 소설이 창작되기도 했다.

해올 것이라고 하지 않았습니까? 그래서 신은 이미 학소에게 명하여 진창을 철저히 지키도록 대비시켜놓았습니다. 그런데 그 예상이 적중했습니다. 제갈량이 굳이 진창으로 진격해오는 까닭은 군량미 운반이 수월하기 때문입니다. 하지만 학소와 왕쌍이 그곳을 단단히 지키고 있어 제갈량은 자기 뜻대로 군량미를 운반하지 못할 것입니다. 물론 소로가 있기는 하지만 운반에 차질을 빚게 될 것입니다. 신이 생각하기로는 그들이 보유한 군량미로는 1개월밖에 버티지 못할 것이니 될수록 속전속결을 하고자 덤빌 것입니다. 때문에 우리는 지구전으로 적을 안달하게 만드는 것이 상책입니다. 폐하께서는 조서를 내리시어 조진에게 각처의 요새지를 굳게 지키되 절대 응수하지 말도록 명령하십시오. 그리하면 촉병은 1개월도 버티지 못하고 제발로 물러설 것입니다. 이때 우리가 그들의 허점을 노려 집요하게 따라붙는다면 능히 제갈량을 사로잡을 수 있을 것입니다."

조예는 고개를 끄덕였다.

"경이 그런 선견지명을 지니고 자세한 전략까지 세워두었으니 스스로 군사를 거느리고 나가 한중을 평정하는 것이 어떻겠소?"

사마의가 대답했다.

"신이 직접 나서지 않는 것은 몸을 사려서가 아니라 이 군사로 동오의 침범을 막기 위함입니다. 손권은 머지않아 스스로 황제를 자칭하고 나설 것인데, 그럴 경우에 폐하의 정벌이 두려워 먼저 군사를 거느리고 쳐들어올 것이 분명합니다. 그래서 신은 미리 그것에 대비하고자 합니다."

이때 근신이 조예에게 말했다.

"중달의 말에 일리가 있으니 폐하께서는 조진에게 특별히 조심할 것을 당부하십시오. 촉병을 공격할 때는 반드시 전후 사정을 살펴 추격하되 적진 깊숙이 추격하다가는 제갈량의 계책에 빠질 것이니 경계하라고 이르십시오."

조예는 즉시 조서를 작성하여 태상경太常卿 한기韓曁 편에 보내 조진에게 단단히 주의를 주었다.

"촉병이 싸움을 걸어오더라도 절대로 나가 싸우지 말 것이며 오직 방어 임무에만 충실하라. 다만 촉병이 슬그머니 행장을 차리는 기미가 보이거든 그때 추격하도록 하라."

한기가 조예의 조서를 받고 떠날 때 사마의는 직접 성문 밖까지 나와 한기에게 다시 당부했다.

"이번에 승리하면 나는 그 공을 자단에게 돌리려 하오. 그러니 이번 계책이 내 입에서 나왔다고 절대 말하지 마시오. 자단이 그것을 안다면 반드시 성을 나가 싸우려고 할 것이니 황제께서 조서를 내리셨다는 것을 거듭 강조하시오. 성밖으로 싸우러 나선다면 백이면 백 제갈량의 술수에 말려들 것이니 요새를 지키는 게 상책임을 단단히 일러두시오. 또 적을 추격할 경우에도 가벼이 나서지 말고 적정을 신중히 파악하라고 하시오. 서둘다가는 오히려 일을 망칠 수도 있소."

한기는 사마의에게 그렇게 하겠다고 약속하고 낙양을 떠났다. 한기가 조진의 장막에 당도했을 때 마침 조진은 장수들을 모아 대책을 협의하고 있었다. 태상경 한기가 황제의 특사로 왔다는 보고를 받은 조진은 친히 진지 밖까지 나가 사자를 맞이하고 황제의 조서를 받았다. 조진이 조서를 읽고 그 내용을 장수들에게 들려주자 곽회가 웃으며 말했다.

"이건 틀림없이 중달의 소견이오."

조진이 물었다.

"백제(곽회의 자)는 사마의의 방책을 어떻게 생각하오?"

"중달이 제갈량의 머리 위에 올라앉아 있으니 장차 촉군을 제어할 인물은 오직 그뿐일 것입니다."

조진이 다시 물었다.

"사마의의 예측대로 촉병이 한 달 안에 물러가지 않는다면 그때는 어찌해야 하오?"

"황제의 조서에 쓰인 것처럼 우리 장수 왕쌍에게 사람을 보내어 그로 하여금 소로를 순시하게 하면 촉병은 함부로 군량미를 운반하지 못할 것입니다. 그러면 촉병은 어디서든 군량미를 확보할 길이 없게 되니 철군할 게 분명합니다. 그때 장군께서 군사를 몰아 나가신다면 크게 승리할 수 있습니다."

옆에 있던 손례가 한 가지 계책을 냈다.

"제가 기산으로 가서 군량미 운반 수레에다 마른 짚단과 풀을 가득 싣고 거기에 유황과 초산을 먹여놓을 테니 장군께서는 세객을 풀어 농서에서 위군의 군량미가 운반되어온다는 헛소문을 퍼뜨리십시오. 그러면 군량미가 떨어진 촉병은 이를 빼앗으려고 덤벼들 것입니다. 이때 그들이 기습할 만한 곳에 군사를 숨겨놓고 기다리고 있다가 저들이 나타나면 수레에 불을 지르고 일시에 협공한다면 크게 승리할 것입니다."

조진은 손례의 말을 듣고 무릎을 치며 기뻐했다.

"훌륭한 비책이오."

조진은 즉시 손례에게 기산으로 출발하게 했다. 그리고 또 한 사람을 왕쌍에게 보내어 군사를 거느리고 진창 주변의 소로를 철저히 순시하게 했다. 곽회에게도 따로 군사를 주어 기곡과 가정 등에 이르는 길목을 단단히 지키게 했다. 조진은 이어서 장요의 아들 장호張虎를 선봉장으로 삼고 악진의 아들 악침樂綝을 부선봉장으로 삼아 요새를 굳게 지키되 절대 나가 싸우지 말라고 영을 내렸다.

한편 기산에 진지를 세우고 있던 제갈량은 군사들에게 명하여 위군을 약올려 성밖으로 불러내도록 했다. 하지만 위군이 아무런 대응을 하지 않자 제갈량이 강유를 불러 대책을 논의했다.

"위군이 성을 굳게 지키며 나와 싸우지 않는 것은 분명 우리의 군량미가 넉넉지 않다는 것을 알고 있기 때문이오. 이미 진창의 큰 길은 적군에게 끊겼으며 다른 소로들도 적병이 정찰을 하고 있어 군량미를 운반할 수가 없소. 현재 우리가 보유한 군량미로는 1개월 이상 버틸 수 없으니 어찌하면 좋겠소?"

제갈량과 강유가 군량미를 확보할 방법을 찾지 못한 채 애태우고 있을 때 농서 방면의 위군들이 손례의 지휘하에 1천여 대의 수레에 군량미를 실어 기산 서쪽으로 운반하고 있다는 첩보가 들어왔다. 제갈량이 옆에 있는 사람들을 향해 물었다.

"손례는 무슨 일을 하던 자냐?"

마침 투항한 위나라 장교가 그 자리에 있다가 대답했다.

"언젠가 손례가 위주魏主를 따라서 대석산大石山으로 사냥을 나간 일이 있었습니다. 그때 사나운 호랑이 한 마리가 갑자기 튀어나와 위주를 집어삼킬 듯이 덤벼들었습니다. 그때 손례는 눈 깜짝할 사이에 단도를 빼들고 말 위에서 호랑이를 향해 몸을 던지더니 단칼에 호랑이의 심장을 찔렀습니다. 손례는 그 공로로 상장군이 되었으며 조진의 심복이 됐습니다."

설명을 듣고 난 제갈량이 빙그레 웃었다.

"우리의 군량미가 떨어졌다는 것을 잘 알고 있는 그들이 보란 듯이 군량미를 나르는 것은 분명히 우리를 계책에 빠트리기 위해서다. 그들이 수레에 싣고 오는 것은 양곡이 아니라 마른 풀과 짚단이 분명할 것이다. 평소에 화공법을 즐겨 썼던 내가 그들의 화공법을 어찌 간파하지 못하겠느냐? 아마 그들은 미리 복병을 배치해놓고 우리가 그 수레를 덮치기를 기다리고 있을 것이다. 우리가 복병과 싸우는 틈을 노려 비어 있는 진지마저 빼앗으려고 할 것이니 우리는 이를 역이용하는 술수를 써야 한다."

공명은 곧 장수 마대를 불렀다.

"자네에게 3천의 군마를 내줄 테니 위군이 양곡으로 가장한 수레를 보거든 절대 가까이 접근하지 말고 나무가 많은 근처의 숲에 불을 질러라. 그러면 저들은 우리가 저들의 꾀에 속아넘어간 줄 알고 우리 진지로 들이닥칠 것이다. 너는 그것에 개의치 말고 손례의 군사들을 퇴치하라."

제갈량은 연이어 마충·장의를 불러 각기 5천 군마를 거느리고 나가 안팎에서 협공하라는 영을 내렸다. 마대·마충·장의 세 장수가 영을 받고 물러나자 이번에는 관흥·장포를 불러 지시했다.

"위병의 진지는 사방이 통하는 곳에 자리잡고 있으니 오늘 저녁 서쪽 산 위에서 불길이 오르면 그들은 사방에서 우리 진지를 기습하러 나올 것이다. 너희들은 적의 진지 좌우에 각기 매복해 있다가 그들이 빠져나오면 즉시 적의 진지를 탈취하라."

관흥·장포가 나가자 다시 오반·오의를 불렀다.

"너희 둘은 각기 5천의 군사를 거느리고 진지 밖으로 나가 매복해 있다가 위군이 도착하면 그들의 퇴로를 끊어라."

제갈량은 여러 장군들에게 임무를 맡기고 나서 전황을 살피기 위해 기산의 높은 장소에 올라가 자리를 잡고 앉았다. 촉병들이 위병의 양곡 운반 수레를 빼앗으려 한다는 조짐이 보이자 위병들은 즉시 대장 손례에게 알렸다. 손례는 이 정보를 재빨리 도독 조진에게 보고했다. 조진은 곧바로 진지에 있던 장수 장호·악침을 불러 은밀히 지시했다.

"오늘 밤 서산 방면에서 불길이 오르면 촉병이 미끼를 문 것으로 알고 즉각 군사를 거느리고 나가 싸워라."

장호·악침은 영을 받고 물러나와 군사들에게 서산 방면에 불길이 치솟는 것을 잘 감시하라고 지시했다.

한편 위의 장수 손례는 군사를 거느리고 기산 서쪽으로 가서 매복한 채 촉병이 어서 나타나기를 초조하게 기다렸다. 밤이 깊어 9시가 되자 촉장 마대가 3천 군사를 거느리고 나타났다. 군사들은 모두 소리를 내지 않기 위해 입에 끈을 물고 있었으며 군마의 입에도 재갈을 물렸다.

마대가 서산에 도착해 바라보니 많은 수레들이 겹겹이 배치되어 있었고 수레에는 갖가지 깃발을 꽂아 마치 군량미를 호송하는 것처럼 위장하고 있는 것이 보였다. 불을 놓기 위해 기다리던 마대는 마침 서남풍이 세차게 불자 즉각 군사들에게 명하여 진지 남쪽의 수풀에 불을 질렀다. 삽시간에 하늘까지 불길이 치솟자 매복해 있던 위장 손례는 촉병이 수레를 덮친 것이라 생각하고 급히 수레가 있는 곳으로 군사를 몰아 달려갔다. 그러나 불에 타고 있어야 할 수레는 그대로 있고 배후에서 갑자기 고함소리와 북소리가 크게 진동하더니 좌우에서 촉장 마충·장의가 군사를 몰고 뛰어나왔다.

촉군을 포위하려던 위군은 도리어 촉군에게 완전히 포위되고 말았다. 손례는 어찌할 바를 모르고 허둥댔다. 그러자 또 한번 함성이 울리더니 촉장 마대가 한 무리의 군사를 거느리고 다가오자 상황은 더욱 악화됐다. 앞뒤에서 압박을 당한 손례의 군사들은 제대로 저항 한 번 못해보고 전멸하다시피 했다. 이곳저곳에 번진 불길과 촉군의 협공이 드세지자 위군은 서로 먼저 도망치려고 발버둥쳤다. 크게 중상을 입은 손례는 포위망을 뚫기 위해 사력을 다한 끝에 간신히 목숨을 건져 도주했다.

한편 위군의 진지에 있던 위장 장호는 불길이 치솟는 것을 보고 촉군이 함정에 걸렸다고 여기고 즉시 악침과 함께 군사를 거느리고 촉군의 진지로 내달렸다. 그런데 촉의 진지에는 저항하는 군사가 하나도 없었다. 장호·악침은 텅 빈 진지를 보자 뭔가 술수가 있는 것이라 여기고 급히 말을 돌려 회군하려고 했다. 그 순간 어디선가 기다리고 있던 촉장 오반·오의가 좌우에서 군사를 거느리고 튀어나와 위군의 퇴로를 완전히 막아섰다. 독 안에 든 쥐 신세가 된 장호·악침은 겁이 나서 피가 얼어붙는 듯했다. 두 위장이 죽을 힘을 다해 촉병의 포위망을 뚫고 본진에 당도했을 때 토성의 누대에서 화살이 빗발쳤다. 촉의 진지를 급습하러 간 사이에 관흥·장포가 들이닥쳐 비어 있는 위의 진지를 점거한 것이었다.

장호·악침은 황급히 군사를 물려 도독 조진의 진지로 도주했다. 수십 기의 군마를 거느리고 겨우 조진의 진지에 당도할 무렵 웬 말발굽 소리가 들리더니 피투성이가 된 손례가 몇 십 기의 부하를 거느리고 꽁지 빠지게 쫓겨오고 있었다. 이들은 진문 앞에서 만나 함께 조진의 진지로 들어가서 제갈량의 술책에 위군이 괴멸한 것을 보고했다. 조진은 그제야 제갈량의 신출귀몰한 재주를 실감하고 주눅이 들었다.

한편 크게 승리를 거둔 촉군들은 진지로 돌아가 제갈량에게 승전보를 알렸다. 승전보를 접한 제갈량은 은밀히 사람을 뽑아 위연에게 보내며 진지를 거두어 일제히 군사를 회군하라고 했다. 그러자 옆에 있던 양의가 제갈량에게 물었다.

"이미 아군이 크게 승리를 거두어 적들은 큰 사상자를 내고 예기마저 심하게 꺾였습니다. 그런데 승상께서는 왜 회군하려 하십니까?"

"우리는 군량미가 충분하지 않아 속전속결을 벌여야 했소. 그런데 위군은 우리 약점을 알고 나와 싸우지 않고 지연 전술을 쓰고 있지 않소? 이에 말려들면 우리는 끝없는 수렁에 빠지게 될 것이오. 위는 비록 이번 전투에서 패하였지만 중원에는 많은 군사와 물자가 쌓여 있으니 잘못하다간 역풍을 맞게 되오. 만약 그들이 우리를 기산에 잡아둔 채로 중원의 기병을 움직여 와 우리의 보급로를 끊고 겹겹이 에워싼다면 어찌할 것이오? 그때는 후퇴하고 싶어도 할 방법이 없게 되오. 그러니 지금 그들이 패하여 정신없는 틈을 타서 부득이 군사를 물리려는 것이오. 하지만 너무 급히 군사를 물리면 위군이 쫓아올 것이오. 그래서 위연에게 일단의 군마를 주어 진창 입구에 진을 치고 있는 왕쌍을 막게 했으니 왕쌍은 감히 추격할 엄두를 내지 못할 것이오. 게다가 이미 위연에게 은밀한 계책을 주어 왕쌍을 베도록 했으니 후퇴는 순조로울 것이오. 이제 정예군인 선봉과 후군의 위치를 바꾸어 퇴각한다면 불시의 사태도 예방할 수 있을 것이오."

제갈량의 지시를 받은 촉의 장수들은 서둘러 철군 준비를 완료했다. 제갈량은 북을 치는 고수대들만 남겨두어 군사가 있는 것처럼 북을 치게 해놓고 조심스레 군사를 물렸다. 이 사실을 모르는 조진은 두 차례나 크게 패하여 잔뜩 기가 죽어 있었다. 이때 좌장군 장합이 군사를 거느리고 영문 아래 도착했다는 보고가 들어왔다. 그 말에 귀가 번쩍 뜨인 조진은 급히 장합을 맞으러 영문으로 달려갔다. 장합이 조진에게 말했다.

"저는 폐하의 교지를 받고 급히 달려왔습니다."

조진이 그 말을 듣고 대뜸 반문했다.

"혹시 중달이 보낸 게 아니오?"

장합이 대답했다.

"실은 도독의 짐작이 맞습니다. 중달이 제게 말씀하기를 만일 아군이 승리하면 촉병은 물러가지 아니할 것이며, 반대로 아군이 패하면 촉병은 몰래 회군할 것이라고 하셨습니다. 도독께서는 우리 군사가 패한 후에 촉군의 동향을 살펴보셨는지요?"

조진이 대답했다.

"미처 그 생각은 하지 못했소."

조진이 장합의 말을 듣고 부랴부랴 사람을 보내 적진을 정탐한 결과 촉군이 진지로 삼았던 토성의 누대에 수십 개의 깃발만 나부끼고 있을 뿐, 촉의 군사는 그림자도 보이지 않았다. 제갈량이 촉군을 거느리고 몰래 퇴각한 것을 알게 된 조진은 땅을 치며 후회했지만 벌써 이틀이나 지난 뒤였다.

한편 제갈량으로부터 은밀한 계책을 받고 출동한 위연은 그날 밤 9시쯤 군사를 거두어 급히 한중으로 돌아갔다. 마침 이 소식은 위의 세작에 의해 왕쌍에게 전달됐다. 왕쌍은 기회를 놓치지 않고 곧바로 군사를 거느리고 위연의 뒤를 추격했다. 군사들을 닦달하여 20여 리 정도를 추격했을 때 간신히 위연이 거느린 촉병의 후미를 따라잡을 수 있었다. 왕쌍은 공을 세울 생각에 들떠 말에 박차를 가하여 달려가며 큰 소리로 외쳤다.

"위연아, 어디로 달아나느냐!"

그러나 촉병은 앞만 보고 가라는 명령을 받았는지 어느 누구도 뒤돌아보지 않았다. 왕쌍은 빨리 촉군을 잡아야겠다는 생각만으로 득달같이 말을 몰아갔다. 막 촉군의 후미를 따라잡으려는 순간 왕쌍을 뒤따르던 군사들이 큰 소리로 외쳤다.

"장군, 우리 진지 쪽을 뒤돌아보십시오! 불길이 치솟는 것을 보니 아무래도 적군의 계책에 속은 듯합니다."

부하들의 말을 듣고 왕쌍이 뒤를 돌아보니 조금 전까지 멀쩡했던 진지에서 검붉은 한 줄기 연기가 피어오르고 있었다. 왕쌍이 다급하게 외쳤다.

"위군은 진지로 돌아가라!"

왕쌍은 말 머리를 돌려 군사들과 함께 자기 진지로 달려갔다. 하지만 진지에 채 닿기도 전에 웬 장수 하나가 산모퉁이에서 튀어나오며 위군을 막아섰다.

"이놈아, 네가 나를 불렀느냐?"

달아나는 줄 알았던 위연이었다. 왕쌍은 급히 칼을 빼어 위연에게 대적했으나 애초부터 왕쌍은 위연의 상대가 되지 못했다. 위연이 휘두르는 칼에 왕쌍의 목이 떨어져 땅바닥에 구르자 위군들은 산모퉁이에 엄청나게 많은 촉병이 숨어 있는 줄 알고 사방으로 뿔뿔이 흩어져 달아나기 바빴다. 하지만 이때 위연이 거느린 군사는 겨우 30여 명에 지나지 않았다.

제갈량은 왕쌍이 위연의 뒤를 추격해올 줄 미리 알고 위연으로 하여금 30기의 군사와 함께 왕쌍의 진지 곁에 매복하고 있다가 왕쌍이 추격에 나서면 비어 있는 진지에서 곧바로 불을 지르게 했던 것이다. 그리고 그것을 본 왕쌍이 진지를 구하기 위해 허겁지겁 돌아올 때 불시에 기습하게 했다.

위연은 왕쌍의 목을 베고 위군을 멀리 쫓은 다음 유유히 한중으로 가던 길을 재촉했다. 위연이 쉬지 않고 군사를 몰아가니 어느새 한중에 다다라 먼저 와 있던 제갈량 일행과 합류하게 됐다. 위연이 제갈량에게 왕쌍의 목을 벴다고 보고하자 제갈량은 잔치를 베풀고 위연을 치하했다.

제갈량의 군대가 소리 없이 한중으로 도주한 상황을 알게 된 장합이 뒤늦게 위연을 추격했으나 위연의 자취는 이미 찾아볼 수 없었다. 장합이 추격을 포기하고 군사를 거느리고 진지로 돌아오자 위연에게 왕쌍이 죽었다는 전갈이 와 있었다. 그 소식을 장합보다 먼저 접한 조진은 크게 낙심하더니 그것이 병이 되어 더 이상 임무를 수행할 수 없었다. 병을 얻어 낙양으로 돌아간 조진은 마지막으로 곽회·손례·장합을 불러 촉군이 장안으로 진입할 수 있는 모든 길목을 단단히 지키라고 지시했다.

한중에서 다시 한번 위와 촉이 격전을 치르고 있을 무렵, 동오의 손권은 매일같이 문무백관을 모아 정세를 분석하고 있었다. 그때 전령이 들어와 새로운 전황을 알렸다.

"촉의 승상 제갈량이 여러 가지 술책으로 승리를 거두었습니다. 위의 도독 조진은 크게 패하여 많은 군사와 장수를 잃었을 뿐 아니라

병까지 얻어 낙양으로 떠났다고 합니다."

이 말을 들은 손권의 신하들은 이구동성으로 손권에게 권했다.

"중원을 도모하려면 이때를 놓치지 말고 군사를 거느려 위를 정벌하셔야 합니다."

손권이 단안을 내리지 못하고 머뭇거리고 있자 노신인 장소가 손권에게 말했다.

"요즘 들리는 소문에 따르면 무창 동쪽 산에는 봉황새가 날아와 집을 짓고 강수江水(장강의 다른 이름)에는 황룡이 출현했다고 합니다. 이는 곧 강남에 황제가 출현할 징조입니다. 주공의 덕은 당唐·우虞와 비길 만하고 밝은 지혜는 문왕文王·무왕武王과 견줄만 합니다. 그러니 군사를 먼저 일으키시는 것보다 황제의 위에 오르신 후에 위를 정벌하는 절차를 밟는 것이 천하의 이치에 맞는 일입니다."

듣고 있던 문무백관들이 바닥에 엎드리며 말했다.

"자포(장소의 자)의 말씀이 옳으니 어서 제위에 오르십시오."

손권이 문무백관들의 간청에 따라 제위에 오르기로 했다. 신하들은 곧 무창 남쪽 교외에 단을 쌓고 손권을 단에 오르게 하여 즉위식을 가졌다. 이때가 서기 229년 4월 병인丙寅날이었다.

손권은 부친 손견에게 무열황제라는 시호를 올리고 모친 오씨에게는 무열황후의 시호를 올렸으며 형 손책을 장사長沙 환왕桓王에 봉했다. 그리고 지금까지 쓰던 황무黃武 연호를 황룡黃龍으로 바꾸어 원년으로 삼았다. 또 아들 손등을 황태자에 책봉하고 제갈근의 큰아들 제갈각을 좌보左輔로, 장소의 차자 장휴를 우보右輔로 삼아 태자를 보필하도록 했다.

황태자 손등의 좌보가 된 제갈각은 자를 원손元遜이라고 했는데,

숙부 제갈량처럼 키가 매우 컸으며 어려서부터 총명하고 말재간이 뛰어나 그를 당해낼 사람이 없었다.

제갈각의 나이 여섯 살 때, 한번은 아버지 제갈근을 따라 조정의 연회에 참석한 적이 있었다. 손권은 제갈근의 얼굴이 유난히 긴 것을 보고 사람을 시켜 나귀 한 마리를 끌어오게 하여, 나귀의 얼굴에 분필로 '제갈자유諸葛子瑜'라 쓰게 했다. 그러자 모든 백관들이 이를 보고 박장대소했다. 이를 본 제갈각은 아무렇지도 않은 얼굴로 자리에서 일어나 분필을 달라고 하더니 나귀 앞으로 다가가서 '제갈자유'라고 쓴 네 글자 밑에 '지려之驢'라는 두 글자를 더 써넣었다. 그러자 그 나귀는 순식간에 '제갈자유의 나귀'가 됐다. 이를 보고 연회에 참석했던 모든 사람들은 말문이 막혔다. 손권은 어린 제갈각의 침착한 태도와 총명한 재기에 크게 기뻐하여 그 나귀를 하사했다. 손권은 그 때부터 제갈각을 각별히 총애했다.

또 한번은 손권이 관료들을 모아 크게 잔치를 베푸는 자리에서 젊은 제갈각으로 하여금 여러 대신들에게 술잔을 돌리게 한 적이 있었다. 술잔이 여러 차례 돌아 다시 한번 장소 앞에 이르렀는데 장소는 몸이 좋지 않다며 술잔을 받지 않고 사양했다. 제갈각이 거듭 권하자 장소가 말했다.

"노인에게 술을 억지로 권하는 것은 예가 아니니 따르지 말라."

그러자 이를 지켜보던 손권이 제갈각을 불러 말했다.

"네가 술을 받지 않으려는 자포에게 술을 들게 할 수 있겠느냐?"

제갈각은 술병을 들고 다시 장소에게 가서 말했다.

"옛날에 강상보姜尙父(강태공)는 나이 90이 되었는데도 철퇴를 휘두르는 노익장을 과시했다 합니다. 우리 주공께서는 싸움에 임했을 때는 늘 뒤쪽에 선생을 모셔두고 보좌를 받으셨으며 오늘과 같은 술자리에서는 또 선생에게 먼저 들도록 하셨는데, 선생께서는 어찌 이것을 노인에 대한 예가 아니라 하십니까?"

장소는 더 이상 대답할 말이 없어 제갈각이 따르는 술을 받아마셨다. 이때부터 손권은 제갈각을 더욱 아끼며 곁에 두게 됐다. 그러다가 황제의 위에 오르자 태자를 보필하는 좌보라는 직위를 주었던 것이다.

장소 또한 대대로 손씨 일가를 보필해왔고 지금 삼공三公의 자리에 있었기 때문에 그의 아들 장휴에게도 태자를 보필하는 우보의 직위를 주었던 것이다.

재위에 오른 손권은 새로 조각을 하면서 고옹을 승상에 앉히고 육손을 상장군에 임명하여 태자 곁에서 무창을 지키게 했다. 그런 연후에 손권은 건업으로 돌아와 여러 문무백관들을 불러모아놓고 본격적으로 위를 토벌할 대책을 협의했다. 먼저 장소가 황제 손권에게 의견을 말했다.

"폐하께서는 제위에 오르신 지 얼마 되지 않아 가벼이 군사를 움직이면 백성들의 신망을 잃게 됩니다. 건업을 지키고 계시면서 문무를 기르고 닦으며 생산에 힘쓰십시오. 그렇게 해서 백성들의 마음이 편안해지거든 사자를 서천으로 보내어 다시 한번 촉과의 동맹을 돈독히 하고 그런 다음에 천하를 반분할 계책을 세우셔도 결코 늦지 아니할 것입니다."

들어본즉 장소의 말이 틀리지 않아 즉시 사자를 뽑아 쉬지 않고 서천으로 달려가 성도에 있는 촉의 황제 유선을 만나보게 했다. 유선을 만난 동오의 사자는 예를 올리고 손권의 봉서를 올렸다. 봉서를 읽은 유선은 사자를 역관에 가서 쉬게 한 다음 곧 여러 대신들을 불러 손권이 사자를 보내온 영문을 설명했다. 그러자 어전은 곧바로 손권의 성토장이 됐다.

"손권이 감히 황제를 참칭하다니! 동오의 사자를 죽이고 그 목을 돌려보내 자기 분수를 알게 해야 합니다!"

"강동의 호족에 불과한 불한당이 황제라 칭하였으니 천벌을 받을 것입니다!"

촉의 신하들은 촉과 동오가 함께 힘을 모아 위를 정벌하자는 손권의 제의를 거절하는 쪽으로 의견을 모았다. 그러자 장완이 유선에게 말했다.

"이 일은 승상께 사람을 보내어 물어본 뒤에 처리하는 것이 옳을 듯합니다."

유선은 즉시 한중으로 사람을 보내어 제갈량의 의견을 물었다. 제갈량이 전령에게 말했다.

"사자로 온 사람을 후히 대접하고 다치게 하지 말라고 이르시오. 폐하로 하여금 손권을 치하하게 하시오. 그런 다음 손권이 육손을 시켜서 위나라를 공격하라는 명령을 내리라고 부탁하게 하시오. 그러면 위는 사마의를 내보내 동오의 장수 육손을 대적하려 할 것이오. 위의 사마의가 남으로 내려가 동오를 막는다면 그때 우리는 다시 군사를 거느려 기산으로 나가 장안을 손에 넣을 수 있을 것이오. 이 일은 중차대하니 진진을 동오로 보내 확실한 언질을 받도록 하시오."

유선은 제갈량의 전언에 따라 태위 진진에게 명마와 갖가지 금은보화를 가지고 동오로 들어가 제위에 오른 손권을 축하하라고 지시했다. 동오에 도착한 진진은 손권을 만나 황제의 신분에 합당한 예법으로 인사를 하고 유선의 봉서를 올렸다. 촉의 사신이 자신을 대하는 태도에 우쭐해진 손권은 크게 기뻐하며 진진을 위해 잔치를 베풀어 대접했다. 그리고 촉제의 봉서를 읽고 나서 그렇게 하겠다는 언질을 주어 진진을 촉으로 돌려보냈다. 진진이 떠난 뒤, 손권은 형주에 있는 육손을 불러서 촉과 동맹을 맺어 위나라를 분할하기로 했다는 사실을 알렸다. 깜짝 놀란 육손이 손권에게 말했다.

"유선이 사자를 보낸 것은 제갈량이 위의 사마의를 두려워해 계책을 쓴 것입니다. 하지만 이미 동맹을 맺기로 약조했으니 이제 와서 번복할 수는 없는 노릇이지요. 대신 우리는 겉으로만 군사를 일으키는 체하고 서촉이 어떻게 하나 잘 관찰하는 것이 좋겠습니다. 제갈량이 위를 공격하는 것을 지켜보고 있다가 위가 곤경에 처하면 그때 약해진 위의 허점을 노리는 게 상책입니다."

손권은 육손의 간언에 따라 형주와 양양 등에 나가 있는 군사와 병마들을 점검하고 군량미를 비축하여 촉이 위에 이길 때를 대비하도록 영을 내렸다. 그때 동오의 사자로 다녀왔던 진진은 성도로 가지 않고 곧바로 제갈량을 만나러 한중으로 가서 손권의 약조를 전했다. 제갈량이 물었다.

"동오에 갔을 때 손권은 누구의 보좌를 받고 있더냐?"

"고옹과 장소의 보좌를 받고 있었습니다."

"원래 손권은 자기 말을 잘 뒤집는 사람이다. 육손이 곁에 없었으니 손권의 약조는 온전히 믿을 수가 없다."

제갈량은 손권의 말을 믿고 함부로 진창으로 진격할 일이 아니라고 생각하고 먼저 세작을 풀어 적진을 살피게 했다. 얼마 되지 않아 세작이 차례로 돌아와 제갈량에게 한 가지 정보를 말했다.

"진창성을 지키는 학소가 중병에 걸려 아무 일도 못하고 있습니다."

보고를 종합한 제갈량은 손뼉을 치며 외쳤다.

"이번에는 일이 성사되겠구나!"

제갈량은 즉시 위연과 강유를 불렀다.

"그대들은 군사 5천을 거느리고 밤새 진창성으로 달려가시오. 내가 불을 놓아 군호를 보낼 것이니 그때 성을 공격하시오."

영을 받고 물러갔던 두 장수가 다시 돌아와 제갈량에게 물었다.

"언제 떠나야 하는지 말씀해주십시오."

제갈량이 말했다.

"만반의 준비를 갖추는 데 사흘이면 되겠소? 준비가 되면 나를 만나볼 필요도 없이 곧바로 떠나시오."

두 사람은 제갈량의 영을 받고 군사를 점검하러 장막을 나섰다. 두 사람이 나가고 나자 제갈량은 관흥과 장포를 다시 불러 두 사람만 알 수 있게 군령을 내렸다.

그 무렵 학소가 중병을 앓고 있다는 말을 전해들은 곽회가 장합을 불러 걱정스러운 투로 말했다.

"학소가 큰병에 걸려 군무를 돌보지 못하니 아무래도 그대가 진창성을 대신 지켜야겠소. 낙양의 황제께 표문을 올려 허락을 구하자면 시간이 너무 지체될 테니 표문은 나중에 내가 올리기로 하고 어서 떠나는 게 좋겠소."

장합은 군마 3천을 거느리고 즉시 학소가 있는 진창성으로 달려갈 채비를 차렸다. 그 무렵 학소는 임종을 앞두고 있었다. 그때 촉병이 성 아래로 몰려왔다는 파수병의 보고가 들어왔다. 학소는 신하들에게 성문을 굳게 닫고 어떠한 경우에도 응대하지 말라고 엄명을 내렸다. 그러나 명령을 받은 부하가 군막을 나서기도 전에 또 다른 파수병이 와서 다급히 말했다.

"네 개의 성문 위에서 불길이 치솟고 있습니다! 촉병이 이미 성으로 잠입한 것 같습니다!"

그 말을 들은 학소는 너무 놀라 심장이 멎어 죽고 말았다. 파수병의 보고대로 진창성의 각 문루에는 불길이 치솟았고 위병들은 촉병이 성안에 진입한 줄 알고 싸워보기도 전에 성문을 열고 뿔뿔이 흩어져 달아났다. 그러자 성문 밖에 있던 촉병들이 일제히 성안으로 밀어닥쳤다.

일단의 촉군이 이미 진창성을 점령했다는 사실을 모르는 위연·강유가 군사를 거느리고 진창성 아래 도착하여 성 위를 바라보니 성문 위에는 기치창검은 물론 적병의 그림자 하나 보이지 않았다. 고즈넉한 진창성의 모습을 보자 위연·강유 두 장수는 적의 술책인 줄 알고 성문 앞에서 머뭇거렸다. 그때 갑자기 성벽에서 자욱한 연기와 함께 포소리가 요란하게 들리더니 성루 위에서 깃발이 일제히 솟아올랐다. 그리고 바람에 나부끼는 깃발 아래 도포를 입고 윤건을 쓴 키 큰 사람 하나가 부채를 흔들며 불쑥 나타나 두 사람을 향해 큰 소리로 추궁했다.

"그대들은 어쩌자고 이렇게 늦게 왔느냐!"

위연·강유는 뜨끔하여 급히 말에서 내려와 땅에 엎드렸다.

"승상께서는 어느새 여기에 와 계십니까?"

제갈량은 호탕하게 웃으며 성문을 열어 두 장수를 성안으로 맞이하고 나서 설명했다.

"학소가 중병으로 사경을 헤매고 있는 것을 알고도 그대들을 진창성으로 급파하지 않은 까닭은 너무 빨리 먹는 음식이 체하는 이치와 같기 때문이오. 그래서 오히려 그대들에게 사흘을 주어 꾸물거리게 한 것이었소. 그렇게 하면 그 소문이 적에게 들어가 아무런 준비도 하지 않을 게 아니오. 두 사람을 보내놓고 나서 나는 별도로 관흥·장포를 불러 소리 소문 없이 군사를 점검하고 야음을 틈타 아무도 모르게 한중을 빠져나가도록 영을 내렸소. 그런 다음 성안의 첩자들을 시켜 성안에서 불길을 올리며 함성을 질러 내응하게 하니 위군들은 성이 점령된 줄 알고 놀라 당황했던 것이오. 더욱이 사경을 헤매고 있던 학소가 기절하여 죽자 장수를 잃은 위군이 너도 나도 살길을 찾아 성밖으로 달아난 것이오. 병법에 이르기를 '생각지 못한 곳으로 나와, 방비하지 못한 곳을 공격한다〔出其不意, 功其不備〕'고 했으니, 바로 그 전법이 들어맞은 것이오."

위연·강유는 승상의 재주에 혀를 내두르며 감탄했다. 제갈량은 비록 적장이기는 하나 변방에서 나라를 위해 노심초사하다가 병을 얻어 죽게 된 학소의 죽음을 가엾게 여겨 그의 처자들로 하여금 위나라로 운구하여 장례지내게 해주었다. 그런 다음 제갈량은 다시 위연·강유를 불렀다.

"두 사람은 갑옷을 벗을 것 없이 당장 군사를 거느리고 나가서 산관散關을 공격하시오. 관문을 지키는 적들은 우리 군사들이 거기까지 달려온 것을 보면 반드시 놀라 싸우지 않고 도망칠 것이오. 만약 우물거리다가 늦게 당도하면 위의 원병이 먼저 도착해 공략하기 힘들 것이오."

위연·강유는 산관으로 가는 지름길을 택해 황급히 달려갔다. 촉병이 산관에 나타나자마자 파수를 보던 위군들은 싸워볼 생각도 하지 않고 달아나기 바빴다. 손쉽게 산관성을 탈취한 위연·강유가 성 위에 올라가 갑옷과 투구를 벗고 땀을 식히며 성 주위의 지세를 살펴보는데 멀리서 뿌연 먼지를 일으키며 한 떼의 위군들이 몰려오는 게 보였다. 갑옷과 투구를 벗고 땀을 식히던 두 장수는 서로를 마주보며 동시에 말했다.

"승상의 기막힌 예상은 참으로 틀림이 없구려!"

두 장수가 갑옷과 투구를 갖춰입고 성루에 올라 위군을 바라보니 앞장서서 달려오는 위장은 바로 장합이었다. 위연·강유는 즉시 성문에 걸려 있는 촉군의 깃발을 내리게 하고 위군의 깃발을 올리게 했다. 그런 다음 군사를 나누어 요새의 길목을 지키고 있다가 의심없이 달려온 장합의 군사를 양쪽에서 협공했다. 그러자 장합은 혼비백산하여 달아났다. 그 과정에서 헤아릴 수 없이 많은 위군이 촉군에게 시살됐다. 장합을 쫓아낸 위연은 산관에 되돌아와 제갈량에게 승전보를 전했다.

일이 뜻대로 되어가자 제갈량은 스스로 군사를 거느리고 진창의 야곡으로 나가 건위를 수중에 넣었다. 그리고 거기서 그치지 않고 계속해서 한중 일대를 유린했다. 이때 유선은 대장 진식을 불러 군사를 거느리고 나가 제갈량을 도우라는 영을 내렸다. 제갈량은 대군을 이끌고 다시 기산으로 출정했다. 서둘러 진지를 구축하고 난 제갈량은 여러 장수들을 불러모아 말했다.

"지난날 우리가 대군을 몰아 두 차례나 기산을 공략했으나 별로 이득이 없었소. 적들은 우리를 이곳에서 두 번이나 이겼으니 이번에도 마찬가지로 유리한 지형 지물에 의지하여 우리와 맞설 것이오. 적들은 우리가 옹주와 미주 두 고을을 탈취할 것으로 예상하고 두 성을 철옹성 같이 지키려고 할 것이오. 하지만 나는 그 두 곳을 피하여 음평陰平과 무도武都를 공격하려고 하오. 그 두 고을은 한수漢水와 접해 있어서 그곳을 수중에 넣는다면 위군은 갑자기 지켜야 할 전선이 넓어져 세력이 분산될 것이오. 누가 나가서 음평과 무도를 탈취하겠소?"

강유가 앞으로 나왔다.

"저를 보내주십시오."

그러자 왕평도 따라나섰다.

"저도 함께 가겠습니다."

제갈량은 두 장수가 자원한 것을 믿음직스레 여기며 강유에게 1만 군사를 주어 무도를 취하게 하고 왕평에게도 군사 1만을 주어 음평을 취하게 했다. 두 장수는 지체 없이 장막을 나와 무도와 음평으로 떠났다. 한편 위장 장합은 패잔병을 거느리고 장안으로 돌아가 곽회·손례를 만나 그간의 일을 자세히 보고했다.

"진창은 이미 함락된 지 오래이며 그곳을 지키던 학소도 죽었습니다. 산관마저 빼앗은 제갈량은 대군을 두 길로 나누어 기산 쪽으로 쳐들어오고 있습니다."

곽회는 사정이 위급해진 것을 깨닫고 깜짝 놀랐다.

"제갈량은 머지않아 옹성과 미성을 취하려 하겠구나."

곽회는 장합에게 장안을 지키게 하고 손례에게는 군사를 거느리고 나가 옹성을 사수하라고 지시했다. 그리고 급히 표문을 써서 낙양에 지원을 요청하는 한편 자신도 군사를 거느리고 미성을 지키기 위해 달려나갔다. 낙양에서 조예가 신하를 불러모아 연일 촉군의 침입을 걱정하고 있을 때 곽회가 보낸 전령이 달려와서 다음과 같이 보고했다.

"진창과 산관이 촉의 손에 함락되고 학소는 병으로 죽었습니다. 제갈량은 군사를 멈추지 않고 계속해서 기산을 유린하고 있습니다."

불리한 전황을 접한 조예의 실망은 매우 컸다. 그때 근신 하나가 나와 아뢰었다.

"동오의 손권이 스스로 황제라 참칭하고 촉에 사신을 보내 동맹을 맺었다고 합니다. 또 동오의 장수 육손은 무창에서 군사를 훈련시키며 위가 촉에게 패하기만을 노리고 있다고 합니다. 제갈량이 한중에서 거듭 이기는 것을 그들이 보았으니 조만간 국경을 침범해 들어올 것이 분명합니다."

양쪽에서 적을 맞게 되었다는 보고를 접한 조예는 어찌할 바를 몰라 눈앞이 감감해졌다. 마침 조신이 와병 중에 있었으므로 조예는 대신 사마의를 불러 앞으로의 대책을 캐물었다. 사마의가 조예에게 간언했다.

"신의 섣부른 판단인지는 몰라도 동오는 결코 군사를 일으키지 않을 것입니다."

그 말을 들은 조예는 반가워서 다시 물었다.

"경이 그렇게 생각하는 근거는 무엇이오?"

"오와 촉은 서로의 필요 때문에 동맹을 맺기는 했지만 의기를 바탕으로 서로가 어려울 때 힘을 빌려주는 대인의 동맹이 아니라, 상대방의 처지에 따라 자신의 어부지리를 얻으려는 소인배들의 결탁에 불과합니다. 실제로 제갈량은 유비가 효정에서 패배한 것을 늘 잊지 못하고 있으므로 중원이 비어 있는 틈을 타서 위를 쉽게 공략할 심산으로 임시 방편 삼아 동오와 동맹을 맺었을 뿐입니다. 동오의 육손도 제갈량의 이런 책략을 잘 알고 있기 때문에 군사를 훈련시키는 체하고 있습니다만, 실제로는 사태가 어떻게 되어가는지 주시하고 있을 뿐입니다. 그러니 폐하께서는 동오의 침범은 걱정하지 않으셔도 됩니다. 한중으로 쳐들어오는 촉병의 예기가 날카로우니 오직 그에 대한 대책만 세우시면 됩니다."

조예는 안도의 숨을 쉬며 얼굴이 밝아졌다.

"경의 정세 판단은 과연 탁견이오!"

조예는 사마의를 대도독으로 삼아 농서의 군사를 총지휘하게 할 작정으로 조진에게 사람을 보내 군사를 총지휘할 장군의 인수를 받아오라고 명령했다. 그러자 사마의가 간곡히 조예를 말리며 말했다.

"문병도 할 겸 신이 직접 찾아뵙도록 하겠습니다."

사마의는 어전을 나와 곧바로 병으로 누워 있는 조진의 공관으로 찾아가 만나기를 청했다. 조진을 만난 사마의는 먼저 조진의 병세를 묻고 나서 이렇게 말했다.

"동오와 서촉이 서로 동맹을 맺어 쳐들어올 준비를 갖추고 있는데다, 이미 제갈량이 기산 아래에 진을 치고 있는 사실을 알고 계시는지요?"

조진은 침상에서 몸을 벌떡 일으키며 물었다.

"내 병이 중하여 식구들이 일부러 아무것도 알리지 않았구려. 나라가 이런 위급함에 처했는데 어찌해서 폐하께서는 경을 중히 쓰지 않는 것이오?"

사마의는 일부러 시치미를 떼고 딴전을 피웠다.

"저같이 재주도 없고 경륜도 없는 인물이 무엇을 할 수 있단 말입니까?"

조진은 큰 소리로 시자를 불렀다.

"빨리 대장의 인수를 가져와 중달에게 넘기도록 하라."
사마의는 짐짓 사양하는 체하며 말했다.
"도독께서는 곧 완쾌될 것이니 인수를 함부로 하지 마십시오. 도독께서 병상에서 일어나시면 제가 비록 재주는 모자라지만 충분히 한 팔이 되어드리겠습니다. 그러니 장군의 인수를 잘 간수하십시오."
사마의가 대장인을 받지 않으려고 하자 조진은 황제의 윤허가 없어서라고 생각하고 시자들을 다시 불러 의관을 챙겨오라고 분부했다.
"중달이 이 임무를 맡지 아니하면 위나라는 큰 국난에 빠질 것이오. 내 비록 병중이지만 직접 황제 폐하께 달려가 사정을 설명드리겠소."
그제야 사마의가 사실을 털어놓았다.
"실은 이미 천자로부터 영을 받았습니다. 그러나 저는 그런 중임을 맡을 재목이 못 되니 걱정이 앞설 뿐입니다."
조진이 병상에 다시 드러누우며 말했다.
"중달이 그 임무를 맡는다면 능히 제갈량과 대적할 만하오. 그러니 어서 이것을 받으시오."
"아닙니다. 저는 백의종군을 할 것이니 대장인은 도독께서 맡고 계십시오."
사마의는 자신이 군권을 도맡아 행사하게 되면 또다시 모함을 사지 않을까 두려워 겸손의 표시로 조진이 주는 대장인을 받지 않으려고 했다. 하지만 이미 황제의 영이 있었고 조진이 간곡히 권유하자 비로소 대장인을 받고 조진의 공관을 나섰다. 조진을 만나 대장인을 받은 사마의는 즉시 조예에게 하직인사를 하고 장안과 그 주변에 있는 군사를 거느려 제갈량이 주둔하고 있는 기산으로 향했다.

# 아쉬운 철군

서기 229년 여름 4월.

제갈량은 군사를 거느리고 파죽지세로 한중의 위나라 땅을 유린하며 기산에 세 진지를 세워놓고 위군이 도착하기만을 기다리고 있었다.

그때 대도독의 인수를 받고 위의 군권을 책임진 사마의는 출전에 앞서 장합을 선봉으로 발탁하고 대릉戴凌을 부장으로 삼았다. 그리고 몇 차례나 제갈량을 물리칠 작전을 논의한 다음 10만 군사를 거느리고 기산 아래에 있는 위수 남쪽에 진지를 세웠다. 그러자 곽회·손례가 사마의의 진지로 찾아와 예를 올렸다. 사마의가 물었다.

"너희들이 촉병과 마지막으로 싸운 게 언제냐?"

곽회·손례가 입을 모아 대답했다.

"송구스럽지만 촉병과 싸워본 지가 까마득합니다."

사마의가 고개를 끄덕이며 말했다.

"촉병은 천릿길을 작심하고 왔으므로 속전속결의 전법으로 나와야 정상이다. 그런데도 그들이 나와 싸우려 하지 않는 것은 분명 어떤 계책이 있기 때문이다. 혹시 너희가 나를 만나러 오기 전에 농서 방면의 소식을 들은 게 없느냐?"

곽회가 대답했다.

"저희가 확인한 바로는 농서의 위군들은 도독의 지휘를 기다리며 성을 굳게 지키고 있습니다. 그런데 무도와 음평 두 곳에서는 아직 소식이 없어 걱정하고 있는 중입니다."

"내가 이곳에 진을 치기 전에 나는 이미 제갈량에게 사람을 보내 정면 승부를 겨루자고 제안했다. 그러니 두 사람은 급히 지름길로 가서 무도와 음평이 어떻게 됐는지 살피고 적군의 배후를 공격하라. 촉병은 우리가 지름길로 기습해올 줄 모르고 배후를 허술히 하고 있을 것이니 반드시 큰 혼란에 빠져들 것이다."

두 장수는 각기 5천 군마를 거느리고 농서의 지름길로 다급히 달려갔다. 곽회가 손례에게 물었다.

"중달과 제갈량 가운데 누가 더 낫소?"

손례가 대답했다.

"제갈량이 중달보다 한 수 위가 아니겠소."

곽회가 다시 물었다.

"흔히 그렇게 말하지만 이번의 계책을 보면 제갈량에 비해 중달이 못하다고 할 수도 없는 것 같소. 촉병이 무도와 음평 두 고을을 공격하느라 정신없을 때 우리가 갑자기 뒤를 가격한다면 그들은 제대로 싸워보지도 않고 도망갈 게 뻔하오."

두 장수가 주거니받거니 대화를 나누고 있을 때, 전황을 살피러 나갔던 전초병이 말을 몰고 달려왔다.
"음평은 이미 촉장 왕평의 손에 넘어갔고 무도 역시 강유에게 맹공을 당하고 있습니다. 그리고 이 길 바로 앞쪽에는 촉병이 진을 치고 있습니다."
곽회가 손례에게 말했다.
"촉병이 이미 우리 성을 점령해놓고 성밖에 진을 치고 있는 것은 무슨 영문이오?"
"듣고 보니 이상하군요. 여기에는 분명 어떤 술수가 있을 것이니 빨리 군사를 물려 후퇴합시다."
손례의 대답을 들은 곽회는 군사들에게 후퇴 명령을 내렸다. 위군이 말 머리를 돌려 후퇴하려는 찰나, 포소리가 요란하게 들리더니 산모퉁이에서 일단의 군사들이 쏜살같이 말을 몰아 달려나왔다. 곽회와 손례가 깜짝 놀라 달려오는 군사들의 깃발을 보니 '한 승상 제갈량漢丞相諸葛亮'이란 글자가 커다랗게 씌어 있고 그 기치 아래로 한 대의 사륜거가 재빠르게 굴러나왔다. 사륜거 안에는 제갈량이 단정히 앉아 있고 관흥·장포가 좌우에서 호위하고 있었다. 제갈량이 기겁을 하는 곽회와 손례를 부채로 가리키며 큰 소리로 꾸짖었다.
"곽회와 손례는 도망가지 말라! 네놈들은 내가 사마의의 계책에 속아넘어갈 줄 알고 이렇듯 다급히 달려온 게 아니냐? 사마의가 나에게 서신을 보내 정면 승부를 하자고 제의해놓고 뒤로는 우리 군을 기습하려 한 것을 내가 모를 줄 알았느냐? 내가 무도와 음평 두 고을을 빼앗은 지는 이미 오래다. 그러니 너희 둘은 말에서 내려 항복을 하든지, 아니면 여기서 한판 승부를 내보든지 둘 중 하나를 택하라!"
손례·곽회가 어떡해서든 달아날 방법만 궁리하고 있는데 갑자기 함성이 크게 울리더니 촉장 왕평·강유가 군사를 거느리고 그들의 배후를 끊어놓았다. 곽회·손례는 앞에서 공격해들어오는 관흥·장포와 뒤에서 쳐들어오는 왕평·강유의 협공을 받고 거느리고 간 대부분의 군사를 잃어버렸다. 목숨이 위태로워진 두 사람은 말을 버리고 숲이 우거진 산속으로 달아났다. 이를 본 장포는 말을 몰아 뒤를 추격했다. 그러나 너무 빨리 서두른 탓에 장포가 탄 말이 이끼를 밟고 미끄러지면서 사람과 말이 한덩어리가 되어 연못 속으로 빠졌다. 뒤쫓아오던 촉군이 급히 달려가 장포를 연못에서 건져냈으나 장포는 머리가 깨어진 채 기절해 있었다. 부하들이 장포를 깃발에 싸서 진지로 돌아오자 제갈량은 장포를 성도로 후송시켜 상처를 치료하게 했다. 장포의 말이 연못으로 미끄러지는 바람에 간신히 목숨을 건진 곽회·손례는 진지로 돌아와 사마의에게 머리를 조아렸다.

"저희가 당도하기 전에 무도와 음평은 이미 촉병의 손에 넘어갔습니다. 또한 제갈량이 저희가 가는 길에 군사를 매복시켰다가 앞뒤에서 협공하는 바람에 군사의 태반을 잃어버리고 말았습니다."

두 장수의 설명을 듣고 사마의가 말했다.

"두 사람이 패한 것은 그대들의 잘못이 아니라 제갈량의 계략이 나보다 월등했기 때문이다. 자네들은 다시 군사를 정비하여 옹성과 미성으로 돌아가라. 나에게 적을 물리칠 계책이 따로 있으니 두 사람은 절대 응수하지 말고 성을 굳게 지켜라."

손례·곽회가 명을 받고 물러가자 사마의는 장합·대릉 두 장수를 따로 불러 영을 내렸다.

"제갈량이 이미 무도와 음평 두 고을을 손에 넣었다고는 하지만 백성들이 놀랄 것을 생각하여 많은 병력을 성안에 주둔시키지는 않았을 것이다. 너희에게 정병 1만씩을 줄 테니 오늘 밤 야음을 틈타 촉진의 배후를 일시에 기습하라. 나는 군사를 거느리고 촉진 앞에 진을 치고 있다가 촉진의 후미가 어지러워진 틈을 타서 앞쪽을 공격하겠다. 이렇게 우리가 양쪽에서 기습한다면 적들은 대군에게 포위된 줄 알고 자중지란을 일으킬 것이니 반드시 적진을 빼앗을 수 있을 것이다. 너희들 생각은 어떠냐?"

장합·대릉은 사마의가 낸 계책이 좋다고 맞장구치고 임무를 수행하기 위해 군사를 점점하러 갔다. 그날 밤 9시 무렵이 됐을 때 대릉·장합은 각자 1만여 명의 군사를 이끌고 한 사람은 오른쪽 지름길로, 또 한 사람은 왼쪽 지름길을 통해 촉군이 자고 있는 진지 뒤쪽으로 깊숙이 잠입했다. 밤 11시가 지나 대로에서 마주친 장합·대릉은 군대를 한데 모아 촉진을 향해 돌진했다. 하지만 30여 리도 채 못 가서 선봉에 선 군사들이 더 이상 진격하지 못하고 멈춰섰다. 장합·대릉이 말을 달려 앞으로 나가보니 짚단과 마른 풀을 가득 실은 수백 대의 수레가 지키는 사람도 없이 길을 가로막고 있었다. 머리 뒤쪽이 한껏 당겨오는 느낌을 받으며 장합이 대릉에게 말했다.

"길을 가로막고 있는 수레는 우리를 함정에 빠트리기 위한 것이오. 어서 빨리 이곳을 빠져나가야 화를 피할 수 있겠소!"

두 장수가 서둘러 군사들에게 퇴군을 명령하려고 할 때 이미 주위의 산 이곳저곳에서는 불길이 대낮같이 피어올랐다. 그와 동시에 북소리가 밤하늘을 온통 흔들어 깨우더니 사방에서 촉의 복병들이 뛰어나와 위군을 겹겹이 에워쌌다. 장합·대릉이 어찌할 바를 모르고 허둥대는데 산비탈 한쪽에서 제갈량의 목소리가 크게 울렸다.

"대릉·장합은 내 말을 듣고 살길을 찾으라. 너희들의 도독 사마의는 우리가 무도와 음평 백성들을 인심시키기 위해 성에서 벗어나 외곽에 진지를 세웠을 것이라고 생각하고 너희들을 보내어 우리 진지를 기습하도록 했다. 하지만 나는 사마의의 계책을 미리 알고 복병을 배치해놓고 너희들을 기다렸다. 너희들이 멋모르고 역도의 편에 섰던 것을 뉘우치고 투항한다면 목숨을 빼앗지는 않을 것이다!"

제갈량이 투항을 권하자 장합은 크게 노하여 삿대질까지 하면서 제갈량에게 욕을 퍼부었다.

"산골짜기에 묻혀 살던 일개 촌놈이 감히 대국의 경계를 침범해놓고 웬 적반하장이냐? 너야말로 지난날의 죄과를 뉘우치고 위제의 용서를 받는 것이 어떻겠느냐?"

그리자 제길량이 크게 웃으면서 말했다.

"너는 지금 네 처지가 곧 죽게 됐다는 것을 모르느냐?"

장합은 제갈량의 말이 채 끝나기도 전에 창을 비껴들고 제갈량이 타고 있는 수레를 향해 달려갔다. 하지만 산비탈에서 화살이 비오듯 쏟아져 더 이상 산 위로 올라갈 수 없었다. 곧바로 사방에서 튀어나온 촉군이 장합을 둘러쌌다. 장합은 화가 나서 정신없이 창을 휘두르며 촉병을 물리치고자 했으나 중과부적이었다. 살길을 찾아야겠다고 생각한 장합은 좌충우돌 창을 휘둘러 겹겹이 둘러싼 촉군의 포위를 뚫었다. 간신히 적진을 헤치고 나온 장합이 한숨을 돌린 뒤 대릉을 찾았으나 대릉은 촉병에게 둘러싸여 투구 끄트머리만 겨우 보일 뿐이었다. 장합은 동료를 구하기 위해 촉병 가운데로 달려들어가 또 한 번 정신없이 창을 휘둘러 대릉을 구하니 아무도 그 앞을 막아서지 못했다. 그 모습을 지켜본 제갈량이 좌우의 장수들에게 말했다.

"나는 전에 장비가 장합과 겨루는 것을 본 사람들이 장합의 용맹을

보고 혀를 내두르며 감탄하는 말을 들었다. 오늘 내 눈으로 직접 보니 과연 장합은 혼자서 만 명의 병사를 감당할 만한 장수로구나! 장합이 버젓이 살아 있는 한 촉은 마음을 놓을 수가 없겠다. 어떤 수를 써서라도 장합을 제거하고야 말겠다."

제갈량은 장합·대릉이 몰고온 위병을 대파하여 물리친 뒤 군사를 거느리고 진지로 돌아갔다.

한편 사마의는 촉진 앞에 군사를 거느리고 나와서 이제나저제나 촉진이 어지러워질 때만 기다리고 있었다. 이때 갑옷이 너덜너덜해진 장합·대릉이 숨을 헐떡이며 달려와 말했다.

"저희가 무도와 음평이 눈앞에 보이는 곳까지 다가갔을 때 제갈량이 미리 심어놓은 복병의 공격을 받아 크게 패하고 말았습니다."

사마의가 탄식하며 말했다.

"제갈량이 이토록 신출귀몰하니 당해낼 재간이 없구나! 빨리 후퇴하도록 하라."

사마의는 위군에게 영을 내려 뒤도 돌아보지 말고 본진으로 돌아가게 했다. 그리고 당분간 굳게 성을 지키고 아무데도 나가지 못하게 했다. 한편 두어 차례나 크게 승리를 거둔 촉군은 헤아릴 수 없이 많은 무기와 군마 등 전리품을 거두어 진지로 돌아왔다. 그 뒤로 촉장 위연은 매일같이 군사를 거느리고 나가 위군에게 싸움을 걸었으나 사마의는 무대응으로 일관했다. 위군이 진지에 숨어 아무런 대응을 하지 않자 촉군은 적군을 끌어낼 방도를 찾지 못하고 보름을 그냥 흘려보냈다. 장기전에 대한 작전을 세우느라 제갈량이 막사 안에서 노심초사하고 있을 무렵 성도에서 비위가 황제 유선의 조서를 가지고 왔다. 제갈량은 비위를 정중히 맞이하고 나서 유선의 조서를 받아 읽었다.

 가정 싸움에서 패한 허물은 전적으로 마속에게 있소. 하지만 경은 스스로 책임을 느껴 자신의 벼슬을 세 관작이나 낮추고자 하여 짐이 그것을 윤허한 바 있으나 이는 경의 뜻을 거절할 수 없어서 그랬던 것이오. 지난해에는 눈부신 공을 세워 왕쌍의 목을 베더니 재차 나선 정벌길에는 곽회를 도망치게 했고 강병의 항복을 받아 두 고을에 촉의 위용을 떨쳤으니 그 공훈은 아무나 세울 수 있는 게 아니오. 그럼에도 천하는 아직도 조용할 날이 없고 악의 무리 역시 완전히 뿌리 뽑질 못했으니 그대는 중책을 맡아 국사에 힘껏 매진하시오. 지난날의 회오에 묻혀 스스로를 자책하고 국사를 꺼리는 것은 바람직한 신하의 길이 아니오. 그리하여 그대에게 승상의 직을 맡기니 그대는 절대 사양하지 마시오.

 조서를 다 읽은 제갈량이 비위에게 말했다.
 "내가 언약한 정벌을 아직 완수하지 못했는데 어찌 다시 승상의 직을 맡겠소?"
 제갈량이 승상의 직을 사양하자 비위가 제갈량을 설득하며 권했다.
 "만일 승상께서 직위를 받지 아니하신다면 이는 황제의 뜻을 어기는 것이 됩니다. 군사들의 사기 진작에도 도움이 될 테니 승상직을 받도록 하십시오."
 제갈량은 하는 수 없이 승상의 직위를 받아들이기로 하고 성도를 향해 절하여 말했다.
 "황제 폐하께서 신을 이토록 중히 여기시니 신은 몸을 돌보지 않고 죽을 때까지 애쓸 뿐입니다."

비위는 제갈량에게 승상의 인수를 전달하고 성도로 돌아갔다. 그 일이 있은 뒤 제갈량은 싸움에 나서지 않는 사마의를 끌어낼 한 가지 묘안을 문득 생각해내고 각처의 군사들에게 파발을 보내 일시에 진지를 거두어 퇴군하라는 영을 내렸다. 이를 염탐한 위의 첩자들은 사마의에게 달려가 촉군이 일제히 진지를 거두어 물러갔다고 보고했다. 사마의가 좌우의 장수들에게 엄명했다.

"제갈량이 계책을 쓰는 게 분명하니 장수들은 함부로 군사를 움직이지 말라."

장합이 반문했다.

"그들이 진지를 거두어 물러가는 것은 군량미가 떨어져 불가피하게 돌아가는 것이 분명합니다. 그런데 왜 뒤를 쫓지 않으십니까?"

"작년에는 양천에 크게 풍년이 들어 큰 수확을 거두었다는 보고를 들은 바 있다. 또 지금은 밀이 익어가는 계절이니 군량미가 동나지는 않았을 것이다. 비록 군량미 수송에 어려움을 겪고 있다고는 하지만 6개월을 버틸 군량미도 없이 전쟁을 벌였겠느냐? 그들이 계속 싸움을 걸어왔지만 우리가 응하지 아니하자 후퇴하는 척하여 우리를 끌어내려는 것이니 촉군이 도망쳤다고 생각하는 것은 오판이다. 다만 약간의 군사를 보내어 적을 살피도록 하라."

장합이 군사를 보내어 촉군을 몰래 뒤쫓게 했다. 얼마 되지 않아 적진을 살피고 온 전초병이 사마의에게 보고했다.

"제갈량이 30리 밖에 진을 쳐놓고 움직이지 않습니다."

보고를 받은 사마의가 고개를 끄덕였다.

"내 생각대로 제갈량은 멀리 가지 않았다. 진지를 단단히 지키고 경거망동하지 말라."

촉군이 30여 리나 군사를 물려 진지를 구축한 지 열흘이 지났다. 매일처럼 싸움을 걸어오던 촉병은 그날 이후로 한 번도 싸움을 걸어오지 않았다. 사마의는 다시 전초병을 보내 촉진의 동정을 살피게 했다. 잠시 후 군사가 돌아와 보고했다.

"촉군은 이미 진지를 거두어 철수했습니다."

사마의는 영문을 알 수 없어 아무도 모르게 졸병의 옷으로 변복하고 직접 군사들 틈에 끼어 촉군의 진지가 있는 곳으로 다가가보았다. 과연 그곳엔 촉군이 없었다. 말을 달려 조심스럽게 앞으로 달려가보니 촉군은 전에 진을 쳤던 곳에서 30리를 더 물러나 새 진지를 구축해놓고 있었다. 도무지 의중을 알 수 없는 촉군의 행동을 목격하고 자기 진지로 돌아온 사마의가 장합에게 말했다.

"제갈량이 무언가를 획책하고 있는 게 분명하오. 그러니 내 허락 없이 적을 추격할 생각은 하지 마시오."

그러고 나서 열흘 동안 촉병은 아무런 움직임도 보이지 않았다. 그러던 어느 날 촉군을 감시하고 있던 전초병이 급히 달려와 사마의에게 보고했다.

"촉군이 진지를 옮겨 전에 있던 곳에서 30리 밖으로 후퇴하여 다시 진을 치고 있습니다."

이 보고를 들은 장합이 사마의에게 간청했다.

"제갈량이 열흘 간격으로 군사를 물리는 것은 일시에 후퇴를 하면 우리에게 추격을 당할까봐 그러는 것입니다. 우리가 아무것도 하지 않으면 놈들은 서서히 군사를 물리는 전법을 써서 결국은 한중까지 안전히 도망가게 될 것입니다. 이제 도독께서는 무엇을 더 망설이고 계십니까? 제가 군사를 거느리고 나가 싸울 수 있게 허락해주십시오."

사마의는 장합의 청을 거절했다.

"장장군의 용맹한 뜻은 잘 알지만 제갈량은 잔꾀가 무궁무진한 인물이오. 적의 의중을 파악하지 못한 상태에서 함부로 나서는 것은 용납할 수 없으니 조금 더 기다려보시오."

그러나 장합은 굽히지 않았다.

"만일 제가 지게 되면 군령대로 처벌을 받겠습니다."

장합을 말릴 수 없다고 여긴 사마의가 말했다.

"그토록 나가 싸우고 싶다면 군사를 전부 데리고 나가지 말고 절반만 데리고 가시오. 이번에도 지면 위군의 예기가 크게 꺾이게 되니 장군은 사력을 다해 싸우시오. 장군께서는 먼저 군사를 거느리고 나가되 중간에서 병사를 쉬게 하시오. 그래야 다음날 적과 싸우는 데 힘들지 않을 것이오. 나는 따로 원병을 거느리고 후방을 봐주겠소."

사마의는 군사를 절반으로 나누어 장합에게 주고 나머지는 자신이 거느렸다. 다음날 아침, 장합·대릉은 부장 수십 명과 함께 정병 3만을 거느리고 촉군이 퇴군한 방향으로 전진하다가 도중에 진지를 세우고 쉬었다. 사마의는 많은 군사와 병마를 남겨 본진을 방어하도록 하고 자신은 정병 5천을 거느리고 장합·대릉이 간 길을 뒤따라갔다.

그 즈음, 제갈량은 염탐꾼을 보내 위군의 동정을 살피게 했다. 염탐꾼이 돌아와 위군이 촉군을 쫓아오고 있으며 도중에 진지를 만들고 휴식하고 있다는 사실을 보고했다. 고개를 끄덕인 제갈량은 일찌감치 장수들을 불러 작전 지시를 내렸다.

"사마의는 내가 한 번에 30여 리씩 진채를 뒤로 물리며 후퇴하자 여기에 어떤 계략이 있는지 의심하면서 오랫동안 출정을 망설였을 것이오. 그런 위군이니 반드시 사생결단을 할 각오로 우리 뒤를 추격해왔을 것이오. 따라서 우리도 죽기 살기로 싸워야 하오. 여러 장수들이 적을 맞아 싸우는 동안 나는 복병을 거느리고 적의 뒤를 끊을 테니 누가 선봉에 서겠소? 지모와 용맹을 갖춘 장수는 서슴지 말고 자원해보시오."

말을 마친 제갈량은 위연을 바라보며 다른 사람 몰래 눈짓을 했다. 위연은 단번에 제갈량의 의도를 알아차리고 고개를 끄덕이고는 아무 말 없이 서 있었다. 그러자 왕평이 선뜻 앞으로 나서며 말했다.

"저를 선봉으로 보내주시면 진력을 다해 싸우겠습니다."

제갈량이 왕평에게 물었다.

"만일 왕장군이 이기지 못하면 어찌하겠소?"

왕평이 시원스레 대답했다.

"겨울에 소를 먹이는 것은 봄에 밭을 갈기 위함이고 매를 키우는 것은 사냥 때 쓰기 위해서입니다. 장수가 전쟁터에 나가서 이기지 못한다면 어디에 쓰겠습니까?"

제갈량이 감탄하여 말했다.

"왕장군이 전심전력을 다해 싸우겠다니 승리는 따놓은 당상이오. 하지만 오랫동안 추격을 망설였던 사마의는 반드시 추격대를 두 대로 나누어 앞뒤에서 협공하고자 할 것이오. 그러니 아무리 지략과 용맹이 뛰어난 사람이라도 혼자서 양쪽을 다 상대할 수는 없지 않겠소? 왕평이 적에게 포위될 것에 대비하여 누구든 한 사람이 더 있어야겠는데 우리 군중에는 목숨을 내걸고 이 일을 맡을 장수가 없으니 참으로 안타까운 일이오!"

제갈량의 탄식이 채 끝나기도 전에 걸걸한 목소리의 장수 한 사람이 제갈량 앞으로 나오며 말했다.

"제가 왕장군과 함께 가겠습니다."

바로 장익이었다. 제갈량이 장익에게 말했다.

"위장 장합은 용맹하여 혼자서 거뜬히 1만 군사를 당해낼 만한 장수다. 너는 젊어서 아직 그의 적수가 되지 못한다."

그러나 장익은 물러서지 않았다.

"저를 보내주신다면 장합의 목을 베어 승상께 바치겠습니다. 그렇지 못하면 제 목을 내놓겠습니다."

"좋다. 내가 왕평에게 정병 1만을 줄 테니 너는 왕장군과 함께 나가 산골짜기에 매복하도록 하라. 그러다가 위병이 우리 군사를 추격해오거든 적병이 완전히 지나간 뒤에 복병을 거느리고 적의 뒤를 가격하라. 두 사람이 위군의 후미를 공격하고 있을 때 반드시 사마의가 후군을 거느리고 나타날 테니 너희들은 미리 군사를 두 대로 나누어 한 사람은 추격군의 후미를 맡고 또 한 사람은 사마의의 원병을 막으라. 두 사람이 죽기를 각오하고 싸울 때 나는 별도의 군사를 이끌고 너희를 돕도록 하겠다."

장익·왕평이 군사를 이끌고 매복하러 나서자 제갈량은 다시 강유·요화에게 분부했다.

"너희 둘에게는 비단주머니를 한 개 줄 것이니 정병 3천을 거느리고 앞산 봉우리에 올라가라. 산봉우리에 도달하면 결코 깃발을 펄럭이거나 북을 울리지 말고 쥐죽은 듯이 조용히 매복하고 있어야 한다. 만일 산 아래쪽에서 왕평과 장익이 위군에게 포위당하여 곤욕을 치르고 있더라도 절대 구원하려고 나서지 말라. 대신 내가 준 비단주머니를 열어보면 거기에 어떻게 행동해야 할지 자세한 요령이 적혀 있을 것이다."

강유·요화가 공명의 분부를 받고 군사를 거느리고 나가자 제갈량은 다시 오반·오의·마충·장의 등 네 장수에게 다음과 같이 지시했다.

"이미 말했던 것처럼 내일 우리를 추격해오는 위군은 오랜만의 출정이라 기세가 등등할 것이니 절대로 정면으로 대결하지 말고 싸우다 패주하는 척하면서 시간을 끌어라. 그러다가 관흥이 군사를 거느리고 나타나 적진을 공격하거든 그걸 보고 너희들도 즉시 군사를 돌려 적을 협공하라. 그러면 나도 군사를 거느리고 달려가 너희들을 돕겠다."

네 장수가 계책을 받고 군사를 거느리고 나가자 마지막으로 제갈량은 관흥을 가까이 불러 영을 내렸다.

"너는 따로 정병 5천을 거느리고 나가 산골짜기에 매복해 있다가 산 위에서 붉은 깃발을 펄럭이는 것을 군호로 하여 즉시 사마의의 군사를 시살하라."

관흥이 정병 5천을 거느리고 나가자 제갈량은 일단의 군사를 거느리고 높은 산에 미리 가서 자리를 잡았다. 촉군이 제갈량의 계책대로 분주하게 움직이고 있을 때 위군의 장수 장합·대릉 역시 재빠른 속도로 후퇴하는 촉군을 뒤쫓았다. 그러자 후퇴하던 촉진에서 마충·장의·오의·오반 등 네 장수가 일제히 달려나와 위의 추격군과 맞섰다. 위장 장합이 눈을 부릅뜬 채 혼자서 네 장수를 상대하자 네 명의 촉장은 간담이 서늘해진 듯 머리를 감싸쥐고 달아났다. 그러자 위군은 사기를 올리며 촉병을 추격했다. 네 장수는 제갈량이 지시한 대로 위군과 적당히 싸우다 달아나고 달아났다가는 다시 싸우기를 반복하면서 20여 리를 후퇴했고 위군도 지치지 않고 그 뒤를 끈질기게 따라붙었다.

　6월의 날씨는 불을 때고 있는 가마솥처럼 뜨거웠다. 달아나는 촉군이나 쫓아가는 위군이나 땀을 비오듯 흘렸으며 탈진하여 낙오하는 병사가 속출했다. 특히 먼 길을 하루 만에 치달려온 위군은 도합 50여 리를 달리고 나자 그만 기진맥진하여 더 이상 추격할 힘이 없었다. 산 위에서 이를 지켜보고 있던 제갈량이 부하에게 붉은 깃발을 세차게 흔들게 했다. 그러자 군호를 기다리던 관흥이 5천여 정병을 거느리고 물밀 듯이 위군을 향해 파고들었다. 뒤에서 병사들의 아우성이 들리자 도주하던 촉군들이 급히 방향을 돌려 촉군과 싸우고 있는 위군을 역습했다. 단단히 결심을 하고 싸움에 나선 장합·대릉은 어서 사마의가 달려와주기를 기다리면서 이를 악물고 버티고 있었다.

　양쪽 군사가 한창 어우러져 싸우고 있을 때, 갑자기 하늘이 떠나갈 듯한 함성이 울렸다. 장합·대릉은 사마의가 원군을 거느리고 온 줄 알고 한숨돌렸다. 그런데 소리난 쪽을 자세히 살펴보니 위군이 아니라 촉군이었다. 제갈량의 지시를 받고 산속의 길가에서 위군이 통과하기를 기다렸던 왕평·장익이 위군 뒤에서 나타나 퇴로를 끊은 것이다. 퇴로가 막힌 것을 알아챈 장합은 큰 소리로 군사들을 독려했다.

　"적군이 우리의 앞뒤를 포위했다. 그러니 죽음을 무릅쓰고 싸우는 길만이 사는 길이다!"

　대장의 영이 떨어지자 위군들은 사력을 다해 싸웠다. 그러나 아무리 발버둥을 쳐도 앞뒤로 압박해들어오는 촉군의 협공을 당해낼 도리가 없었다. 이때 뒤에서 갑자기 하늘이 진동할 만큼 커다란 북소리가 울리면서 위군이 쏟아져나왔다. 위의 도독 사마의가 친히 정병을 거느리고 물밀 듯이 달려나온 것이다. 그제야 장합·대릉을 비롯한 위군들이 안도의 한숨을 쉬었다. 그러나 사마의가 군사를 거느리고 나올 줄 이미 알고 있었던 왕평·장익은 조금도 당황하거나 달아나지 않고 전투에 나서기 전에 약속한 대로 일사불란하게 움직였다. 왕평이 말했다.

"승상은 과연 귀신 같은 분이시오. 우리가 사마의의 기습을 받아 곤경에 처하게 되는 것도 다 계책 가운데 하나일 것이니 승상이 다음 계책을 쓸 때까지 최선을 다합시다!"

두 장수는 군사를 절반으로 나누어 왕평은 장합·대릉이 몰고온 위의 선봉을 계속해서 상대하고 장익은 사마의가 새로 거느리고 온 위의 후군을 상대했다. 그러자 양쪽 군사가 맞붙은 산 아래의 계곡은 창검이 부딪치는 소리와 병사들의 고함소리, 군마의 발굽소리로 산 전체가 떠나갈 듯했다. 한편 산 위에서 군사를 매복시켜놓고 이 싸움을 지켜보던 강유·요화는 사마의의 출현으로 촉병이 열세에 놓인 듯하자 두 손과 등골에 식은땀이 흘렀다. 강유가 요화에게 다급히 말했다.

"지금 왕평과 장익의 군사가 위급한 지경에 놓였으니 어서 승상이 준 비단주머니를 열어봅시다."

두 장수가 서둘러 제갈량이 내려준 비단주머니를 열어 그 속에 있는 흰 종이를 꺼내 읽었다.

사마의가 군사를 거느리고 나타나 왕평과 장익을 포위하거든 너희들은 그들을 구하러 달려가지 말고, 곧바로 군사를 절반으로 나누어 좌우 양쪽에서 사마의의 진지를 공격하라. 그리하면 사마의는 진지를 구하려고 반드시 퇴각할 것이다. 그때 너희들은 적진이 어지러운 틈을 노려 맹렬히 공격하라. 내 말대로 한다면 진지를 빼앗지는 못하더라도 크게 승리할 것이다.

강유·요화는 고개를 끄덕이고는 즉시 군사를 반으로 나누어 산을 내려와 사마의의 본진을 공격했다. 사마의는 장합의 군대를 쫓아오기 전에 제갈량의 계책에 빠질까 두려워 길 곳곳에 염탐꾼을 배치해놓았다. 강유·요화가 사마의의 본진을 취하기 위해 달려오자 염탐꾼이 나는 듯이 말을 달려와 촉병이 본진으로 가는 지름길에 출현했다고 보고했다. 사마의는 새파랗게 질려 곧 여러 장수들을 불러모았다.

"제갈량이 서둘러 후퇴하는 것이 미심쩍다고 내가 이미 말했는데 그대들은 내 말을 믿지 않고 촉병을 추격하자고 나섰소. 지금 도리어 촉군의 공격을 당하게 되었으니 어떻게 이 궁지를 빠져나가야 할지 말들 해보시오!"

장수들을 꾸짖은 사마의는 본진을 구하기 위해 군사들에게 퇴군을 명령했다. 하지만 죽기 살기로 접전을 벌이고 있는 병사들에게 퇴군 명령이 제대로 전달될 리 만무했다. 위군은 명령을 받고 퇴군을 서두르는 병사와 명령을 듣지 못한 채 계속 싸우는 병사로 나뉘어 혼란스러웠다. 촉병들은 위군이 어수선해진 틈을 놓치지 않고 더욱 강하게 밀어붙여 위병의 시체가 산더미처럼 쌓이고 흐르는 피가 작은 내를 이루었다. 사마의가 급한 대로 일단의 군마를 수습해 나는 듯이 본진으로 달려갔을 때 촉군은 이미 군사를 거두어 물러가고 없었다. 간발의 차이로 본진을 건지게 된 사마의는 여러 장수들을 불러 다시 한번 언성을 높였다.

"우리가 이렇게 패한 것은 병법도 모르면서 혈기만 믿고 나가 싸운 그대들 탓이다. 이 일을 거울 삼아 너희들은 앞으로 어떤 일이 있더라도 함부로 나서지 말라. 또다시 내 판단을 어지럽히는 자는 군법에 의해 엄히 다스리겠다."

패전의 책임을 통감하고 있던 여러 장수들은 부끄러워 아무 대꾸도 하지 못했다. 이 싸움에서 위군은 많은 사상자를 냈으며 병마와 무기 또한 헤아릴 수 없이 많이 잃었다. 그뿐 아니라 사기가 완전히 바닥에 떨어져 제갈량이라는 말만 들어도 두려움에 떨었다.

한편 크게 승리를 거두고 군마를 거느려 진지로 돌아온 제갈량이 장수들을 치하하고 병사들을 격려하고 있을 때, 성도에서 사자가 달려와 후송된 장포가 죽었다는 비보를 알렸다. 보고를 접한 제갈량은 크게 목놓아 울다가 갑자기 입으로 피를 토하며 땅바닥에 기절했다. 주위 사람들이 기절한 제갈량을 장막으로 떠메고 들어가 눕히니 군의가 달려와 극진히 치료했다. 그 덕택에 제갈량은 정신을 다시 차렸지만 이후로 제갈량의 건강은 극도로 나빠져 자리에 눕는 날이 잦아졌다. 제갈량이 부하의 죽음을 슬퍼하다가 병을 얻게 되었다는 소문이 군중에 퍼지자 장수들은 물론 말단 병사들까지 제갈량의 자애심에 감복하여 충성을 다짐하지 않는 이가 없었다. 자리에 누운 지 열흘 만에 거동을 하게 된 제갈량이 동궐·번건 등을 장막 안으로 불러 말했다.

"아무래도 이전처럼 정신이 맑지 못한 것 같다. 그래서 제대로 군무에 집중할 수가 없구나! 한중으로 돌아가 병을 치료하면서 좋은 계책을 다시 생각해야겠으니 너희들은 소리 소문 없이 철군 준비를 서둘러라. 내가 병을 얻어 한중으로 돌아간다는 것을 사마의가 눈치채면 반드시 우리를 쫓아와 귀찮게 할 테니 이 일을 절대 누설하지 말고 신속히 처리하라."

퇴군 지시를 받은 동궐·번건은 군사들에게 표나지 않게 퇴군 준비를 시켰다. 그리고 야음을 틈타 진지를 걷고 감쪽같이 한중으로 돌아갔다. 제갈량이 한중으로 돌아간 지 닷새 만에 소문을 통해 그 소식을 듣게 된 사마의는 길게 탄식하며 중얼거렸다.

"내 재주로는 도저히 제갈량을 당해낼 수 없겠구나! 그가 죽지 않는 한 나는 하루도 발을 뻗고 편히 잘 수 없을 것이다!"

사마의는 여러 장수들을 불러 이번 전쟁이 일단락됐음을 공표하고, 각자에게 군사를 나누어주어 자기가 맡은 지역을 잘 지키게 당부한 다음 참모들을 거느리고 장안으로 돌아갔다.

한편 한중으로 군사를 물린 제갈량은 많은 군사를 한중에 주둔시키고 나서 자신은 병을 치료하기 위하여 성도로 돌아왔다. 제갈량이 돌아온다는 소식이 전해지자 모든 문무백관들이 성밖까지 영접하러 나왔다. 황제 유선은 제갈량이 아프다는 소식을 듣고 어의를 보내 치료하게 하는 한편 여러 차례 승상부로 문병을 왔다. 과중한 군무에서 벗어나 심신을 편히 쉬자 제갈량의 병세는 나날이 호전되었다. 한편 위의 도독 조진의 병도 제갈량과 비슷한 때에 완쾌되었다. 병상에서 일어난 조진은 조예에게 다음과 같은 표를 올렸다.

제가 병에 걸려 누워 있는 동안 촉병이 또 한 차례 위의 국경을 넘어온 것을 잘 알고 있습니다. 이들은 이전에도 두 차례나 국경을 침범한 적이 있으니, 그들의 궁극적인 속셈이 중원 탈취에 있다는 것이 명백해졌습니다. 따라서 그들을 제거하지 않으신다면 뒤에 반드시 근심스러운 일이 생길 것입니다. 지금은 가을철이고 그 동안 군사와 군마도 오래도록 쉬어 사기가 왕성해졌으니 지금이 군사를 일으키기에 가장 좋은 때입니다. 나쁜 독초는 뿌리가 번성하기 전에 그 싹을 자르라고 했으니 신과 사마의는 대군을 거느리고 한중으로 쳐들어가 변방을 깨끗이 하고자 합니다.

조진의 표를 받은 위제 조예는 크게 기뻐하며 시중 유엽을 불러 의견을 구했다.

"자단이 짐에게 촉을 정벌하자고 권하는데 그대의 생각은 어떻소?"

유엽이 조예에게 간언했다.

"대장군의 판단이 옳다고 생각합니다. 만약 지금 그들을 제거하지 않으면 훗날 큰 근심거리가 될 것입니다. 설사 이번에 한중을 정벌하지 못하더라도 촉의 국력을 깎아먹는 효과를 거둘 수 있으므로 가만히 앉아서 촉이 커지는 것을 보는 것보다는 나을 것입니다."

유엽의 말을 들은 조예는 깊이 고개를 끄덕였다. 유엽이 조예의 부름을 받아 간언하고 집으로 돌아오니 여러 대신들이 유엽을 기다리고 있었다.

"듣자 하니 황제 폐하께서 공을 불러 촉을 정벌하는 문제를 협의하셨다는데 경께서는 어떻게 간언하셨소?"

유엽은 위제에게 했던 말과는 반대로 대답했다.

"저로서는 금시초문이군요. 잘 생각해보십시오. 촉은 산세와 지형이 험하여 쉽게 일을 도모할 수 있는 곳이 아니지 않습니까? 그러니 군마를 움직여봐야 공연히 헛수고만 할 뿐 나라에 이익될 것이 하나도 없어요."

대신들은 유엽에게 의외의 말을 듣고 서로 얼굴만 바라보았다. 유엽이 시종을 불러 술상을 차리게 하여 대신들에게 대접하니 모두들 고주망태가 되어 돌아갔다. 다음날 아침, 술에서 깨어나지 못한 몇몇 대신들이 조회에 지각하자 양기楊曁가 어젯밤에 있었던 일을 알아내어 조예에게 말했다.

"어제 들은 소문에 의하면 유엽이 폐하께 촉을 정벌하도록 진언했다는데, 오늘 들은 소식에 의하면 유엽이 어제 저녁에 자기 집으로 여러 대신들을 청해놓고 촉을 정벌하는 것이 불가한 일이라고 말했다고 합니다. 이는 폐하를 기만한 것이 분명하니 유엽을 불러 문초하십시오."

양기의 간언을 들은 위주는 의아하게 여기며 즉시 유엽을 궁으로 불렀다.

"경이 어제 짐에게 촉을 정벌하라고 말하지 않았느냐? 그런데 저녁에 집으로 돌아가서는 대신들에게 촉을 정벌해서는 안 된다고 했다니 대체 이게 무슨 영문이냐?"

"신이 집으로 돌아가 곰곰이 생각해보니 촉을 치는 것은 좋은 일이 아닌 듯했습니다."

유엽의 말을 들은 조예는 안색 하나 바뀌지 않고 의견을 뒤집는 신하를 보고 어이가 없어 크게 웃었다. 그러나 유엽이 함부로 식언할 인물이 아니라는 것을 알고 있는 조예는 웃음을 그치고 주위 사람들을 물렸다. 그러자 유엽이 조예에게 말했다.

"나라의 일은 크건 작건 간에 중요한 기밀이 아닌 일이 없습니다. 어제 신이 폐하께 촉을 정벌하시라고 진언한 것은 국가의 큰 일인데 어찌 이를 발설할 수 있겠습니까? 군사를 부리는 일은 실행에 옮기기 전까지는 반드시 비밀에 부쳐야 하는 법입니다."

그제야 조예는 크게 깨닫고 고개를 끄덕였다.

"경의 말이 참으로 지당하오."

그 뒤로 조예는 유엽을 중히 여겼다. 그 일이 있은 지 열흘이 지나 사마의가 입궐하자 조예는 조진이 올린 표에 대해 물었다. 사마의가 조예에게 진언했다.

"서촉 정벌에 나설 때 늘상 염려되는 것은 동오의 움직임이었습니다. 신의 생각으로는 위군이 움직이더라도 동오는 감히 군사를 일으키지 못할 것이니 이때를 틈타 서촉을 정벌하는 것이 좋을 듯합니다."

# 서촉 정벌에 나선 사마의

서기 230년 7월.

조예는 서촉을 정벌하기로 결심을 굳히고 조진을 대사마大司馬 정서대도독征西大都督에 임명하고 사마의를 대장군大將軍 정서부도독으로 삼는 한편 유엽에게 군사軍師를 맡겼다. 조진·사마의·유엽 세 사람은 40만 대군으로 원정군을 조직한 다음 조예에게 작별하고 장안으로 출발했다. 그곳에서 또 한번 군열을 점검한 조진은 곽회·손례에게 급히 파발을 보내 각각 군사를 거느리고 한중으로 오게 하고 자신도 검각을 거쳐 한중으로 진격했다.

조진과 사마의가 거느리는 위군이 한중으로 물밀 듯이 쳐들어오고 있다는 소식은 한중에 있는 촉병에게 감지되어 즉각 성도에 알려졌다. 그 보고가 들어올 무렵 제갈량은 병이 완전히 나아 하루도 빠짐없이 군사들을 거느리고 훈련장으로 나가 팔진법八陣法을 가르치고 있었다. 아침 일찍부터 저녁 늦게까지 군사들을 훈련시키며 중원으로 다시 출정할 기회만 엿보고 있던 제갈량에게 40만 위군의 출현은 좋은 빌미가 됐다. 보고를 접한 제갈량은 즉시 장의와 왕평을 불렀다.

"두 사람은 1천 군마를 거느리고 먼저 진창으로 떠나라. 그곳을 지키고 있으면 내가 곧 대군을 이끌고 가서 너희를 돕겠다."

두 장수가 제갈량에게 물었다.

"소문에 따르면 위군은 40만 대군이라고도 하고 또 80만 대군이라고도 합니다. 위군의 정확한 숫자는 알 수 없으나 어떻게 1천 군마로 진창과 같은 요충지를 지켜낼 수 있겠습니까? 그 많은 위군이 일시에 그리로 몰려온다면 어떻게 그들을 막아내겠습니까?"

"나도 너희에게 많은 군사를 주고 싶다. 하지만 병사들에게 괜한 고생을 시키고 싶지 않으니 그 정도만 데려가도록 하라."

장의·왕평은 제갈량의 말이 무슨 뜻인지 몰라 서로 얼굴만 멀뚱히 바라보았다. 그러자 제갈량이 두 사람을 안심시키며 말했다.

"만일 너희가 진창을 잃는다 하더라도 두 사람을 문책하지 않을 테니 걱정 말라. 그러니 머뭇거리지 말고 어서 진창으로 떠나라."

빨리 떠나라는 영을 받은 장의·왕평은 제갈량에게 자기들의 진심을 말했다.

"문책 따위는 상관없습니다. 하지만 저희에게 1천 군사를 거느리고 나가 40만인지 80만인지도 모르는 대군을 상대하라는 것은 죽으라는 말밖에 안 됩니다. 그럴 바에야 차라리 여기서 승상의 손에 죽겠습니다."

제갈량이 빙그레 웃으며 말했다.

"내가 언제 너희더러 죽으라고 하더냐? 내가 1천 군마만 거느리고

천문을 보는 제갈량. 주작·현무·백호·청룡 등
화상전에서 본뜬 사신(四神)의 형상은 하늘 동서남북의
별자리를 나타낸다. 가운데 보이는 것은 연꽃의
모양인데, 옛 중국에서 연꽃은 광명과
태양의 상징이었다.

나가라 한 것은 다 생각이 있어서다. 어젯밤에 천문을 보니 필성畢星이 태음太陰(달) 안에 들어가 있어 곧 큰비가 내릴 것이다. 위군이 비록 40만 대군이라고 하지만 무슨 수로 그 많은 대군을 한꺼번에 그토록 험한 산골짜기로 몰아넣겠느냐? 그러니 작은 요충지를 지키는 데 1천 이상의 군사를 데려갈 필요가 없다. 너희가 그곳을 지키는 동안 나는 한중에 대군을 거느리고 있으면서 한 달쯤 푹 쉬게 하려고 한다. 그러다가 위군이 퇴각할 무렵 대군을 이끌고 나가 지친 적병을 칠 예정이다. 이것이 10만 군사로 40만 적병과 싸워 이기는 전법이니, 우리는 편안히 앉아서 적이 지치기만 기다리면 된다."

제갈량이 자세히 설명해주자 장의 · 왕평은 그제야 안심하고 1천 군사를 거느리고 진창으로 달려갔다. 두 사람이 떠난 뒤 제갈량은 대군을 점검하여 한중으로 진군하면서 각처에 전령을 보내어 다음과 같이 지시했다.

"장수들은 자기가 맡은 요충지마다 군사들이 한 달 동안 버틸 수 있을 만큼 군량미 · 의복 · 마초를 비축하여 장마에 대비하라. 한 달 정도가 지나 장마가 시작되면 출정 명령을 내릴 테니 그때까지는 자기 자리를 지키며 군사들을 쉬게 하라."

제갈량이 위군의 침입에 대비하고 있을 때 위군 도독 조진과 사마의는 어느덧 진창성에 당도했다. 그런데 40만 대군은커녕 장수들이 누울 방 한 칸 얻을 수가 없었다. 조진이 그곳 백성을 불러 까닭을 묻자 움막을 지어놓고 사는 백성이 이렇게 대답했다.

"지난번에 이곳을 점령했던 제갈량이 돌아가면서 가옥을 전부 불태웠습니다."

그러자 조진이 사마의에게 말했다.

"이럴 바에는 진창을 향해 진군을 계속하는 것이 좋지 않겠소?"

그러나 사마의가 조진을 만류했다.

"제가 간밤에 천기를 보니 필성이 태음 속에 있었습니다. 이는 곧 장마가 질 징조이니 만약 깊숙이 들어갔다가 요행히 승리를 거둔다면 모르되 일이 잘못되면 군사들이 크게 고생할 뿐 아니라 퇴각을 하려고 해도 쉽지 않을 것입니다. 그러니 함부로 진군하기보다 성에 남아서 장마를 견딜 수 있도록 군사들이 거처할 방부터 만드는 게 좋겠습니다."

조진이 사마의의 말을 듣고 보니 일리가 있어 진군을 포기하고 성에 주둔했다.

그로부터 약 보름이 지나자 가을 장마가 시작됐다. 보름 동안 하루도 그치지 않고 내린 비는 성을 온통 물바다로 만들었다. 배수가 잘 안 되는 탓에 물이 사람의 허리까지 차오르자 병사들은 밤낮 불안에 떨었다. 장마가 달포 동안 이어지자 거기에 미리 대비하지 못한 위군 진영에서는 군량미와 말먹이가 떨어져 군사들의 고통이 극심했을 뿐 아니라 불평까지 터져나왔다. 조진과 사마의를 비롯한 여러 장수들이 해결책을 찾기 위해 연일 회의를 했지만 뾰족한 해법이 나오지 않았다. 위군이 장마에 발이 묶였다는 소식은 낙양의 조예에게까지 전해졌다. 근심에 싸인 조예는 단을 쌓고 비를 그치게 해달라는 제를 지냈으나 별 소용이 없었다. 그때 황문시랑黃門侍郎 왕숙王肅이 조예에게 상소문을 올렸다.

옛글에 쓰어 있기를 '천리 먼 곳까지 양곡을 운반하기란 어려우니 원정나간 병사들의 얼굴에는 배고픈 기색이 사라질 날 없고, 나무와 풀을 베어 군사를 연명하게 하면 적을 이길 수 없다'고 했습니다. 이 말이 평탄한 길을 행군하는 군사에게 해당하는 사항이라 하니, 하물며 길이 험한 산골짜기에 들어가 길을 뚫어야 하는 군사들에게 따르는 고생은 어느 정도이겠습니까? 불행히도 장마철인 이때 산은 험하고 미끄러워 군사들의 행군은 느릴 수밖에 없는데, 설상가상으로 멀리서 양곡까지 실어날라야 하니 그 난관을 어찌 감당하겠습니까? 게다가 하루라도 배불리 먹지 못하면 나가 싸우지 못할 테니 위험하기 짝이 없습니다.

싸움터에서 들려오는 소문에 의하면 조진은 한중을 향해 진군하다가 험한 산골짜기에 가로막혀 보름도 넘게 발이 묶여 있다고 합니다. 비가 오기 전에 양곡과 마초는 물론이고 의복을 넉넉히 준비해놓지 않았다면 병사들은 굶주릴 게 분명합니다. 무릇 대군이 굶주리면 질병이 퍼지고 질병이 퍼지면 사기가 떨어지니 무슨 수로 적군을 이길 수 있겠습니까? 꾀 많은 제갈량은 '쉬면서 힘을 비축했다가 피로한 적을 쫓아 싸운다[以逸待勞]'는 전략으로 나올 것이니 지금 위군이 처한 국면은 병가에서는 크게 꺼리는 상황입니다. 역사에서 그 예를 찾아본다면 주周 무왕께서 주紂를 치러 나갔다가 관 밖에서 장마를 만나 되돌아온 일이 있으며, 가까이는 무제(조조)와 문제(조비)께서도 손권을 치기 위해 강동까지 나가셨으나 강을 건너지 않고 돌아오신 예가 있습니다. 이것이 모두 하늘의 순리를 따라 적절히 대처한 본보기가 아니었겠습니까?

바라옵건대 폐하께서는 굶주리며 비를 맞는 군사들의 고통을 헤아려 퇴군을 명령하십시오. 군사들을 불러 쉬게 했다가 뒷날 다시 쓰신다면 폐하의 은덕에 보답하기 위해 그들은 더욱 열심히 싸울 것입니다. 피할 수 있는 위험을 무릅쓰는 것은 적을 이롭게 할 뿐이니 우리에게 득이 될 게 없습니다.

왕숙의 상소문을 읽은 조예가 단안을 내리지 못하고 있는데 양부와 화흠이 연이어 회군을 요청하는 상소문을 올렸다. 그러자 조예는 도독 조진과 부도독 사마의에게 사자를 보내 급히 입궐하라는 영을 내렸다. 그 무렵, 장마에 지친 조진과 사마의는 연일 대책을 협의하고 있었다.

"비가 한 달이 넘도록 그칠 줄 모르니 어찌하면 좋겠소? 전의를 상실한 병사들은 삼삼오오 모이기만 하면 고향 이야기를 하며 돌아갈 생각만 하고 있으니 언제 군사들의 불만이 터질지 조마조마하오."

조진이 걱정스런 마음을 내비치자 사마의가 말했다.

"아무래도 회군하는 것이 좋겠습니다."

"제갈량이 우리를 뒤쫓아올 게 분명한데 무슨 대비책이 있소?"

"군마를 길에 매복시켜놓는 수밖에 뾰족한 방법이 없습니다."

두 사람이 머리를 맞대고 있을 때 조예의 사자가 도착했다.

퇴군을 명령하는 조서를 받은 조진·사마의는 더 이상 머뭇거리지 않았다. 그들은 선봉대를 후군으로 삼고 후군은 선봉대로 삼아 진창성을 빠져나갔다.

한편 장마가 계속될 것을 미리 예상한 제갈량은 군사를 거느리고 성밖 고지대에 주둔해 있다가 위군이 후퇴할 시기에 맞추어 각처에 전령을 보내 모든 군대를 적파赤坡에 집결시켰다. 제갈량은 장수들을 장막 안으로 불러들였다.

"위군이 장안을 출발했을 때는 속전속결로 한중을 차지할 기세였소. 하지만 뜻하지 않은 장마를 만나 한 달 넘게 시간을 허비하느라 군량미는 물론 모든 군수 물자가 모자랐을 것이오. 이에 조예가 조진과 사마의에게 회군하라는 영을 내렸음이 틀림없고 그들은 곧 퇴군할 것이오. 그러나 우리들의 추격에 대비하여 강구책을 세워놓았을 것이니 우선은 사위를 살펴보는 것이 좋겠소."

장수들이 제갈량의 당부를 듣고 나서 뿔뿔이 흩어지자마자 왕평이 보낸 전령이 숨가쁘게 달려와 위군이 물러가고 있다는 보고를 했다. 제갈량은 전령에게 말했다.

"너는 급히 왕장군에게 돌아가서 절대로 위군을 추격하지 말고 지켜보고만 있으면, 위군을 격파할 계책을 따로 내려보내겠다고 전하라."

제갈량의 장막을 나온 장수들 가운데 회군하는 위군의 뒤를 추격하지 말라는 제갈량의 지시에 불만을 가진 사람들이 많았다. 그들은 위연을 앞세워 다시 제갈량의 장막으로 몰려갔다. 위연이 제갈량에게 물었다.

"승상께서는 위군이 장마 때문에 고생하다가 더 견디지 못하고 회군하는 것이라고 말씀하시면서 왜 그 뒤를 추격하지 말라고 하십니까? 지금 추격한다면 쉽게 위군을 격멸할 수 있으니 출진을 허락해 주십시오."

제갈량이 대답했다.

"사마의는 임기응변에 뛰어난 인물이오. 군사를 물린다 하더라도 반드시 복병을 두었을 것이니 우리가 만만히 여기고 그들을 추격하다가는 큰 화를 당할 것이오. 차라리 당분간 달아나도록 내버려두었다가 그들이 나태해진 틈을 타 공격하는 것이 나을 것이오. 우리는 그때 군사를 나누어 지름길을 통해 야곡으로 나가 기산을 점거하는 것이 좋겠소."

여러 장수들이 의아해하며 제갈량에게 물었다.

"장안을 취하려면 더 쉬운 길도 많습니다. 그런데 승상께서는 왜 하필이면 기산을 취하려고 하십니까?"

"기산은 장안의 머리가 아니오? 농서 여러 고을의 군사가 움직이려면 반드시 기산을 통과해야 하오. 뿐만 아니라 기산 앞에는 위수가 가로지르고 있고 뒤에는 야곡이 있어 좌우로만 출입이 가능하니 복병하기에 유리한 요충지요. 사마의는 내가 그를 쫓아가지 않고 기산을 공략하리라고는 꿈에도 생각지 못할 것이오."

제갈량의 설명을 들은 장수들은 그제야 고개를 끄덕이며 제갈량의 뛰어난 전략에 감탄을 연발했다. 말을 마친 제갈량은 이어서 위연·장의·두경·진식 등 네 장수에게 군사를 거느리고 기곡으로 나가라고 영을 내리는 한편, 마대·왕평·장익·마충에게는 야곡으로 나가 기산에서 모이라고 지시했다. 임무를 맡은 여러 장수들이 각자 군사를 거느리고 임지로 떠나자 제갈량은 관흥·요화를 선봉장에 세우고 자신은 후군을 거느려 적파를 떠났다.

한편 군사를 거느리고 진창성을 빠져나온 조진·사마의는 염탐꾼을 불러 한중에서 진창에 이르는 여러 도로를 감시하게 했다. 열흘째 되던 날, 뒤를 쫓아오는 촉병의 모습이 전혀 보이지 않자 염탐꾼들이 하나씩 돌아와 보고했다.

"촉병의 그림자도 보이지 않는 걸 보면, 우리가 퇴군하는 사실을 아직 모르고 있는 것 같습니다."

염탐꾼들의 보고를 받은 조진이 의기양양하게 말했다.

"한 달 넘게 비가 쏟아져 물이 불었을 테니 계곡 사이에 놓인 잔도들이 다 떠내려갔을 것이오. 그러니 우리가 퇴군하는 걸 알 리가 없고 또 안다 하더라도 쫓아올 방법이 없을 것이오."

사마의가 고개를 흔들며 말했다.

"촉군은 분명히 나타날 것입니다."

"왜 그렇게 생각하오?"

사마의가 설명했다.

"비가 그치고 날이 갰음에도 불구하고 촉병이 우리의 뒤를 쫓지 않는 것은 조심성 많은 제갈량이 부하들을 만류했기 때문입니다. 그는 우리가 복병을 심어놓은 것을 미리 짐작하고 우리 군사가 멀리 가기를 기다렸다가 불시에 기산을 점거하려 들 것입니다."

사마의의 설명에도 불구하고 조진은 그 말을 미심쩍어했다. 잘 납득하지 못하는 조진에게 사마의가 다시 설명했다.

"조도독께서는 왜 제 말을 믿으려 하지 않으십니까? 촉군이 보이지 않는다고 해서 안심하면 안 됩니다. 제갈량은 열흘 안에 기곡과 야곡 두 곳으로 우리를 쫓아올 게 분명합니다. 그러니 장군과 제가 각기 군사를 나누어 두 곳의 어귀를 지키고 있지 않으면 안 됩니다. 열흘이 되어도 촉병이 나타나지 않으면 저는 아녀자처럼 얼굴에 분을 바르고 치마를 걸친 다음 장군 앞에 엎드려 죄를 빌겠습니다."

조진이 대답했다.

"중달이 내기를 그렇게 좋아한다면 나도 내기에 응하겠소. 만일 공의 말처럼 촉병이 나타난다면 나는 황제 폐하에게 하사받은 옥대玉帶 하나와 어마御馬 한 필을 주겠소."

조진과 사마의는 곧 군사를 두 대로 나눠 조진은 기산 서쪽에 있는 야곡 입구를 향해, 사마의는 기산의 동쪽 기곡 입구를 향해 달려갔다. 기곡에 도달하여 진채를 세운 사마의는 다시 군사를 여러 대로 나누어 산골짜기의 요로마다 매복시켰다. 그 일이 다 끝나고 사병의 옷으로 갈아입은 사마의는 여러 사병 틈에 끼어 각 영채를 순시했다. 사마의가 변복을 하고 이곳저곳을 살펴보던 중에 어느 영채의 뒤쪽에서 누군가 하늘을 향해 원망하는 소리를 들었다.

"장마에 그 고생을 하고 회군하기로 결심을 했으면 빨리 고향으로 가기나 할 것이지 뭣하러 이런 산골짜기에 진을 친단 말인가? 장수가 한 번 손가락을 까닥하면 사졸은 10여 리를 뛰어야 한다는 걸 그들은 모른다는 말인가? 왜 병사들이 장군들의 시답잖은 내기로 이런 헛고생을 해야 하는가?"

이를 가만히 듣고 있던 사마의는 곧장 자신의 진지로 돌아와 여러 장수를 불러모으고 불평을 했던 편장을 잡아오게 했다.

"조정에서 너희들을 수 년 동안이나 먹이고 재운 것은 국가가 필요한 때에 불러 쓰기 위해서이다. 그런데 너는 편장이란 신분으로 어찌하여 감히 불평을 늘어놓는 것이냐?"

사마의의 추궁을 받은 편장은 아무도 보지 않았다는 것만 믿고 자기 잘못을 시인하지 않았다. 그러자 사마의가 함께 갔던 군사를 불러 증인으로 삼으니 그제야 편장은 잘못을 인정하고 살려달라고 애원했다. 사마의가 편장의 죄를 엄중히 꾸짖었다.

"나는 내기를 하는 것이 아니라 촉병의 추격으로부터 너희들의 목숨을 구해내고자 하는 것이다. 너는 내 뜻도 모르면서 군심을 흐려놓을 수도 있는 망령된 말을 지껄였으니 살려둘 수 없다."

사마의는 무사들에게 시켜 살려달라고 비는 편장의 목을 베게 하고 그 목을 진채에 내다거니 이때부터 군사들의 불평이 사라졌다. 사마의가 장수들과 병사들을 진채 앞에 불러놓고 말했다.

"나는 너희들 가운데 한 사람도 낙오자 없이 고향의 가족들에게 데려다주고자 한다. 그러니 사력을 다해 적군과 싸워라. 진중에서 포소리가 크게 울리거든 그것을 군호로 일제히 진격하라."

사마의가 위군의 장수들과 병사들의 사기를 북돋우고 있을 때, 촉장 위연·장의·진식·두경 등 네 장수는 1만 군사를 거느리고 기곡으로 진격해가다가 도중에 참모 등지를 만나 행군을 멈추었다. 네 장수가 한꺼번에 등지에게 물었다.

"아니, 참모가 웬일이오?"

"승상의 영을 받고 황급히 달려왔습니다. 승상께서 말씀하시기를 기곡 입구에는 반드시 적병이 매복해 있을 테니 더 이상 진군하지 말라고 하셨습니다."

진식이 웃으면서 말했다.

"승상께서는 천년에 한 번 날까 말까 한 전략가임에 틀림없지만 의심이 너무 많으신 게 탈이오. 내 판단에 위군들은 진저리 나는 장마 때문에 배도 곯고 옷도 흠뻑 젖어 부리나케 장안으로 달아났을 것이오. 그런 그들이 무슨 여유가 있어서 매복을 해놓았겠소? 지금 우리가 이 길을 따라 곧장 진격하기만 하면 기곡을 쉽게 손에 넣을 수 있는데 왜 여기서 멈춘다는 거요?"

등지가 대답했다.

"승상께서 의심이 많으신 게 아니라 계책이 깊으신 것이오. 지금까지 승상이 내신 계책으로 이기지 못한 경우가 없는데 그대는 어찌해서 감히 승상의 영을 거역하려 하오?"

진식이 다시 웃으며 대답했다.

"승상의 계책이 그토록 깊으신데 어찌하여 가정에서는 패했단 말이오?"

그러자 진식의 말을 듣고 있던 위연이 지난날 가정에서 제갈량이 자기의 계책에 따르지 않았던 것을 생각하고 진식의 말에 맞장구를 쳤다.

"이제 와서 기산을 손에 넣겠다고 부산을 떠는 게 내가 보기엔 참 우습소. 2년 전에 승상께서 내 말을 들으시고 자오곡으로 갔더라면 지금 이 고생을 하지 않고 장안은 물론 낙양도 손에 넣었을 것이오. 또 언제는 진군하라 하시고 지금은 진군하지 말라 하시니 대체 전략이 있는 건지 없는 건지 알 수가 없소."

위연에 이어 진식이 또 말했다.

"우리가 여기서 꾸물거리면 야곡으로 나간 장수들에게 기산을 먼저 빼앗길 염려가 있소. 그러니 내가 5천 군마를 거느리고 기곡으로 달려가보겠소. 만일 거기에 복병이 없다면 나는 기산까지 달려가 진을 칠 것이니, 그때 승상이 무슨 말을 하는지 지켜보겠소."

등지가 군령을 들먹이며 강하게 만류했으나 진식은 공을 세울 생각에만 정신이 팔려 제갈량의 영은 들은 체도 하지 않았다. 진식이 5천 군사를 거느리고 지름길을 통하여 기곡으로 향하자 등지는 황급히 말 옆구리에 박차를 가해 제갈량에게 달려갔다. 그때 5천 군마를 거느리고 호기롭게 기산을 향해 가던 진식은 갑작스러운 포소리와 함께 쏟아져나온 위군의 복병을 만났다. 갑자기 복병을 만난 진식은 계곡 이곳저곳에서 몰려나오는 수많은 위병에 의해 완전히 포위되었다. 겁에 질린 병사들을 독려하며 무턱대고 창을 휘둘러보았지만 위군의 포위망은 겹겹이 두터워질 뿐 바늘구멍만한 퇴로도 눈에 보이지 않았다.

위군의 포위망을 뚫기 위해 안간힘을 썼지만 살아날 가망이 없다고 판단한 진식은 그제야 제갈량의 영을 듣지 않았던 자신을 책망했다. 한껏 풀이 죽은 진식이 되는 대로 적병의 창검을 받아넘기고 있을 때 일단의 군사가 함성과 함께 뿌연 먼지를 일으키며 밀려왔다. 위군이 새로 몰려오는 줄 알고 낙담한 진식에게 부하 한 사람이 큰 소리로 외쳤다.

"장군, 촉병입니다!"

진식이 정신을 추스르고 바라보니 위연이 진식을 구하기 위해 위군의 포위망을 헤치고 달려오고 있었다. 진식은 뒤늦게 힘을 내어 위연이 다가오는 쪽으로 말을 달려갔다. 때를 맞춘 위연의 구원으로 간신히 목숨을 건진 진식이 뒤따라오는 자기 부하를 헤어보니 대부분 죽고 400~500명밖에 남아 있지 않았다. 하지만 그것도 거의 부상자였으니 승상의 말을 듣지 않고 만용을 부린 대가가 그만큼 컸다. 위연·진식은 위군의 포위망을 가까스로 뚫었지만 위군의 추격마저 따돌리지는 못했다. 성난 파도처럼 덮쳐오는 위군의 추격에 위연·진식 일행의 뒷덜미가 잡히려는 찰나, 때맞춰 두경·장의가 군사를 거느리고 나타나 위병에 맞서자 그제야 위군은 자기 진지로 돌아갔다.

죽다가 살아난 진식·위연은 제갈량의 선견지명을 떠올리고 주먹으로 가슴을 쳤으나 이미 소용없는 일이었다. 한편 급히 제갈량에게 돌아간 등지는 진식·위연이 영을 따르지 않고 무례하게 굴었던 일들을 낱낱이 고했다. 제갈량이 웃으며 말했다.

"위연이 평소에 자오곡 계책을 쓰지 않은 나를 뒤에서 비방하고 다닌다는 것을 잘 알고 있다. 그러면서도 내가 그를 기용하는 것은 그의 용맹 때문이다. 하지만 언젠가 그는 촉의 우환거리가 될 인물이다."

제갈량이 등지와 대화를 나누고 있을 때 전령이 황급히 달려와서 보고했다.

"진장군이 기곡으로 가다가 입구에서 위군을 만나 크게 패했습니다. 지금은 크게 낙심하여 기곡 근처의 산골짜기에 진을 치고 있습니다."

보고를 받은 제갈량은 등지를 기곡 근처의 산골짜기로 보내 진식을 위로하게 했다. 그리고 마대·왕평을 불러 지시했다.

"기곡을 사마의가 지키고 있었으니 야곡은 조진이 지키고 있을 것이다. 너희 두 사람은 본부 군사를 거느리고 야곡을 넘어가되 낮에는 숲속에 숨어 움직이지 말고 밤에만 어둠을 틈타 기산으로 향하라. 거기에 도착하는 즉시 왼쪽봉우리에 불길을 올려 신호하라."

제갈량은 연이어 마충·장익에게 지시했다.

"너희들도 지름길을 통해 야곡을 넘어가되 낮에는 숲속에 숨어 움직이지 말고 밤에만 살며시 움직여 기산 오른쪽 봉우리에 닿자마자 불을 피워 군호로 삼고, 기산 왼쪽에 있는 마대·왕평과 함께 조진의 진지를 공략하라. 나도 군사를 거느리고 조진의 진지를 정면에서 공격할 것이다. 우리가 삼면에서 공격한다면 조진은 견디지 못하여 달아날 것이다."

마대·왕평·마충·장익 등 네 장수가 군사를 거느리고 달려가자 제갈량은 다시 관흥·요화를 불러 목소리를 낮추어 무언가를 지시했다. 두 장수는 제갈량의 말이 끝나자 고개를 끄덕이며 장막을 나섰다. 제갈량이 정병을 거느리고 조진의 진지로 진군하려다 갑자기 뭔가 생각난 듯이 오반·오의를 불러 한 가지 계책을 내렸다. 그러자 두 장수도 군사를 거느리고 어디론가 사라졌다.

제갈량이 계략을 꾸미며 야곡으로 진군하고 있을 때 야곡 입구에 매복하고 있던 조진은 처음부터 촉병이 오지 않을 것이라 생각하고 방비를 게을리했다. 그는 야곡에 당도하자 군사들에게 편히 쉬도록 영을 내리고 어서 열흘이 지나기만을 손꼽아 기다렸다. 그로부터 일주일이 지났을 때, 전초병이 달려와 산골짜기에 촉병이 출몰했다는 소식을 전했다. 이미 해가 서산에 걸려 사위가 어둑해질 무렵이었다. 조진은 부장 진량秦良을 불러 정병 5천을 거느리고 나가 촉병이 아예 야곡 입구에 얼씬하지 못하게 하라고 지시했다.

명령을 받은 진량이 군사를 거느리고 앞으로 달려갔을 때 촉병은 하나도 보이지 않았다. 그는 촉병이 근처에 있을 것으로 짐작하고 60여 리를 앞으로 더 나갔다. 하지만 촉병이 왔던 흔적은 어디에도 남아 있지 않았다. 진량은 뭔가 수상쩍다는 생각이 들었지만 급히 달려온 부하들을 쉬게 하려고 길 한쪽에 진지를 세우게 했다. 그때 전초병이 숨가쁘게 달려와 말했다.

"앞쪽에 촉군이 출현했습니다."

진량은 쉬고 있던 군사들에게 전투 준비를 시키고 자신도 황급히 말에 올랐다. 그러자 앞쪽에서 말발굽 소리와 함성이 들려왔다. 진량이 군사들을 독려하여 말했다.

"고작해야 적은 수의 전초병일 테니 겁먹지 말라!"

이렇게 소리치며 진량이 병사들에게 전진을 명령하는 순간 사방에서 산이 떠나갈 듯한 함성이 들리더니 앞에서는 촉장 오반과 오의가, 뒤에서는 관흥과 요화가 한떼의 군사들을 거느리고 몰려들었다. 함정에 빠졌다는 것을 깨달은 진량이 뒤늦게 빠져나갈 구멍을 찾았으나 깎아지른 듯한 산이 병풍처럼 두르고 있어 촉병을 물리치지 않고서는 달아날 길이 한 군데도 없었다. 촉군에게 포위당한 위군이 전멸을 면치 못하게 되었을 때 촉장 관흥이 소리쳤다.
"무기를 버리는 자는 살려주겠다!"
달아나거나 이길 가망이 없다고 생각한 위군들은 대부분 무기를 버리고 순순히 투항했다. 하지만 끝까지 투항을 거부한 진량과 심복 부하들은 촉군에게 시살당했다. 제갈량은 투항한 위군을 급히 한군데로 모아놓고 그들이 입고 있던 군복을 벗겨 5천 명의 촉병에게 입혔다. 제갈량은 관흥·요화·오반·오의 네 장수에게 위군으로 위장한 5천 명의 병사를 주면서 곧바로 조진의 진지를 기습하라고 명령했다.

조진은 진량이 촉군을 쫓아나간 뒤 한참이 되어도 아무런 소식이 없자 초조하게 진량이 달려간 어두운 길을 바라보고 있었다. 그런데 갑자기 한 필의 말이 조진의 진지를 향해 달려왔다. 바로 사마의가 보낸 전령이었다. 조진이 사마의가 보낸 전령에게 물었다.

"웬일로 이렇게 달려왔느냐?"
"사마 부도독께서 말씀하시길 촉군이 야곡으로 쳐들어왔으니 머지않아 조도독께서 지키고 계신 이곳으로도 쳐들어올 것이라고 합니다. 사마 부도독께서는 도독에게 내기한다는 생각은 버리시고 진력을 기울여 적의 침입에 대비하라고 당부하셨습니다."

조진은 자신을 무시하는 것 같아서 짜증을 냈다.
"내가 있는 줄 알았는지 오늘까지 한 명의 촉병도 얼씬하지 않았다. 그러니 중달에게 가서 자기 진지나 잘 지키라고 전하라."

사마의의 심복이 돌아가고 나서 얼마 뒤, 진량이 군사를 거느리고 진지로 돌아오고 있다는 전갈이 들어왔다. 조진은 안도의 표정을 지으며 무사 귀환하는 진량을 맞으러 장막 밖으로 나갔다. 조진이 진문에 당도하여 가까이 다가오는 진량의 군사를 보니 과연 깃발과 갑옷,

무기들이 위군의 것과 같았다. 그런데 앞장선 장수의 얼굴은 진량이 아니었다. 그들이 위장한 촉군이라는 것을 알아차리는 순간 조진이 큰 소리로 외쳤다.

"촉군이다! 어서 병사들에게 전투 준비를 갖추게 하라!"

그러나 촉군은 이미 위군의 진지에 밀어닥친 뒤였다. 어디선가 부장 하나가 달려와 외쳤다.

"진지 여기저기서 불길이 치솟고 있습니다."

조진이 질겁하여 몸을 돌려 달아나자 촉군의 선두에서 달려온 관흥·요화·오반·오의가 동시에 외쳤다.

"조진은 목을 내놓아라!"

조진이 등에 식은땀을 흘리며 말을 타고 달아나는데 후방에 있던 위군의 진지에서 한 무리의 위군이 허겁지겁 달려왔다. 조진이 달려오는 위병 하나를 잡고 물었다.

"너희들은 웬일로 정신없이 달려오느냐?"

"촉군이 진지 뒤쪽으로 쳐들어와 아군을 마구 죽이고 있습니다."

조진의 진지 뒤쪽을 기습한 촉장은 마대와 왕평이었다. 간담이 서늘해진 조진이 달아나는 위병을 따라 도망을 치려고 하는데 어디선가 북소리와 함성이 크게 들리더니 일단의 군사들이 쏜살같이 밀려왔다. 조진은 또 다른 촉군이 합세한 줄 알고 일순 눈앞이 캄캄해졌다. 하지만 곧이어 옆에서 위군이 환호하는 소리를 듣고 앞을 바라보니 그들은 사마의가 데려온 위군이었다. 마음놓고 위군의 진지를 유린하던 촉군은 갑작스레 사마의의 원병이 나타나자 서둘러 군사를 물려 달아났다. 큰소리를 치다가 곤경에 처한 조진은 부끄러워 몸둘 바를 몰랐다. 사마의가 조진을 위무하고자 먼저 입을 열었다.

"제갈량은 도독의 진지와 저의 진지를 공격하면서 또 다른 길로 몰래 군사를 보내 이미 기산을 탈취한 게 분명합니다. 그러니 우리는 이곳에 오래 머무를 수 없습니다. 어서 위빈渭濱으로 가서 진지를 세우고 대책을 마련해야 합니다."

조진이 궁금한 듯 물었다.

"중달은 내가 곤경에 빠지게 될 줄 어떻게 미리 알았소?"

사마의가 대답했다.

"도독께 보냈던 전령이 돌아와 보고하기를 도독께서 이곳에는 촉병이 얼씬도 하지 않았다고 말씀하셨다기에 제갈량이 군사를 은밀히 이동시키고 있다는 직감이 들었습니다. 그래서 서둘러 군대를 이끌고 구원하러 왔더니 예상대로 조도독의 진지가 불에 타고 있었습니다. 지난날 우리가 어린 아이처럼 내기했던 일은 모두 잊고 함께 힘을 모아 적을 물리칩시다."

조진·사마의는 그 다음날 즉시 군사를 위빈으로 이동시켰다. 위빈에 도착한 조진은 야곡에서의 태만을 심하게 자책하다가 예전의 병이 도져 그만 자리에 눕고 말았다. 사마의는 조진에게 낙양으로 돌아가 병을 치료하라고 권하고 싶었지만, 군대의 사기가 떨어질까봐 입이 떨어지지 않았다.

한편 기산을 손에 넣고 기곡과 야곡에서 위군을 쫓아낸 제갈량은 장수들을 장막으로 불러 노고를 치하했다. 그때 기곡 방면으로 출전했던 위연·진식·두경·장의 네 장수가 들어와 군령에 따르지 않아 패배한 벌을 받고자 했다. 제갈량이 물었다.

"군사를 잃게 된 가장 큰 책임은 누구 때문이냐?"

위연이 대답했다.

"진식이 군령을 어기고 진군했기 때문에 위군의 매복에 걸려든 것입니다."

이 말을 듣고 진식이 변명했다.

"아닙니다. 위연이 저보다 상장이니 저의 책임이라 할 수 없습니다."

두 사람의 말을 듣고난 제갈량이 엄중히 말했다.

"진식은 자기 허물을 덮기 위해 남을 끌어들이지 말라. 네가 군령을 우습게 여겼는데 무슨 변명이 통하겠느냐?"

제갈량은 무사들에게 진식을 진문 앞에서 참수하라고 명령했다. 그리고 위연은 비록 늦긴 했지만 진식의 군사를 구하기 위해 애쓴 것을 참작하여 죄를 사면해주었다. 기산을 점령한 제갈량은 병사들과 장수들을 불러모아 그 동안의 노고를 위로하는 연회를 베풀었다. 그때 염탐꾼이 달려와 위빈으로 후퇴한 조진이 병들어 기동을 못하게 되었으며 진지 안에서 치료를 받고 있는데 매우 위독하다는 소식을 전했다. 뜻하지 않은 보고를 받은 제갈량은 크게 고무되어 여러 장수들에게 말했다.

"조진이 병세를 회복하지 못하고 이대로 죽는다면 위군은 반드시 군사를 장안으로 물릴 것이다. 그런데 도독이 중병에 걸렸는데도 위군이 물러가지 않는 것은 어떡해서든 군심을 안정시켜 우리의 북상을 막기 위해서다. 내가 편지를 한 통 써서 항복한 진량의 부하들을 시켜 조진에게 보낸다면 조진은 병이 도져 며칠 내에 죽고 말 것이다."

제갈량은 투항한 진량의 부하들을 장막으로 불렀다.

"너희들은 위군이므로 부모와 처자가 대부분 중원에 있다. 그러니 내가 너희들을 잡아놓아봤자 촉의 사람이 되지 못할 것이다. 그래서 너희들을 방면하여 집으로 보내려 하는데 어떻게 생각하느냐?"

제갈량의 말을 들은 위군들은 고향으로 돌려보내준다는 말에 하나같이 눈물을 흘리며 고마워했다. 제갈량이 말을 이었다.

"너희 도독인 조진과 나는 비록 전장에서 만나긴 했으나 서로의 재주를 아끼고 마음속으로 존경하고 있었다. 그런데 소문에 듣기로 조진이 매우 위독하다고 하니 내 마음이 아프다. 내가 그에게 안부를 묻는 편지를 한 통 써줄 것이니 너희들은 이것을 가지고 돌아가 도독께 전하라."

제갈량의 편지를 받은 위군들은 제갈량에게 엎드려 절하고 위빈으로 돌아가 조진에게 제갈량의 편지를 바쳤다. 병상에 누워 있던 조진은 제갈량이 안부 편지를 보내왔다는 말을 듣고 자리에서 몸을 일으켜 그것을 읽어보았다.

한나라 승상 무향후 제갈량이 대사마 조자단에게 보낸다. 일국의 군권을 책임진 대장부는 거취를 분명히 해야 하며 부드러움과 강함을 고루 갖춰야 하고 나아감과 물러나는 때를 알아야 하며 강약을 조절할 줄 알아야 한다. 또한 태산처럼 무겁게 행동해야 하고 음양과 같이 헤아리기 어려워야 하며 천지와 같이 무궁해야 하고 태창太倉(나라의 곡식을 저장하는 큰 창고)처럼 충실해야 하며 바다처럼 마음이 넓어야 하고 해와 달이나 별처럼 밝아야 한다. 뿐만 아니라 천문을 보아 한해와 홍수를 미리 알아야 하고 지리에 밝아 생지와 사지를 식별해야 한다. 진세를 구축할 때는 진로와 퇴로를 눈여겨 살펴야 하고 적과 맞설 때는 단번에 장단점을 파악할 줄 알아야 한다.

무지하고 경륜없는 후배에게 말한다. 그대는 하늘의 뜻을 거역하여 황제의 위를 빼앗은 역적을 도와 낙양의 황제가 되게 하였으니 어찌 하늘이 벌주지 않을 것인가? 군사를 거느리고 기세좋게 진창까지 왔으나 장마를 만났으니 하늘이 내린 벌과 무관하지 않을 것이다. 그러니 누가 그대를 동정할 것인가? 물과 뭍에서 죽을 고생을 겪은 군사와 병마는 미친 듯이 갑옷과 투구를 버리고 들판 가득 칼과 창을 버렸구나! 그때 그대의 가슴은 내려앉았을 게 뻔하며 장군들은 머리를 감싸쥐고 쥐새끼처럼 도망쳤구나! 그러한 그대가 무슨 낯으로 고향의 늙으신 부모님을 뵐 것이며, 무슨 염치로 동료 대신들이 있는 조회에 나갈 수 있겠는가? 사관들이 붓을 들어 너의 패배를 기록할 것이고 아비와 남편, 자식을 잃은 백성들의 입에 오르내릴 것이 아니냐? 중달은 싸움터에 나오기만 해도 벌벌 떨었고 그대 자단은 바람소리만 들어도 아무데로나 달아나지 않았던가? 우리 군사들은 천하무적이고 병마 또한 강하고 빠르며 대장들은 하나같이 범이나 용처럼 용맹하다. 나 제갈량은 진천秦川을 평정하고 위국을 소탕하여 천하를 평안하게 하리라.

 제갈량의 글월을 읽은 조진은 가슴속에 불덩이 같은 화가 치밀어 올라 피를 토하고 자리에 누웠다. 인사불성이 된 조진은 사흘을 앓더니 그대로 죽었다. 사마의는 조진의 시체를 수레에 실어 낙양으로 운구하게 했다. 조예는 조진의 운구를 성밖에까지 나가 맞아들이고 후히 장사지내 주었다. 그런 다음 사마의에게 조서를 내려 하루빨리 제갈량을 한중에서 몰아내고 성도까지 진격하라고 명령했다. 사마의는 새로 군사를 정비하고 난 뒤 제갈량에게 일전을 치르자는 서신을 보냈다. 사마의의 글월을 읽은 제갈량이 장수들에게 말했다.
 "사마의가 싸우자고 독촉하는 것은 조진이 죽었기 때문이다."

조진은 화가 치밀어 피를 토하고 자리에 눕더니 사흘 만에 죽고 말았다. 오른쪽 위에 보이는 커튼은 악(幄·장막)으로, 이는 실내임을 나타내는 당시의 표현 방식이다. 위나라에서는 제갈량의 입장과 달리, 원만한 인품의 조진을 매우 높이 칭송했다고 한다.

제갈량은 쾌히 일전을 수락한다는 답서를 써서 사마의가 보낸 사자에게 주었다. 그날 밤 제갈량은 은밀히 강유를 불러 한 가지 계책을 주어 내보냈다. 강유가 장막을 나가자 이번에는 관흥을 불러 또 다른 계책을 지시했다. 다음날 날이 밝자 제갈량은 기산에 주둔했던 군사를 총동원해 위빈으로 진격했다. 해가 중천에 떠오를 무렵 제갈량은 한쪽에는 강이 있고 다른 한쪽에는 높은 산이 가로막고 있는 넓은 들판에 진채를 세우게 했다.

그때 사마의도 군사를 거느리고 와서 제갈량의 진채 맞은편에 진지를 만들었다. 적당한 거리를 두고 마주선 양쪽 군사가 진채를 다 만들었을 무렵, 위군의 진지에서 북소리가 크게 세 번 울렸다. 그와 동시에 진문이 열리면서 사마의가 휘하 장수들을 거느리고 말을 달려나왔다. 그러자 곧이어 촉의 진지에서도 북소리가 세 번 울리더니 진문이 열리고 제갈량의 사륜거가 장수들의 호위를 받으며 굴러나왔다. 사마의가 말 위에 올라앉아 사륜거를 타고 있는 제갈량에게 말했다.

"우리 주상께서 요순의 법통을 이어받은 두 황제(조조와 조비)로부터 제위를 물려받아 중원을 다스리고 계시다. 그러면서도 변방의 두 나라인 촉과 오에 관용을 베푸는 까닭을 알고 있느냐? 그것은 너희 역적을 처단할 때 행여 무고한 백성들이 상하지 않을까 염려해서이다. 너는 남양에서 밭을 갈던 일개 농사꾼 신분으로 어찌 하늘의 법도를 어지럽힌단 말이냐. 하늘의 운수가 너희에게 있지 않으니 촉은 반드시 멸망할 것이다. 그러니 어서 지난날의 잘못을 뉘우치고 하루빨리 군사를 물려 서천으로 물러가라. 위·촉·오가 각자의 경계를 지켜 서로 솥의 세 발과 같은 형세를 유지한다면 백성들이 도탄에 빠지지 아니할 뿐 아니라 너희들도 생명을 보전할 수 있으니 좋지 아니하냐?"

제갈량이 부채를 들어 사마의를 가리키며 응수했다.

"나는 선제로부터 어린 태자를 돌보라는 유조를 받들어 온 마음과 온 기력을 다해 낙양의 역적을 토벌할 뿐이다. 원래 너의 조부와 부친은 대대로 한의 봉록을 받았다. 그들의 자식인 너는 당연히 한 황실을 위해 몸바쳐 은혜를 갚아야 하거늘 어찌 반대로 역적을 돕는단 말이냐? 조씨 역적이 촉에게 망할 때 너도 죄를 면치 못할 것인데 그때 너는 부끄러워서 어찌 선조들을 뵐 수 있겠느냐?"

사마의는 부끄러워 얼굴이 벌겋게 달아올랐다.

"나는 네놈과 싸우러 왔을 뿐 내 조상들이 뭘 했는지 들으러 온 게 아니다. 오늘 싸움에서 만일 네가 이기면 나는 대장 노릇을 그만두고 책 읽는 데 전념할 테니 너도 나에게 패하면 네 고향으로 돌아가 예전처럼 농사나 지어라. 그리하면 너를 죽이지는 않겠다."

제갈량이 빙긋이 웃으며 물었다.

"어떤 식으로 싸우고 싶은지 방식을 택하라. 장수를 내어 싸우고 싶으냐, 아니면 병사들로 일전을 벌이고 싶으냐? 이것도 저것도 아니면 진법으로 겨뤄보겠느냐?"

제갈량이 제의하자 사마의가 대답했다.

"먼저 진법으로 승부를 내어보자."

"좋다. 내가 지켜볼 테니 네가 먼저 진을 쳐봐라."

사마의가 뒤를 돌아보며 손짓을 하자 병사 하나가 황색 깃발을 들고 나와서 흔들었다. 그러자 군사들이 깃발에 따라 신속히 한 가지 진을 펼쳐 보였다. 진이 완성되자 사마의가 물었다.

"내가 펼쳐놓은 진법을 알겠느냐?"

제갈량이 호탕하게 웃으며 답했다.

"내 휘하 장수들 가운데 말석에 앉은 장수도 그 따위 포진은 할 수 있다. 그것은 '혼원일기진混元一氣陣'이 아니냐?"

제갈량이 단번에 혼원일기진을 간파하자 사마의가 말했다.

"제법 아는구나. 그렇다면 이번에는 네가 진을 쳐봐라."

제갈량이 뒤를 돌아보며 백우선을 한 번 흔들자 군사들이 신호에 따라 신속히 움직이며 한 개의 진을 펼쳐놓았다. 제갈량이 사마의에게 물었다.

"너는 내가 친 진을 알아보겠느냐?"

"네가 펼친 것이 '팔괘진八卦陣'이라는 것을 누가 모르겠느냐!"

사마의가 자신만만하게 대답하자 제갈량이 다시 물었다.

"그렇다면 너는 이 진을 부술 수 있겠느냐?"

제갈량이 제의하자 사마의가 선뜻 응했다.

"이미 진법을 알고 있는데 그 까짓 것을 왜 부수지 못하겠느냐!"

"그럼 당장에 공격해보아라!"

제갈량이 수레를 타고 중군으로 돌아가자 사마의도 말 머리를 돌려 본진으로 돌아가 장수 대릉·장호·악침을 불러 지시했다.

"지금 제갈량이 팔문八門을 펼쳐보였으니 각개의 이름은 휴休·생生·상傷·두杜·경景·사死·경驚·개開이다. 너희 셋이 먼저 정동쪽의 생문으로 쳐들어가 서남쪽의 휴문으로 나온 뒤 다시 정북쪽 개문으로 들이닥치면 적들이 우왕좌왕하며 진을 무너뜨릴 것이다. 내가 가르쳐준 대로 각별히 주의해서 신속히 행동하라."

사마의의 분부에 따라 대릉은 중군을 맡고 장호는 선봉에 서고 악침은 후미를 맡아 각기 기병 30기를 거느리고 생문으로 돌진했다. 그러자 그것을 지켜보고 있던 양쪽의 군사가 북을 치고 함성을 지르며 자기 군사를 응원하니 천지가 떠나갈 듯했다.

세 명의 위장은 사마의가 가르쳐준 대로 정동쪽의 생문으로 쳐들어갔으나 서남쪽의 휴문을 찾을 수 없었다. 문을 찾기 위해 앞으로 나가면 나갈수록 미로 같은 벽이 연이어 가로막고 있어 이리저리 헤매기를 거듭했다. 세 장수는 등에 진땀을 흘리며 처음 들어왔던 생문을 찾아 말 머리를 돌리자 그곳 역시 처음의 모습과는 달리 숱하게 작은 문이 연이어 열려 있어 왔던 곳을 찾을 수 없었다. 방향 감각을 잃은 세 장수가 동서남북으로 좌충우돌하며 마구 진을 쑤시자 벽과 벽 사이가 한없이 넓어졌다. 그 사이를 왔다갔다하며 내달린 세 장수와 위군은 힘이 빠져 바닥에 주저앉았다. 그러자 넓게 펼쳐진 사방의 벽이 점점 옥죄어 들어왔다.

세 장수가 언뜻 정신을 차렸을 때, 여기저기서 투삭이 날아와 위군을 덮쳤다. 그런 뒤에 촉병이 달려와 그물 속에 든 위군을 한 사람씩 밧줄로 꽁꽁 묶었다. 촉병이 90여 명의 위군과 세 장수를 포박하여 중군에 있던 제갈량 앞으로 데려가자 제갈량이 적장 장호·대릉·악침을 바라보고 웃으며 말했다.

"내가 실전 중에 너희들을 사로잡았다면 살려주지 않았을 것이지만 사마의와 진법 내기를 한 것이니 죽일 수 없다. 너희들을 풀어줄 것이니 돌아가 사마의에게 새로 병법을 공부하고 진법을 익혀 다시 도전하라고 전하라. 너희들의 목숨을 살려주었으니 병마와 무기는 내게 바치고 가도록 하라."

제갈량은 부하들에게 시켜 위군의 갑옷·군마·무기를 모두 빼앗고 얼굴에 먹칠을 한 다음 자기 진지까지 걸어서 돌아가게 했다. 팔

패진을 깨트리러 나갔던 부하들이 처참한 몰골로 나타나자 사마의는 크게 화가 나서 세 장수에게 호통을 쳤다.

"그 까짓 진법 하나 깨트리지 못하면 실전에서는 어떻게 싸우려고 하느냐? 이처럼 군사들의 예기를 꺾어놓았으니 앞으로 어찌 적과 싸우겠느냐?"

사마의는 부하들이 당한 창피를 씻기 위해 곧바로 전군·중군·후군을 모두 일으켜 촉진을 향해 돌진하게 했다. 그리고 자신도 직접 칼을 빼들고 100여 명의 장수와 함께 선봉에 서서 촉진으로 달려갔다. 그러자 위수 강변의 너른 벌판은 일시에 엉겨붙은 촉군과 위군들로 마치 개미집을 헤집어놓은 듯했다. 양쪽 군사가 한바탕 일전을 벌이고 있을 때, 갑자기 위군의 뒤쪽에서 북소리와 함성이 크게 일면서 일단의 군사들이 쏟아져나왔다. 어젯밤 제갈량의 밀명을 받고 진지를 떠난 관흥이었다.

위군의 뒤쪽에서 촉군이 물밀 듯이 밀려오자 사마의는 후군에게 급히 지시하여 관흥과 맞서게 하고 자신은 군사를 독촉하여 앞으로 진군하려고 했다. 그런데 갑자기 위군들이 산만하게 흩어지기 시작했다. 한 떼의 촉군을 거느리고 위군 행렬의 허리를 가격한 촉장은 어젯밤 제갈량의 계책을 받고 진지를 떠난 강유였다.

앞과 뒤, 옆에서 협공을 당한 사마의는 크게 당황하여 군사를 뒤로 물리려고 했으나 촉병이 사방에서 에워싸는 바람에 쉽게 움직일 수 없었다. 잘못하다간 이곳에서 위군이 궤멸될지도 모른다고 생각한 사마의는 앞장서서 칼을 휘두르며 사력을 다해 촉군의 포위망을 뚫었다. 사마의가 선두에 서서 몸을 아끼지 않자 나머지 위장들도 사력을 다해 창검을 휘둘렀다. 간신히 퇴로를 확보한 위군은 뒤도 돌아보지 않고 남쪽으로 도주했으나 열에 예닐곱은 죽거나 상했다. 간신히 목숨을 건진 사마의는 위빈 남쪽 강안에 진을 치고 촉군과 싸우려 들지 않았다.

사마의의 군사와 직접 마주쳐 크게 승리를 거둔 제갈량은 군사들의 승전가를 들으며 기산으로 돌아왔다. 영안성永安城을 지키고 있던 이엄이 제갈량의 영을 받고 도위都尉 구안苟安에게 기산으로 군량미를 수송하게 했다. 그런데 구안은 술에 사족을 못 쓰는 인물이라 군량미를 수송하는 도중에 술을 마시고 꾸물거리는가 하면 서너 번이나 대취하여 기동을 하지 못했다. 군량미를 기다리던 제갈량이 머리끝까지 화가 솟구쳐 크게 소리쳤다.

"군량미를 세때에 보급하는 것은 중요한 군무이다. 전시에는 사흘만 늦어도 참형에 처한다. 그런데 너는 열흘씩이나 늦었으니 어찌 살기를 바라겠느냐?"

제갈량이 좌우의 무사들에게 명하여 구안의 목을 베게 했다. 그러자 장사 양의가 만류하여 말했다.

"구안이 죽을 죄를 짓기는 했으나 그는 이엄이 아끼는 사람입니다. 우리가 먹는 양곡은 모두 서천에서 장만하여 보낸 것입니다. 만일 구안을 죽인다면 긴급할 때마다 누가 군량을 운송하려 하겠습니까?"

양의의 말을 듣고 보니 과연 일리가 없지 않았다. 제갈량은 구안을 참수에 처하는 대신 형틀에 묶고 곤장 80대를 때리는 것으로 처벌을 낮추었다. 하지만 곤장을 맞은 구안은 제갈량에게 크게 앙심을 품고 그날 밤 어둠을 틈타 심복 군사 5, 6명을 거느리고 곧바로 위군의 진지를 찾아갔다.

사마의가 아침에 일어나니 부하가 와서 촉장 하나가 투항해 왔다는 사실을 알렸다. 사마의가 당장 구안을 불러 자초지종을 말하게 했다. 하지만 사마의는 구안의 말을 다 듣고도 그를 믿지 않았다.

"네가 제법 조리 있게 말한다만 나는 네놈의 말을 다 믿을 수 없다. 원래 제갈량은 잔꾀에 능한 인물이 아니냐? 네가 정말로 우리에게 투항하였다면 가까운 시일 내에 공을 세우도록 하라. 그러면 너를 황제 폐하께 추천하여 상장上將에 임명하도록 하겠다."

구안이 말했다.

"무슨 일이든 어서 분부만 내려주십시오."

"너는 지금 당장 성도로 숨어들어가 '공명이 교만하여 후주를 깔보는 빛이 역력하니 이는 곧 황제의 자리를 빼앗으려는 징조다' 라는 유언비어를 퍼뜨리도록 하라. 유선이 이 소문을 듣고 제갈량을 소환한다면 그것을 너의 공으로 인정하겠다. 할 수 있겠느냐?"

그러자 구안이 얼른 대답했다.

"그런 일이라면 얼마든지 할 수 있습니다."

구안은 사마의의 밀명을 받는 즉시 말을 타고 촉으로 달려가 성도로 숨어들었다. 그리고 평소에 안면을 익혀놓은 내관을 객잔으로 불렀다. 구안이 갑자기 성도에 나타나자 의아하게 여긴 내관이 물었다.

"영안성에 있어야 할 구도위가 여기는 웬일이오?"

그러자 구안이 황급히 손가락을 자기 입술에 대며 객잔을 휘둘러보았다. 그러고 나서 주위에 들리지 않게 작은 목소리로 속삭였다.

"내가 여기 온 것을 아무도 모르오. 승상도 모른단 말이오!"

"승상이?"

내관의 귀가 솔깃해지자 구안이 다시 말했다.

"지금 기산에 나가 있는 병사들 사이에서는 공명이 머지않아 황제

자리를 빼앗을 것이라는 소문이 파다해요. 생각해보세요. 촉의 전 군사력이 공명의 어깨 위에 놓여 있어요. 그런데 권력이란 무엇이오? 그게 다 창칼에서 나오지 않습니까? 공명은 촉의 병권을 저 혼자 거머쥔 군사력의 화신이에요. 그가 승승장구하면 할수록 승상 자리에 만족하지 않을 거예요."

그러자 내관이 깜짝 놀라 물었다.

"그러면 이 일을 어찌하면 좋겠소? 구도위가 여기까지 온 것은 그 말만 하려고 온 게 아닐 것이오."

"저야 뭐, 술이나 한잔 사주시고 나중에 이 공을 잊지만 않으시면……."

그러자 내관이 구안에게 매달리며 말했다.

"술, 술이라면 내가 얼마든지 사드리리다. 나중에 오늘의 공을 잊지도 않을 것이고."

"좋아요. 대신 내가 여기 왔다는 말을 아무에게도 해서는 안 돼요. 영안성에는 내 처자식이 있으니 이 사실이 알려지면 승상의 손에 남아나지 못할 거예요."

구안은 다시 한번 주위를 둘러보고 나서 내관의 귀에 대고 뭐라고 속삭였다. 구안과 헤어진 내관은 부랴부랴 내전으로 달려가 친하게 지내는 몇 명의 내관들과 의논하고 나서, 황제 유선에게 구안의 말을 낱낱이 고해바쳤다. 유선이 깜짝 놀라 물었다.

"이 일을 어찌하면 좋겠소?"

내관이 말했다.

"하루빨리 승상을 성도로 소환하여 병권을 박탈해야 합니다. 그래야 다른 교만한 생각을 하지 못할 것입니다."

유선이 제갈량에게 조서를 내려 회군을 명령하려 하자 장완이 만류하고 나섰다.

"승상께서 출사한 이래 연일 위군을 물리치며 승리를 거두고 있는데 어찌하여 성급히 성도로 돌아오라 하십니까?"

유선이 말했다.

"짐이 승상과 은밀히 의논할 일이 있어서 그러니 더 묻지 마시오."

유선은 몇몇 대신들의 만류에도 불구하고 기어이 사자를 보내어 조서를 받는 즉시 회군하라고 분부했다. 유선의 조서를 지닌 사자는 기산에 도착하자마자 곧바로 진지로 들어가 제갈량에게 황제의 친서를 전했다. 유선의 조서를 받아 읽은 제갈량은 눈앞이 캄캄해져 하늘을 우러러보며 탄식했다.

"주상께서 연세가 어리시니 내관들이 중간에서 농간을 부린 게 분명하다! 연일 적을 무찔러 장안이 목전이고 낙양마저 넘볼 수 있게 되었는데 회군을 하라시니 내가 지금 돌아가지 아니하면 주인을 거역하는 일이 되고, 명을 받들어 물러간다면 다시는 이처럼 좋은 기회를 만들기 힘들 것이니 참으로 딱하구나!"

제갈량의 장탄식을 듣고 강유가 물었다.

"만일 까닭없이 대군을 물린다면 사마의가 이 틈을 놓치지 않고 끈질기게 추격해올 것이니 대책이 있어야 하지 않겠습니까?"

제갈량이 말했다.

"군사를 다섯 길로 나누어 후퇴해야 하오. 우선 오늘은 천 명의 군사를 남겨 2천 개의 솥을 걸도록 하고 다음날은 3천 개의 솥을 걸도록 하시오. 또 그 다음날에는 4천 개의 솥을 걸게 하여 매일 솥의 수를 늘리면서 군사를 물리시오."

제갈량이 거느린 참모들 가운데 재간이 뛰어났던 양의가 물었다.

"그 방법은 옛날에 손빈孫臏(전국시대 제나라의 병법가)이 방연龐涓(전국시대 위나라의 병법가)을 사로잡을 때 쓰던 계책을 연상시킵니다. 그런데 손빈이 썼던 것은 아궁이 수를 점점 줄이면서 군사를 늘리는 첨병감조법添兵減竈法이었는데 승상께서 반대로 아궁이를 늘리시려고 하니 어찌된 일입니까?"

제갈량이 설명했다.

"사마의는 용병에 능한 인물이니 우리가 까닭없이 군사를 물리면 반드시 우리의 뒤를 악착같이 따라붙을 것이다. 사마의는 이번에도 무슨 술책이 있지 않을까 의심하여 우리가 진을 치고 떠난 영내의 아궁이 수를 세어볼 것이다. 아궁이 수가 매일 줄어들면 퇴병하는 줄 알고 드세게 달려들겠지만 반대로 아궁이 수가 늘어나면 퇴병하는 것인지 안 하는 것인지 판단할 수 없어 추격을 망설일 것이다. 그러는 사이에 우리가 서서히 군사를 물린다면 손실을 줄일 수 있을 것이다."

제갈량은 장수들을 불러 퇴군 시의 요령을 일러주었다.

한편 성도에 있던 구안은 내관을 만나 유선이 제갈량을 불러들였다는 말을 듣고 사마의에게 달려가 그 간의 일을 보고했다. 그러자 사마의는 군사를 정비해놓고 촉군이 물러갈 때를 기다리고 있었다. 그날로부터 얼마 되지 않아 촉병은 이미 진지를 비우고 인마가 모두 물러갔다는 전초병의 보고가 들어왔다. 하지만 사마의는 제갈량이 아무 대비 없이 후퇴하지 않았으리라 짐작하고 가벼이 뒤를 추격하지 않았다. 사마의는 촉군이 버리고 간 진지로 기병 100여 명을 급파해서 촉군이 사용한 아궁이의 수를 세어오게 했다. 군사들이 돌아와 아궁이의 수를 보고하자 사마의는 그 다음날 다시 군사를 불러 촉군이 버리고 간 또 다른 진지를 찾아 아궁이 수를 헤아려오도록 했다. 오래지 않아 군사들이 돌아와 사마의에게 보고했다.

"어제 머물렀던 촉진의 아궁이 수를 헤아려보니 전날보다 더 늘어나 있었습니다."

사마의가 빙긋이 웃으면서 휘하 장수들에게 말했다.

"과연 제갈량은 속을 알 수 없는 사람이다. 옛날 손빈은 매일 아궁이 숫자는 줄이면서 군사는 늘려가는 방법으로 방연을 잡았는데, 그는 군사의 수도 차츰 늘리고 아궁이 수도 점차 늘려가는 요상한 방법을 쓰고 있으니 우리가 뒤를 추격한다면 보기 좋게 그의 계책에 빠질 것이다. 그러니 일단 진지로 돌아가서 상황을 살펴보는 게 좋겠다."

사마의는 제갈량의 술수를 제대로 파악할 수 없어 군사를 거두어 자기 진지로 돌아갔다. 그후 천구川口에 살던 백성이 위군의 진영에 와서 제갈량이 물러갈 때 군사의 증감 없이 단지 아궁이 수만 늘리는 수법을 썼다는 것을 알려주자 사마의는 발을 구르며 탄식했다.

"제갈량이 우후지법虞詡之法(후한 사람 우후는 취사장 아궁이 수를 늘려 군사가 많은 것처럼 위장했다)으로 나를 속일 줄이야! 과연 그의 지략은 당할 수가 없구나!"

사마의는 촉군이 위군의 추격권을 훨씬 벗어났다는 것을 깨닫자 곧 대군을 거느리고 낙양으로 돌아갔다.

한편 아궁이 수만 늘려가며 점차 군사를 물리는 계략으로 군사를 한중까지 퇴군시킨 제갈량은 그때부터 마음놓고 촉군을 후퇴시켰다. 한 사람의 군사도 잃지 않고 무사히 성도에 도달한 제갈량은 곧 궁궐로 들어가 유선을 만났다.

"신이 군사를 거느리고 기산으로 나가 장안을 빼앗으려던 차에 폐하께서 갑자기 조서를 내리시어 회군하게 됐습니다. 역도들을 정벌하는 일보다 더 긴급한 일이 무엇인지 신은 무척 궁금합니다."

유선은 제갈량의 말에 아무런 대꾸도 하지 못하고 한참 동안 우물쭈물하다가 궁색한 변명을 했다.

"짐이 오랫동안 승상을 보지 못하여 무척 보고 싶었소. 내가 회군을 명령한 것은 그 때문이지 달리 특별한 일이 있어서가 아니오."

그러자 제갈량이 말했다.

"신의 생각에 방금 하신 말씀은 폐하의 본심이 아닙니다. 역적을 토벌하는 것은 국가의 대사인데 어찌 그런 사소한 이유로 이기고 있는 신하를 소환하겠습니까? 이는 간신들이 옆에서 저를 모함했기 때문입니다."

유선이 무안하여 아무 대답을 하지 못하자 제갈량이 다시 말했다.

"신은 선제의 부르심을 받은 이래 선제를 위해 이 한몸을 아끼지 않았으며, 선제의 유조를 받고 폐하를 모시게 된 때부터 오늘에 이르기까지 폐하를 위해 한마음으로 충성을 다해왔습니다. 그런데 폐하께서는 간신을 옆에 두고 그들의 말을 들으니 신이 어찌 목숨을 바쳐 역적들을 토벌할 수 있겠습니까?"

유선은 그제야 자신의 경솔함을 뉘우쳤다.

"짐이 앞뒤 생각없이 내관의 말을 너무 믿었던 게 잘못이오. 승상의 말을 들으니 이제야 어두웠던 내 눈이 밝아지는 것 같소. 잠시 잘못된 판단으로 국사가 어지러워지는 것을 보니 비로소 제왕의 책임이 막중함을 알겠소."

어전에서 물러나온 제갈량은 곧 여러 내관들을 불러 황제에게 유언비어를 퍼뜨린 사람을 조사했다. 제갈량은 유선에게 망령된 간언을 한 내관을 찾아내어 엄중히 물었다.

"네놈은 황제를 가까이서 모시는 막중한 책임을 진 자로서 어찌하여 근거 없는 모함으로 군신의 의를 갈라놓으려고 했느냐?"

제갈량이 내관을 문초한 끝에 구안이 배후에 있다는 것을 알아내고 황급히 구안을 잡아오게 했으나 구안은 이미 성도에서 달아났음은 물론 영안성에서도 사라진 지 오래였다. 제갈량은 잘못된 간언으로 국사를 농단한 죄를 물어 잡혀온 내관을 처형하게 하고 그 주변의 내관들도 궁 밖으로 쫓아냈다. 그리고 장완과 비위를 불러 크게 문책했다.

"경들은 내가 없는 사이에 나를 대신해 황제를 보필해야 하는 중신들이 아니오? 그런데도 간사한 무리들의 농간을 알아채지 못하였으니 그대들을 어찌 이 나라의 중량重梁이라 하겠소?"

장완과 비위는 제갈량 앞에 엎드려 거듭 사죄했다. 내관들을 단속하고 대신들을 문책한 제갈량은 유선에게 다시 한중으로 가서 북벌을 완수할 수 있게 해달라고 청원했다. 유선이 제갈량의 청원을 받아들이자 제갈량은 다섯번째로 한중으로 나갔다. 한중에 도착한 즉시 제갈량은 이엄에게 서한을 보내 군량미와 말먹이 풀을 운반하게 했다. 그리고 장수들을 모아 출병을 논의했다. 양의가 말했다.

"우리는 앞서 네 차례나 군사를 일으켰으나 큰 성과를 거두지 못하여 군사들의 사기는 땅에 떨어져 있고 군량미 조달 역시 여의치 않습니다. 그러니 전처럼 한꺼번에 20만 군사를 일으켜 나가는 것보다 그 반의 병력인 10만을 먼저 기산으로 보내어 싸우게 하고, 3개월 뒤에 나머지 10만 군사로 교대하게 한다면 병력이 부족하거나 지치는 일이 없을 것이며 일시에 많은 군량미를 확보하느라 어려움을 당하지 않아도 될 것입니다. 이런 식으로 군사를 교대하여 싸운다면 반드시 중원을 차지할 수 있을 것입니다."

제갈량이 대답했다.

"나도 똑같은 생각이오. 우리가 중원을 정벌하는 것은 하루 아침에 될 일이 아니니 방금 공이 한 말처럼 신중한 계책이 필요하오."

# 다섯 번째 북벌에 나선 제갈량

서기 231년 3월.

제갈량은 20만 군사를 두 대로 나누어 3개월 기한으로 서로 교대하기로 하고, 그 절반인 10만 군사를 거느리고 기산으로 출정했다. 위제 조예는 제갈량이 중원을 토벌하기 위해 다시 군사를 일으켰다는 보고를 듣고 즉시 사마의를 불러 대책을 논의했다. 조예가 말했다.

"중달과 함께 제갈량에 맞서 싸우던 자단이 이미 죽었으니 어찌해야겠소?"

"비록 신의 재주가 자단에게 미치지 못하지만, 온 힘을 다해 적도들을 물리쳐 황제 폐하의 은혜에 보답하겠습니다."

조예는 사마의를 믿음직하게 여겨 잔치를 베풀어 격려했다. 다음 날 아침, 전령이 달려와 국경의 급박한 상황을 알렸다. 조예는 사마의에게 영을 내려 서둘러 출병하게 했다. 사마의가 참모와 장수를 불러모으고 병사들을 정비하여 출전 준비를 마치자 조예는 친히 어가를 타고 성밖까지 나가서 사마의를 전송했다. 황제와 작별한 사마의는 급히 군사를 휘몰아 장안에 당도하자마자 곧바로 장수들을 불러모아 촉병을 물리칠 방안을 논의했다. 장합이 먼저 입을 열었다.

"제가 일단의 군사를 거느리고 옹성과 미성으로 달려가 두 고을을 지키면서 촉군의 기세를 살펴보겠습니다."

사마의가 손을 내저었다.

"준예儁乂(장합의 자)의 생각이 나쁜 건 아니오. 하지만 그 정도의 군사만 가지고는 작심하고 쳐들어온 제갈량의 군사를 당하지 못할 것이오. 그 방법은 약간의 군사를 상규上邽에 머물러 있게 하고 나머지 군사 모두를 기산으로 거느리고 나가는 것보다 못하오. 나는 장군을 선봉에 세우고 싶은데 할 수 있겠소?"

장합이 흔쾌히 대답했다.

"저는 평소부터 충의를 품고 마음을 다해 폐하의 성은에 보답하고자 했으나 아직까지 기회를 잡지 못했습니다. 도독께서 그런 저를 알아보시고 중임을 맡겨주시니 비록 만 번을 죽는다 해도 선두에 서기를 마다하지 않겠습니다."

사마의는 장합을 선봉장에 세우고 곽회에게는 일단의 군사를 떼주어 농서의 여러 고을을 지키게 했다. 또한 여러 장수들에게 각자의 진격로를 일일이 일러주었다. 사마의가 장합과 함께 기산을 향해 진군하고 있는데 앞을 살피러 갔던 전초병이 돌아와 보고했다.

"제갈량의 군사들이 빠른 속도로 기산을 향해 달려오고 있는데, 왕평이 선봉장을 맡고 있습니다. 또 장의는 별동대를 이끌고 진창을 출발하여 검각과 산관을 지나 야곡으로 쳐들어오고 있습니다."

사마의가 장합을 불러 지시했다.

"지금 제갈량이 군사를 이끌고 급히 달려오는 것은 분명 농서 여러 고을의 밀을 베어 군량미를 충당하려는 계산 때문이오. 그러니 우리는 여기서 군사를 둘로 나누어 장장군이 기산에 진지를 세우고 지키는 동안 나는 곽회와 함께 천수天水의 여러 고을을 순찰하여 촉병이 밀을 거두는 것을 막겠소."

이에 장합은 4만 군사를 거느리고 기산으로 가서 진지를 세웠고, 사마의는 나머지 군사를 이끌고 황급히 농서로 달려갔다.

한편 기산에 먼저 도착한 제갈량은 진지를 세워놓고 위빈을 지키고 있는 위군의 방어 상태를 면밀히 살폈다. 제갈량이 장수들을 불러 말했다.

"위빈의 방어 상태를 보니 사마의가 단단히 주의를 주어 대비하게 했음이 분명하오. 여러분들도 아는 것처럼 지금은 군량미가 부족하여 여러 차례 이엄에게 군량 조달을 독촉했으나 아직 도착하지 않고 있소. 언제 도착할지 모르는 군량미를 기다리는 것보다 농서 지방으로 군사를 이끌고 가서 그곳의 밀을 베어오는 게 좋겠소."

말을 마친 제갈량은 곧 왕평·장의·오반·오의 네 장수에게 기산의 진지를 맡겨놓고 자신은 강유·위연과 함께 직접 군사를 거느리고 노성鹵城으로 향했다. 노성 태수는 일찍부터 제갈량의 명성과 인품을 알고 있었으므로 자진해서 성문을 열고 투항했다. 그것을 기특하게 생각한 제갈량이 태수를 안심시키고 나서 궁금하던 것을 물었다.

"농서 지방 가운데 밀이 다 익은 지방이 어디인가?"

태수가 제갈량에게 공손히 대답했다.

"농서 지방 가운데 위쪽 지역의 밀은 이미 다 익었습니다."

제갈량은 투항한 태수를 다시 한번 치하하고 장익과 마충에게 명령하여 노성을 지키게 했다. 그리고 자신은 또다시 여러 장수들을 거느리고 밀이 익은 농상으로 은밀히 진군했다. 제갈량이 얼마 가지 않았을 때 전초병이 말을 타고 달려와 보고했다.

"농상의 여러 고을을 둘러보니 위군이 득실거리고 있습니다."

제갈량이 깜짝 놀라 말했다.

"사마의다! 그 자는 우리가 밀을 베러 올 줄 알고 미리 손을 쓴 게 분명하다!"

제갈량은 사마의를 속이고 밀을 베어갈 묘책을 생각한 끝에 부하들에게 목욕물과 제단을 준비시켰다. 병사들이 의아해하며 제갈량에게 물었다.

"갑자기 목욕물과 제단을 준비하라시니 무슨 영문입니까?"

제갈량이 껄껄껄 웃으며 대답했다.

"사마의의 지모가 귀신 같으니, 나도 목욕재계하고 신령님께 밀을 베어올 방법을 빌어야 하지 않겠느냐?"

부하들이 수군거리며 목욕물을 준비하자 제갈량은 즉시 목욕을 하고 제단에 치성을 드렸다. 그리고 강유·마대·위연을 불러 영을 내렸다.

"너희는 내가 타고 다니던 사륜거와 똑같은 수레를 세 대 더 만들어라. 수레 주변에는 칠성七星을 그린 검은 깃발을 꽂아 똑같은 모습으로 장식하라. 그리고 각자 1천 명의 군사를 거느리고 수레를 한 대씩 호위하라. 수레마다 24명의 군사를 따로 선발하여 검은 옷을 입고 맨발에 머리를 산발하게 한 다음 칼을 들게 하라. 또 각기 별도의 군사 500명에게 북을 주어 수레 뒤를 따르게 하라."

세 장수가 제갈량의 영을 받고 승상이 타는 수레와 똑같은 수레를 세 대나 더 만들어 똑같이 장식했다. 그러고 나서 각자 수레를 끌 1천 명의 군사와 500명의 고수를 데리고 나오자 제갈량이 다시 영을 내렸다.

"너희는 우리 진지와 위군 진지 사이에 삼각형을 이루고 있는 세 산 중턱에 가서 나를 추격해오는 위군 추격대를 현혹하여, 하루 종일 산속을 헤매게 하라."

세 장수가 수레를 밀고 나가는 동안 제갈량은 3만의 군사에게 낫과 새끼줄을 준비시켜 밀을 벨 만반의 채비를 갖추게 했다. 준비가 끝나자 제갈량은 24명의 건장한 군사를 엄선하여 맨발에 검은 옷을 입고 머리를 산발하게 한 다음 칼을 들고 사륜거를 호위하게 했다. 또 관흥에게는 천봉天蓬(신화 속의 천신) 모양으로 치장하고 손에는 칠성이 그려진 검은 깃발을 들고 수레 앞에서 걸어가게 했다. 제갈량이 수레 위에 단정히 앉아 호위병들에게 말했다.

"자, 가자. 지금부터 너희들은 하늘의 군대니 위군을 보더라도 크게 놀라지 말라!"

제갈량의 수레가 사마의가 있는 상규를 향해 진군해오자 이를 목격한 위의 염탐꾼이 사마의에게 달려가 본 대로 보고했다. 사마의는 염탐꾼의 상세한 보고를 듣고도 미심쩍어 직접 말을 타고 달려나가 제갈량의 수레를 찾아보았다. 사마의가 가서 보니 과연 24명의 건장한 젊은이들이 머리를 산발한 채 칼을 들고 수레를 끌고 있었으며 수레 앞에는 웬 사람이 칠성이 그려진 검은 깃발을 들고 서 있었다. 그리고 그 수레 속에 관을 쓰고 학창의를 입은 제갈량이 깃털 부채를 들고 단정히 앉아 있었다. 이 광경을 찬찬히 훑어본 사마의가 진지로 돌아와 말했다.

"제갈량이 또 괴상한 짓으로 나를 홀리려고 하는구나!"

사마의는 즉시 장수 하나를 불러 2천 명의 군마를 주며 명령했다.

"저것은 귀신의 형상을 빌려 우리를 홀리려는 얄은 수작이다. 너는 거기에 현혹되지 말고 저 수레 속의 제갈량과 병사들을 모조리 붙잡도록 하라."

영을 받은 장수가 군사들을 거느리고 일제히 제갈량의 수레를 향해 달려나갔다. 그러자 제갈량은 부하들에게 재빨리 수레를 돌려 진지로 돌아가라고 명령했다. 위군은 제갈량의 수레가 달아나는 것을 보고 급히 그 뒤를 쫓아갔다. 그런데 산모퉁이를 돌자마자 제갈량의 수레가 흔적도 없이 사라졌다. 위군이 깜짝 놀라 주위를 두리번거리니 제갈량 일행이 왼쪽에 보이는 산중턱으로 수레를 끌고 가는 게 보였다. 위군은 뭔가에 홀린 듯 황급히 왼쪽 산중턱을 향해 군마를 몰아갔다. 땀을 뻘뻘 흘리며 제갈량의 수레를 쫓아갔을 때 어디선가 운무가 피어오르더니 그 사이로 수레가 사라져버렸다. 위군이 산 속을 이리저리 헤매며 수레를 찾는데 한 병사가 반대편에 있는 오른쪽 산중턱을 가리키며 말했다.

"저기 저 산 위로 제갈량의 수레가 올라가고 있습니다."

위군은 다시 한번 오른쪽 산중턱을 향해 갑옷이 땀에 젖도록 달려갔다. 그 무렵 제갈량은 수레를 돌려 다시 사마의의 진지를 향해 가고 있었다. 자기 진지에서 앞서 보낸 부하들을 기다리고 있던 사마의는 제갈량의 수레가 또다시 나타났다는 말을 듣고 또 한 명의 장수를 불러 2천의 군마를 거느리고 나가 수레와 사람을 잡아오게 했다. 제갈량의 수레를 잡기 위해 쏜살같이 달려나간 위군은 앞서 나간 위군이 제갈량의 수레를 잃어버린 곳에서 똑같이 수레를 놓쳐버렸다.

그날 위군은 제갈량이 위장해서 보낸 강유·마대·위연의 수레를 제갈량의 수레인 줄 알고 하루 종일 앞쪽과 오른쪽, 왼쪽의 산중턱을 소득없이 왕복했다. 세 방면에서 나타났다가 사라지기를 거듭하는 제갈량의 수레를 쫓다가 지친 위군이 이구동성으로 말했다.

"귀신이 아니라면 어떻게 이럴 수가 있단 말인가? 제갈량이 거느리는 군대는 신군임에 틀림없다!"

두 번째로 위병을 따돌린 제갈량은 또다시 사마의의 진지 앞으로 가서 위군을 끌어냈다. 그러자 이번에는 사마의가 직접 2천 군마를 이끌고 제갈량을 잡으러 나섰다. 하지만 산모퉁이를 돌자마자 제갈량의 수레를 잃어버렸다. 곧 먼 산중턱을 올라가는 제갈량의 수레가 보이자 사마의가 혼자 중얼거렸다.

"제갈량은 일전에도 팔괘문이란 진법으로 나를 홀리더니 과연 그의 지략은 내가 따를 수 없구나! 그는 육정육갑지신六丁六甲之神(천신을 호위하는 여러 신)을 능히 부릴 수 있는 재주를 가진 인물이다!"

사마의는 전령을 불러 앞서 나간 두 대의 군사를 불러들이게 했다. "오늘 우리가 본 것은『육갑천서六甲天書』에 나오는 축지법縮地法이므로 더 이상 쫓아봐야 헛수고이다. 군사를 찾는 즉시 진지로 돌아오라고 전하라."

사마의의 영을 받은 전령들이 급히 말을 타고 나가 앞서 나간 두 대의 위군을 찾아 도독의 말을 전했다. 위군들이 말 머리를 돌려 회군하려고 할 때 갑자기 북소리가 크게 울리며 일단의 군마가 물밀 듯 달려나왔다. 깜짝 놀란 위장이 바라보니 눈앞에는 머리를 산발한 채 맨발에 검은 옷을 입고 칼을 든 24명의 괴이쩍은 무리가 제갈량이 단정히 올라앉아 있는 사륜거를 호위하고 있었고 그 뒤에서 500명의 고수가 북을 울려대고 있었다. 하루 종일 산을 타느라고 지친데다 겁까지 집어먹은 위군이 산중턱을 맨몸으로 굴러 내려가며 소리쳤다.

"귀신이다! 귀신의 군대다!"

사마의가 보냈던 두 대의 군사는 오른쪽과 왼쪽 산중턱에서 각기 1천 명씩의 촉군을 이끌고 나온 마대와 위연에게 궤멸당하고 겨우 몇백 기만 거느리고 사마의가 기다리고 있는 장소로 달려갔다. 사마의가 겨우 500여 기만 생존한 패잔병을 데리고 진지로 돌아가려는 찰나, 앞쪽에서 북소리가 크게 울리더니 또다시 일단의 군사가 몰려왔다. 사마의 앞을 가로막고 선 군사들을 자세히 살펴보니 선두에 사륜거가 한 대 나오는데 그 위에 제갈량이 윤건에 학창의를 걸치고 깃털 부채를 든 모습으로 단정히 앉아 있었다. 그의 좌우로는 검은 옷을 입고 산발을 한 맨발의 군사들이 호위하고 있었다. 제갈량의 수레를 본 사마의가 대뜸 공격을 명령했으나 위병은 모두 놀라 벌벌 떨며 달아나기 바빴다. 그러자 어디에 숨어 있었는지 짐작도 할 수 없는 촉군이 세 방면에서 나타나 위군을 덮치니 병사들은 물론 사마의까지 식은땀을 흘리며 상규성으로 들어가 성문을 굳게 닫고 다시는 나오려 하지 않았다. 제갈량은 그 틈을 타서 3만의 병사를 동원해 농상의 밀을 말끔히 걷어 노성으로 운반하여 타작하도록 했다.

사마의는 상규성에 있으면서 사흘 동안이나 성문을 나서지 않다가 촉병이 물러간 기미가 보이자 살며시 성문을 열고 나와 여러 고을을 시찰했다. 그 사이에 누군가 밀을 모두 거두어가버렸다. 휑뎅그렁한 벌판엔 바람만 불고 있었다. 이상한 예감이 든 사마의가 부하를 시켜 가까운 마을 주민을 불러오게 했다. 그런데 마을 주민을 데리러 갔던 부하가 길 잃은 촉병 하나를 잡아 금세 돌아왔다. 사마의가 물었다.

"너는 왜 여기서 얼쩡거리고 있었느냐?"

촉병이 두려워 이를 부딪치며 대답했다.

"밀을 베는 일에 열중하다가 말을 잃어버려 혼자 낙오되었습니다."

사마의가 기가 차서 다시 물었다.

"사흘 전에 나타난 군사들은 무슨 훈련을 받아서 산비탈을 마구 날아다녔느냐?"

"그 병사들은 신병도 아니고 축지법을 배운 것도 아니었습니다. 제갈승상이 강유·마대·위연에게 똑같은 수레를 만들어 공명 행세를 하게 했습니다. 그들은 미리 세 산에 매복하고 있다가 신호에 따라서 불시에 나타난 것입니다."

사마의는 너털웃음을 치며 탄식했다.

"과연 제갈량은 귀신도 속일 기지를 지녔구나!"

이때 부도독 곽회가 상규성에 도착해 기다리고 있다는 전갈이 들어왔다. 사마의가 말 머리를 돌려 성으로 돌아가자 장막 안에 있던 곽회가 예를 올리고 나서 말했다.

"제가 들은 소문으로는 농상의 밀을 베어간 제갈량의 군사는 그리 많지 않았다고 합니다. 지금 놈들이 노성에서 밀을 타작하고 있으니 얼른 가서 공격하는 것이 좋겠습니다."

사마의는 곽회에게 그간에 겪었던 일을 자세히 설명했다. 사마의의 설명을 귀담아듣던 곽회가 소리내어 웃으며 말했다.

"누구든 제갈량에게 한 번 정도는 속을 수 있습니다. 하지만 천하의 도독께서 두 번 속으실 리야 있겠습니까? 제가 일단의 군사를 거느리고 촉군의 후미를 공격할 테니 도독께서는 나머지 군사를 거느리고 앞쪽에서 적을 유인하십시오. 그리하면 노성도 격파하고 제갈량도 사로잡을 수 있는데다 타작을 해놓은 군량미까지 뺏어올 수 있으니 일석삼조가 아닙니까?"

곽회의 말을 듣고 귀가 솔깃해진 사마의는 당장 군사를 두 대로 나누어 노성으로 향했다. 그때 노성에서 밀을 타작하고 있던 제갈량이 불현듯 여러 장수들을 불러 영을 내렸다.

"오늘쯤 사마의가 성에서 나와 우리가 밀을 베어간 것을 알게 됐을 것이다. 사마의는 오늘 밤 틀림없이 밀을 빼앗으러 군사를 거느리고 올 것이니 나 대신 나가 싸울 장수는 없느냐?"

그러자 강유·위연·마충·마대 네 장수가 한꺼번에 자원하고 나섰다.

"저희가 가겠습니다."

제갈량이 크게 반가워하며 강유와 위연에게 각각 2천 군마를 주어 동남쪽과 서북쪽에 군사를 매복시키게 하고 마대와 마충에게도 각기 2천 군사를 맡겨 서남쪽과 동북쪽에 매복하게 했다. 네 장수가 군사를 거느리고 성을 나설 때 제갈량이 다시 말했다.

"포소리가 들리거든 일제히 적을 공격하라."

계책을 받은 네 장수가 서둘러 목적지로 떠나자 제갈량은 친히 100여 군사와 화포를 거느리고 성밖으로 나가 노성 앞 길목에 군사를 숨겼다. 한편 사마의가 부지런히 군사를 재촉하여 노성에 당도했을 때는 이미 해가 서산으로 기울어 사위가 어둑해져 있었다. 사마의는 여러 장수들을 불러 지시했다.

"이곳은 성이 낮고 성 주위에 파놓은 연못도 깊지 않아 공격하기

어렵지 않을 것이다. 좀더 기다렸다가 야음을 틈타 공격하도록 하자."

사마의는 노성이 바라다보이는 곳에 주둔하고 밤이 깊기를 기다렸다. 어느덧 밤 8시가 가까워지자 부도독 곽회도 군사를 거느리고 뒤쫓아왔다. 사마의와 곽회가 거느린 군사는 포소리를 군호로 일시에 노성을 철통같이 에워쌌다. 그러나 기다렸다는 듯이 성 위에서 촉군의 화살과 돌무더기가 비오듯 쏟아졌다. 예상치 못했던 반격에 놀란 위군이 더 이상 진격하지 못하고 있을 때 갑자기 포성이 들렸다. 곽회가 안절부절 못하는 병사들을 다그쳐 주위를 수색하고 있을 때 사방에서 불길이 치솟더니 천지가 떠나갈 듯한 북소리와 함성이 울리며 촉병이 일제히 몰려나왔다. 뿐만 아니라 노성의 4대문이 활짝 열리며 성안에 있던 촉병까지 쏟아져나와 안팎에서 위군을 시살하자 죽는 자가 부지기수였다.

사마의는 남은 군사를 거느리고 죽을 힘을 다해 촉군의 포위망을 뚫고 가까운 산꼭대기로 올라갔다. 사마의가 달아나는 것을 본 곽회도 부리나케 패잔병을 불러모아 사마의가 도주한 방향으로 달아났다. 위군이 모두 도주하자 제갈량은 네 장수에게 성밖의 네 모퉁이에 진지를 만들고 굳게 지키게 했다. 사마의를 쫓아간 곽회는 산정으로 피한 사마의와 조우했다.

"제갈량이 미리 기다리고 있을 줄 짐작도 못하여 아깝게도 3천여 병사와 군마만 잃고 말았습니다. 빨리 대책을 강구하지 않으면 점점 그들을 이 땅에서 몰아내기 힘들어집니다."

사마의가 곽회에게 물었다.

"제갈량이 저렇듯 주도면밀하니 무슨 좋은 방법이 생기겠소?"

"옹주와 양주 두 고을에 서신을 보내어 병사들을 차출해야 합니다.

제가 군사를 거느리고 가서 검각을 기습하고 그들의 귀로를 끊는다면 보급이 차단된 촉군은 크게 어지러워질 것입니다. 이때 여세를 몰아 도독께서 공격한다면 그들을 이길 수 있습니다."

사마의는 다시 귀가 솔깃해져서 옹주와 양주 두 고을에 파발을 보냈다. 하루도 못 되어 대장 손례가 옹주와 양주 등 여러 고을에서 징발한 군마를 거느리고 달려왔다. 손례를 치하한 사마의는 곽회와 함께 검각을 기습하라는 영을 내렸다.

한편 노성을 지키고 있던 제갈량은 오래도록 위군이 나타나기를 기다리고 있었으나 위군이 나타나지 않자 강유·마대를 성안으로 불러들였다.

"위군이 험한 산에 의지하고 있으면서 우리와 싸우지 않는 것은 첫째 우리가 빼앗아온 군량미가 떨어지기를 기다리기 때문이다. 둘째는 우리가 여기 묶여 있는 동안 검각을 기습하여 영영 보급로를 끊기 위해서다. 그러니 너희 두 사람이 요충지에 먼저 가서 진을 치고 기다려라. 그러면 위군은 자연히 물러갈 것이다."

두 장수가 군사를 거느리고 검각을 향해 떠나자 장사 양의가 장막을 방문해 제갈량에게 말했다.

"지난날 승상께서 영을 내리시기를 100일을 기한으로 교대하라고 하셨으니 천구 방면에 나와 있는 8만의 군사 중에 4만 명을 한중에 대기하고 있는 병사와 교대하도록 하십시오."

제갈량이 말했다.

"그렇게 영을 내렸다면 어서 시행하도록 하시오."

노성을 지키고 있던 촉군이 교대 준비로 바쁠 때, 사마의는 손례와 곽회에게 옹주와 양주에서 차출해온 20만을 맡겨 검각을 기습하러 보내는 한편 자신은 직접 군사를 거느리고 노성을 공격하러 갔다. 사마의가 군사를 거느리고 쳐들어온다는 보고를 들은 양의가 제갈량에게 급히 달려가 말했다.

"꼼짝도 않던 위병이 다시 쳐들어오니 승상께서는 군사를 교대하는 것을 보류하십시오."

양의의 진언을 들은 제갈량이 고개를 저었다.

"그럴 수 없다. 나는 군사를 부리고 영을 내릴 때 신의를 근본으로 삼는 사람이니 한번 내린 영을 어찌 다시 거두겠느냐? 돌아갈 군사는 모든 행장을 갖췄을 것이고, 그들의 부모와 처자들은 사립문에 기대어 그들의 귀환을 기다릴 것이다. 비록 내가 난처한 입장에 처했을망정 그들을 이곳에 붙들어두는 일은 하지 않을 것이다."

제갈량은 마음이 변하기 전에 교대하여 돌아가기로 한 군사를 그날로 즉시 귀가시키라는 영을 내렸다. 그 소식을 전해들은 군사들이 제갈량의 장막에 몰려와 외쳤다.

"우리가 떠나면 승상께서 위난에 처하시게 되는데 어찌 돌아갈 수 있겠는가! 목숨이 끊어지는 한이 있더라도 적군을 무찔러 승상의 은혜에 보답하자!"

제갈량이 병사들을 타일렀다.

"너희들은 집으로 돌아가도 좋은데 왜 남아서 싸우려 하느냐?"

"적을 쳐부수기 전에는 아무도 집으로 돌아가지 않겠습니다!"

병사들이 한 목소리로 외치자 제갈량이 말했다.

"정녕 나와 함께 싸우기를 원한다면 성밖으로 나가 진을 치고 있다가 위병이 나타나거든 곧바로 공격하라. 이것이 나를 돕는 길이다."

제갈량의 영을 받은 군사들이 무기를 들고 성밖으로 나가 진을 쳤다. 한편 옹주와 양주에서 차출되어온 서량병들은 급히 달려오는 바람에 매우 피곤해 있었으나 사마의는 수적 우세만 믿고 서량병을 앞세워 노성으로 쳐들어갔다. 하지만 피로한 서량병은 미리 기다리고 있던 사기충천한 촉군을 견뎌내지 못했다. 옹주와 양주 군사들의 시체가 벌판에 즐비하게 널린 가운데 사마의는 다시 한번 후퇴했다. 제갈량은 승리한 군사들을 거두어 성안으로 들어가 크게 잔치를 베풀었다. 이때 영안성에서 이엄의 서신이 도착했다는 보고가 들어왔다. 제갈량이 다급히 편지를 뜯어보았다.

동오의 손권이 사람을 낙양으로 보내어 위와 화친을 맺으려고 한다는 소문이 파다합니다. 위는 동오에게 촉을 취하라는 조건을 내걸었다고 하는데, 다행히 동오는 아직 군사를 일으키지 않고 있습니다. 제가 이 소식을 탐지하여 알리니 승상께서는 하루 빨리 훌륭한 계책을 마련하여 하명해주시기 바랍니다.

이엄의 편지를 다 읽은 제갈량은 서신의 내용이 믿어지지 않았지만 방비를 하지 않을 수 없었다.
"동오가 군사를 일으켜 촉의 배후를 공격한다면 우리는 속히 돌아갈 수밖에 없다."
제갈량은 장수들에게 영을 내려 기산 주변에 있던 군사와 병마를 서천으로 물리게 했다. 그러자 양의가 물었다.
"위군이 추격해오지 않겠습니까?"
"설령 위군이 안다고 해도 감히 뒤를 쫓지는 못할 것이다."
제갈량은 왕평·장의·오반·오의에게 명하여 황급히 퇴군하는 인상을 주지 않게 군사를 양쪽으로 나누어 서서히 서천으로 물러가게 했다. 위의 장수 장합은 촉병이 퇴군해가는 것을 목격하고도 어떤 계책이 있지 않을까 의심스러워 감히 추격에 나서지 못했다. 대신 장합이 사마의에게 달려가 물었다.

"촉병이 까닭 없이 퇴군하고 있으니 어찌하면 좋겠습니까?"

"그것은 우리를 유인하려는 술책이오."

그러자 대장 위평魏平이 말했다.

"촉병이 기산에서 까닭없이 퇴각하는 것은 반드시 성도에 무슨 변고가 생겼기 때문입니다. 도독께서 군사를 움직이지 않는다면 '범을 만난 토끼'와 같다는 천하의 비웃음을 사게 될 것입니다."

부하의 쓴소리에도 불구하고 사마의는 자기 고집을 꺾지 않았다. 한편 기산 주변에 흩어져 있던 촉군이 차례대로 군사를 물리자 제갈량은 양의와 마충을 장막 안으로 불러 은밀히 계책을 일러주었다.

"너희는 활을 잘 쏘는 군사 1만 명을 거느리고 검각으로 가서 목문도木門道 양 옆에 매복하라. 위병이 뒤쫓아오거든 포소리를 군호로 하여 나무토막과 돌을 던져 퇴로를 끊고 양쪽에서 일제히 활을 쏘아라."

양의와 마충이 군사를 거느리고 목문도로 떠나자 이번에는 위연·관흥을 불렀다.

"너희는 성 위의 사면에 깃발을 꽂은 다음 성안에는 마른 풀을 널어놓고 불이 난 것처럼 꾸미고 포소리가 울리거든 뛰쳐나와 적군을 시살하라."

대장 위평의 조롱을 들은 사마의는 마음을 정하지 못하고 염탐꾼을 보내어 촉군의 진지를 살펴보게 했다. 그러자 오래지 않아 염탐꾼이 돌아와 보고했다.

"노성에 촉군의 깃발은 여전한데, 성 이곳저곳에서는 불길이 치솟고 있으니 도대체 어찌된 영문인지 모르겠습니다."

사마의가 장수들과 군사들을 거느리고 노성으로 급히 달려가보니 염탐꾼이 보고한 그대로였다. 사마의가 허탈하게 웃으며 말했다.

"제갈량이 또 괴이한 술수를 쓰고 있지만, 틀림없이 저 성은 빈 성이다."

사마의가 좌우의 장수들을 돌아보며 말했다.

"누가 제갈량의 뒤를 추격하겠느냐?"

선봉장 장합이 대답했다.

"저를 시켜주십시오."

"장군은 성미가 급하니 이번에는 참으시오."

장합이 물러서지 않고 말했다.

"처음 출전할 때는 저를 선봉에 세우시더니, 이제 막 공을 세울 만하게 되었는데 뒤로 빠져 있으라니 말이나 됩니까?"

장합이 따지고 들자 사마의는 더 이상 만류하지 못하고 장합에게 단단히 주의를 주었다.

"제갈량이 그냥 물러나지는 않았을 테니 자세히 살펴서 차근차근 추격하도록 하시오."

한번 심사가 뒤틀린 장합은 불퉁스럽게 대답했다.

"그 정도는 저도 잘 알고 있으니 걱정하지 마십시오."

"장군이 고집을 꺾지 않았으니 행여 무슨 변고가 생기더라도 날 원망하지 마시오."

장합이 대답했다.

"대장부가 나라를 위해 목숨을 바치는 것은 당연한 일인데 설사 죽는다 한들 무슨 여한이 있겠습니까?"

"준예(장합의 자)가 이렇게 큰소리치는 걸 보니 아마 이번에 큰 공을 세우려나 보오. 그러면 장장군이 먼저 5천 군사를 거느리고 나가시오. 위평에게 명하여 2만 보병을 거느리고 뒤를 따라 복병을 막게 하겠소. 그리고 나도 따로 3천 군마를 거느리고 뒤를 따라가겠소."

영을 받은 장합이 5천의 정병을 거느리고 단숨에 20여 리를 뒤쫓아갔을 때 갑자기 배후에서 함성이 크게 울리더니 숲속에서 일단의 군사들이 쏟아져나왔다.

"이 역적놈들아 어디를 그리 급히 가느냐!"

장합이 눈을 부릅뜨고 쳐다보니 촉장 위연이었다. 장합은 아무 대꾸 없이 창을 비껴들고 위연에게 달려들었다. 위연은 10여 합을 부딪치고는 패한 체하며 말 머리를 돌려 달아났다. 장합이 좌우를 살피며 30여 리를 추격했으나 복병의 그림자도 보이지 않았다. 적장의 목을 베어 공을 세우기로 결심한 장합은 쉬지 않고 말을 몰아 위연을 추격했다. 몇 마장만 달리면 위연의 목을 얻을 수 있는 찰나, 갑자기 산모퉁이에서 한 무리의 군마가 나타났다

"장합은 어딜 가느냐? 내 칼을 받아라!

바로 촉장 관흥이었다. 관흥은 칼을 휘두르며 말을 달려 장합의 앞을 막았다. 장합은 나이 어린 애송이가 자기 앞을 가로막는 데 화가 나 위연을 포기하고 관흥에게 달려들었다. 관흥은 장합과 20여 합을 겨루다가 거짓으로 패한 체하고 말을 달려 도주했다. 놓칠세라 관흥을 추적하던 장합은 어느덧 나무가 울창한 숲속에 이르게 되자 날랜 부하 네 명을 불러 주변에 복병이 있는지를 샅샅이 수색하게 했다.

얼마 뒤에 복병이 없다는 보고를 받은 장합은 안심하고 관흥을 추격했다. 그런데 도망친 줄 알았던 위연이 다시 나타나 앞을 가로막자 장합은 위연과 10여 합을 싸웠다. 위연은 아까처럼 패한 시늉을 하며 도주했다. 화가 바짝 치민 장합이 위연을 추격하자 이번에는 관흥이 나타나 장합 앞을 가로막았다.

위연과 관흥은 10여 차례나 교대로 나타나 장합을 목문도까지 유인했고, 촉병은 장합에게 쫓기는 체하며 길가에 투구와 갑옷·무기들을 수없이 내버렸다. 위군은 그것들을 볼 때마다 모두 말에서 내려 길가에 널린 전리품을 주웠다. 날이 어둡도록 촉장을 추격하던 장합은 어느덧 촉군이 매복하고 있는 목문도 앞에 당도했다. 두 촉장을 따라 정신없이 달려온 장합도 목문도에 이르러서는 께름칙한 기운을 느끼고 말 머리를 돌려 진지로 돌아가려고 했다. 그러자 어디선가 위연이 나타나 큰 소리로 외쳤다.

"역적 장합은 어디로 달아나려 하느냐? 하루 종일 나를 쫓아왔으니 여기서 승부를 내어보자!"

울화가 치민 장합은 창을 비껴들고 말을 몰아 위연에게 달려들었다. 위연은 불과 10여 합도 겨루어보지 못하고 투구를 벗어던지고 목문도를 향해 도주했다. 어느덧 어둠이 짙어지고 있었으나 장합은 아예 끝장을 보기로 결심하고 위연 뒤를 바짝 추격했다. 그때 어둠 속에서 갑자기 포소리가 요란하게 들리더니 주위의 산 위에서 불길이 치솟았다. 그리고 커다란 돌덩이와 나무토막이 쏟아져 앞길을 막았다. 그제야 장합은 계책에 빠진 것을 깨닫고 군사들에게 퇴각을 명령했다. 그러나 앞길에 이어 뒤에서도 나무토막과 돌덩이가 떨어져 퇴로가 막혔다. 장합이 좌우를 살폈지만 험한 암벽이 병풍처럼 가로막혀 있어 독안에 든 쥐가 따로 없었다. 이때 딱따기 소리가 산골짜기를 울리고 양쪽 절벽 위에서 화살과 쇠뇌가 비오듯 쏟아지니 장합과 그를 따라온 100여 명의 장수들은 화살에 맞아 죽고 말았다.

한편 장합의 뒤를 따라오던 위병들은 도로가 막힌 것을 목격하고 장합이 함정에 빠졌음을 알고 급히 말 머리를 돌려 물러가려고 했다. 이때 산 위에서 누군가 크게 외쳤다.

"나는 촉의 승상 제갈량이다!"

위군들이 소리난 쪽을 쳐다보니 제갈량이 횃불 아래 의젓하게 서서 부채로 위군을 가리키며 소리쳤다.

"오늘 내가 말(사마의) 사냥을 나와서 잘못하여 노루(장합)를 잡았다. 너희들은 살려 보내줄 것이니 안심하고 돌아가서 내가 조만간 사마의를 붙잡겠다 하더라고 전하라."

위군들은 사마의에게 돌아가 장합이 계책에 빠져 죽은 사정과 제갈량이 말한 내용을 고스란히 고했다. 장합이 죽었다는 말을 들은 사마의는 하늘을 보며 탄식했다.

"장합을 말리지 못한 내 책임이 크구나!"

상장을 잃은 사마의는 더 이상 촉군을 추격할 엄두를 내지 못하고 낙양으로 병사를 거두어 돌아갔다. 조예는 장합의 전사 소식을 듣고 눈물을 흘리며 애석해하고 시신을 거두어 후히 장사지내주도록 했다. 위군이 쫓아오지 않자 촉군은 순조롭게 퇴군하여 한중으로 물러났다. 그때 성도에서는 군량미 조달 책임을 맡았던 도호 이엄이 황제 유선을 만나 이렇게 말했다.

"신이 군량미를 준비하여 승상이 계시는 곳으로 운반하려고 했더니 그 사이에 승상께서는 기산에서 한중으로 회군을 하셨습니다. 신은 아무리 생각해도 그 까닭을 모르겠습니다."

유선은 즉시 상서 비위를 한중으로 보내어 제갈량이 군사를 물린 이유를 물어보게 했다.

"이엄이 황제 폐하께 보고하기를, 승상께서 마련해 보내라는 군량미를 준비하고 있던 중 무슨 까닭인지 승상께서 급히 한중으로 회군하셨다고 합니다. 이에 천자께서 신을 보내어 그 까닭을 알아오라고 하셨습니다."

제갈량은 이엄이 보낸 편지를 꺼내 비위에게 보여주며 말했다.

"이엄이 이런 서신을 내게 보냈기 때문에 급히 회군했던 것이오."

이엄의 편지를 다 읽고 난 비위가 말했다.

"어쩌자고 이엄이 이런 망측한 글월을 승상께 올린 걸까요?"

"군량미를 제때에 마련하지 못해 문책을 당하는 게 두려워 꾀를 쓴 것이 틀림없소."

제갈량이 사람을 보내 조사를 시켜보니 과연 그 짐작이 틀리지 않았다. 이엄은 제갈량의 문책이 두려워서 그를 한중으로 회군시켜놓고 자신은 황제를 찾아가 엉뚱한 말로 자신의 허물을 위장하려 했던 것이다. 제갈량이 크게 노하여 말했다.

"이 자가 어찌 이리도 겁이 없단 말인가!"

제갈량이 이엄을 붙잡아 당장 참형에 처하려고 하자 비위가 만류했다.

"이엄은 승상과 함께 선제의 탁고託孤(임금이 죽으면서 어린 황태자를 부탁하는 일)를 받은 자이니 관대히 용서하십시오."

제갈량이 그 말에 따르자 성도로 돌아간 비위는 그 간의 일을 자세히 기록한 표문을 만들어 올렸다. 비위의 보고서를 읽은 유선은 크게 노하여 곧바로 이엄을 끌어내어 참수하라고 영을 내렸다. 그러자 참군 장완이 유선을 만류했다.

"이엄의 죄는 실로 크나, 선제께서 탁고하신 신하이니 관대히 용서하시기 바랍니다."

유선은 장완의 말에 따라 이엄의 벼슬을 거두어 평민으로 강등시키고 재동군梓潼郡에 유배했다. 북벌의 기회를 놓친 제갈량은 얼마간 한중에 머무르다가 성도로 돌아와 유선에게 말했다.

"신의 부덕으로 북벌의 기회가 무산된 것을 안타깝게 생각합니다. 역도를 타도하는 일은 멈출 수 없으니 지금부터 또다시 군사를 기르고 무기와 양초를 비축하여 3년 후에 출정하도록 하겠습니다."

황제의 허락을 받은 제갈량은 그날부터 군사들에게 진법과 무술을 훈련시키고 각종 무기를 만들어 창고에 쌓았다. 그리고 이엄의 아들 이풍李豊을 장사로 기용하여 군량미와 마초를 비축하게 했다.

서기 234년 2월, 이윽고 제갈량은 황제 유선을 만나 다음과 같이 말했다.

"신이 군사를 돌본 지 어언 3년이 지나 황제 폐하께 약속한 때가 이르렀습니다. 그 동안 군량미와 마초는 물론 무기도 완비되었고 군사들의 사기도 충만하니 위를 정벌할 만합니다. 이번에도 간사한 무리들을 소탕하지 못하고 중원을 수복하지 못한다면 맹세컨대 신은 성도로 돌아오지 아니할 것입니다."

유선이 말했다.

"지금 천하는 촉·위·동오가 솥의 세 발과 같은 형상을 이루어 그나마 안정된 세월을 누리고 있는데 상부께서는 왜 출사하려고 하십니까?"

제갈량이 답했다.

"신은 선제께서 스스로 찾아주신 은혜를 입은 몸이니, 자나깨나 위를 토벌할 계책을 생각하지 않을 수 없습니다. 신이 살아 있는 까닭은 힘이 다하여 쇠잔할 때까지 오직 한마음으로 폐하를 위하고 중원을 수복해 한 황실을 다시 일으키기 위해서입니다."

제갈량의 말이 끝나자 누군가가 앞으로 나와 말했다.

"승상께서는 군사를 일으키지 마십시오!"

그렇게 반대하고 나선 사람은 태사로 봉직하고 있는 초주였다.

"신은 천문을 관장하는 사람으로 최근의 상서롭지 못한 천기에 대해 말씀드리지 않을 수 없습니다. 근래에 수만 마리의 새들이 남쪽에서 날아와 한수에 빠져 죽는 일이 있었습니다. 신이 천문을 살펴보니 규성奎星이 태백太白에 걸쳐 있으면서 왕성한 기운이 북쪽까지 뻗어 있어 위를 정벌하는 일이 불가능합니다. 또한 성도의 백성들 가운데 많은 사람이 밤에 잣나무가 우는 소리를 들었다고 하니 이 역시 불길한 징조입니다. 이렇듯 기이한 이변이 일어날 때는 근신하는 것이 상책입니다. 가벼이 움직여서는 안 됩니다."

제갈량이 초주를 꾸짖었다.

"나는 선제로부터 후주를 보필하라는 중임을 맡은 몸으로, 역적들을 토벌하려고 하는데 그대는 왜 허망하고 요사스런 말로 국가 대사를 그르치려 하는가?"

제갈량은 곧 제사를 지내는 관리에게 태뢰太牢(나라의 제사에 통째로 바치는 세 가지 제물로 소·양·돼지를 말함)를 준비하여 소열황제昭烈皇帝(유비)의 사당에 바치고 눈물을 흘리며 말했다.

"신 제갈량이 다섯 차례나 북벌을 나갔으나 모두 기산에서 좌절되었습니다. 지금 신은 다시 전군을 통솔하여 북벌을 나가고자 하니 선제의 영령이시여 도와주소서!"

제를 마친 제갈량은 밤새 말을 달려 한중에 도착했다. 여러 장수들을 모아 기산으로 나갈 대책을 협의하고 있는데 파발이 와서 관흥이 죽었다는 소식을 전했다. 제갈량은 대성통곡을 하다가 정신을 잃고 땅에 쓰러졌다. 군의의 치료를 받아 반나절 만에 겨우 깨어난 제갈량은 다시 한번 관흥의 죽음을 한탄했다.

"어찌하여 하늘은 이 중요한 때에 장수의 목숨을 거두어가는가!"

제갈량은 20만 군사를 다섯 길로 나누고 강유·위연을 선봉장에 세워 기산을 취하게 하고, 이회에게는 군량미와 말먹이를 야곡에 이르는 길목으로 운반하라고 영을 내렸다.

한편 위나라 황제 조예는 제갈량이 여섯 번째로 북벌을 나서기 한 해 전에 마파정摩坡井에서 청룡이 나왔다는 근신의 말을 듣고 연호를 청룡靑龍 원년으로 바꿨다. 그리고 백성들을 독려하여 양곡 생산에 힘쓰고 도로와 수로 정비에 나서는 한편 동오와 서촉의 움직임에 늘 촉각을 곤두세우고 있었다. 그러던 어느 날 근신이 달려와 조예에게 말했다.

"변방에서 올린 보고서에 의하면 제갈량이 20여 만 촉병을 다섯 길로 나누어 기산으로 향했다고 합니다."

조예는 깜짝 놀라 사마의를 불러 물었다.

"3년 동안 촉병의 움직임이 없더니 제갈량이 또 기산으로 나왔다고 하오. 어찌하면 좋겠소?"

"신이 밤에 천문을 살피니 중원에 왕성한 기운이 어려 있고 규성이 태백을 넘보고 있었으니 제갈량은 반드시 패하여 돌아갈 것입니다.

그는 자신의 재주만 믿고 천기를 거역하니 오래 살지 못할 것입니다. 폐하께서 신을 보필할 네 사람을 동행하게 해주신다면 반드시 적을 쳐부숴 성은에 보답하겠습니다."

조예가 물었다.

"경이 데려가고 싶은 사람을 말하시오."

"묘재妙才(하후연의 자)의 네 아들입니다. 큰아들 패霸는 자를 중권仲權이라 하고 둘째 아들 위威는 자를 계권季權이라 합니다. 또한 셋째 아들 혜惠는 자를 아권雅權이라 하고 막내아들 화和는 자를 의권義權이라 합니다. 큰아들 패와 둘째 아들 위는 활쏘기와 말타기에 능하며, 혜와 화는 육도삼략六韜三略을 훤히 꿰고 있습니다. 이 4형제는 항상 사기 부친의 원수를 갚을 생각만 하고 있다고 하니 신은 이들 중 패와 위를 좌우선봉장으로 삼고 혜와 화를 행군사마에 임명하여 그들의 소원을 풀어주고 싶습니다."

조예가 물었다.

"지난날 하후무 부마가 위군을 통솔했다가 많은 군사를 잃었던 일이 있었소. 묘재의 네 아들도 자림子林(하후무의 자)처럼 유명무실한 건 아니오?"

"묘재의 네 아들은 자림에 비할 바가 아닙니다."

조예는 사마의를 대도독에 임명하고 휘하 장수는 물론 변경에 흩어져 있는 군마의 조달권 모두를 사마의에게 일임했다. 영을 받은 사마의가 조예를 하직하고 성을 나서려 하자 조예가 사마의에게 밀봉한 조서를 내렸다.

경은 위빈에 도착하거든 성벽을 높이고 호를 깊이 파놓고 나가 싸우지 말라. 촉병은 그들이 의도했던 바가 성공하지 못하면 물러가는 체하며 유인할 것이니 경은 이를 미리 알아차리고 절대 뒤를 추격하지 말라. 성을 굳게 지키고 있으면 촉군은 군량미가 떨어져 틀림없이 퇴군할 테니 이때 여세를 몰아 공격하라. 내 말을 따라한다면 군사들의 노고를 빌리지 않고도 쉽게 승리할 수 있을 것이니 경은 심사숙고하기 바란다.

사마의는 그날로 장안으로 가서 각처의 군마를 소집했다. 그러자 금방 40만 대군이 모였다. 사마의는 이들을 거느리고 위빈으로 가서 진지를 세운 다음 5만 군사를 뽑아 위수에 아홉 개의 부교를 놓았다. 그리고 하후패·하후위에게 위수 상류에 진을 치게 하고 본진 뒤쪽의 동쪽 언덕에 성을 쌓아 적의 공격에 대비하게 했다. 사마의가 부산하게 대책을 세우고 있을 때 곽회·손례가 찾아왔다는 보고가 들어왔다. 곽회가 사마의에게 예를 올리고 난 뒤 말했다.

"기산에 주둔하고 있는 촉군이 북산에 연결된 위수를 건넌 뒤 북원을 지나 농서에 이르는 길을 끊는다면 큰 우환이 아닐 수 없습니다."

"듣고 보니 옳은 말이오. 두 장군은 어서 농서의 군마를 거느리고 북원에 진을 치고 기다렸다가 적병의 양곡이 떨어지는 때에 맞춰 공격하도록 하시오."

곽회·손례가 영을 받고 북원으로 군사를 거느리고 나가 진지를 세웠다. 한편 기산으로 진출한 제갈량은 동서남북 사방과 중앙에 커다란 진지를 구축한 다음, 야곡과 검각 사이에 무려 열네 개의 진지를 세웠다. 도합 열여덟 개의 진지에 군사들을 나누어 주둔시킨 제갈량은 장수들을 불러 별도의 지시가 내려질 때까지 움직이지 말라고 지시했다. 곽회·손례가 농서의 군사를 거느리고 북원에 진지를 만들고 있다는 보고가 들어온 것은 바로 그때였다. 제갈량은 다시 장수들을 불러모았다.

"곽회와 손례가 북원에 진지를 세운 것은 우리가 그 길을 끊어 농서와의 교통이 두절될까 두려워서이다. 나는 북원을 공격하는 체하면서 위빈을 취할 작정이니 오반은 뗏목 100여 척을 준비하여 그 위에 마른 풀을 잔뜩 싣고 노를 잘 젓는 5천 명의 군사를 대기시켜놓아라. 내가 한밤중에 북원을 공격하면 사마의는 반드시 군사를 거느리고 달려올 것이다. 그들이 우리를 보고 주춤거리는 순간 내가 재빨리 후군을 데리고 강을 건너겠다. 그러면 오반은 뗏목을 타고 가서 불을 붙여 위군이 만들어놓은 부교로 돌진하라. 그런 뒤에 군사를 거느리고 앞에 있는 적의 진지를 공략한다면 크게 승리할 것이다. 우리가 위수의 남쪽을 손에 넣는다면 위군을 손쉽게 제압할 수 있을 것이다."

제갈량의 영을 받은 장수들이 마른 풀을 모으고 뗏목을 만들기 시작했다. 촉군의 이러한 움직임은 곧바로 위군의 염탐꾼에 의해 사마의에게 빠짐없이 전달됐다. 사마의가 여러 장수들을 불러모아 작전을 내렸다.

"제갈량은 북원을 취하는 시늉을 하면서 뗏목으로 강을 건너고, 그 뗏목으로 부교까지 불사르는 작전을 쓸 것이다. 그러니 하후패와 하후위는 군사를 거느리고 위수의 남쪽에 숨었다가 북원에서 함성이 크게 들리면 촉병을 공격하라. 또 장호와 악침은 2천의 궁노수를 거느리고 위수의 부교가 설치된 북쪽 강안에 미리 가 있다가 촉병이 뗏목을 타고 부교 가까이 오면 일제히 활을 쏘아 내쫓아라. 마지막으로 곽회와 손례는 제갈량이 몰래 위수를 건너거든 옛 진지를 버리고 길 가운데에 새로운 진지를 만들고 후방에 궁노수를 매복시켜라. 오후에 위수를 건넌 촉군은 해질 무렵에 너희를 공격할 것이다. 그때 너희는 거짓으로 패한 체하며 도주하여 매복해둔 궁노수가 있는 곳으로 달아나라. 나는 수륙 양로를 통하여 너희들을 신속히 지원하겠다."

여러 장수들이 사마의의 영을 받고 물러났다. 사마의는 아들 사마사·사마소에게 군사를 거느리고 위수 앞의 진지를 지키게 하고 자신은 일단의 군마를 거느리고 북원으로 달려갔다.

한편 제갈량은 위연·마대에게 위수를 건너 북원을 공격하라고 영을 내리고 오반·오의에게는 뗏목을 타고 가서 부교를 불사르게 했다. 또한 왕평·장의에게는 전군을 거느리게 하고 강유·마충에게는 중군을, 요화·장익에게는 후군을 거느리고 위수를 건너가 진을 세우게 했다.

이날 오전, 본진을 떠난 촉군은 위수를 건너 위나라 땅으로 진군해 들어갔다. 위연·마대가 북원 깊숙이 들어갔을 때 사위가 어둑해졌다. 위의 장수 손례는 촉군이 진군해오자 진지를 버리고 도주하기 시작했다. 손례가 까닭없이 도망치는 것을 본 위연은 계교가 있음을 깨닫고 급히 퇴군하려고 말 머리를 돌렸다. 그 순간 사방에서 함성이 크게 울리더니 사마의·곽회가 좌우에서 군사를 끌고 들이닥쳤다. 위연·마대는 사력을 다해 포위망을 뚫으려 했지만 군사의 태반이 위수에 빠져 죽었다. 다행히도 오의가 군사를 거느리고 달려와 나머지 군사를 구해 강 언덕으로 도주했다.

한편 오반은 제갈량의 군사를 위나라 땅에 옮겨놓고 적의 부교를 불사르기 위해 뗏목에 군사들을 싣고 노저어 갔다. 하지만 미리 기다리고 있던 위군이 소나기같이 무수한 화살을 쏘는 바람에 오반과 많은 촉병이 화살에 맞아 죽거나 물에 빠져 죽었다. 장호·악침은 부하들에게 촉군이 버리고 간 뗏목을 거두게 했다. 그날 밤 10시가 되었을 때, 왕평·장의는 북원에서 촉군이 패한 것도 모르고 위나라 땅 깊숙이 들어갔다. 주변이 너무 조용한 것을 의아하게 여긴 왕평이 장의에게 말했다.

"기병이 북원을 먼저 공략하기로 되어 있는데 어찌 이리 조용하오? 우리가 위남渭南을 침범해 들어왔는데도 적은 한 놈도 보이지 않으니 아무래도 사마의가 우리의 계획을 알고 미리 대비한 것 같소. 그러니 우리는 부교가 불살라질 때까지 기다려봅시다."

두 사람이 이런 대화를 나누고 있을 때 전령 하나가 급히 말을 타고 달려왔다.

"승상께서 지체없이 군사를 돌리라 하셨습니다. 북원을 공략하려던 군사와 부교를 불사르려던 작전이 모두 실패했다고 합니다."

왕평·장의가 급히 군사를 물리려 할 때, 등 뒤에서 포소리가 크게 울리더니 위군들이 일제히 뛰쳐나왔다. 왕평·장의가 군사를 거느리고 나가 위군과 맞서니 양쪽 군사가 뒤엉켜 일대 혼전이 벌어졌다. 왕평·장의는 죽을 힘을 다해 적의 포위망을 뚫긴 했으나 촉군의 반수 이상이 죽거나 부상을 당했다. 제갈량이 기산의 진지에 도착하여 생존자를 헤어보니 죽은 군사가 무려 1만여 명에 이르렀다. 이때 성도에서 비위가 제갈량을 만나러 왔다. 제갈량은 그를 반가이 맞이한 뒤 한 가지 부탁을 했다.

"내가 편지를 써서 동오로 보내고자 하는데 공이 사자가 되어주겠소?"

"승상의 명을 제가 어찌 마다하겠습니까?"

제갈량은 즉시 편지를 써서 비위에게 주었다. 비위는 제갈량의 친서를 지니고 곧바로 건업으로 달려가 오제 손권을 만나 제갈량의 서신을 전했다.

한 황실이 잠시 왕통의 기강을 잃자 역적 조조의 무리들이 황제의 위를 빼앗아 오늘에 이르렀습니다. 촉의 승상인 량은 소열황제의 막중한 부탁을 받았으니 어찌 힘을 다해 나라에 충성하지 아니할 수 있겠습니까? 이제 대군을 거느리고 기산으로 나왔으니 미친 역도들은 모조리 위수에 장사지내게 될 것입니다. 엎드려 바라옵건대 폐하께서는 동맹을 맺으셨던 의를 생각하시어 장수들에게 북정北征을 명해주십시오. 함께 중원을 평정해 천하를 나누어가진다면 요·순도 흐뭇해할 것입니다. 엎드려 폐하의 하답을 기다리겠습니다.

제갈량의 글월을 읽은 손권은 크게 기뻐하며 비위에게 말했다.
"짐이 오래전부터 군사를 일으키려고 생각했으나 지금까지 제갈량과 협의할 기회가 없었소. 이제 제갈량의 뜻을 확실히 알았으니 짐은 오늘이라도 직접 군사를 거느리고 나가 위의 신성新城을 취하고 육손과 제갈근에게는 강하와 면구에 주둔하게 하여 양양을 빼앗게 하겠소. 또한 손소와 장승을 광릉으로 보내 회양을 점령하게 한 뒤에 세 곳의 군사를 모아 위나라를 휩쓸어버리겠소."
"참으로 그렇게만 된다면 중원의 역도들은 며칠 견디지 못할 것입니다."
손권은 크게 잔치를 열어 비위를 대접하면서 넌지시 물었다.
"공명은 많은 명장들을 거느리고 있다는데 그 가운데 최고의 장수는 누구요?"

"위연이란 장수가 있습니다."

비위의 대답을 들은 손권이 빙그레 웃었다.

"그는 용맹은 갖추었지만 신임할 만한 인물은 못 되오. 그는 공명에게 화가 생기면 반드시 사단을 일으킬 자인데 천하의 공명이 그걸 모르고 있소?"

비위가 말했다.

"신이 돌아가면 저희 승상께 꼭 폐하의 말씀을 전하겠습니다."

비위는 손권과 작별하고 서둘러 기산으로 돌아와, 20만 대군을 친히 거느리고 위로 쳐들어가겠다는 손권의 말을 제갈량에게 전했다. 제갈량이 비위에게 물었다.

"오주가 달리 전하는 말은 없었소?"

비위는 제갈량에게 가까이 가서 귀엣말로 무언가를 속삭였다. 그러자 제갈량이 크게 감탄하여 말했다.

"손권은 참으로 놀라운 사람이구나! 나도 늘 그렇게 생각해왔지만 아직 그를 대체할 만한 사람이 없어서 계속 기용하고 있었을 뿐이네."

"승상께서는 계획을 너무 늦추지 마시고 일찌감치 손을 쓰도록 하십시오."

"내게 따로 생각이 있소."

비위가 성도로 돌아간 뒤, 제갈량이 여러 장수들을 불러모아 작전을 협의하고 있을 때 위장 한 사람이 투항해왔다는 보고가 들어왔다. 제갈량은 그를 장막으로 불러들여 이름과 투항한 까닭을 물었다.

"저는 위나라의 편장군 정문鄭文입니다. 저와 진랑秦朗은 같은 편장군인데 사마의는 그만 전장군으로 삼아 선봉에 세우고 저는 백안시했습니다. 그런 까닭에 저는 더 이상 위를 위해 싸울 의욕을 잃었습니다. 승상께서 거두어주신다면 촉을 위해 목숨을 아끼지 않겠습니다."

정문의 말이 채 끝나기도 전에 파수병이 달려와 보고했다.

"위장 진랑이 군사를 이끌고 진지 밖에 나타나 정문을 내놓으라고 소리치고 있습니다."

제갈량이 빙긋이 웃으며 정문에게 물었다.

"진랑의 무예를 너와 비교하면 어떠하냐?"

"그는 제 상대가 되지 못하니 단칼에 목을 베어 바치겠습니다."

제갈량이 정문에게 말했다.

"진랑의 목을 베어온다면 너를 중히 쓰겠다."

정문은 제갈량에게 절하고 나는 듯이 말을 타고 달려나갔다. 제갈량은 누대에 올라가 두 사람이 싸우는 모습을 지켜보았다. 창을 비껴든 진랑이 촉의 영문을 나선 정문에게 욕을 퍼부었다.

"이 역적놈아, 무엇이 섭섭해서 위나라를 버리고 역적에게 갔느냐?"

정문은 아무 대꾸도 하지 않고 말을 달려나가 단칼에 진랑의 목을 벴다. 그러자 따라온 위군이 질겁을 하고 도망쳤다. 정문은 피가 흐르는 진랑의 수급을 잘라 촉진으로 돌아왔다. 정문이 장막으로 들어오자 제갈량이 좌우의 무사들을 시켜 정문의 목을 베라고 명령했다. 영문을 모르는 정문이 놀라 소리쳤다.

"승상, 저는 아무 죄도 없습니다."

"나는 예전에 진랑을 만난 적이 있다. 방금 목을 베인 자는 진랑이 아니다. 네가 투항한 진짜 이유는 무엇이냐?"

그제야 정문은 땅에 엎드려 사실대로 말했다.

"죽을 죄를 졌습니다. 제가 죽인 것은 진랑이 아니고 그의 아우 진명秦明입니다."

"사마의가 너를 거짓 투항시켰지만 내가 속임수에 넘어갈 줄 알았더냐? 네가 끝까지 거짓말을 했으면 살아남지 못했을 것이다."

정문은 사마의의 계책을 모조리 일러바치며 눈물로 살려주기를 애원했다. 제갈량이 정문에게 말했다.

"살고 싶거든 군사를 거느리고 진지를 탈취하라고 사마의에게 편지를 써라. 만일 이 일로 사마의를 사로잡게 된다면 그것을 너의 공으로 여기고 평생 부귀영화를 누리며 살도록 해주겠다."

제갈량이 시킨 대로 성문이 편지를 써서 바치니 제갈량은 일단 정문을 감옥에 넣도록 했다. 번건이 공명에게 물었다.

"승상께서는 정문이 거짓 투항한 사실을 어떻게 아셨습니까?"

"사마의는 사람을 까다롭게 골라 쓴다. 만일 진랑을 선봉장에 세웠다면 그만큼 무예가 출중한 인물이 아니겠느냐? 그런데 단칼에 목이 떨어져 죽었으니 진랑이 아닌 것이 분명했다. 그래서 정문의 투항이 함정이라는 것을 알았다."

정문의 편지를 얻은 제갈량은 말을 잘하는 군사 하나를 뽑아 은밀히 분부를 내린 다음, 곧장 위군의 진지로 달려가 사마의에게 정문의 편지를 바치게 했다. 사마의가 편지를 가지고 온 병사를 장막 안으로 불러 물었다.

"너는 누구냐?"

"저는 원래 중원 사람인데 어찌하여 촉나라에 흘러들게 됐습니다. 그런데 갑자기 저와 동향이던 정문이 촉에 투항하여 진랑을 죽이고

"사마의가 너를 거짓 투항시켰지만 내가 속임수에 넘어갈 줄 알았더냐?" 제갈량은 정문의 계략을 알아차리고 그를 체포한다. 극(戟)과 방패를 들고 무관을 쓴 군인이 지키는 가운데, 손님으로 우쭐해서 찾아왔던 정문은 깔개 위에 엎어진다. 당시 높은 신분의 사람들은 밖에서도 깔개를 깔고 앉았다고 한다. 뒤의 건물은 화상석에 근거하였다.

선봉장의 직위를 받았습니다. 제가 그를 찾아가자 정문이 다짜고짜 이 서신을 주면서 도독을 찾아가라고 부탁했습니다. 그러면서 자신은 안에서 대응할 테니 내일 저녁 불길로 군호를 보내면 도독께서 대군을 거느리고 진지를 공격하라는 말을 전하라 했습니다."

사마의는 편지를 가지고 온 병사에게 여러 가지를 물은 다음, 그가 가지고 온 편지를 받아 필적을 살피니 틀림없는 정문의 것이었다. 사마의는 그제야 의심을 풀고 편지를 가지고 온 병사에게 술과 음식을 대접하며 말했다.

"정문에게 가서 내일까지 기다릴 것 없이, 오늘 밤 9시를 기하여 내가 직접 촉의 진지를 탈취하러 갈 테니 문을 열어놓으라고 전하라. 이번 일이 크게 성공한다면 너를 낙양으로 데려가 벼슬을 내리겠다."

촉진으로 돌아온 병사는 곧바로 제갈량을 만나 사마의와 만났던 일을 상세히 보고했다. 제갈량은 즉시 왕평 · 장의와 마충 · 마대 그리고 위연을 불러 한 가지씩 계책을 내린 다음 자신은 수십 명의 군사를 거느리고 높은 산으로 올라갔다. 한편 정문의 편지를 읽은 사마의는 두 아들에게도 편지를 훑어보게 하고 나서 자신의 생각을 밝혔다. 큰아들 사마사가 말했다.

"그까짓 먹물 묻힌 종이를 믿고 아버님께서 친히 적진으로 들어갔다가 행여 제갈량의 함정에 빠지게 되면 어찌하시렵니까? 다른 장수로 선봉을 삼으시고 아버님께서는 후대를 거느리고 나가는 게 좋겠습니다."

사마의는 아들의 말에 따라 선봉장 진랑에게 1만 군사를 맡겨 촉의 진지를 탈취하게 했다. 그리고 자신은 후대를 거느리고 지원하기로 했다. 그날따라 가을 달이 유난히 밝았다. 밤 9시 무렵 갑자기 음습한 구름이 사방에서 모여들더니 둥그런 달을 겹겹이 에워쌌다. 그러자 한 치 앞에 있는 것도 제대로 보이지 않을 정도로 어두워졌다. 사마의가 만면에 미소를 띠며 중얼거렸다.

"구름이 달을 덮으니 하늘이 나를 돕는구나!"

사마의는 군사들의 입에 천조각을 하나씩 물려 소리를 내지 못하게 하고 군마의 입에도 재갈을 물렸다. 아무 소리 내지 않고 촉진에 다가가서 보니 과연 영문이 열려 있었다. 진랑은 지체없이 1만 군사를 거느리고 촉의 진지로 뛰어들어갔다. 하지만 진지 안에는 촉병은커녕 개미새끼 한 마리 보이지 않았다. 함정에 빠진 것을 깨달은 진랑이 크게 소리쳐 군사들에게 퇴군을 명령했다. 위군이 말 머리를 돌리기도 전에 사방에서 불길이 일제히 치솟더니 촉군의 함성과 함께 왼쪽에서는 왕평·장의가, 오른쪽에서는 마충·마대가 각기 군사를 거느리고 해일처럼 밀어닥쳤다. 진랑은 사력을 다해 촉병과 싸웠으나 구원병이 오지 않으면 살아날 가망이 없었다.

후군을 거느리고 오던 사마의는 촉의 진지에서 불길이 치솟으며 요란한 함성이 들려오자 위군이 위급한 상황에 빠졌음을 직감하고 선봉대와 진랑을 구하기 위해 무턱대고 불빛을 향해 진격했다. 이때 갑자기 북소리와 함성이 크게 울리더니 땅이 꺼질 듯한 포소리마저 들려왔다. 사마의가 놀라 휘둘러보니 왼쪽에서는 위연이 또 오른쪽에서는 강유가 군사를 거느리고 뛰쳐나왔다.

복병을 만난 위군은 열 명 가운에 여덟, 아홉이 부상을 당한 채 흩어져 달아났다. 사마의의 후군이 구원을 하러 오기만을 기다리고 있던 진랑은 비오듯 쏟아지는 촉군의 화살에 맞아 죽었다. 사마의는 뒤도 돌아보지 않고 본진으로 도망쳤다. 밤 11시가 지나 먹구름이 순식간에 걷히자 촉군의 진지 주위는 온통 창검을 맞거나 화살을 맞아 죽은 위군의 시체가 즐비했다. 크게 승리를 거둔 제갈량은 감옥에 있는 정문을 참수하여 불쌍하게 죽은 위군의 제를 지내주었다. 다음날 날이 밝자 제갈량은 군사들을 위군의 진지로 보내어 싸움을 걸었으나 위군은 영문을 닫아걸고 싸우지 않았다.

그러자 제갈량은 사륜거를 타고 위수의 동서를 다니며 주변 지형을 살폈다. 그러다가 우연히 호로병 같은 계곡을 하나 발견했는데 그 안에 1천여 명의 군사를 주둔시킬 만했다. 주변을 좀더 자세히 돌아보니 그 옆에는 400~500명의 병사를 숨겨놓을 만한 골짜기가 있었다. 그 뒤쪽으로는 병풍처럼 가파른 산이 둘러처진데다 겨우 한 사람의 군사가 빠져나갈 수 있는 좁은 길이 나 있었다. 제갈량은 내심 크게 기뻐하며 옆에 있던 향도관에게 물었다.

"이 계곡의 이름이 무엇이냐?"

"상방곡上方谷이라고도 하고 호로곡葫蘆谷이라고도 부릅니다."

진지로 돌아온 제갈량은 비장 두예杜叡·호충胡忠을 불러 병사들 가운데 목공 솜씨나 손재주가 좋은 군사 1천여 명을 뽑아 호로곡으로 보내게 했다. 그런 다음 목우木牛 유마流馬의 설계도를 주면서 그것을 만들게 했다. 두 사람이 떠나자 제갈량이 마대를 불렀다.

"너에게 500명의 군사를 줄 테니 호로곡으로 가서 목우 유마를 만드는 군사들은 물론 외부 사람이 드나드는 것을 일체 금지하라. 내가 불시에 나타나서 근무 상황을 점검하겠으니 허술함이 없어야 한다. 사마의를 사로잡는 계책은 전적으로 이 일에 달려 있으니, 호로곡에서 하는 일이 누설되지 않도록 각별히 주의하라."

마대가 호로곡의 입구를 지키는 동안 두예·호충은 1천 명의 병사들을 감독하여 제갈량의 설계도에 따라 목우 유마 제작에 박차를 가했다. 제갈량은 거의 매일 현장에 나가 직접 작업을 지시하고 목우 유마를 만드는 병사들을 독려했다. 그러던 어느 날, 장사 양의가 제갈량에게 달려와 물었다.

"지금 우리의 군량미는 모두 검각에 있는데 인부와 우마牛馬로는 수송이 불가능하니 어찌하면 좋겠습니까?"

제갈량이 빙그레 웃으며 말했다.

"나도 그 점을 걱정하고 있었다. 그래서 나무를 이용하여 목우 유마를 만들고 있다. 나무로 만든 소와 말은 물과 먹이를 주지 않아도 되니 밤낮을 가리지 않고 양곡을 운반할 수 있을 것이다."

그러자 주위 사람이 놀라 물었다.

"저희들은 나무로 만든 소와 말로 양곡을 운반할 수 있다는 말을 아직까지 들어본 적이 없습니다. 승상께서는 어떤 묘술로 그런 기이한 물건을 만들고 계십니까?"

"이미 사람을 시켜 만들고 있으나 아직 완성하지는 못했다. 여러분들이 목우 유마에 대해 궁금해하니 내가 도면을 보여주겠다."

제갈량이 손수 그린 그림 한 장을 여러 장수들 앞에 펼쳐보이자, 장수들이 둥그렇게 둘러섰다. 제갈량이 설명했다.

"도면에 보이는 것처럼 이 물건은 네모난 배에 정강이를 굽힐 수 있는 네 개의 발이 달려 있다. 머리를 목 안으로 넣을 수도 있고 혀는 배까지 늘어난다. 많은 물건을 실으면 속력이 떨어지는데 혼자서 가면 수십 리, 여럿이 간다면 30리까지 갈 수 있다. 나는 이것을 소의 형상에 따라 만들었는데, 머리·발·목덜미·등·배까지 다 소를 본뜬 것이다. 자세히 보면 소의 갈비와 치아·고삐·뿔·멍에까지 볼 수 있을 것이다. 하지만 이 소는 먹이지 않아도 된다."

목우 유마의 겉모습을 설명한 제갈량은 곧 제작법을 설명했다.

"갈비의 길이는 3자 5치, 넓이는 3치, 두께는 2치 5푼으로 하고, 앞다리를 지탱하는 데는 4치의 구멍이 있고 그 구멍의 직경은 2치다."

그러나 장수들은 제갈량의 설명을 하나도 알아듣지 못했다. 그들은 그저 "목우 유마 한 대가 쌀 너댓 가마를 운반할 수 있다"는 말을 듣고 귀가 번쩍 뜨였을 뿐이다. 긴 설명이 끝나자 장수들이 크게 탄복했다.

"승상의 재주는 창해와 같아서 저희들로서는 측량할 수 없습니다!"

이로부터 며칠이 지나 목우 유마 1호가 완성되어 산으로 올라가 시험 운행을 했다. 간편한 조작만으로 산을 기어오르기도 하고 고개를 내려가기도 하는 목우 유마를 본 장수들과 군사들은 하나같이 놀라 입을 다물지 못했다. 제갈량은 우장군 고상高翔에게 명하여 1천 군마와 함께 목우 유마를 이끌고 검각에서 기산의 진지까지 왕래하며 군량미와 마초를 운송하도록 했다.

한편 촉군의 진지를 야습했다가 졸지에 수많은 군사를 잃어버리고 요새지에 은거하고 있던 사마의에게 전령이 달려와 촉군의 동향을 알렸다.

"촉병들이 요상한 기물을 이용하여 군량미를 운반하고 있습니다. 목우 유마라고 하는 이 기물은 아무 먹이도 필요 없이 간단한 조종만으로도 혼자 움직일 수 있다고 합니다."

"내가 성을 지키고 나가 싸우지 않은 것은 저들의 군량미가 떨어질 때를 기다리고 있었던 것이다. 그런데 그런 기물을 만들어 양곡을 운반한다니 어찌하면 좋다는 말인가!"

깜짝 놀란 사마의는 즉시 장호·악침 두 장수를 불렀다.

"너희 두 사람은 각기 500명의 군사를 촉병으로 위장시켜 야곡에 매복하라. 촉병이 목우 유마를 이끌고 그 앞을 지나거든 일제히 공격하여 목우 유마 서너 대만 빼앗아 돌아오라."

해질녘이 되자 장수는 촉병으로 변장한 군사 500명을 거느리고 샛길로 나가 골짜기에 밤새 잠복했다. 다음날 정오가 되어 촉장 고상이 쌀가마를 실은 목우 유마를 호위하고 소로에 접어들었다. 매복해 있던 위군이 일제히 함성을 지르며 뛰어나가자 기습을 당한 촉병은 목우 유마를 팽개치고 달아났다. 장호·악침은 촉병이 버리고 간 목우 유마 가운데 몇 필을 끌고 진지로 돌아왔다. 사마의는 빼앗은 목우 유마의 놀라운 성능을 몇 차례나 칭송하고 나서 이렇게 말했다.

"제갈량이 만드는 것을 나라고 못 만들겠느냐?"

사마의는 목수 100여 명을 불러모아 목우 유마를 낱낱이 뜯어보게 했다. 그리고 나서 그와 똑같은 기물을 만들라고 명령하니 불과 보름도 못 되어 2천여 대의 목우 유마가 만들어졌다. 사마의는 진원장군 잠위岑威에게 1천 군마를 내어주며 목우 유마를 이끌고 농서로 가서 군량미를 운반해오라고 지시했다.

한편 목우 유마를 빼앗긴 고상은 황급히 진지로 돌아가 제갈량에게 사실을 보고했다. 제갈량이 말했다.

"사마의가 목우 유마를 빼앗아간 것은 잘된 일이다."

장수들이 서로의 얼굴을 쳐다보며 어리둥절한 표정을 짓자 제갈량이 말했다.

"사마의가 목우 유마를 빼앗아갔으니 곧 우리 것과 똑같은 목우 유마를 만들어 군량미를 나를 게 아니냐? 우리는 그것을 빼앗아오면 된다."

그로부터 며칠 후, 과연 제갈량의 예측대로 위병들이 목우 유마를 만들어 농서 지방의 군량미와 마초를 운반하고 있다는 보고가 들어왔다. 제갈량이 크게 기뻐하며 왕평을 불러 지시했다.

"너는 2천 명의 군사를 위군으로 변장시켜 몰래 북원으로 잠입하라. 그곳에서 군량미를 운송하는 위군을 만나거든 양곡 운반을 감찰하는 순량군巡糧軍이라 속이고 그 틈에 섞이거라. 함께 군량미를 운반하는 체하면서 그들을 죽이고 목우 유마를 이끌고 북원으로 돌아오라. 그러면 위군이 네 뒤를 바짝 쫓아올 테니 너는 그때 목우 유마의 혀를 비틀어놓고 도망쳐라. 목우 유마의 혀를 비틀면 제자리에 꼼짝 않고 멈춰서버려 위병들이 아무리 그것을 끌어가려고 해도 안 될 것이다. 이때 내가 별도의 군사를 보내줄 테니 너는 그들과 함께 당황한 위군을 내쫓고 적이 버리고 간 목우 유마의 혀를 돌려서 끌고 오라."

왕평이 군사를 거느리고 나서자 제갈량은 다시 장의를 불렀다.

"너는 500명의 군사를 거느리고 육정육갑六丁六甲의 신장神將처럼 분장시켜라. 머리는 산발하고 몸에는 짐승처럼 여러 가지 물감을 칠해서 보는 사람이 기겁을 하도록 만들어라. 또 한손에는 각자 울긋불긋한 깃발을 잡고 다른 손에는 망나니가 쓰는 칼을 들고 허리에는 화약을 담은 호로병을 차고 길가에 매복해 있어라. 그러다가 왕평이 목우 유마를 이끌고 나타나면 그들과 교대하고, 일제히 연기와 불을 일으키며 목우 유마를 호위하라. 그러면 뒤쫓아오던 위군들이 귀신인가 의심하여 더는 추격하지 못할 것이다."

장의가 군사를 거느리고 나가자 제갈량은 다시 위연·강유를 불렸다.

"너희 두 사람은 1만 군사를 이끌고 북원으로 가서 목우 유마를 이끌고 오는 아군을 호위하고 다가오는 적병을 내쫓으라."

두 장수가 군사를 거느리고 나가자 제갈량은 다시 요화·장익을 불렀다.

"너희 두 사람은 5천 군마를 거느리고 나가 사마의가 달려오는 길목에 매복하라."

두 사람이 군사를 거느리고 나가자 마지막으로 마충·마대를 불렀다.

"너희 두 사람은 2천 군사를 거느리고 위남으로 가서 적에게 싸움을 걸도록 하라."

제갈량이 장수들에게 분주히 명령을 내리고 있을 때, 위장 잠위는 군사들을 거느리고 목우 유마로 군량미와 마초를 운반하고 있었다. 저 혼자 끄덕이며 움직이는 목마 유마를 보며 잠위가 신기해하고 있는데 전초병이 달려와 앞길에 순량군이 나타났다고 보고했다. 잠위가 장교 하나를 보내 순량군을 만나보게 한 결과 위군이 틀림없다는 보고를 받고 목우 유마를 그리로 이끌고 갔다. 잠위의 위군과 위군으로 변장한 촉의 순량군이 서로 섞이는 순간, 촉병들이 위군을 시살하기 시작했다.

뜻하지 않은 공격을 받은 위병은 칼자루 한번 못 잡아보고 죽어갔다. 위장 잠위가 정신을 차리고 칼을 빼어 적과 싸웠지만 왕평이 휘두르는 칼을 막지 못하고 목이 달아나 죽었다. 그것을 본 위병들은 모조리 자기 목을 감싸쥐고 순식간에 흩어져 달아났다. 왕평은 위군이 버리고 간 목우 유마를 모조리 빼앗아 유유히 촉진을 향했다. 한편 대장을 잃고 달아난 위병들은 숨을 헐떡이며 북원의 진지로 돌아가 목우 유마와 군량미를 모조리 빼앗겼다고 보고했다. 그것을 들은 곽회는 서둘러 군사를 거느리고 촉군을 찾아나섰다.

왕평이 목우 유마를 호위하여 얼마쯤 갔을 때 위군이 추격해왔다. 왕평은 군사들에게 명하여 목우 유마의 혀를 돌려 제자리에 멈추게 해놓고는 다가오는 위군과 적당히 싸우다가 도주했다. 촉병을 쫓아낸 곽회가 군사들에게 목우 유마를 끌고 가라고 영을 내렸으나 목우 유마는 꼼짝도 하지 않았다. 곽회가 말에서 내려 움직이지 않는 목우 유마를 살피고 있을 때, 갑자기 북소리가 울리면서 사방에서 함성이 들려왔다. 위연·강유가 양쪽 길에서 나타나 위군을 협공하자 곽회는 견디지 못하고 달아났다. 그러자 거짓으로 달아난 왕평이 돌아와 군사에게 명하여 목우 유마의 혀를 돌리게 하여 군량미를 가득 실은 목우 유마를 끌고 갔다.

목우 유마가 산길을 타고 움직여가는 것을 본 곽회가 다시 군사를 이끌고 촉병을 추격하려고 할 때, 산모퉁이에서 갑자기 검은 연기가 치솟으며 귀신 같은 모습을 한 병사들이 칼을 들고 나타나 목우 유마를 에워쌌다. 그것을 본 위군들은 겁을 잔뜩 집어먹은 채 뒷걸음질쳤다. 성을 지키고 있던 사마의는 목우 유마를 빼앗겼다는 소식을 듣고 급히 군사를 거느리고 북원으로 달려갔다. 위군들이 반쯤 달려갔을 때 험준한 산골짜기에서 포성이 크게 울리더니 '한장漢將 장익張翼·요화廖化'라고 씌어진 깃발을 든 촉군이 쏟아져나왔다. 그 순간 사마의는 크게 놀라 간담이 서늘해졌다. 위군은 퇴군을 명령하기도 전에 제각기 알아서 도망을 쳤다.

장익·요화의 일격을 받은 사마의는 급한 김에 혼자서 말을 타고 울창한 숲속으로 달아났다. 촉장 장익·요화가 사마의를 잡기 위해 쏜살같이 달려들자 사마의는 커다란 나무를 돌면서 피했다. 요화가 사마의를 노려 칼을 내리쳤으나 빗나가는 바람에 나무에 꽂혔다. 사마의는 요화가 나무에 꽂힌 칼을 뽑는 사이에 멀리 달아나면서 갈림길에다 자신의 투구를 떨어트려놓았다. 칼을 뽑은 요화가 뒤를 추격했으나 사마의의 모습은 보이지 않고 땅바닥에 금빛 투구 하나가 떨어진 것을 발견했다. 요화는 그 투구를 안장에 매단 다음 동쪽을 향하여 계속 말을 달렸다. 하지만 사마의의 모습은 끝내 보이지 않고 맞은편 길에서 강유가 다가오는 것을 보고 요화는 자신이 속았음을 깨달았다.

요화·강유가 말 머리를 나란히 하여 진지로 돌아오자 연이어 장의가 목우 유마를 거느리고 진지에 도착했다. 그때 촉군이 위군에게서 빼앗은 양곡을 점검해보니 무려 1만여 석에 달했다. 요화가 사마의의 금투구를 제갈량에게 바치자 제갈량은 그를 크게 치하하며 상을 내렸다. 위연이 1만여 석의 양곡을 호위해온 자신의 공을 알아주지 않는 것에 대해 불평했으나 제갈량은 못 들은 체했다.

# 제갈량의 죽음

위수 지역에서 사마의가 연일 촉군에게 패하고 있을 때, 오의 손권은 제갈량의 북벌에 발맞춰 군사를 일으키기로 하고 위의 국경을 침범했다. 위제 조예는 동오의 군사들이 세 갈래 길로 나누어 쳐들어온다는 말을 듣고 먼저 사마의에게 '진지를 굳게 지키고 절대 맞서 싸우지 말라'는 조서를 써서 사자에게 들려 보냈다. 그런 다음 유소劉劭에게 명하여 강하를 구원하도록 하고 전예田豫에게는 양양을 구원하게 했다. 그리고 자신은 만총과 더불어 친히 대군을 거느리고 합비를 구하러 나섰다. 조예를 대동한 만총이 앞서나가 소호巢湖 어귀를 살펴보니 멀리 동쪽 강변에 깃발을 꽂은 작고 큰 전선이 무수히 떠 있었다. 만총이 진지로 돌아가 조예에게 말했다.

"동오는 우리가 촉군과 싸우느라 여력이 없는 줄 알고 만만히 여기고 있을 것입니다. 오늘 저녁, 적의 경계가 허술한 틈을 타서 공격한다면 크게 승리할 것입니다."

"장군의 계략이 짐의 생각과 같소!"

조예는 만총과 장구張球에게 각각 5천의 군사를 거느리게 한 다음 화공 준비를 단단히 갖추게 했다. 그날 밤 10시가 되자 만총과 장구는 화구를 갖춘 군사를 거느리고 살금살금 오의 수중 진지가 있는 강어귀로 다가가 좌우를 나누어 급습했다. 위군의 기습에 미처 대비하지 못한 오군은 사방에서 불을 지르며 달려드는 위군에게 당해 헤아릴 수 없이 많은 양초와 전선을 잃고 달아났다.

소호 근처로 진군했던 제갈근이 전선과 양초를 모두 잃어버리고 면구로 도망쳤다는 소식은 곧바로 육손의 귀에 들어갔다. 육손은 황급히 여러 장수들을 불러모았다.

"내가 폐하께 표를 올려 신성을 포위하고 있는 군사를 잠시 빼어 위군이 돌아가는 길을 끊게 하겠소. 그 사이에 내가 군사를 거느리고 위군의 전면을 공격한다면 적은 앞뒤로 협공을 당하게 되니 우리가 쉽게 이길 수 있을 것이오."

말을 마친 육손은 즉시 부장에게 표를 써주며 신성을 포위하고 있는 손권에게 전하라고 했다. 표를 받은 부장이 강을 건너가려고 서둘러 강어귀에 나왔다가 매복해 있던 위군에게 붙잡혀 조예의 군중으로 끌려갔다. 조예가 부하들을 시켜 포로의 몸을 뒤지게 하니 육손이 손권에게 보내는 밀서가 나왔다.

"육손의 이름이 허명은 아니었구나!"

표문을 읽은 조예는 포로를 옥에 가두게 하고 장수 유소에게 손권의 후군을 막게 했다. 한편 면구로 도주한 제갈근의 군사와 병마는 찌는 듯한 여름철의 무더위와 질병으로 전의를 상실한 상태였다. 견디지 못한 제갈근은 육손에게 편지를 보내 군사를 거두어 돌아가겠다는 의사를 밝혔다. 제갈근의 편지를 읽은 육손이 편지를 가져온 군사에게 말했다.

"상장군에게 돌아가 별도의 지시가 있을 때까지 면구에 주둔하라고 전하라."

육손의 대답을 전해들은 제갈근이 전령에게 물었다.

"도독은 요즘 뭘 하고 있더냐?"

"육장군께서는 군사들을 영문 밖으로 데리고 나가 땅을 갈고 콩과 팥을 심는 일을 하고 계셨습니다. 그리고 여러 장수들과 어울려 활쏘기를 즐기고 계셨습니다."

진령의 말을 들은 제갈근은 화를 내며 직접 육손이 머물고 있는 진지로 달려갔다.

"지금 위의 조예가 친히 대군을 이끌고 와 위군의 기세가 등등한데 도독께서는 무슨 방책을 가지고 계시오?"

"나는 일전에 신성에 계신 주상께 표문을 올리고자 했는데 그만 전령이 적에게 붙잡히고 말았소. 그러니 적들은 단단히 대비를 하고 있을 게 아니오? 이럴 때는 싸워봤자 승산이 없으니 물러나는 게 상책이오. 나는 이미 다른 인편을 통해 군사를 물리겠다는 표문을 폐하께 올렸소."

제갈근이 다시 물었다.

"도독의 뜻이 그러하시다면 왜 이처럼 늑장을 부리고 있소?"

"출병은 신속히 해야 하지만 퇴군은 신중히 해야 하오. 우리가 성급히 군사를 물리면 반드시 위군의 추격을 받게 되오. 장군께서는 먼저 배를 독촉하여 적과 대항하여 싸우는 체하십시오. 자유는 군사를 거느리고 면구에 있으면서 배를 타고 적진으로 쳐들어가는 척하여 적들의 의심을 산 후에 군사를 거느리고 강동으로 돌아오시오. 그래야 위병들의 추격을 면할 수 있을 것이오."

제갈근은 육손과 작별하고 면구로 돌아와 군선을 정돈해 퇴군할 준비를 갖췄다. 한편 제갈근을 면구로 돌려보낸 육손은 군사들을 거느리고 양양을 향해 진격하는 체했다. 위의 염탐꾼이 이 사실을 위제에게 알리자 조예는 오군이 쳐들어오는 줄 알고 제방을 든든히 쌓게 했다. 위의 장수들은 오군이 쳐들어온다는 소문을 듣고 조예에게 몰려가 싸우기를 청했다. 하지만 육손의 재주를 알고 있는 조예가 장수들의 주장을 묵살했다.

"육손은 지모가 뛰어난 인물이니, 그가 양양에 당도하기 전까지는 진의를 알 수 없다."

며칠 뒤, 조예의 판단은 과연 적중했다. 염탐꾼이 달려와 동오의 군사들이 3개 방면으로 나누어 퇴군하고 있다는 보고가 들어온 것이다. 하지만 조예는 오군이 물러나고 있다는 소식도 믿을 수가 없었다. 염탐꾼을 통해 오군이 물러나고 있다는 사실을 거듭 확인하고 나서야 조예가 혼자 중얼거렸다.

"육손의 용병술은 손자孫子나 오자吳子에 뒤지지 않는구나! 그가 살아 있는 동안은 강남을 평정하지 못할 것이다!"

조예는 여러 장수에게 각자의 진지를 굳게 지키라는 영을 내리고 나서 자신은 대군을 거느리고 합비에 주둔하며 사태의 추이를 지켜보았다. 위와 오가 남쪽에서 서로 대치하고 있는 동안 기산을 차지하고 있던 제갈량은 그곳을 장기적으로 점거할 요량으로 군사들에게 영을 내려 위나라에 소속된 현지 주민들과 함께 밭을 갈고 농사를 짓게 했다. 그러면서 행여 주민들의 원성을 듣지 않도록 군사 하나에 백성 두 사람의 비율로 땅을 나누게 하니 백성들은 제갈량의 관대한 처분에 매우 감사해했다. 이런 소식은 염탐꾼에 의해 사마의의 아들 사마사의 귀에 들어갔다.

"아버님, 촉병들이 우리에게서 많은 양곡을 탈취해가더니 이제는 그것도 모자라서 위빈에 있는 우리 백성들과 함께 농사일을 돌보고 있습니다. 이는 위빈을 아예 자기 땅으로 삼으려는 심산이니 그냥 놔둘 수 없습니다. 어서 촉군과 싸워 놈들을 물리쳐야 하지 않겠습니까?"

"황제 폐하께서 나에게 두 번씩이나 성을 지키고 싸우지 말라고 하셨으니 그것은 불가하다."

사마의의 말처럼 그 무렵 촉장 위연이 사마의의 금투구를 들고 나타나 여러 번 싸움을 걸어왔으나 전혀 싸움에 응하지 않았다. 그때마다 노기충천한 위의 장수들이 사마의에게 달려왔으나 그는 빙그레 웃으며 만류했다.

"옛날 성인이 말씀하시기를, '작은 일을 참지 못하면 크게 어지러운 일이 생긴다'고 했다. 아무 소리 말고 성을 지키기만 하라."

제갈량은 사마의가 나와서 싸우지 않는다는 보고를 받고 마대에게 은밀히 영을 내려 나무로 진을 치고 그 안에 깊은 구덩이를 판 다음 그 속에 마른 짚단과 유황을 가득 채워 언제든지 폭발시킬 수 있도록 준비해놓게 했다.

"마장군은 호로곡의 뒷길을 끊고 계곡에 군사를 매복시켜놓고 있다가, 사마의가 군사를 거느리고 골짜기로 들어오면 일제히 지뢰를 폭발시키도록 하시오."

마대가 군사를 거느리고 나갈 때 제갈량은 그를 불러 낮에는 칠성기七星旗를 계곡 어귀에 걸도록 하고 밤에는 산 위에 일곱 개의 등을 달아 촉군이 그곳을 알아볼 수 있게 했다. 마대가 군사를 거느리고 영문을 나서자 제갈량은 다시 위연을 불렀다.

"그대는 500명의 군사를 거느리고 상방곡 어귀에 매복하고 있다가 사마의가 그리로 오거든 애써 이기려 하지 말고 거짓으로 패한 체하시오. 사마의가 멋모르고 추격해오면 칠성기가 나부끼는 곳으로 들어가시오. 만일 그때가 밤이거든 일곱 개의 등불이 켜 있는 곳으로 가면 되오."

위연도 영을 받고 물러나자 제갈량이 다시 고상을 불렀다.

"자네는 30~40대의 목우 유마에 군량미를 가득 싣고 위군이 보이는 산길을 왔다갔다 하라. 그걸 보고 위병들이 나타나면 싸우지 말고 목우 유마를 팽개치고 달아나라."

고상이 목우 유마에 군량미를 싣고 떠나자 제갈량은 기산에 있는 군사들 가운데 농사일을 담당한 병사들만 따로 모아 분부했다.

"너희들과 현지인 사이를 이간하기 위해 위군이 달려올 것이니, 너희는 거짓으로 패한 체하며 달아나라. 만일 사마의가 친히 진격해온다면 너희들은 곧바로 위남으로 우회해서 그들의 귀로를 끊어라."

사마의를 끌어내어 사로잡기 위한 계책을 완료한 제갈량은 친히 한 무리의 군사를 거느리고 상방곡 가까이에 진지를 세웠다.

한편 하후혜·하후화 형제는 촉군과 위나라의 백성이 함께 농사일을 하는 것을 보고 염려되어 사마의에게 말했다.

"촉병들이 사방에 농막을 짓고 각처에서 주민들과 함께 밭갈이를 하고 있으니 이를 그대로 방치해두었다간 큰 후환이 생길 것입니다.

저희에게 맡겨주신다면 촉군을 쫓아내고 농막을 불태우겠습니다."

촉군과 위나라 농민과의 접촉을 두려워하고 있던 사마의는 할 수 없이 하후혜·하후화에게 각기 5천 명의 군사를 거느리고 나가 촉군의 농막을 제거하라는 영을 내렸다. 하후혜·하후화는 두 길로 군사를 나누어 위빈을 향하다가 도중에 군량미를 가득 실은 목우 유마를 끌고 오는 촉군을 발견했다. 하후 형제는 목우 유마를 빼앗기로 하고 곧바로 군사를 거느리고 촉군을 덮치니 촉병은 목우 유마를 팽개치고 달아나기 바빴다. 하후 형제는 촉병들이 도망치며 버리고 간 목우 유마를 빼앗아 사마의가 있는 진지로 보내고 가던 길을 계속 갔다. 다음날, 촉군의 농막을 덮친 하후 형제는 100여 명의 촉군을 사로잡아 사마의의 진지로 돌아왔다. 사마의가 촉진의 정보를 캐내기 위해 촉병을 다그치며 회유하니 붙잡힌 촉병이 대답했다.

"우리 승상께서는 위군이 진을 굳게 지키고 나와 싸우지 아니하자 저희들에게 명하여 현지 주민과 함께 밭을 갈아 군량미과 인심을 얻게 했습니다. 저희들은 농사를 짓는 게 좋아 그 영에 따랐으니 아무 죄가 없습니다."

사마의는 고개를 끄덕이고 나서 붙잡힌 촉병들을 즉각 풀어주게 했다. 그리고 공을 세운 하후 형제와 병사들에게는 크게 상을 내렸다. 하후화가 의아해서 물었다.

"애써 잡아온 놈들을 왜 그냥 살려 보내십니까?"

"졸병들 몇 백 명을 죽이느니 차라리 그들을 돌려보내 우리 위장들이 어질고 인자하더라는 소문을 촉군의 진영에 퍼뜨리는 게 훨씬 낫다. 여몽이 형주를 빼앗을 때도 적군으로 하여금 싸울 마음을 잃게 해서 이기지 않았느냐? 앞으로도 촉병을 사로잡으면 죽이지 말고 돌려보내도록 하라."

한편 제갈량은 고상이 하후 형제의 기습을 받아 군량미와 목우 유마를 몽땅 잃어버렸다는 보고를 받고 크게 기뻐하며 고상에게 영을 내려 목우 유마를 수차례나 더 위군에게 빼앗기게 했다. 사마의는 촉병이 계속 패한다는 보고를 받고 희색이 만면했다. 그러던 어느 날 또다시 10여 명의 촉병이 붙잡혀오자 사마의는 이들을 장막으로 불러 물었다.

"지금 제갈량은 어디에 있느냐?"

"우리 승상께서는 지금 기산에 계시지 않고 상방곡 서쪽 10여 리쯤에 진지를 세워놓고 매일 그곳으로 양곡을 운반시키고 있습니다."

사마의는 기쁜 표정을 애써 숨기며 붙잡혔던 촉병들을 풀어주었다. 그리고 즉시 장수들을 불러 영을 내렸다.

"제갈량이 기산에서 물러나와 상방곡에 진지를 세웠다고 하니 너희들은 내일 당장 군사를 거느리고 기산을 공격하라. 나는 직접 군사를 거느리고 뒤를 받쳐주겠다."

다음날 아침, 장수들이 만반의 준비를 갖추고 떠나자 아들 사마사가 물었다.

"제갈량을 잡으려면 상방곡을 공격해야 하는데 아버님은 왜 기산을 공격하라 하십니까?"

"기산은 촉군들의 본거지다. 우리가 그곳을 공격하면 촉군은 반드시 기산을 방어하려고 달려올 것이다. 우리는 그 틈을 타서 상방곡에 쌓아둔 양곡에 불을 지를 것이다."

장수들이 기산으로 떠난 뒤에 사마의는 장호와 악침에게 각기 5천 명의 군사를 거느리게 하여 좌우 선봉장을 맡겼다.

한편 제갈량은 위군에게 포로로 잡혀갔던 촉병을 통해 사마의의 관심사를 역으로 짚어본 결과, 사마의가 머지않아 기산을 치러 오리라는 것을 짐작했다. 과연 제갈량의 예측대로 여러 곳에서 전초병들이 달려와 위군이 여러 길로 몰려오고 있다고 보고했다. 제갈량은 즉시 여러 장수들을 장막으로 불렀다.

"사마의가 친히 군사를 이끌고 나올 테니 너희들은 적당히 응수하는 체하다가 곧장 위남으로 달려가 비어 있는 진지를 빼앗아라."

여러 장수들이 영을 받고 물러나자, 얼마 있지 않아 위병들이 물밀듯 기산으로 몰려들었다. 촉병들은 미리 지시를 받은 대로 크게 함성을 지르며 바삐 응전하는 체했다. 촉병들이 필사적으로 기산을 구하려는 모습을 본 사마의는 즉각 두 아들을 불러 중군과 함께 상방곡으로 쳐들어갔다. 상방곡 어귀에 진을 치고 있던 위연이 일단의 군마가 몰려오는 것을 보고 말을 달려나가서 자세히 살펴보니, 제갈량의 말대로 사마의였다. 위연이 말을 타고 앞으로 뛰쳐나가 외쳤다.

"이놈, 사마의야. 어디로 급히 가느냐!"

사마의는 불시에 나타난 촉의 매복에 움찔했지만, 위연이 단기인데다가 촉병의 수가 얼마 되지 않는 것을 보고 호기롭게 창을 비껴들고 위연과 맞섰다. 벽력 같은 소리를 외치며 나타난 기세와 달리 위연은 기껏 3합을 싸우다가 말 머리를 돌려 도주했다. 사마의는 촉군의 숫자가 너무 적어서 달아나는 줄 알고 두 아들을 좌우에 거느린 채 아무 의심 없이 위연을 추격했다. 위연은 제갈량이 일러준 대로 칠성기가 휘날리는 곳으로 사마의를 유인했다.

위연이 상방곡 입구로 도망치자 조심성 많은 사마의는 상방곡 입구에 군사를 멈추게 하고 염탐꾼에게 명하여 상방곡 안을 탐지하게 했

제갈량의 죽음 255

다. 오래지 않아 상방곡 안으로 들어갔던 염탐꾼이 돌아와 보고했다.

"계곡 안에는 촉군의 그림자도 보이지 않고 대신 수많은 양곡 창고만 늘어서 있었습니다."

보고를 받은 사마의는 군량미를 빼앗기 위해 전 군마를 이끌고 계곡으로 뛰어들었다. 그런데 자세히 보니 양곡 창고 위에는 마른 풀이 가득 쌓여 있었다. 사마의는 그제야 의심이 생겨 두 아들에게 물었다.

"이렇게 많은 양곡을 쌓아놓고 아무도 지키지 않다니, 무슨 술수가 있는 게 아니냐?"

사마의가 말을 마치기도 전에 함성이 들리더니 산 위에 숨어 있던 촉병들이 불붙은 화살을 소나기처럼 쏘아댔다. 그러자 마른 풀로 가득 채워진 양곡 창고에 불이 붙어 활활 타올랐다. 그것을 신호로 횃불을 든 촉군이 계곡 입구를 막고 불을 붙이니 상방곡은 온통 불바다가 됐다. 위군이 달아날 구멍을 찾아 미친 듯이 날뛰고 있을 때 이번에는 사방에서 큰 소리를 내며 지뢰가 터지기 시작했다. 겁에 질린 사마의는 두 손을 벌벌 떨며 말에서 내려 두 아들을 끌어안고 통곡했다.

"천지신명이시여! 어찌하여 우리 삼부자를 한꺼번에 불태워 죽이시려 합니까?"

사마의와 두 아들이 땅바닥에 둘러앉아 함께 울부짖자, 갑자기 광풍이 크게 일며 검은 구름이 가득 몰려오기 시작했다. 그러더니 연이어 천둥소리가 크게 울리고 장대 같은 소나기가 쏟아졌다. 계곡을 통째로 집어삼킬 듯한 불길은 소나기에 수그러들었고 화약이 비에 젖자 더 이상 지뢰도 터지지 않았다. 사마의는 소나기가 지나가기 전에 재빨리 군사를 이끌고 계곡 입구로 말을 달려갔다. 촉장 마대가 달아나는 사마의를 막으려고 했으나 촉군의 수가 너무 적고 장호·악침이 결사적으로 나서서 후미를 지키는 탓에 더 이상 위병을 추격하지 못했다.

구사일생으로 목숨을 건진 사마의 부자와 장호·악침은 군사를 거느리고 위남의 진지로 향했다. 그러나 도중에 만난 위군으로부터 이미 위남 진지가 촉병에게 빼앗겼다는 말을 듣고 말 머리를 돌려 곽회·손례를 찾아나섰다. 그 무렵 두 사람은 부교 위에서 촉병을 맞아 불리한 싸움을 하고 있었다. 촉군은 승리를 목전에 두고 사마의가 이끌고 오는 군사를 보고서야 군사를 물렸다. 사마의는 다급히 부교를 불태워버리고 위수 북쪽 연안에 진을 쳤다.

한편 기산에 있는 촉의 진지를 공격하던 위군들은 사마의가 크게 패했을 뿐 아니라, 위남의 진지마저 빼앗겼다는 말을 듣고 크게 위축되어 군사를 후퇴시키려고 했다. 위군이 물러가려는 기색을 눈치채고 사방에서 촉군이 달려와 위군을 압박하니 열 가운데 여덟, 아홉이 부상을 당하거나 죽었다. 간신히 살아남은 위병들은 사방으로 흩어져 위수 건너 북쪽으로 도망쳤다. 제갈량은 높은 산 위에서 위연이 사마의를 유인하여 상방곡으로 끌어들인 뒤에 불길이 크게 치솟는 것을 보고 '사마의가 이번에는 영락없이 죽게 되겠구나' 하고 기뻐했다. 그러나 갑자기 하늘에서 소나기가 내리고, 이 틈을 타서 사마의 부자가 도망쳤다는 보고를 받고 크게 실망하지 않을 수 없었다.

"일은 사람이 꾸미지만 성공 여부는 하늘에 달려 있으니, 어쩔 수 없는 일이다."

상방곡에서 간신히 살아온 사마의는 위남을 잃어버리고 위북의 진지에 머무르면서 장수들에게 엄명을 내렸다.

"앞으로 다시 나가 싸우자고 하는 자는 지위 고하를 막론하고 목을 베겠다."

고개를 떨어뜨리고 물러난 장수들은 이때부터 진지만 굳게 지켰다. 그러던 어느 날 곽회가 사마의에게 말했다.

"최근에 제갈량이 군사를 거느리고 위남 주변을 순시한다고 하니 진지를 옮길 게 분명합니다."

"제갈량이 만일 무공산武功山 동쪽에 진지를 세운다면 우리는 위태롭게 될 것이다. 하지만 반대로 위남으로 나가 서쪽 오장원五丈原에 진지를 세운다면 마음을 놓아도 된다."

곽회의 보고를 받은 사마의는 은밀히 염탐꾼을 풀어 촉군의 향방을 알아오게 했다. 염탐꾼이 돌아와 제갈량이 오장원에 주둔했다는 보고를 받고 사마의는 빙그레 웃었다. 그리고 다시 한번 장수들을 불러 절대 나가 싸우지 말라는 특명을 내렸다.

한편 오장원에 주둔한 제갈량은 여러 번 군사를 보내어 위병에게 싸움을 걸었으나 위병은 한 발짝도 진지에서 나오지 않았다. 그러자 제갈량은 건귁巾幗(부인용 투구)과 흰 비단으로 만든 여자의 소복을 큰 상자에 넣어 편지와 함께 사마의의 진지에 보냈다. 위장들은 제갈량이 그 물건을 보낸 뜻을 알 수 없어 사자를 사마의에게 안내했다. 상자를 열어본 사마의는 그 속에 든 건귁과 여자의 소복을 흘낏 쳐다보고 나서 제갈량의 편지를 꺼내 읽었다.

중달은 한 나라의 도독이 되어 중원의 군사를 거느리고 나왔으니 길고 짧은 것을 겨루어보아야 하거늘, 진지 속에 숨어 싸움을 피하니 그대가 아녀자와 다를 게 무엇인가? 그래서 인편에 건귁과 여자의 소복을 보낸다. 앞으로도 계속 싸우지 않으려면 두 번 절하고 이 물품을 받도록 하라. 그게 수치스럽다면 어서 날을 받아 떳떳이 싸움에 나서라.

제갈량의 편지를 읽은 사마의는 아무렇지도 않은 듯 상자를 가지고 온 사자에게 물었다.

"공명은 밤에 잠을 잘 자느냐? 또 매끼 식사는 잘하느냐?"

"우리 승상께서는 밤늦도록 잡무를 처리하느라 잠을 잘 주무시지 못합니다. 20대 이상의 태형에 해당하는 죄수를 직접 문책하실 정도이시니 식사를 거르는 때도 많습니다."

사마의가 웃음을 흘리며 말했다.

"너희 승상이 잠을 충분히 자지 못하고 식사마저 거른다니 오래 살지 못하겠구나!"

사자가 후히 대접받고 나서 오장원으로 돌아와 사마의를 만났던 일을 제갈량에게 자세히 보고했다.

"사마의는 상자 속의 물건과 편지를 보고도 전혀 노하지 않았습니다. 군사에 대해서는 아무 말이 없었고, 다만 승상께서 침식을 잘하시는지 물었습니다."

"뭐라고 대답했느냐?"

"모든 일을 승상께서 도맡아하시면서 침식을 거른다고 하자, 저에게 '너희 승상이 잠을 충분히 자지 못하고 식사마저 거른다니 오래 살지 못하겠구나'라고 말했습니다."

"그자가 우리 처지를 속속들이 꿰뚫어보고 있구나!"

제갈량이 탄식하자, 주부主簿 양옹楊顒이 옆에서 말했다.

"제가 보기에도 승상께서는 너무 많은 잡무를 맡아 하시고 계십니다. 승상께서 직접 장부를 대조하실 필요가 뭐 있습니까? 집안일에

격무에 시달리는 제갈량. 앞에 보이는 그릇은 아주 소량의 밥을 넣어도 가득 채운 것처럼 보이는 밥공기로, '제갈완(諸葛碗)' 이라고 한다. 민간 전설에 따르면 제갈량이 이 공기로 밥 다섯 그릇을 비워 사마의의 눈을 속이려 했다는 이야기가 있다.

비유해 말씀드린다면, 승상께서는 머슴에게 밭가는 일을 맡기고 하녀에게 밥짓는 일을 맡겨 게으름을 피우지 않게 감독하는 것으로 족합니다. 그런 일을 주인이 직접 나서서 거든다면 기력이 쇠하여 정작 중요한 일을 돌보지 못하게 되니, 크게 보아 주인의 도리를 잃은 것이 됩니다. 그래서 예로부터 전하기를 도를 논하는 사람을 삼공三公이라 하고, 이를 만들어 행하는 이를 사대부라 했습니다. 옛적에 병길丙吉은 소가 병든 것을 보고는 근심하면서도 사람이 길가에 쓰러져 죽은 것을 보고는 그냥 지나쳤다고 하며, 진평은 집안에 쌓인 금전이나 양곡이 얼마나 되는지 알려고 하지 않고 '그 일을 맡은 사람은 따로 있다'고만 말했답니다. 승상께서는 잡다한 일까지 친히 처리하느라 하루 종일 씨름하시니 어찌 기력이 쇠잔해지지 않겠습니까? 사마의의 말을 유념하십시오."

"신하된 몸으로 자기 한몸 보살피지 못하는 내가 부끄럽구려. 하지만 선제께서 내게 후제를 보필할 중임을 맡기셨으니 사소한 잡무 하나라도 어찌 적당히 넘어갈 수 있겠소?"

제갈량이 눈물을 흘리며 말하자 주위 모든 사람들이 함께 눈물을 흘렸다. 말이 씨가 되었는지 제갈량은 이날부터 두통이 심해지고 가끔씩 신열이 끓어올라 군무를 제대로 보지 못하는 날이 많아졌다. 촉 장들은 출병을 삼가게 됐다.

한편 위의 장수들은 도독이 건괵과 여자의 소복을 받고도 나가 싸우지 아니하자 크게 울분을 터뜨리며 사마의의 장막 안으로 몰려들어갔다.

"우리들은 모두 대 위국의 이름난 장수들인데 어찌 변방의 작은 나라로부터 모욕을 받고도 가만히 있을 수 있겠습니까? 승부를 낼 수 있도록 출진을 명령해주십시오!"

"내가 모욕을 견디고 있는 것은 오직 황제 폐하의 조서 때문이다. 이유야 어떻든 진지를 나가 싸우는 것은 천자의 명을 어기는 것이니 경거망동해서는 안 된다."

여러 장수들이 계속해서 불평을 늘어놓자, 사마의가 한 발 물러서는 듯이 말했다.

"너희들이 정히 나가 싸우고 싶다면, 내가 폐하께 표를 올려 윤허를 받은 후에 일전을 치르는 게 어떻겠느냐?"

장수들이 사마의의 제안을 받아들이자 사마의는 즉각 표문을 쓴 뒤, 사람을 골라 합비에 있는 조예에게 보냈다.

폐하께서 재주도 없는 신에게 중임을 맡겨주시어 지금까지 성을 굳게 지키며 나가 싸우지 않고 촉병이 스스로 물러가기만 기다리고 있었습니다. 그러는 중에 제갈량이 신에게 건괵과 여자 소복을 보내어 아녀자 취급을 하니 그 수모를 견디기 힘듭니다. 이에 신은 죽기를 무릅쓰고 적과 결전을 벌여 조정의 은혜에 보답하고 3군이 당한 수치를 설욕하고자 하니 윤허해주시기 바랍니다.

사마의의 표문을 읽은 조예는 대신들에게 물었다.

"사마의가 그 동안 수성을 잘하다가 갑자기 이런 표를 올려 싸우고자 하는 까닭이 무엇이냐?"

위위衛尉 신비가 말했다.

"중달은 나가 싸울 생각이 없는 게 분명합니다. 다만 여러 장수들이 분노를 참지 못하여 불평하므로 특별히 이런 상소문을 올려 폐하의 명령이 있을 때까지 장수들을 붙잡아놓으려는 속셈입니다."

"경의 말이 내 뜻과 같소. 그대를 특사에 명하니 어서 위북으로 가서 절대 나가 싸우지 못하도록 하시오."

신비가 밤낮을 가리지 않고 말을 달려 위북의 진지에 도착하자 사마의는 황제의 특사를 맞이했다. 신비가 사마의가 모아놓은 여러 장수들 앞에서 황제의 교지를 전했다.

"나가 싸우자고 말하는 자는 폐하의 뜻을 거역한 자로 치죄할 것이니 명심하라."

이에 모든 장수들이 아무 말 없이 장막을 나가, 다시는 싸우자는 말을 하지 않았다. 사마의는 안심이 되지 않아 신비와 함께 각 진지를 다니며 병사들을 보아놓고 나가 싸우지 말라는 황제의 영을 공표했다. 이런 소문은 곧 촉의 염탐꾼들에 의해 제갈량의 귀에 들어갔다.

"그것은 사마의가 우리 군심을 흐려놓으려는 잔꾀다."

"승상께서 그렇게 여기시는 까닭이 무엇입니까?"

옆에 있던 강유가 묻자 제갈량이 대답했다.

"옛말에 '전장에 있는 장수에게는 임금의 명령이 미치지 않는다'는 말이 있지 않소? 군권을 위임받은 도독이 왕에게 싸우게 해달라고 청원하는 것은 앞뒤가 맞지 않는 일이오. 그러니 사마의가 우리와 싸워보겠다고 조예에게 청한 것은 그의 본심이 아니라 싸우자고 나서는 장수들을 무마시키기 위함이오. 또한 병사들을 모아놓고 그런 사실을 재차 다짐하는 것은 이러한 소문을 퍼뜨려 우리의 군심을 해이하게 만들려는 수작이오."

제갈량이 말을 마쳤을 때 부하가 들어와 비위가 승상을 만나보기를 청한다고 알렸다. 제갈량이 비위를 장막으로 불러 찾아온 이유를 묻자 비위가 대답했다.

"승상께서 기산과 위남을 치는 동안 동오가 세 갈래 길로 위의 국경을 공격했습니다. 그러자 조예는 직접 군사를 거느리고 합비로 나가 만총·전예·유소로 하여금 오의 군사를 맞아 싸우게 했습니다. 그 중 위의 장수 만총이 계책을 세워 오의 양초와 전선들을 불태웠습니다. 오군은 엎친 데 덮친 격으로 괴질을 만나 시달린데다가 앞뒤에서 위군을 협공하려던 육손의 계책이 위군에게 누설돼 모든 게 수포로 돌아갔다 합니다."

비위의 말을 들은 제갈량은 길게 한숨을 쉬더니 피를 토하며 정신을 잃고 쓰러졌다. 곧바로 군의가 달려와 치료하자 가까스로 깨어나서는 탄식하며 말했다.

"그러잖아도 마음이 심란하던 차에 이런 좋지 않은 소식까지 듣게 되다니!"

이날 밤 제갈량은 안정을 취하라는 군의의 만류에도 불구하고 천문을 보기 위해 부하의 부축을 받으며 누대로 올라갔다. 한참 동안 밤하늘을 바라보던 제갈량이 옆에 있던 강유에게 말했다.

"내 명이 위태롭구나!"

"승상께서는 왜 그런 불길한 말씀을 하십니까?"

"저기를 보시오. 삼태성三台星(삼공에 비유되는 별) 안에 요기를 흘리는 객성客星이 들어와 있는데, 주성主星은 빛을 잃어 희미하지 않소? 나의 명이 저 별에 달려 있으니, 어찌 위태롭지 않겠소?"

강유가 안타깝게 말했다.

"승상의 천기가 그러하다면 어서 기양법祈禳法(액을 막는 법술)을 써서 생명을 돌봐야 하지 않습니까?

"나도 그 생각을 안 해본 건 아니지만, 인명은 재천이니 무슨 소용이 있겠소?"

"승상께서 극진하게 빈다면 하늘도 무심하진 않을 것입니다. 어서 제단을 차리게 하십시오!"

강유가 힘껏 강권하자 제갈량은 강유에게 시켜 49명의 건장한 갑사甲士를 뽑아 검은 옷에 검은 깃발을 들리고 제갈량의 장막 밖에 빙 둘러서게 했다. 그리고 일주일 동안 아무도 장막 근처로 접근하지 못하게 하고 제갈량 혼자 장막 안에 들어가 북두칠성에게 기도했다. 장막 안으로 들기 전에 제갈량이 강유에게 말했다.

"만일 일주일 내에 주등主燈이 꺼지지 않으면 나는 1기一紀(12년)를 더 살 수 있을 것이오. 하지만 그 동안에 주능이 꺼진다면 나는 곧 죽을 것이오."

제갈량이 기도를 하기 위해 장막 안으로 들어갔을 때는 8월 중추절로, 49명의 갑사가 든 검은 깃발은 바람 한 점 받지 못하고 뭍에 던져진 생선처럼 축 늘어져 있었다. 그날 따라 하늘에는 모래를 뿌려놓은 듯 수많은 별들로 반짝였으며 옥 같은 이슬이 풀잎마다 맺혔다. 승상이 기도를 하러 들어간 사이에 순라군은 딱따기 소리를 멈추었으며 군중의 병사들도 스스로 노래와 잡담을 금했다.

강유와 49명의 갑사가 호위하고 있는 장막 안에는 제단이 마련돼 있었고, 제단 주위로는 7개의 큰 등과 49개의 작은 등이 불빛을 밝히고 있었으며 한가운데 가장 큰 등이 훤히 빛나고 있었다. 제갈량은 제단 앞에 향을 사르고 꽃과 제물을 올리고 나서 절을 올렸다. 그리고 미리 준비한 축을 읽었다.

난세에 태어난 제갈량은 숲이 우거지고 샘이 흐르는 산천에 묻혀 책이나 벗삼아 늙으려 했으나 소열황제께서 세 번이나 찾아주신 은혜와 후사를 맡기신 까닭에 몸을 바쳐 역적을 토벌하지 않을 수 없었습니다. 그런데 뜻밖에 장군별이 희미하게 빛을 잃으니 저의 수명도 끝나려고 합니다. 삼가 글을 올려 하늘에 고하고 엎드려 하늘의 자비심을 구하니, 위로 천자의 은혜에 보답하고 아래로 백성의 생명을 구할 수 있게 수명을 연장시켜주십시오. 중원을 회복하여 한나라의 사직을 연장할 수 있도록 도와주십시오. 이는 결코 삿된 목숨을 부지하려는 욕심에서가 아니라, 한 나라의 신하로서 비는 간절한 기도입니다.

제갈량은 밤새 한숨도 자지 않고 제단에 엎드려 절하기를 새벽까지 했다. 그런 다음, 날이 밝자 아픈 몸을 이끌고 하루 종일 군무를 처리했으며 밤에는 또다시 하늘에 빌기를 계속했다.

한편 진지를 지키고 있던 사마의는 어느 날 밤 우연히 천문을 쳐다보고 나서 희색이 만면해지더니 하후패에게 말했다.

"장성將星 하나가 빛을 잃는 것을 보니 틀림없이 제갈량이 중환에 걸려 죽을 징조다. 너는 내일 아침 일찍 1천 군마를 거느리고 오장원으로 가서 싸움을 걸어보라. 우리가 싸움을 거는데도 촉군이 나와 싸우지 않는다면 분명 제갈량이 위태로운 증거다. 내 말이 맞다면 적을 물리치기에는 이보다 더 좋은 기회가 없다."

이날 아침 일찍 하후패는 군사들을 거느리고 하루 종일 촉군의 진지를 향해 달려갔다. 한편 제갈량이 북두칠성을 향해 기도한 지 6일째가 되자 되자 희미하게 꺼져가던 주등이 밝게 되살아났다. 한껏 고무된 제갈량은 머리를 풀고 칼을 든 채 땅에 그려놓은 북두칠성을 돌면서 객성을 진압하는 축을 외우고 있었다. 이때 갑자기 진영 밖에서 북소리와 함성이 크게 들리더니, 강유가 막을 사이도 없이 위연이 제갈량의 장막으로 뛰어들며 소리쳤다.

"위병들이 싸움을 걸고 있습니다."

장막으로 급하게 뛰어든 위연은 작고 큰 등을 밟지 않으려고 갈지 之자 걸음을 하다가 그만 주등을 엎어 꺼트리고 말았다. 제갈량이 들고 있던 칼을 내던지며 한탄했다.

"죽고 사는 일은 천명이니 빌어서 되는 일이 아니로다!"

승상의 기도를 훼방놓은 것을 깨달은 위연이 어쩔 줄을 모르고 땅에 엎드려 사죄했다. 그러자 뒤따라온 강유가 주등을 꺼트린 것을 보고 분통을 터드리며 칼을 뽑아 위연을 베려고 했다. 제갈량이 강유를 만류했다.

"그것도 내 명이 다해 그리 된 것이지 문장文長(위연의 자) 잘못이 아니다."

말을 마친 제갈량은 입으로 피를 토하며 위연에게 말했다.

"내가 병이 든 것을 알고 사마의가 일부러 군사를 보낸 것이니 장군은 의연히 나가서 적을 막도록 하시오."

명을 받은 위연이 군사를 거느리고 진 밖으로 나간 뒤 제갈량은 다시 피를 토하며 쓰러졌고 강유와 군의가 급히 그를 침상에 눕혔다. 위군을 거느리고 하루 종일 달려온 하후패는 위연을 보더니 황망히 군사를 거느리고 달아났다. 위연이 20여 리나 하후패를 쫓은 뒤에 돌아오자 제갈량은 위연을 치하하며 본진을 지키게 했다. 침상에 누운 제갈량에게 강유가 문병을 왔다. 제갈량이 그에게 말했다.

"나는 내 온몸을 바쳐 중원을 회복하고 한 황실을 일으키려 했으나 명이 다하여 오늘 아침이나 저녁 때 죽을 것 같소. 나랏일을 보면서 내가 틈틈이 저술한 책이 있으니 편수로는 24편이고 글자 수로는 10만 4,112자에 이르오. 거기엔 팔무八務 · 칠계七戒 · 육공六恐 · 오구五懼의 내용이 들어 있는데, 이를 전해줄 만한 사람이 눈에 띄지 않았소. 그런데 뒤늦게 내 책을 전해줄 만한 사람을 만났으니 그대가 바로 내가 찾던 사람이오. 내가 배우고 깨달은 모든 것을 공에게 전하니 가볍게 여기지 마시오."

강유는 울면서 승상에게 절하고 저서를 받았다. 제갈량이 말을 이었다.

"미처 실전에 사용하지는 못했지만 나는 연노連弩를 발명했소. 연노에 사용되는 화살의 길이는 8치요, 동시에 10개의 화살을 쏠 수 있소. 모두 도본을 그려놓고 세세히 설명을 달아놓았으니 그대가 만들어서 실전에 쓰도록 하시오."

제갈량이 잠시 말을 끊었다가 다시 입을 열었다.

"후퇴할 때 다른 곳은 염려할 것이 없으나 음평은 자세히 머릿속에 그려놓도록 하시오. 그곳은 워낙 험준한 곳이지만 오랫동안 지키기가 어려울 것이오."

제갈량은 강유와 작별하면서 마대를 불러달라고 말했다. 잠시 뒤에 마대가 장막으로 들어오자 귀엣말로 무엇인가를 당부했다. 마대가 고개를 끄덕이며 말했다.

"반드시 승상께서 시킨 대로 하겠습니다."

제갈량은 마대와 작별하면서 양의를 장막으로 불러달라고 말했다. 그는 또 장막으로 들어온 양의를 가까이 불러 비단주머니 하나를 건네주며 은밀히 일렀다.

"내가 죽으면 위연은 틀림없이 모반을 할 것이네. 그때 자네가 군사를 거느리고 나가 이 주머니를 열어보게. 서천 군사들끼리 싸우지 않고도 위연을 목베어 죽일 수 있을 것이네."

날이 완전히 밝을 때까지 제갈량은 부하들을 일일이 불러 사후 대책을 하나하나 일러주었다. 그러고 나서 혼수 상태에 빠지더니 그날 저녁 무렵에야 다시 깨어났다. 그 사이에 강유는 전령에게 제갈량의 목숨이 경각에 달린 것을 성도에 알리게 했다. 소식을 전해들은 유선은 크게 놀라 황망히 상서 이복을 불러 신속히 제갈량을 찾아가 문병하고 뒷일을 물어보게 했다. 영을 받은 이복은 발빠른 말을 골라 타고 밤낮 없이 오장원으로 달려갔다. 이복이 제갈량을 문병하고 유선의 명을 전하자, 제갈량이 눈물을 흘리며 말했다.

"내 한몸 제대로 돌보지 못하여 국가의 대사를 이루지 못하고 갑자기 죽게 되었으니 천자께 큰 죄를 짓게 되었소. 내가 죽은 후라도 경들은 나라를 위해 충성을 다하기를 게을리하지 마시오. 또 계속해서 내려오는 국가의 제도를 함부로 고치지 말고, 내가 중용한 사람을 함부로 버리지 마시오. 나의 병법은 강유에게 모두 전했으니 군무에 관한 일은 모두 그에게 물어 행하시오. 천자께서 근심하며 사람을 보내주었으니 그대에게 표문을 써주겠소."

말을 마친 제갈량은 이복을 쉬게 하고 불편한 몸을 일으켜세운 뒤 좌우에 명하여 수레까지 부축하게 했다. 수레를 타고 각 진지를 두루 살피는 제갈량의 눈에 눈물이 맺혔다. 그 동안 계절이 바뀌어 어디선가 한줄기 초가을 바람이 불어오자 쇠잔해진 제갈량은 뼛속까지 에이는 것 같았다. 제갈량이 길게 탄식하며 중얼거렸다.

"다시는 군사들을 거느리고 역적을 토벌하지 못하겠구나! 오, 넓고도 푸른 하늘이여, 어찌도 이리 무심하단 말인가?"

제갈량의 몸은 그처럼 가벼운 순시마저 견디지 못했다. 진지를 둘러본 뒤로 제갈량의 병세는 갑자기 악화됐다. 제갈량은 양의를 불러 퇴군 시의 요령을 가르쳐주었다.

"마대·왕평·요화·장의·장익 등은 모두 충성스럽기 짝이 없는 사람들이니 끝까지 의기를 지킬 것이오. 또한 실전 경험이 많고 쌓은 공도 많으니 어디라도 믿고 쓸 수 있소. 내가 죽은 뒤에 모든 일을 내가 살아 있는 것처럼 처리하시오. 군사를 물릴 경우 서서히 물리고 급히 서둘지 마시오. 공은 지모가 뛰어난 인물이니 여러 말 하지 않겠소. 백약伯約(강유의 자)은 지혜와 용맹을 갖추었으니 그에게 뒤쫓아오는 적을 막도록 하시오."

양의가 울면서 영을 받자, 제갈량은 붓과 종이, 벼루와 먹을 가져오게 하여 침상에 누운 채 유선에게 올릴 표문을 썼다.

옛말에 이르기를 살고 죽는 것은 모두 한 번씩 겪는 일이며 각자에게 정해진 운명은 피할 수 없다고 합니다. 이에 보잘것없는 몇 줄의 글로 남은 충성을 다하고자 합니다. 신 제갈량은 천성이 우매하고 옹졸하였으나 어려운 때에 병부兵符를 짊어지고 불철주야 북쪽의 역적을 정벌코자 했습니다. 그러나 눈에 보일 만한 성과를 거두기도 전에 깊은 병이 들어 목숨이 조석에 달려 있게 됐습니다. 바라건대 폐하께서는 밝으신 마음으로 욕심을 억제하고, 용체를 돌보듯 백성들을 사랑하시며 선황先皇께 효도하듯 어지신 은혜를 세상에 펴십시오. 또한 숨어 있는 인재를 발탁해 쓰시고 어진 선비를 가까이하시면 자연 간사한 무리를 물리치실 수 있으니 유념하십시오. 신의 집에는 뽕나무 800그루와 또 그만한 넓이의 밭이 있어 자손들이 먹고사는 데 지장이 없었습니다. 그간 신에게 필요한 것은 모두 관에 의지하였으니 달리 재산을 늘릴 필요가 없었습니다. 신이 죽는 날에 안으로는 남겨둔 비단이 없고 밖으로는 남은 재물이 없도록 하였으니, 이는 전심전력을 다해 폐하를 모시고자 했기 때문입니다.

제갈량은 표문을 쓰고 나서 양의에게 말했다.

"내가 죽더라도 발상發喪하지 말라. 큰 감龕(신불을 모시는 상자)을 만들어 그 안에 내 시체를 똑바로 앉히고 입 안에 쌀 일곱 알을 넣은 다음, 그 앞에다 등잔불을 밝혀놓아라. 군중을 평상시처럼 유지하고 절대로 곡을 하거나 슬퍼하지 말라. 그렇게 한다면 당분간 장성이 떨어지지 않을 것이다. 사마의가 나의 장성이 떨어지지 않는 것을 보면 함부로 행동하지 못할 것이니, 그 틈을 타서 가장 후방에 있는 진지부터 차례대로 퇴군을 하라. 사마의가 추격해오면 너는 도망하지 말고 단호히 진을 펼친 뒤 기를 올리고 북을 울려 반격할 태세를 갖춰라. 그래도 계속 추격해오거든 나무로 나의 목상을 미리 만들어두었다가 수레에 태우고 여러 장수들에게 호위하게 하여 위군 앞에 과시하라. 그러면 사마의가 놀라 달아날 것이다."

양의는 제갈량의 말 한마디 한마디를 깊이 유념하여 듣고 나서 반드시 그렇게 하겠다고 대답했다. 이날 밤, 제갈량은 시자들의 부축을 받으며 장막 밖으로 나가 북두칠성을 살폈다.

"저기 저것이 내 장성이다."

제갈량이 손가락으로 가리킨 쪽을 바라보니 북두성 근처에 입김만 스쳐도 금세 꺼져버릴 듯한 별 하나가 희미하게 가물거리고 있었다.

제갈량은 칼을 빼어 별을 겨누며 나지막이 주문을 외웠다. 주문을 모두 읊은 제갈량은 서둘러 장막 안으로 돌아와 다시 정신을 잃었다. 여러 장수들이 제갈량의 침상을 둘러싸고 당황하고 있을 때, 상서 이복이 달려와 정신을 잃고 누워 있는 제갈량 곁에 무릎을 꿇고 앉아 큰 소리로 울며 탄식했다.

"내가 국가의 대사를 그르치고 말았구나!"

이복의 울음 소리 때문이었는지 제갈량이 혼수 상태에서 다시 깨어났다.

"나는 공이 온 까닭을 알고 있소."

이복이 제갈량의 손을 덥석 부여잡으며 말했다.

"천자께서 저를 보내시면서, 승상의 대임을 누구에게 맡길 것인가를 꼭 물어오라고 명하셨는데 황망 중에 그만 잊어버렸습니다."

제갈량이 대답했다.

"나를 이어 대임을 맡을 적임자는 공염公琰(장완의 자)이오."

"공염의 다음으로는 누구입니까?"

"문위文偉(비위의 자)가 맡을 만하오."

"문위 다음으로는 누구입니까?"

제갈량은 숨이 가빠 이복의 질문에 더 이상 대답할 수 없었다. 눈꺼풀이 힘없이 감기자 곧바로 먹통같이 캄캄한 하늘이 펼쳐졌다. 제갈량은 자신이 보고 있는 검은 하늘이 저승의 것인지 이승의 것인지

최후를 맞은 제갈량. 그의 머리 위쪽에 저승길을 마중나온 우인(羽人) 형상의 사람이 보인다.
유물을 통해 본 옛 중국의 베개는, 그림 속 공명이 베고 있는 것처럼 가운데가 오목하게 파여 있었다.
이는 옛사람들이 머리를 묶고 지냈기 때문이라고 한다.

알 수 없었다. 그런데 갑자기 잔잔하고 비통한 노랫소리와 함께 하늘 한쪽이 희뿌옇게 열리면서, 남자인지 여자인지를 분간할 수 없는 사람 하나가 머리를 산발한 채 소복을 입고 제갈량에게 다가왔다.

초막을 짓고 책을 읽던 어진 선비를 나는 유혹했네.
세상에 나오지 않으려던 은사를 나는 간특한 말로 꾀었네.
그대를 유혹할 때 나는 부귀 영화를 입에 담지 않았고
그대 역시 고관대작을 탐하여 초막을 나서지는 않았네.
내 세 치 혀와 요기로운 언변은 이렇게 유혹했다네.
이보게 어진 선비여, 세상이 어지러우니 그대 생각은 어떤가?
우리가 함께 나서서 천하를 바로잡아보는 것이 좋지 않겠는가?
내 세 치 혀는 구렁이처럼 그대의 운명을 친친 감아맸고
천하를 바로잡자는 망상은 그대 수명을 거덜내었네.
나를 용서해주시오, 승상이여!
나는 너무 욕심이 많아 내 아들의 아둔함마저 그대에게 맡겼다오!

서기 234년 8월.
제갈량은 54세의 나이로 세상을 버렸다. 하지만 제갈량의 간곡한 영을 받은 강유와 양의는 감히 드러내놓고 애도하지 못하고 법도에 따라 시신을 염하고 감 속에 안치한 다음, 심복 부하 300여 명에게 주변을 지키게 했다. 또 위연에게 은밀히 전령을 보내어 적의 추적을 경계하게 하고 각처의 진지를 책임진 장수들에게는 진지를 거두어 철군하게 했다.

# 죽은 자가 산 자를 놀리다

제갈량이 영면하던 날 밤, 천문을 보고 있던 사마의는 북극성에 가까운 장성 하나가 마지막 빛을 뿜는 듯하더니 동북쪽에서 서남쪽으로 길게 꼬리를 끌면서 촉군이 주둔하고 있던 지역으로 떨어지는 것을 목격했다.

"드디어 공명이 죽었구나!"

사마의는 곧 영을 내려 전군에게 출동 명령을 내렸다. 자다가 일어난 위군들이 출진 준비를 갖추고 영문을 나섰을 때 사마의는 갑자기 마음이 바뀌어 혼잣말을 했다.

"공명은 육정육갑을 부릴 줄 아는 사람이니 나를 끌어내기 위해 일부러 죽은 것처럼 꾸몄을지도 모른다."

진지로 돌아온 사마의는 하후패에게 영을 내려 기병 수십 기를 거느리고 오장원에 있는 촉진을 정탐하게 했다. 한편 제갈량이 임종한 그날 밤, 촉장 위연은 기이한 꿈을 꾸고 잠에서 깨어났다. 그러다가 날이 밝자 부하를 보내 행군사마行軍司馬 조직趙直을 불러오게 했다.

"간밤에 내 머리에서 뿔 두 개가 솟아나는 꿈을 꾸었는데, 조사마가 역리易理에 밝다고 하니 어서 해몽을 해주시오."

"기린이나 청룡같이 귀하고 높은 신물神物에 뿔이 있는 것처럼, 장군께서 곧 그렇게 높이 된다는 뜻이니 당연히 길조입니다."

조직이 뜸을 들인 끝에 말해주자 위연은 크게 기뻐하며 말했다.

"만일 조사마의 말처럼 된다면 내 크게 보답하리다."

조직이 위연의 장막에서 나오다가 헐레벌떡 달려오는 상서 비위를 만났다. 조직이 뭐라고 묻기도 전에 비위가 먼저 물었다.

"아침 일찍부터 조사마가 웬일이오?"

"위장군이 머리에 뿔이 솟는 꿈을 꾸고 내게 해몽을 부탁하기에 길몽이 아니었지만 아침부터 마음을 상하게 하는 게 뭣해서 좋은 뜻으로 기린과 청룡에 빗대어 말하고 나오는 길입니다."

비위가 물었다.

"그러면 내게는 바로 말해줄 수 있겠소?"

"뿔 각角을 해자하면 용用자 위에 칼刀이 놓여 있는 형상이니, 머리에 칼을 뒤집어쓴 것 아닙니까? 그러니 흉몽이지요."

그러자 비위가 조직을 한쪽으로 불러 당부했다.

"조사마는 절대 그 말을 누설하지 마시오."

조직은 고개를 끄덕여 맹세하고 자기 장막으로 돌아갔다. 비위는 위연의 장막으로 들어가 좌우를 물리게 하고 위연에게 말했다.

"어젯밤 11시쯤에 승상께서 세상을 하직하셨습니다. 임종시에 여러 차례 사마의의 추적을 걱정하며 말씀하시기를, 장군께서 뒤를 맡아 경계하라고 하셨습니다. 또 절대로 발상을 하지 말고 서서히 군사를 물리라고 당부하셨습니다. 여기 병부가 있으니 당장 군사를 지휘해 주십시오."

위연은 병부를 받는 것보다 승상의 자리를 누가 잇게 될지가 더 궁금했다.

"그래, 승상직은 누가 이어받기로 했소?"

"승상께서 맡아보시던 국사는 당분간 양의에게 모두 맡기셨습니다. 또한 전에 승상께서 하시던 군사의 역할은 강유에게 일임하셨습니다. 그러므로 이 병부는 양의의 명령입니다."

위연은 단번에 얼굴색이 변했다.

"승상께서 돌아가셨다고는 하지만 나는 승상의 명으로 장군이 된 사람이오. 양의는 일개 장사長史에 불과했는데 어떻게 그 큰 일을 맡는다는 말이오? 그는 승상의 시신을 성도로 운구하여 장사를 지내는 일에나 적격이오. 나는 대군을 거느리고 사마의를 쳐부순 다음에 성도로 돌아가겠소. 승상께서 양의에게 대임을 맡겼다니 앞날이 캄캄해지는 것 같구려."

"승상의 유시이니 그대로 따르는 것이 좋지 않겠습니까?"

위연이 버럭 화를 내며 소리쳤다.

"승상께서 진작 내 계책에 따랐다면 우리가 지금 이런 수고를 하지 않아도 됐을 것이오! 내 벼슬이 아직도 전장군前將軍 정서대장군征西大將軍 남정후南鄭侯인 게 맞소? 그렇다면 어찌 장사 따위가 내게 명령을 한단 말이오!"

"설령 장군의 말이 옳다 하더라도 자칫하면 자중지란을 일으켜 적에게 이로운 일만 하게 됩니다. 그러니 제가 양의를 찾아가 장군에게 병권을 양도하는 것이 어떻겠느냐고 설득해보겠습니다. 그러니 그때까지는 진지를 나서지 말고 기다려보는 게 어떻겠습니까?"

위연이 수락하자 비위는 곧바로 말을 타고 오장원으로 달려가 양의를 만나 위연의 태도를 낱낱이 고하며 대책을 구했다. 그러자 양의가 말했다.

"승상께서 나에게 은밀히 유시하시기를, 승상의 사후에 반드시 위연이 모반할 것이라고 하셨소. 내가 그에게 병부를 내렸던 것도 실은 그의 마음을 떠보기 위해서였소. 일이 이렇게 됐으니 위군의 추격을 견제하는 일은 백약이 맡아주어야겠소."

양의는 강유에게 명하여 퇴군하는 촉군의 후미를 지키게 하고 자신은 제갈량의 영구를 호위하여 서서히 군사를 물리기 시작했다. 한편 자기 진지에서 비위가 오기만을 기다리던 위연은 오래도록 비위가 나타나지 않자, 마대에게 명하여 수십 기의 기병과 함께 오장원을 살펴보고 오게 했다. 마대가 돌아와 위연에게 말했다.

"주력은 거의 골짜기를 빠져나가 없고 강유만 남아 후군을 지휘하고 있습니다."

"먹물 든 문관들이 감히 나를 속였구나! 내 이놈들을 따라가 모조리 죽여버리고 말 테다."

위연이 노하여 소리치고는 마대의 심중을 떠봤다.

"마장군, 마장군은 누구를 따르겠소?"

"저 역시 양의에게 원한이 있던 몸이니 기꺼이 장군을 따르겠습니다."

위연은 크게 기뻐하며 자신의 군사를 모조리 거느리고 남쪽으로 향했다. 한편 수십 기의 기병을 거느리고 오장원을 정탐하러 온 하후패는 촉군의 진채가 뽑힌 것을 목격하고 급히 사마의에게 달려가 보고했다.

"촉군이 어느새 진채를 뽑아 사라졌습니다."

"공명이 죽은 것이 분명하구나! 군사를 하나도 빠짐없이 거느리고 추격하도록 하라!"

사마의가 발을 구르며 소리치자 하후패가 말했다.

"전군에게 추격을 명하는 것보다, 먼저 편장을 보내 다시 한번 확인해보는 게 좋겠습니다."

"이번에는 내가 직접 살펴보겠다."

사마의는 두 아들과 함께 군사를 거느리고 급히 오장원으로 달려갔다. 그리고 촉군의 진지가 있던 곳을 다니며 일부러 함성을 지르게 했다. 하지만 이미 떠나간 촉군이 다시 돌아올 리 없었다. 사마의가 두 아들에게 분부했다.

"시간이 촉박하니 나는 이 군사들을 데리고 곧장 추격하겠다. 너희는 어서 돌아가서 군사를 거느리고 오너라."

두 아들 사마사·사마소가 군사를 데리러 간 사이에 사마의는 한 무리의 군사를 이끌고 촉군이 사라진 길을 향해 달려갔다. 그러자 먼 산모퉁이를 돌아가는 촉병의 깃발이 언뜻 보였다. 사마의가 병사들을 재촉하여 산모퉁이를 향해 달려가자 갑자기 포소리가 들리며 산모퉁이 길 좌우에서 촉군이 쏟아져나왔다. 촉군은 금세라도 반격할 듯이 대형을 짜고 함성과 북소리로 기세를 올렸다. 그와 동시에 숲속에서 한 대의 사륜거가 굴러나왔다. 수십 명의 상장군들에게 옹위를 받고 나온 사륜거에는 커다란 깃발이 꽂혀 있었고, 그 깃발에는 '한승상 무향후 제갈량'이라는 글씨가 금실로 박혀 있었다. 제갈량의 이름이 씌어진 깃발을 보고 입이 벌어진 사마의는 사륜거 안에 윤건을 쓰고 학창의를 입은 제갈량이 모선을 들고 있는 것을 보고 손발이 덜덜 떨렸다.

"제갈량이 살아 있구나! 내가 또다시 그의 계책에 빠졌다!"

사마의가 말 머리를 돌려 달아나자 강유가 그 뒤를 따라가며 소리쳤다.

"사마의는 달아나지 말라! 너는 우리 승상의 계략에 빠졌다!"

사마의가 앞장서서 달아나자 위의 병사들은 너나 할 것 없이 갑옷과 투구, 창과 방패를 어지럽게 내팽개치며 혼비백산하여 달아났다. 사마의가 뒤도 돌아보지 않고 50여 리를 달아나자, 두 장수가 다가와 사마의의 말고삐를 잡아당기며 소리쳤다.

"도독께서는 이제 안심하십시오!"

사마의는 두 손으로 자기 머리를 만져본 후에야 겨우 자신이 살아 있음을 실감했다. 숨을 고른 사마의는 자신의 뒤를 따라와 말고삐를 잡은 하후패·하후혜와 함께 샛길을 통해 본진으로 돌아와 여러 장수들을 불러놓고 별도의 지시가 있을 때까지 절대 나서지 말라고 명령했다. 그로부터 이틀 뒤, 촉병이 지나가던 고을에 살고 있던 위의 백성이 사마의의 진지에 달려와 말했다.

"위군이 물러가고 나서 산골짜기로 들어간 촉병이 갑자기 산이 떠나갈 듯이 곡을 하기 시작했습니다. 촉의 군중이 온통 흰 깃발로 덮인 것으로 보아 제갈량이 죽은 것이 분명합니다. 촉의 본진은 앞서 달아났고 후미를 지키고 있는 것은 고작 1천 명밖에 되지 않습니다. 이틀 전에 도독께서 보았던 것은 제갈량의 목상이었습니다."

백성의 말을 들은 사마의가 한탄하며 말했다.

"나는 그가 살아 있다는 것만 두려워했지, 죽은 후에도 이렇게 두려울 줄 몰랐구나!"

제갈량이 확실히 죽었다는 것을 알게 된 사마의는 다시 군사를 거느리고 적안파赤岸坡까지 달려갔으나 그 사이에 촉군은 위의 추격권을 벗어나고 말았다. 진지로 돌아온 사마의는 여러 장수들을 모아 말했다.

"촉군을 궤멸시키지는 못했으나, 공명이 죽었으니 우리는 앞으로 베개를 높이 베고 잠을 잘 수 있게 됐다."

다음날 사마의는 군사를 거두어 돌아갔다. 돌아가는 도중 제갈량이 진을 쳤던 곳을 지나치게 된 사마의가 말에서 내려 촉군의 진지를 자세히 살펴보고 나서 위장들에게 말했다.

"전후좌우가 빈틈 없이 짜여진 진을 보라! 과연 공명은 천하에 다시없는 재사였구나!"

군사를 거느리고 장안에 도착한 사마의는 여러 장수들에게 자신이 맡은 요새지를 철저히 지키라 이르고 자신은 위제를 만나러 낙양으로 향했다.

한편 성도에 있던 유선은 이복에게 제갈량을 문병하러 보내고 나서 왠지 잠이 오지 않고 음식마저 쉽게 넘기지 못했다. 그러던 어느 날 성도의 금병산이 무너지는 꿈을 꾸다가 잠에서 깨어 일어나 더 이상 잠을 이루지 못하고 뒤척였다. 다음날 아침 유선은 조례당에 신하들을 모아놓고 꿈 이야기를 했다. 그러자 초주가 입을 열었다.

"신이 어젯밤에 천문을 보니 커다란 장성 하나가 붉은색 꼬리를 길게 끌면서 동북쪽에서 서남쪽으로 떨어졌습니다. 폐하의 꿈에 산이 무너지는 것과 장성이 떨어진 것은 분명히 승상에게 불길한 징조가 있음을 알리는 것입니다."

초주의 말을 들은 유선이 놀란 가슴을 안정시키기도 전에 이복이 돌아왔다는 보고가 들어왔다. 조례당에 들어선 이복은 유선 앞에 엎드려 머리를 조아리고 울면서 제갈량의 임종을 고하고 유언을 전하는 한편 승상이 마지막으로 쓴 표문을 올렸다. 그러자 유선은 방성대곡을 하며 말했다.

"하늘이 우리를 버리시는구나!"

유선이 거듭 울다가 지쳐 용상에 쓰러지니 옆에 있던 시자들이 들쳐엎고 후궁으로 달려갔다. 제갈량이 죽었다는 부음은 궐내를 한 차례 돌고 나서 순식간에 성도 전체에 퍼졌다. 그날 조정의 모든 관료들은 물론 이름을 알 수 없는 백성들까지 친부모가 죽은 것처럼 목놓아 통곡했다. 시자들에게 엎혀간 유선은 그날부터 후궁에 몸져 누웠다. 이즈음 위연이 보낸 전령이 달려와 양의가 반란을 일으켰다는 표문을 올리자, 제갈량의 죽음으로 슬픔에 잠겨 있던 문무백관들은 하나같이 경악했다. 문무백관들이 이 사실을 전하기 위해 유선의 침상으로 몰려갔을 때, 마침 오태후(유비가 한중왕에 오른 뒤에 맞아들인 부인)도 유선과 함께 있었다. 보고를 받은 유선은 깜짝 놀라며 옆에 있던 신하에게 위연의 표문을 읽게 했다.

정서대장군 남정후 신 위연은 황공하고 두려운 마음으로 천자께 표를 올립니다. 승상이 졸지에 죽음을 당하자 양의는 임의로 병권을 탈취한 뒤, 승상을 운구한다는 구실을 붙여 반란군을 거느리고 성도로 향하고 있습니다. 신은 먼저 사력을 다해 이들의 진로를 막아 싸우고 있음을 알립니다.

표문을 다 듣고 난 유선이 문무백관들에게 물었다.

"위연 같은 용감한 장수가 반란의 무리를 막고자 나섰으니 다행이 아닌가?"

오태후가 신중히 말했다.

"선제께서 살아계실 때 내가 들은 이야기로는, 제갈승상은 위연의 후두부에 반골反骨이 돌출되어 있어서 수차에 삭탈관직하고자 했으나 용맹이 가상해 그냥 쓰고 있다고 하셨소. 그러니 양의가 반란을 일으켰다는 위연의 말을 함부로 믿지 마시오. 승상께서 양의가 문관인데도 장상의 직위를 내렸으니 그만큼 쓸 만했기 때문이 아니었겠소? 자세한 사정도 모르면서 위연의 말만 듣고 일을 처리한다면 양의는 본의 아니게 위나라에 투항하고 말 것이오. 그러니 이 일은 깊이 생각하여 처리해야 할 것이오."

위연이 올린 표문 하나가 성도를 발칵 뒤집어놓을 무렵, 양의와 강유는 위의 기습에 대비하며 신중히 한중으로 퇴군하던 중에 잔도가 놓여 있는 잔각棧閣 어귀에 접어들었다. 그런데 갑자기 앞쪽에서 불길이 하늘까지 치솟으며 북소리와 함성이 뒤섞여 울렸다. 수상쩍은 군사에 의해 앞길이 막혔다는 보고를 받은 양의가 좀더 자세히 적군의 정체를 알아보게 하니 정찰을 나갔던 병사가 금방 돌아와 말했다.

"위연이 잔도를 불태우고, 휘하 군사들을 거느려 길을 막고 있습니다."

"승상께서 예상했던 대로 기어코 이 자가 일을 저지르는구나! 위군을 경계하는 것만으로도 벅찬데 이 자가 퇴로를 막아서다니……."

양의가 깜짝 놀란 데 비해 옆에 있던 비위는 침착하게 정세 판단을 했다.

"위연은 저 짓을 하기 전에 먼저 천자께 거짓 표를 올려 우리들이 반역했다고 모함을 했을 것입니다. 그러니 우리도 어서 천자께 표를 올려 우리가 아니라 위연이 모반을 일으킨 것을 알려야 합니다."

비위의 고언을 들은 강유가 고개를 끄덕였다.

"이 근처에 사산槎山을 경유하는 좁은 지름길이 있으니 그 길을 통하며 잔도의 뒤쪽으로 빠져나갈 수 있습니다. 문위의 말처럼 천자께서 표를 올리고, 우리도 그 길을 통해 빠져나갑시다."

양의는 급히 표문을 쓰고 사람을 골라 서둘러 성도로 달려가게 했다. 유선과 문무백관들이 위연의 의중을 몰라 전전긍긍하고 있을 때 전령이 장사 양의가 쓴 표를 가지고 왔다는 보고가 들어왔다. 유선이 신하에게 표문을 읽게 했다.

장사 수군장군 양의는 황공하옵고 두려운 마음으로 천자께 표를 올립니다. 승상께서 임종하실 때 대사를 신에게 위임하시어 옛날의 제도를 따르고 함부로 바꾸지 말라 하셨습니다. 승상께서는 퇴군 시의 요령을 분부하시면서 위연에게 뒤를 돌보게 하고 강유에게 중군을 맡도록 당부했습니다. 그런데 위연은 승상의 유언에 따르지 않고 임의로 본부의 군마를 거느려 먼저 한중에 들어가 잔도를 불태우고, 그것도 모자라 승상의 영구를 운반하는 수레를 빼앗으려고 합니다. 갑자기 일어난 변괴이므로 전후 사정을 자세히 적어 폐하께 알립니다.

양의가 올린 표문을 신중히 듣고 있던 오태후가 중신들을 둘러보며 물었다.

"대신들은 어떻게 생각하오?"

장완이 먼저 입을 열었다.

"신이 곁에서 지켜본 바로 양의는 성품이 과격하고 포용력이 없는 인물이긴 하나, 군량미와 마초를 간수하고 군물을 보살피는 일을 하며 오랫동안 승상을 보필해왔습니다. 그래서 승상께서 그에게 대사를 위임하셨을 것이니 결코 배반할 인물이 아니라 여겨집니다. 또한 위연은 평소 주위 사람들과 공을 다투는 일을 즐겨 했으며 자신을 알아주지 않는 것에 늘 울분을 터트려왔습니다. 양의가 그런 위연을 신통치 않게 여겼으므로 위연은 오래전부터 양의에 대해 앙심을 품고 있었습니다. 그러다가 이번에 양의가 병권을 잡자 위연은 이를 못마땅하게 여겨 잔도를 불태우고 귀로를 막아서며, 무고한 표문을 올린 것입니다. 신은 가족의 생명을 걸고 양의를 보증할 수 있으나 위연에 대해서는 확신할 수 없습니다."

장완의 말이 끝나자 동윤이 말을 이었다.

"위연은 늘 자신의 재주와 용맹을 자랑하며 자신의 처지를 원망해왔습니다. 그러면서도 이제까지 참아왔던 것은 승상을 두려워했기 때문입니다. 위연은 승상이 돌아가시자 이 틈을 노려 반란을 일으킨 게 분명합니다. 양의는 승상의 아낌을 받은 인물로 절대 배반할 사람이 아닙니다."

두 사람의 말을 들은 유선이 장완에게 물었다.

"만일 위연이 배반했다면 어떻게 대처해야 하느냐?"

"승상께서는 평소에도 위연을 의심하고 있었으니 임종을 맞이해 반드시 어떤 계책을 남겼을 것입니다. 양의에게 그러한 대비책이 없었다면 어떻게 사산을 넘어왔겠습니까? 위연은 승상께서 세워놓은 계책으로 분쇄될 것이니 폐하께서는 너무 걱정하지 마십시오."

유선이 문무백관들과 위연에 대한 대책을 논의하고 있을 때 또다시 위연에게서 표문이 도착했다. 지난번과 똑같이 양의가 반기를 들었다는 내용이었다. 그 표문을 다 읽자마자 이번에는 곡구에서 양의의 전령이 표를 갖고 달려와 위연의 모반을 다시 한번 낱낱이 알려왔다. 위연과 양의 두 사람이 잇달아 표문을 올려 상대방을 성토하니 궁궐이 온통 뒤숭숭해졌다. 그때 비위가 도착했다는 보고가 들어와 유선은 급히 그를 불러들여 자초지종을 물었다. 그러자 비위는 위연이 반란을 일으켰다고 말했다. 사태의 전모를 알게 된 유선이 말했다.

"사태가 이렇게 되었으니 위연에게 가짜 부절符節을 주어 일단 회유하는 게 좋겠소. 누가 그 일을 하겠소?"

그러자 제갈량이 북벌을 떠나며 성도에 믿고 남긴 몇 사람 가운데 하나인 황문시랑黃門侍郞 동윤이 나섰다. 동윤은 유선에게 가짜 부절을 받아 서둘러 말을 타고 위연을 찾아 떠났다.

한편 위연은 잔도에 불을 지르고 남곡에 주둔하여 길목을 지키면서 잔도를 불태운 자신의 계책에 만족스러워했다. 하지만 한중을 빼앗길지도 모른다고 생각한 양의는 선봉장 하평何平에게 3천 군사를 주며 지름길을 통해 남곡으로 앞서가게 했다. 그리고 자신은 강유와 함께 밤을 틈타 제갈량의 시신을 운구하여 그 뒤를 따랐다. 양의의 군사를 꼼짝 못하게 묶어놓았다고 착각한 위연이 한껏 느긋해하고 있을 때 갑자기 남곡 뒤쪽에서 북소리와 함성이 울렸다. 잠시 후, 파수병이 급히 달려와 양의의 선봉장 하평何平이 사산의 지름길을 건너 싸움을 걸어오고 있다고 보고했다. 위연은 크게 노하여 군사를 거느리고 하평이 진을 치고 있는 곳으로 말을 달려갔다. 하평이 위연을 향해 소리쳤다.

"역적 위연아, 요즘 잠은 잘 자느냐?"

"양의의 반란을 돕는 놈이 나에게 그 따위 소리를 할 수 있느냐?"

위연이 버럭 화를 내며 소리치자 하평도 지지 않고 목청을 높였다.

"너는 승상의 시신이 아직 식기도 전에 반란을 일으켰으니 하늘이 두렵지 않느냐!"

생전의 제갈량을 떠올린 위연이 대답을 못하고 우물쭈물하고 있자, 하평은 채찍을 들어 위연이 거느린 서천西川의 군사를 가리키며 다시 입을 뗐다.

"너희들은 모두가 서천 사람이 아니냐? 고향에는 너희들의 부모와 처자식, 형제들이 니희들을 기다리고 있는데 어쩌자고 역적의 손발 노릇을 하고 있느냐? 승상께서 살아계실 때 너희들을 박절히 대한 적이 있더냐? 어서 이리 달려와 함께 돌아가자!"

위연을 따라온 군사들이 하평의 말을 듣고 무기를 버리고 뿔뿔이 흩어져 도망갔다. 위연은 말에 박차를 가해 하평에게 달려가며 칼을 휘둘렀다. 하평도 지지 않고 창을 비껴들고 맞섰다. 그러다가 하평이 거짓으로 패한 체하며 달아나자 위연이 바짝 뒤를 추격했다. 그러나 하평의 군사들이 일제히 활을 쏘는 바람에 위연은 말을 돌려 돌아갔다. 자기 진지로 돌아온 위연이 병사를 점검해보니 대다수가 양의 쪽으로 달아나고 마대가 거느린 300여 군사만이 남아 있었다. 위연이 마대에게 말했다.

"마장군밖에 믿을 사람이 없구려. 이 고마움을 결코 잊지 않겠소."

위연은 마대와 함께 군사를 수습하여 다시 하평을 추격했다. 그러나 위연이 다가오기만 하면 활을 쏘아대는 하평의 군사를 쉽사리 따라잡을 수 없었다. 많은 군사가 떠난 탓에 의기소침해진 위연이 마대에게 말했다.
"이렇게 된 바에야 차라리 위에 투항하는 것이 어떻겠소?"
마대가 말했다.
"대장부로 태어나 스스로 패업을 일으키지 못하고 남의 휘하에 들어가는 것이 말이나 됩니까? 장군께서는 지략과 용맹을 겸비한 재사이신데 양천兩川의 어느 누가 감히 맞서 싸운다는 말입니까? 장군께서 한중을 취하기만 하면 양천은 저절로 굴러들어올 것입니다."
위연은 그제야 원기를 얻어 마대와 함께 군사를 거느리고 남정을 취하러 나갔다. 이때 남정성을 지키고 있던 강유는 위연·마대가 말머리를 나란히 하여 쳐들어오는 것을 보고 급히 적교를 올리게 했다. 의기양양해진 위연·마대가 동시에 외쳤다.
"빨리 항복하여 목숨을 빌라!"
강유는 양의에게 달려가 상의했다.
"위연과 마대가 용맹하다고는 하지만 저들의 군사는 많지 않소. 그러니 좋은 계책을 생각해봅시다."
"승상께서 임종시에 비단주머니를 하나 주시면서, 만약에 위연이 반란을 일으켜 서천 군사들끼리 서로 싸우게 되거든 끌러보라 하셨소. 이 주머니 속에 위연을 참할 수 있는 계책이 있다고 말씀하셨으니 지금 한번 꺼내봅시다."
양의가 비단주머니를 열어보니 그 속에 밀봉된 편지가 들어 있고, 겉봉에는 '위연과 대적할 경우 말 위에서 열어보라'는 글이 씌어 있었다. 강유가 크게 기뻐하며 양의에게 말했다.
"겉봉에 쓰인 대로 내가 먼저 군사를 거느리고 성밖으로 나가서 진을 치고 있을 테니 장사는 내 뒤를 따르십시오."

강유는 3천 군사를 거느리고 성문으로 나가 진을 쳤다. 말 위에 올라탄 강유가 창을 비껴들고 위연을 향해 큰 소리로 꾸짖었다.

"역적 위연아! 너는 무엇이 서운해서 이같은 역적질을 하느냐?"

"백약아! 이 싸움은 나와 양의 간의 싸움이니 너는 물러나 있거라!"

두 사람이 대거리를 하는 중에 문기 뒤에 숨어 있던 양의가 비단주머니 속의 밀서를 열어보았다. 과연 거기엔 제갈량다운 계책이 씌어 있었다. 양의는 크게 기뻐하며 단신으로 말을 타고 위연 앞으로 나가 그를 한껏 비웃는 투로 말했다.

"승상께서 살아계셨을 때 늘 위연이 반란을 일으킬 것이라고 내게 말씀하셨다. 그런데 과연 그 말이 맞았구나. 네가 만일 말 위에서 '감히 누가 나를 죽일 수 있겠느냐?'고 세 번만 크게 외쳐보라. 그러면 한중을 너에게 통째로 바치겠다."

"이 먹물 든 유자놈아! 제갈량이 죽어 없는 마당에 나와 대적할 사람이 어디 있단 말이냐? 세 번이 아니라 3만 번이라도 어려울 것이 없다."

위연은 칼자루를 잡은 채 말 위에서 크게 외쳤다.

"감히 누가 나를 죽일 수 있겠느냐?"

위연의 일성이 끝나기도 전에 등 뒤에서 누군가가 응답했다.

"내가 너를 죽이겠다!"

그 말과 동시에 푸른 칼날이 번득이며 위연의 목을 베어 말 아래로 떨어트렸다. 군사들이 깜짝 놀라 쳐다보니 바로 마대였다. 제갈량은 임종이 가까울 무렵 마대를 불러 위연을 따르는 체하다가 위연이 그와 같은 말을 할 때 단번에 목을 베라고 영을 내렸던 것이다. 양의는

마대가 달려와 위연의 목을 베어 말 아래로 떨어뜨렸다. 실제 역사에 기록된 위연의 모습이 흔히 알려진 것처럼 '파렴치한 배신자'는 아니라지만, 국가적 위기 상황에서 양의와 더불어 권력다툼을 벌인 것은 명백한 과오다. 정사에서는 "위연과 양의 등이 초래한 재앙과 허물은 그들 자신으로부터 나오지 않은 것이 없다"고 하였다.

비단주머니 속의 밀서를 읽는 순간, 마대가 위연의 편에 섰던 것은 제갈량의 계책을 완수하기 위한 위장이었음을 알아차렸다.

한편 가짜 부절을 들고 남정에 도착한 동윤은 위연이 마대의 칼에 죽었다는 소식을 듣고 강유가 있는 곳으로 가서 합세했다. 양의는 위연을 죽인 사실을 표문에 자세히 기록하여 그날 밤 중으로 성도에 있는 유선에게 보냈다. 양의의 표문을 본 유선은 다음과 같은 교지를 내렸다.

위연의 죄상은 천하에 밝혀졌지만, 지난날 그의 공을 생각하여 관에 넣어 제대로 장례를 치러주라.

드디어 양의 등이 제갈량의 영구를 운구하여 성도에 가까이 다가오자, 유선을 비롯한 모든 문무백관들이 상복을 입고 성밖 30여 리까지 나와서 영구를 맞이했다. 유선이 제갈량의 시신을 실은 수레를 붙잡고 방성대곡하자 공경대부는 물론 산골짜기의 이름 모를 백성들까지 남녀노소를 막론하고 목놓아 울지 않는 사람이 없었다. 유선은 성까지 오는 동안 친히 제갈량의 영구를 거들었다. 제갈량이 안치될 승상부에는 아들 제갈첨諸葛瞻이 상복을 입고 기다리고 있었다. 유선이 조정에 돌아오니 양의는 자신의 몸을 스스로 결박짓고 죄를 빌었다. 유선은 근신들에게 명하여 양의의 밧줄을 풀게 했다.

"만일 경이 아니었던들 승상의 유시를 어떻게 받들고 영구는 어느 날에나 돌아올 수 있었겠는가? 또 위연은 어찌 참할 수 있었겠는가? 이 모든 일을 무사히 치를 수 있었던 것은 모두 공의 노고 덕택이오."

양의를 치하한 유선은 양의에게 중군사의 벼슬을 내리고 마대에게는 역적을 토벌한 공이 있다 하여 위연의 벼슬을 고스란히 물려주었다. 또 양의가 바친 제갈량의 표를 읽어본 유선은 다시 한번 통곡하며 제갈량을 편히 모실 묘택을 찾게 했다. 비위가 말했다.

"승상께서 임종하실 때 당부하시기를, 장사는 정군산에 지내되 묘 주변에 석벽이나 석물도 세우지 못하게 하셨을 뿐 아니라 일체의 제물도 바치지 말라 하셨습니다."

유선은 제갈량의 유언에 따라 10월의 길일을 택해 친히 제갈량의 영구를 이끌어 정군산에 안장했다. 장례를 마친 유선은 제갈량에게 충무후忠武侯라는 시호를 내리고 면양에 사당을 세워 사계절에 따라 제사를 지내게 했다. 유선이 제갈량을 정군산에 묻고 돌아오자 기다렸다는 듯이 근신이 달려와 말했다.

"변방에서 파발이 오기를, 동오의 손권이 전종에게 수만 군사를 거느리게 하여 파구의 경계에 진을 치게 했다고 합니다."

유선이 한숨을 쉬며 말했다.

"승상이 세상을 떠나시니 손권이 촉과 맺은 동맹을 헌신짝처럼 내버리는구려."

장완이 진언했다.

"신에게 왕평과 장의를 주시면 수만 군사를 거느리고 영안에 주둔하고 있으면서 만일의 사태에 대비하겠습니다. 폐하께서는 언변 좋은 사자를 뽑아 동오에 승상의 부음을 전하는 한편 그들의 동정을 살피게 하십시오."

"그렇다면 누가 좋겠소?"

유선이 좌우를 둘러보며 묻자, 한 사람이 앞으로 나섰다.

"재주는 보잘것없지만 제가 말을 좀 할 줄 압니다."

자원해 나선 사람은 남양 안중安衆 출신의 참군 우중랑장 종예宗預였다. 유선은 기뻐하며 종예를 즉시 오로 보내어 제갈량의 부음을 알리고 그곳의 동정을 알아오게 했다. 종예는 금릉을 경유하여 건업으로 들어가 손권을 만났다. 그런데 대궐에 들어가보니 모든 오나라 대신들이 상복을 입고 있어 종예는 내심 궁금히 여겼다. 손권에게 예를 차린 종예가 준비해간 말을 했다.

"저희 주인께서는 승상이 돌아가신 것을 알리기 위해 특별히 신을 보내셨습니다."

그러나 손권은 종예의 말을 듣지 못한 듯이 정색을 하고 물었다.

"오와 촉은 동맹을 맺어 한 집안이 되었는데 어찌하여 경의 주인은 백제성에 군사를 증파했는가?"

"신의 생각으로는 오에서 파구에 군사를 증원하니 저희도 부득이 군사를 더하게 된 것 같습니다. 그러니 서로 따질 것이 없다고 생각합니다."

종예의 말을 들은 손권이 크게 웃으며 말했다.

"경은 예전에 왔던 등지와 비길 만한 인물이오."

종예를 칭찬한 손권이 부드러운 낯빛으로 말했다.

"짐은 제갈승상이 돌아가셨다는 말을 듣고 애석히 여기며 문무백관들에게 상복을 입게 했소. 1만여 명의 군사를 파구에 보낸 것은 공명이 죽은 틈을 타서 위가 서촉을 해칠지도 모른다고 염려하여 그랬던 것이지 별다른 뜻은 없소."

"신이 모시고 있는 주인께 전달할 수 있도록 확실한 언질을 주시면 고맙겠습니다."

종예가 머리를 조아리며 몇 차례나 감사의 말을 하고 나서 이와 같이 부탁하자, 손권은 화살통에서 금빛 화살 하나를 뽑아서 꺾으며 맹세했다.

"짐이 만일 촉과의 동맹을 깨트린다면 짐의 자손은 절멸하고 말 것이다!"

손권은 종예가 성도로 돌아갈 때 특별히 조문 사자를 뽑아 제물을 가지고 서천에 들어가서 제사를 지내게 했다. 오의 조문 사자와 함께 성도로 돌아온 종예가 유선에게 말했다.

"오주 손권은 승상께서 돌아가셨다는 말을 듣고 애석히 여기며 그곳 신하들에게는 모두 상복을 입게 했습니다. 증원군을 파구에 보낸 것은 승상의 상을 당한 틈을 타서 위군이 서천을 침입할 것을 경계해서 그런 것일 뿐 다른 뜻은 없다고 했습니다. 오주께서는 제가 보는 앞에서 화살을 꺾으며 동맹을 깨트리지 않겠다는 맹세를 했습니다."

유선은 크게 기뻐하며 종예에게 상을 내리고, 오에서 온 조문 사절에게도 후히 대접해 돌려보냈다. 오와의 동맹을 확인한 유선은 제갈량의 유언을 받들어 장완을 승상 대장군 녹상서사錄尙書事로 삼고, 비위를 상서령에 봉하여 장완을 보좌하게 했다. 또한 오의에게는 거기장군의 절節을 내리고 한중을 지키게 했으며, 강유에게는 보한장군輔漢將軍 평양후平壤侯의 직을 내려 촉의 군권을 총괄하게 하는 한편 오의와 함께 한중에 머물게 했다. 그 밖에 여러 대신들과 장수들은 제갈량의 유지에 따라 종전의 직위를 그대로 맡아보게 했다.

한편 양의는 장완보다 먼저 벼슬길에 올랐을 뿐 아니라, 제갈량의 임종시에 임시로 승상의 중임을 맡아본 적이 있었으므로 장사의 직위에 그대로 머물게 된 것을 창피하게 여겼다. 그래서 비위에게 자신의 불만을 토로했다.

"오늘의 내 신세를 보니 차라리 승상께서 돌아가셨을 때 전군을 거느리고 위에 투항했더라면 더 좋았을 것이란 생각마저 드는구려!"

비위는 양의의 말을 듣고 깜짝 놀라 은밀히 표를 써서 유선에게 고했다. 유선은 노기충천하여 양의를 하옥시키고 치죄한 다음 참수하라는 영을 내렸다. 그러자 장완이 말했다.

"양의의 죄가 참형을 받을 만하나, 전날에 승상을 도와 많은 공을 세웠으니 그의 벼슬을 거두어 평민으로 만드는 것이 좋겠습니다."

유선은 장완의 말에 따라 양의의 벼슬을 거두어 평민으로 만들고 한중의 가군嘉郡에서 농사를 지으며 살게 했다. 그러자 양의는 부끄러움을 견디지 못하고 스스로 자결했다.

# 사마의 정권 장악

제갈량이 죽고 촉이 강행하던 북벌이 중단되자 오랜만에 3국의 평화가 찾아왔다. 특히 서기 235년에는 3국 가운데 어느 누구도 군사를 일으키지 않았다. 제갈량의 죽음으로 국경이 침범당할 걱정을 깨끗이 잊게 된 조예는 사마의를 태위에 봉하고 변방을 감독하라는 구실을 붙여 낙양에서 먼 곳으로 떠나 보냈다.

한중의 경계가 안정되자 본래 궁궐과 전각 짓기에 남다른 관심이 있던 조예는 허창에 있으면서 낙양에 조양전朝陽殿・태극전太極殿을 짓고 높이 10여 장이나 되는 총장관總章觀을 쌓게 했다. 또한 숭화전崇華殿・청소각靑霄閣・봉황루鳳凰樓・구룡지九龍池를 만들게 했다. 연이은 건축 공사를 감당하기 위해 전국에서 3만여 명의 이름난 명공이 선발됐고, 부역으로 끌려온 30여만 명의 백성은 밤낮을 가리지 않고 일했다. 하지만 그 숫자도 모자라 방림원芳林園의 토목 공사를 할 때는 공경대부들까지 나서서 흙과 나무를 날랐다. 그러자 이곳저곳에서 백성들의 원성이 들려왔다. 사도司徒 동심董尋이 감히 상소를 올려 간언했다.

신이 폐하께 엎드려 간합니다. 건안 이후 오랫동안 전쟁을 치러 많은 백성들이 다치거나 죽어 살아 있는 자들이라고는 고아들과 노약자뿐입니다. 궁실이 협소하여 이를 넓히더라도 농한기를 택해 농사일에 방해가 되지 말아야 합니다. 폐하께서는 가까이에서 아첨하는 신하만을 우대하여 관직을 높이고 화려한 수레를 타게 하셨으니 이는 백성들의 원성을 사기에 좋은 일이 아닙니까? 궁궐을 짓고 전각을 짓는 데 공경대부를 동원해 나무와 흙을 나르게 하여 봄과 발이 진흙투성이가 되게 하시니 이는 나라의 빛을 훼손하는 일입니다. 일찍이 공자께서도 말씀하시기를 '임금은 신하를 예로써 맞이하고 신하는 임금을 충으로 받들어야 한다' 고 하셨으니 충과 예 없이 어찌 나라가 지탱될 수 있겠습니까? 신이 이러한 말을 하면 반드시 살아남지 못할 것을 알고 있습니다. 신의 목숨은 황소의 털 한 오라기만큼이나 가볍습니다. 그러니 살아서 이익 될 것이 없다면 죽더라도 손해될 것이 없습니다. 이에 눈물로써 붓을 적셔 본심을 밝히고 세상을 하직하려 합니다. 신에게는 자식 여덟이 있는데 신이 죽은 후 폐하께 누를 끼칠 것을 생각하면 떨리는 마음 가눌 길이 없습니다. 삼가 명을 기다립니다.

상소를 읽은 조예는 크게 노하여 표문을 내던졌다. 그러자 주위에서 동심을 참형에 처하라고 간언했다. 그러나 조예가 금세 마음을 바꾸었다.

"동심이 비록 용렬하기는 하나 평소 충의가 있던 사람이니 벼슬을 거두고 평민으로 폐하라. 앞으로 이와 비슷한 말을 하는 자는 반드시 참형에 처하리라."

하지만 태자의 문객 장무張茂가 동심과 똑같은 표문을 뒤이어 올렸다. 조예는 장무를 참형에 처했다. 이렇게 해서 뜻있는 신하들의 언로를 틀어막은 조예는 박사 마균馬鈞을 불러 물었다.

"짐은 오래전부터 신선과 왕래하면서 불로장생하는 희망을 품어왔다. 박사의 생각은 어떠한가?"

"한나라 조정이 24대를 내려오는 동안 오직 무제만이 아무 탈 없이 나라를 다스렸고 천수까지 누렸습니다. 그것은 항상 해의 기운과 달의 정기를 복용했기 때문입니다. 무제께서는 장안의 궁 안에 백량대柏梁臺를 세우고 그 위에 승로반承露盤이라는 쟁반을 들고 있는 동상을 세웠습니다. 그 승로반에 북두칠성의 영이 서린 이슬이 고였는데 이를 천장天漿, 혹은 감로甘露라고 불렀습니다. 옥구슬을 가루로 내어 이 물과 함께 복용하면 팔순 노인도 금세 어린 아이처럼 젊어진다고 합니다."

조예는 크게 기뻐하며 마균으로 하여금 장안에 있는 승로반을 분해하여 방림원으로 옮기도록 했다. 영을 받은 마균은 인부 1만여 명을 거느리고 장안으로 가서 높이 20장, 둘레가 10아름이나 되는 백량대 주위에 대를 가설하고 인부들을 그 위에 오르게 했다. 5천여 명의 인부가 밧줄을 타고 백량대에 오른 다음 쇠줄을 얽어매어 땅으로 끌어당겼다. 그러자 갑자기 비바람이 불고 벼락이 치면서 철로 만든 동상이 쓰러져 수천 명의 인부를 깔아뭉갰다. 마균은 동인과 승로반을 분해해서 낙양으로 돌아와 위주 조예를 뵙고 이를 바쳤다. 위주가 마균에게 물었다.

"동상을 받치고 있던 대는 어디 있느냐?"

"무게가 100만 근이나 되어 옮길 수 없었습니다."

조예는 다시 영을 내려 동상을 고여놓은 대를 깨뜨려서 낙양으로 옮겨와 그것으로 두 개의 동상을 만들게 했다. 동상이 만들어지자 옹중翁仲이라 이름붙여 사마문司馬門 밖에 세우게 했다. 그 일이 끝나자 조예는 또 궁전 앞에 구리로 만든 높이 4장의 용과 3장이나 되는 봉황을 세우게 하고, 방림원을 증축해 갖가지 기이한 나무와 꽃을 심고 진귀한 짐승들을 모아 방생했다. 이에 소부小傅 양부楊阜가 조예에게 표를 올렸다.

신이 들은 바에 의하면 요임금은 궁전의 지붕을 띠와 짚으로 얹었어도 천하가 편안했고, 우임금은 궁실을 옹색하게 지었어도 천하의 백성들이 즐거운 마음으로 생업에 종사했다고 합니다. 또한 은·주시대에도 당의 높이 3척에 겨우 아홉 장의 자리를 깔았다고 합니다. 예로부터 어질고 밝은 황제들은 궁실을 높고 화려하게 꾸미는 것으로 백성들의 재산과 노고를 황폐하게 만들지 않았습니다. 걸왕桀王은 구슬로 방을 꾸미고 상아로 마루를 꾸몄으며, 주왕紂王은 궁전과 녹대鹿臺를 지나치게 꾸미다 사직을 망치지 않았습니까? 초의 영왕靈王도 궁전을 짓다가 화를 당했고, 진시황은 아방궁을 지어 만대에 이름을 남기고자 했으나 아들 대에 이르러서 급작스레 멸망했습니다. 백성들의 고생은 생각지 않고 자신의 눈과 귀만을 즐겁게 하려다가 망하지 아니한 사람은 한 사람도 없습니다.

바라옵건대 폐하께서는 요·순·우·탕·문·무를 본받으시고 걸·

주·진·초를 반면교사로 삼으십시오. 자만과 안일에 빠져서 궁실을 꾸미는 데에만 힘을 쏟는다면 반드시 위기에 처하여 망국의 화를 당하실 것입니다. 황제는 나라의 뇌수이며 신하는 팔다리나 마찬가지이니 살아도 함께 살고 죽어도 함께 죽을 수밖에 없습니다. 그러니 신이 어찌 신하의 의리를 다하지 않겠습니까? 드리는 말씀이 간절하지 못하여 폐하의 마음을 감동시키지 못할 것을 잘 알고 있습니다. 이에 관을 준비하고 목욕하여 주살의 벌이 내리기만을 엎드려 빕니다.

조예는 양부의 상소를 거들떠보지도 않았다. 낙양에 승로반을 설치한 조예는 매일 아침 이슬을 마시며 희희낙락했고, 저녁에는 전국에서 뽑힌 미녀들과 향연을 벌였다. 조예가 제위에 오르기 전인 평원왕平原王 때부터 총애하던 모毛씨가 있었는데, 그녀는 조예가 즉위하자 자연 모황후가 됐다. 하지만 뒤늦게 주색을 탐하는 조예 앞에 용모와 자태가 아름다울 뿐 아니라 명민한 재기까지 갖춘 곽郭씨가 나타나자 조예는 그녀를 총애하여 한 달 가까이 곽씨의 무릎을 베고 방림원을 떠나지 않았다. 그러던 3월 어느 날, 물에 젖은 솜처럼 술과 음악과 여체에 푹 절어 있던 조예에게 곽씨가 간드러진 음성으로 떠보았다.

"이제 그만 황후께 돌아가보셔야 하지 않습니까?"

"황후는 목석 같은 사람이라 재미가 없다."

조예는 주변의 궁녀들에게 입 단속을 시키고 그날부터 또 한 달 동안을 곽씨와 붙어 지냈다. 조예가 두 달이나 정궁에 들지 않자 모황후는 울적한 심사를 달래기 위해 10여 명의 궁녀를 거느리고 취화루에 올랐다. 그런데 대낮부터 음악 소리가 들려오자 시녀에게 물었다.

"대낮부터 울리는 저 음악은 어디에서 나는 것이냐?"

"폐하께서 곽부인과 함께 화원에서 술을 들고 계십니다."

모황후는 불같이 타오르는 질투심을 억누르고 내전으로 들었다. 이튿날 모황후는 작은 수레를 타고 궁을 거닐다가 낭하 모퉁이에서 조예와 마주쳤다. 그러자 어제 일이 생각나 자기도 모르게 이렇게 비아냥거렸다.

"어제 만개한 꽃밭에서 노시던 재미가 어떠하셨습니까?"

황후에게 조롱을 당한 조예는 전날 시중들던 궁인들을 모조리 잡아들여 목을 베어 죽였다. 모황후가 이 소식을 듣고 급히 수레를 타고 조예를 만나러 오자, 도부수들이 기다리고 있다가 모황후를 후원으로 끌고가 죽여버렸다. 모황후를 죽인 조예는 일사천리로 곽씨를 황후자리에 앉혔다.

조예가 궁궐과 전각을 지으며 국력을 낭비하고 방탕에 빠져 국사를 돌보지 않는 동안 요동의 공손연公孫淵이 스스로 연왕燕王이라 칭하며 연호를 소한紹漢 원년이라고 고쳤다. 그리고 새로 궁성을 짓고 관직을 임의로 정비하는 일이 벌어졌다. 공손연은 공손도公孫度의 손자이며 공손강公孫康의 아들로 오랫동안 요동의 맹주였다. 조조가 살아 있을 때인 서기 207년, 공손강은 원상을 추격하여 올라온 조조에게 원상의 수급을 바치고 양평후襄平侯라는 작위를 받았다. 그의 슬하에는 장남 황晃과 차남 연淵이 있었는데, 이들이 모두 어렸으므로 공손강의 아우 공손공公孫恭이 형의 직위를 계승했다. 그러자 조조를 이어 제위에 오른 조비는 공손공에게 양평후의 작위를 그대로 물려받게 했다.

서기 228년, 어릴 때부터 성질이 강직하고 호전적이었던 공손연은 숙부가 요동을 차지한 것을 못마땅하게 여기고 급기야는 숙부 공손공의 직위를 빼앗았다. 그러자 조예는 공손연을 양열장군揚烈將軍 요동 태수에 봉했다. 그에 보답이라도 하듯 훗날 공손연은 동오의 손권이 장미張彌와 허연許宴을 사신으로 보내 갖가지 금은보화와 함께 연왕이라는 칭호를 내리려 하자 두 사람의 목을 베어 조예에게 바쳤다. 조예는 크게 기뻐하며 공손연에게 대사마大司馬 낙랑공樂浪公이라는 작위를 더하였다. 공손연이 굳이 손권의 사신을 목베어 조예에게 바친 것은 아직 자신의 힘이 약하다고 판단해서였다. 하지만 그후 5, 6년이 지나자 낙랑공이라는 신분에 만족하지 못하고 연왕을 칭하며 위나라를 정벌하고자 나선 것이다. 그때 공손연의 부장인 가범賈範이 진언했다.

"중원에서는 주공에게 높은 작위를 주어 홀대하지 않았습니다. 천자의 대접이 비천하지 않았는데 배반한다면 불순한 일입니다. 또 공명을 물리친 사마의가 건재해 있는데 하물며 주공께서 어떻게 당하려 하십니까?"

공손연은 크게 노하여 당장 가범을 참수하게 했다. 그러자 참군 윤직倫直이 만류하고 나섰다.

"옛날, 성현께서 여러 차례 이르시기를 '나라가 망하려고 할 때는 온갖 변괴가 생긴다'고 했습니다. 근래에 들리는 소문에 의하면, 개가 두건을 쓰고 붉은 옷을 걸친 차림으로 지붕 위에 올라가 사람 행세를 했다 합니다. 또 성남城南에서는 어느 백성이 쌀독을 열어보니 그 속에 어린애의 시체가 들어 있었다고 합니다. 양평에서는 갑자기 땅이 갈라지며 둘레가 수 척이나 되고 머리는 이목구비를 다 갖췄는데 손과 발이 없고 칼로 베어도 상하지 않은 이상한 물고기가 나왔다고 합니다. 점술사들이 말하기를 원래 나라가 망하기 전에 '형체를 갖췄으나 아직 완전하지 못하고 입은 있어도 말을 못하는 물건이 나타난다'고 하니 이 모두가 불길한 징조가 아니고 무엇이겠습니까? 주공께서는 제 말을 가볍게 듣지 마십시오."

더욱 화가 난 공손연은 윤직과 가범을 참형에 처하여 저잣거리에 효시하라고 영을 내렸다. 그리고 대장군 비연卑衍을 원수로 삼고 양조楊祚에게 선봉장을 맡겨 군사 15만과 함께 중원으로 쳐들어갔다. 공손연이 군사를 일으켜 국경으로 다가오고 있다는 보고를 받은 유주 자사 관구검毌邱儉은 급히 표를 써서 조예에게 올렸다. 북방 변두리에서 공손연이 난동을 부리고 있다는 표문을 받은 조예는 크게 당황하여 급히 사마의를 궁으로 불러들여 대책을 물었다. 사마의가 대답했다.

"신의 휘하에 있는 4만의 군사로도 능히 적을 격파할 수 있습니다."

"경이 거느린 군사는 적고 먼 곳에 있지 않은가?"

그러자 사마의가 대답했다.

"싸움은 군사의 적고 많음보다 용병으로 하는 것입니다. 공손연이 우리와 싸우다가 자기 땅으로 도주한다면 그것이 최선이요, 요동을 지키면서 우리를 막는다면 차선이 될 것입니다. 그렇지 않고 양평까지 나온다면 그것은 계책이라고도 볼 수 없습니다. 신은 반드시 그를 잡아 폐하의 넓으신 은혜에 보답하겠습니다."

"거기까지 다녀오는 데 얼마나 걸리겠소?"

조예가 묻자 사마의가 대답했다.

"4천 리 길을 가는 석 달 열흘, 공격하는 데 석 달 열흘, 돌아오는 데 석 달 열흘, 군사들을 쉬게 하는 데 두 달이 걸립니다."

"그 1년 사이에 오와 촉이 쳐들어온다면 어찌해야 하는가?"

"오나 촉보다 더 걱정되는 것은 공손씨의 후방에 있는 고구려입니다. 공손연이 위에게 패하면 오나 고구려로 도망갈 것인데, 언젠가 공손연이 오의 사신을 죽인 일도 있어서 반드시 고구려로 도망갈 것입니다. 역모를 획책하는 공손씨와 야심만만한 고구려가 한편이 되면 본토엔 큰 우환이 될 테니, 선수를 쳐서 고구려 왕에게 지원을 요청하십시오. 그러면 공손씨와 고구려가 합세하는 일을 막을 수 있지 않겠습니까?"

조예는 사마의의 말에 따라 고구려에 사신을 보내 연나라를 함께 토평하자는 제의를 했다. 그러자 고구려의 11대 왕인 동천왕東川王은 신하들을 불러 이 일을 의논했다.

"우리가 중원을 늘 노리고 있었으나 연나라가 길목을 막고 있어 요동 서쪽으로 진출하는게 여의치 않았소. 이 기회에 위와 합하여 공손씨를 섬멸하고 중원으로 나가는 교두보를 확보해야겠소."

주부主簿 대가大加가 간언했다.

"고구려가 요동 일대의 맹주가 되기 위해서는 연나라가 없어져야 합니다. 그렇다고 너무 많은 군사를 보내는 것은 우리의 군사력을 노출시키고, 위의 국력을 키워주는 꼴입니다. 약간의 병력만 보내 중원의 사정과 위나라의 군사능력을 탐지하는 게 좋겠습니다. 이번 기회에 반드시 연나라가 망하게 될 것이니, 요동은 폐하의 것이 될 것입니다."

동천왕은 대가의 말에 따라 위의 사신에게 파병을 약속하고, 1천 명의 기병을 보내 위나라를 돕게 했다. 고구려의 지원을 확약받은 사마의가 호준胡遵을 선봉장에 세우고 요동으로 향하자 공손연은 비연과 양조에게 군사를 절반씩 나누어 요동 변방에 주둔하게 했다. 위장 호준이 와서 보니 요동의 군사들이 쳐놓은 진이 20여 리에 뻗쳐 있었고 진채는 녹각鹿角(나무 말뚝을 뾰족하게 깎아서 ×자 모양으로 둘러친 장애물)으로 둘러싸여 있었다. 호준이 사마의에게 달려가 자기 눈으로 본 것을 알렸다.

"적병은 우리와 싸우지 않고 시간을 끌려는 게 분명하다. 적병들이 거의 이곳에 집결해 있으니 그들의 본거지는 텅 비었을 것이다. 우리가 이곳을 버리고 양평으로 직진한다면 적들은 양평을 구하려고 급히 달려올 것이다. 우리는 그때 격전을 벌여 적을 괴멸시켜야 한다."

사마의가 지친 군사들을 독려하여 양평으로 진군하고 있을 때, 요동의 장수 비연은 선봉장 양조에게 다시 한번 그들의 전략을 주지시켰다.

"위병들은 수천 리 길을 달려오면서 군량미를 넉넉히 가져오지 않았을 것이니 신속히 승부를 내고자 할 것이다. 우리가 진지를 지키며 싸우러 나가지 않으면 양곡이 떨어져 물러갈 것이니 그때 기병을 거느려 공격한다면 사마의를 사로잡을 수 있을 것이다. 이 전법은 전에 사마의가 제갈량과 맞서 위남을 굳게 지킨 계책과 똑같다."

비연의 말이 끝나기도 전에 전령이 달려와 위군들이 남쪽으로 움직이고 있다고 보고했다. 비연이 깜짝 놀라 말했다.

"사마의가 양평을 지키는 우리 군사의 수가 적은 것을 알아냈구나! 그곳을 빼앗기면 여기를 지키고 있어도 아무 소용 없다!"

비연은 즉각 진지의 군사들을 거두어 위군의 뒤를 따랐다. 이 소식은 위의 염탐꾼에 의해 곧바로 사마의에게 전해졌다. 사마의는 하후패·하후위에게 각기 5천 명의 군사를 내주며 곧바로 제수濟水 강변에 매복해 있다가 요동의 군사가 나타나면 양쪽에서 덮치라는 영을 내렸다. 계책을 받은 두 장수가 각기 군사를 거느리고 제수 강변에 매복해 있으니 멀리서 뿌연 먼지를 일으키며 비연·양조가 군사를 거느리고 나타났다.

하후패·하후위가 포를 크게 울리고 북을 치며 양쪽에서 협공하자 비연·양조는 손발을 떨면서 달아나기 바빴다. 그들은 수산首山까지 가서야 비로소 그곳에 진을 치고 있던 공손연의 군사를 만나 도주를 멈추었다. 주군을 만난 두 장수는 갑자기 용기 백배하여 하후 형제와 싸웠다.

"조예의 개들아, 속임수를 쓸 생각 말고 나와 한번 겨뤄보자!"

비연이 칼을 뽑아든 채 말을 타고 달려나오자 위군 진영에서 하후패가 칼을 휘두르며 달려나왔다. 하후패와 비연의 말이 뒤엉키며 쇳소리와 함께 칼이 몇 번 부딪치자마자 비연은 하후패가 휘두르는 칼에 목이 말 아래로 굴러떨어졌다. 이때를 놓치지 않고 하후패가 군사를 몰아 요동의 군사를 덮치자 요동군은 절반 가까이 죽거나 상하여 양평성으로 달아나 성문을 굳게 닫아걸고 나와 싸우지 않았다. 사마의는 양평성 주변을 철저히 포위하게 했다.

이때는 가을이었는데도 비가 한 달 동안이나 내리는 통에 물이 허리까지 차올라 위군의 고생이 이만저만이 아니었다. 뿐만 아니라 위군은 요하遼河 어귀에서 양평성 아래까지 배를 이용하여 군량미를 운반할 수밖에 없었다. 그러자 좌도독 배경裵景이 사마의에게 말했다.

"비가 그치지 않고 계속 내리니 군사들이 진흙 구덩이에서 침식을 하고 있습니다. 높은 산으로 진지를 옮기는 것이 어떻겠습니까?"

"오늘 아침이나 저녁이면 공손연을 사로잡을 수 있는데 웬 진지 타령이냐? 다시 진지를 옮기자고 하는 자는 누구든 군율로 다스리겠다."

사마의가 호통을 쳐서 배경을 내쫓은 지 얼마 되지 않아, 이번에는 우도독 구연仇連이 와서 똑같은 말을 했다. 그러자 화가 난 사마의는 구연의 목을 베어 그 목을 원문 밖에 매달게 했다. 그 뒤로 다시는 진지를 옮기자는 말을 하는 사람이 없었다. 그러다가 비가 그치고 물이 빠지자 사마의는 장수들에게 명해 인마를 30리 밖으로 물려 진을 치게 했다. 그러자 양평성 안의 백성과 공손연의 군사들이 성밖으로 나와 나무를 하고 소나 말을 끌고 나와 풀을 뜯어먹였다. 이를 의아하게 여긴 사마 진군이 장막으로 사마의를 찾아와 물었다.

"태위께서는 아군의 진지가 흙탕물에 잠겨 있을 때는 굳이 진지를 고수하시더니, 물이 다 빠진 뒤에 진지를 옮겨 적군들로 하여금 나무를 베어가고 우마의 풀을 먹이게 하시는 까닭이 무엇입니까?"

"지난날 맹달은 군량미는 많았지만 거느린 군사가 적었고, 우리는 그 반대였다. 그러니 속전속결을 펴지 아니할 수 없었다. 그러나 지금 요동의 군사는 많고 우리 군사는 적으니 굳이 힘들여 싸울 필요가 있겠느냐? 내가 잠시 적군의 숨통을 터주는 것은 다 그들을 궁지에 몰아넣기 위함이다."

한편 위의 토벌군이 가을 장마 때문에 곤란을 당하고 있다는 소문을 들은 신하들이 조예에게 한 목소리로 말했다.

"들리는 소문에 가을비가 한 달 가량 쉬지 않고 내렸다고 하니 군사와 병마가 모두 지쳐 있을 것입니다. 그러니 사마의를 소환하여 군사들을 잠시 쉬게 하는 것이 어떻겠습니까?"

사마의를 철석같이 믿고 있는 조예는 여러 신하들이 간언하는 소리를 물리쳤다. 대신 군량관을 시켜 사마의의 진지까지 군량미를 운반하라는 영을 내렸다. 한 달 동안 내리던 비가 그치고 연일 맑은 날이 계속되던 어느 날 밤, 사마의가 오랜만에 장막 밖에 나가 천문을 보니, 작은 별 하나가 갑자기 쟁반같이 커지더니 붉은색 꼬리를 길게 끌며 수산 동북쪽에서 양평 동남쪽으로 떨어졌다. 사마의는 기쁜 마음을 감추고 여러 장수들을 불러 말했다.

"앞으로 닷새 후에 양평 동남쪽에서 공손연의 목이 달아날 것이다. 내일 아침 일찍 일어나 성을 공격하겠다."

다음날 아침, 사마의의 명령을 받은 장수들은 양평성 4면을 포위한 다음 총력을 기울여 토산을 쌓고 땅굴을 팠으며 각종 포와 구름다리를 세워 밤낮 없이 양평성을 공격했다. 성안에 있던 공손연은 벌써부터 군량미가 바닥나서 소와 말을 모조리 잡아먹었고 이제는 더 이상 먹을 것도 없었다. 굶주린 군사들과 우마를 빼앗긴 주민들은 공손연의 목을 베거나 사로잡아 위군에게 투항할 궁리만 하며 나서서 싸우지 않았다. 군심과 민심이 다같이 흉흉해져 있다는 것을 직감한 공손연은 급히 상국相國 왕건王建과 어사대부 유보柳甫를 위군의 진지에 보내 항복을 받아달라고 빌었다.

"태위께서 군사를 20리 밖으로 물리신다면 낙랑공이 나와서 항복을 하시겠다 합니다."

"진심으로 항복을 빌려거든 공손연이 직접 와야 하지 않느냐?"

사마의는 무사들에게 명하여 왕건·유보의 목을 베어 함께 온 졸개들에게 들려 보냈다. 사색이 되어 돌아온 졸개들이 공손연에게 사마의의 말을 전하니 공손연은 고심을 하다가 다시 시중 위연衛演을 위군의 진지로 보냈다. 위군의 진지로 찾아간 위연은 그들의 영문 앞에서 사마의의 장막까지 두 손 두 발로 기어가 빌었다.

"태위께서 노여움을 푸시면 곧바로 세자 공손수公孫修를 인질로 보내고, 이어 낙랑공 스스로 몸을 결박지어 항복하겠다고 합니다."

"싸움을 할 때는 다섯 가지 대원칙이 있다. 첫째, 싸울 수 있다면 당당히 맞서는 것이고〔能戰當戰〕, 둘째, 싸울 수 없으면 지켜야 하고〔不能戰當守〕, 셋째, 지킬 수도 없으면 도망쳐야 하고〔不能守當逃〕, 넷째, 도망칠 수도 없으면 항복해야 하고〔不能逃當降〕, 다섯째, 항복할 수 없을 때는 당당히 죽어야 하는〔不能降當死耳〕 게 그것이다. 그런데 어쩌자고 세자를 인질로 보낸다는 말이냐?"

사마의가 위연을 꾸짖으며 돌아가서 공손연에게 그대로 전하라고 했다. 그 말을 전해들은 공손연은 사색이 되어 항복이 여의치 않음을 깨달았다. 그는 아들 공손수를 은밀히 불러 의논하고 나서 날랜 군사 1천 명과 함께 그날 밤 10시쯤에 남문을 열고 동남쪽을 향해 도망쳤다.

무사히 남문을 나와 10여 리를 달려간 공손연이 안도의 숨을 내쉬며 크게 기뻐할 때, 산 위에서 갑자기 포소리가 크게 울리더니 북소리와 함께 한 무리의 군마가 나타나 앞길을 막았다. 공손연이 놀라 바라보니 횃불을 밝힌 병사들 앞에 두 아들 사마사·사마소의 옹위를 받으며 사마의가 말 위에 버티고 있었다. 사마의가 뭐라고 꾸짖기도 전에 공손연은 질겁하여 급히 말 머리를 돌려 샛길로 달아났다. 그러나 얼마 가지 않아 앞길은 위장 호준에게, 왼쪽은 창을 비껴든 하후패·하후위에게, 오른쪽은 장호·악침에게 막히자 공손연 부자는 급히 말에서 내려 항복을 빌었다.

뒤따라온 사마의는 부하들에게 바로 그 자리에서 공손연 부자의 목을 베게 했다. 그런 뒤에 두 부자의 수급을 창에 꿰어들고 양평성으로 들어가니, 백성들이 성문까지 나와 엎드려 절하며 위군을 맞이했다. 사마의는 관부에 앉아 공손연의 가족과 공모에 가담한 관리를 색출하여 참형을 명하니 그 수가 70여 명에 달했다. 역모를 꾀한 공손연 일가와 관리들을 참형에 처한 사마의는 가범과 윤직이 공손연에게 간언하다가 죽임을 당한 것을 듣고 두 사람의 장례를 새로 치러주고 묘를 만들어주었으며 그 자손에게 벼슬과 재물을 내렸다.

한편 제위에 오르던 그해부터 작고 큰 병치레로 고생하던 조예는 사마의가 요동을 완전히 평정할 즈음, 깊은 병이 들어 조례를 주관할 수 없을 정도가 됐다. 병상에 누운 조예는 시중侍中 광록대부光祿大夫 유방劉放과 손자孫資로 하여금 추밀원의 사무 일체를 담당하게 하고, 문제文帝의 아들이자 연왕인 조우曹宇를 대장군으로 삼아 여덟 살 난 태자 조방曹芳의 섭정을 돕게 했다. 그 가운데서 겸손하고 검소하며 온화한 성격을 가졌던 연왕 조우는 스스로 대임을 맡을 수 없다며 한사코 사양했다. 조예가 유방과 손자에게 물었다.

"우리 일가 중에서 대장군을 맡을 만한 인물이 누구라고 생각하느냐?"

"조진의 아들 조상曹爽이 어떻겠습니까?"

두 대신은 조예의 잦은 병치레를 걱정하여 어린 태자를 옆에서 든든히 보좌할 대장군을 물색해놓았던 것이다. 조예가 유방과 손자의 말에 따르자 두 대신이 다시 말했다.

"조상을 기용하시면 부득불 연왕 조우는 돌려보내셔야 합니다."

유방과 손자는 어린 태자의 숙부가 수도에 있는 것이 아무래도 마음이 놓이지 않아 조예에게 청하여 연왕 조우를 먼 변방으로 쫓아내고 다시는 허창에 돌아오지 못하게 했다. 이리하여 대장군에 봉해진 조상이 조정의 일을 모두 섭정하게 됐다.

조예의 병이 갈수록 중해져 위태로운 지경에 이르자 조예는 사자를 보내어 사마의를 허창으로 불러들였다. 사마의가 황망히 허창으로 달려와 조예가 누운 내전으로 들자, 거기엔 태자 조방과 대장군 조상, 시중 유방과 손자가 기다리고 있었다. 조예가 사마의를 가까이 불러 손을 잡으며 말했다.

"지난날 백제성에서 중병을 앓던 유비가 아들 유선을 제갈량에게 탁고하니 공명은 죽을 때까지 충성을 다하였소. 변방의 서촉도 그러하거늘 중원의 대국에서야 더 말해 뭣 하겠소. 짐의 아들 조방은 이제 겨우 여덟 살로 사직을 맡아 다스릴 수 없소. 태자의 종형을 비롯해 여러 공신들이 태자를 도울 것이나 내가 신망하기로는 사마태위가 으뜸이오."

말을 마친 조예는 아들 방을 가까이 불러 사마의에게 절하고 그의 품에 안기라고 하니, 조방은 그 품에 안겨 떨어질 줄을 몰랐다. 그것을 본 조예가 다시 한번 사마의에게 당부했다.

"태위께서는 어린 태자가 그토록 매달리는 것을 잊지 마시오."

그 말을 끝으로 정신을 잃은 조예가 다시 깨어나지 못하고 숨을 거두었다. 제위에 오른 지 13년 만이었고 나이는 겨우 36세였다. 사마의와 조상은 즉시 태자 조방을 황제의 위에 오르게 했는데, 원래 조방이 조예의 양자라는 것을 아는 사람은 아무도 없었다. 새로이 황제에 즉위한 조방은 중신들의 말에 따라 조예에게 명제明帝라는 시호를 올리고 고평高平에 앙릉을 만들었다. 그리고 곽황후를 존대하여 황태후라 칭하고 연호를 정시正始 원년으로 고쳤다.

이때부터 태위 사마의와 대장군 조상은 어린 황제 옆에서 정무를 보살피게 됐다. 조상의 자는 소백紹伯으로 어려서 궁중을 출입할 때부터 예의가 바르고 조심성이 있어 명제의 총애를 받았다. 그는 자라면서 사람들과 사귀기를 좋아하여 언제나 그의 집에는 500여 명의 빈객이 있었다. 그 중에서 자를 평숙平叔이라 하는 하안何晏과 등우鄧禹의 후손으로 자를 현무玄茂라 하는 등양鄧颺 그리고 공소公昭 이승李勝, 언정彦靜 정밀丁謐, 소선昭先 필범畢範 다섯 명이 가장 뛰어났다. 또 이들 외에 원칙元則이란 자를 가진 대사농大司農 환범桓範과 가까이 지냈는데 사람들은 그를 지낭智囊(지혜 주머니)이라는 별명으로 불렀다. 그럼에도 불구하고 조상은 큰 일이 생기면 언제나 사마의에게 먼저 물었다. 그러자 하안이 조상에게 말했다.

"대장군께서는 왜 나라의 중요한 일을 사마태위에게 가서 묻습니까? 그러면 반드시 후환이 생길 것입니다."

하안의 진의를 파악한 조상이 반문했다.

"중달은 나와 함께 선제로부터 탁고의 명을 받았는데 어찌 이를 배반할 수 있겠느냐?"

"선공先公(조상의 아버지)께서 젊어 병환으로 돌아가시게 된 까닭은 중달과 함께 촉병을 쳐부술 때, 여러 차례 중달로부터 모욕을 당하셨기 때문인데 대장군께서는 왜 그걸 살피지 않으십니까?"

조상은 하안의 말을 알아듣고 여러 참모 재사들과 의논한 뒤에 새 황제 조방을 찾아가 말했다.

"태위 중달은 공이 높고 덕도 많으니 태부로 삼는 것이 좋겠습니다."

조상은 사마의를 명목뿐인 태부에 앉히고 혼자서 병권을 모조리 거머쥐었다. 그런 뒤에 그의 아우 조희曹羲는 중령군中領軍으로 삼고 조훈曹訓은 무위장군武衛將軍으로 삼으며 조언曹彦을 산기상시散騎常侍

로 삼아 각기 3천의 어림군을 거느리고 궁궐을 지키게 했다. 그리고 하안·등양·정밀을 등용하여 상서의 벼슬을 내리고, 필범은 사예교위司隸校尉에, 이승은 하남 태수에 각기 봉하니 조청에 달려드는 개미떼처럼 조상의 집은 관직을 얻어보려는 빈객들로 더욱 붐볐다. 그러자 사마의는 갑자기 병을 핑계 대고 궁궐에 나가지 않았다. 그러자 그의 두 아들 역시 벼슬에서 물러나 집안에서 소일했다.

조정의 모든 권력을 수중에 넣은 조상은 하안 등과 어울려 매일 술과 미녀에 묻혀 살았다. 뿐만 아니라 사치벽과 과시욕도 심하여 집안에서 입는 옷이나 집기들은 궁중에서 사용하는 것과 똑같은 것을 구해 썼으며 각 고을의 수령들이 보낸 신상품은 황제에게 가기 전에 자신이 먼저 차지했다. 조상의 권세가 하늘을 나는 새도 떨어트릴 만큼 커지자 그에게 아첨하는 사람들도 늘어났다. 특히 장당張當이란 내시는 자기 임의대로 선제의 시녀나 첩 중에서 10여 명을 뽑아 조상의 부중에 보내기까지 했다. 조상이 심복 하안·등양 등과 자주 사냥을 즐기자 조상의 아우 조희가 고언했다.

"권세가 높으면 높을수록 주위의 눈을 두려워하고, 사람들의 입방아에 오를 일을 삼가야 합니다. 그렇지 않으면 반드시 후회할 일이 생깁니다."

"병권이 통째로 내 수중에 있는데 뭐가 두렵단 말이냐?"

아우 조희에 이어 사농 환범도 연이어 간언했으나 조상은 진중하게 생각하지 않았을 뿐 아니라, 사마의의 존재마저 까마득히 잊어버렸다.

서기 249년, 조방이 정시 10년을 가평嘉平 원년으로 고쳤을 때 하안이 조상에게 간청하여 황제가 하남 태수 이승더러 청주靑州 자사의 벼슬을 내리게 했다. 그런 다음 조상은 이승에게 사마의에게 작별인사를 하는 체하면서 그의 근황을 알아보게 했다. 이승이 청주 자사로 임명되어 사마의의 부중을 방문했다. 문을 지키는 아전으로부터 이승이 찾아왔다는 전갈을 들은 사마의는 곧 관을 벗고 머리를 풀어 산발하고 두 시녀의 부축을 받으며 이승을 맞이했다. 이승이 사마의의 병상에 다가와 절하며 말했다.

"오랫동안 태부님을 뵙지 못했는데 이토록 중병을 앓고 계실 줄은 미처 생각지 못했습니다. 이번에 천자의 명을 받아 청주 자사가 되었기에 작별차 찾아왔습니다."

그러자 사마의가 이승을 크게 축하해주었다.

"병주幷州는 삭방朔方에 가까운 곳이니 책임이 무겁겠네."

이승이 말했다.

"병주가 아니라 청주로 갑니다."

"뭐라고? 병주에서 오는 길이라고?"

사마의가 되묻자, 이승이 사마의의 말을 정정해주었다.

"산동의 청주로 가는 길입니다."

그러자 사마의가 무엇이 좋은지 박수를 치면서 웃었다.

"아아, 그대가 청주에서 왔다는 말이지."

사마의가 동문서답을 계속하자 이승이 한숨을 쉬며 좌우를 바라보았다.

"태부의 병이 언제부터 이렇게 위중해지셨소?"

사마의 곁에 있던 사람들이 얼른 대답했다.

"태부께서는 말을 잘 알아듣지 못하십니다."

이승이 종이와 붓을 청해 글로 써서 작별인사를 올리니 그제야 사마의가 바로 알아들었다.

"그대는 젊었으니 열심히 나라를 위해 일하게."

말을 마친 사마의가 힘들다는 듯이 손으로 입을 가리키자 시녀들이 서둘러 약주발에 든 탕약을 입 가까이 가져다댔다. 사마의는 옷이 젖는 것도 모르고 양 입가로 탕약을 흘려가며 다 마신 뒤에 숨을 헐떡이면서 말했다.

"내가 노쇠하고 병이 들어 오늘 내일 하는 지경이 되고 말았네. 그대가 대장군 조상을 만나거든 모자라는 내 두 아들을 보살펴주라고 당부하게."

말을 마친 사마의가 기침을 하며 자리에 누웠다. 이승은 사마의와 작별하고 나와 조상에게 사마의의 근황을 자세히 보고했다. 그러자 조상은 손바닥으로 무릎을 치며 크게 기뻐했다. 한편 이승이 돌아간 것을 확인한 사마의는 자리에서 일어나 두 아들을 불러 말했다.

"이승이 찾아온 것은 진짜로 내가 병이 났는지를 알아보려고 조상이 보낸 것이다. 이승의 말을 들은 조상은 앞으로 나를 경계하지 않을 것이니, 그가 성을 비우기를 기다려 일을 도모한다면 성공할 수 있을 것이다."

이튿날, 사마의가 노리는 기회는 바로 찾아왔다. 조상이 황제 조방을 모시고 명제(조예)의 제사를 지내러 고평으로 나선 것이다. 조상이 그의 세 아우와 함께 심복 하안 등을 대동하고 어림군으로 하여금 천자를 호위하여 성을 나서려 하자, 사농 환범이 조상의 말고삐를 붙잡으며 만류했다.

"금병禁兵(대궐을 경호하는 군사)을 총독하시는 대장군께서 형제분을 모두 데리고 나갔을 때, 빈 성에 변고가 생기면 어찌하시겠습니까?"

"너는 왜 그런 터무니 없는 소리를 하는 거냐? 그렇게 할일이 없으면 계집을 데리고 희롱이나 하거라."

사마의는 대장군 조상이 어림군으로 조방을 호위하고 세 아우와 심복들을 모조리 거느려 명제의 묘를 참배하러 갔다는 소문을 듣고 내심 크게 기뻐했다. 사마의는 즉시 두 아들에게 지난날 전장을 누비며 함께 싸우던 수십 명의 심복과 가장家將을 불러모으게 하여 조상을 죽일 것을 모의했다. 사마의는 사도 고유高柔에게 절월節鉞을 주고 임시 대장으로 삼아 군사를 거느리고 조상의 본부를 점령하도록 영을 내렸다. 그리고 태복太僕 왕관王觀을 중령군사中領軍事로 삼아 조희의 진지를 점령하도록 했다. 두 사람이 군사를 거느리고 떠나자 사마의는 여러 구관들을 거느리고 후궁으로 들어가 곽태후에게 고했다.

"조상이 선제께서 탁고하신 은혜를 배반한 채 하늘 높은 줄 모르고 교만하게 구니 마땅히 그 죄를 물어 삭탈관직해야 합니다."

"하지만 천자께서 지금 대궐에 계시지 아니하니 어찌하면 좋겠소?"

태후가 떨며 말하자 사마의가 대답했다.

"신이 천자께 표를 올려 간신들을 주살할 것이니 태후께서는 아무 염려하지 마십시오."

사마의는 태위 장제蔣濟, 상서령 사마부司馬孚 등에게 표를 써서 내시 관봉官捧의 편에 황제에게 올리도록 하고 자신은 군사를 거느리고 무기 창고를 점령했다. 집안에 남아 있던 조상의 처 유씨는 그 소식을 접하자마자 다급히 부청으로 나가 수부관守府官에게 소문의 진위를 물었다. 그러자 수문장 반거潘擧가 조상의 처를 안심시키고 궁노수 10여 명을 거느리고 문루로 올라가 사정을 살폈다. 마침 사마의가 병사를 거느리고 문루 앞을 지나는 것을 본 반거는 궁노수들에게 활을 쏘아 사마의를 죽이라고 명령했다. 그러자 편장 손겸孫謙이 뒤에서 만류했다.

"태부太傅께서는 역모가 아니라 국가 대사를 바로잡으려는 것이니 쏘지 않는 것이 좋겠습니다."

손겸의 말을 들은 반거는 금세 자신이 내린 명령을 취소했다. 사마소는 아버지 사마의를 호위하여 군사를 거느리고 성밖으로 나가 낙하에 주둔하면서 조상의 반격에 대비했다. 이렇듯 사정이 급박하게 돌아가고 있을 때 조상의 심복 부하 사마 노지魯芝가 사마의의 역모를 눈치채고 참군 신창辛敞을 불러 상의했다.

"중달이 변란을 일으킨 게 분명하니 어찌하면 좋겠소?"

"성에 남아 있는 군사들을 거느리고 어서 천자가 계시는 곳으로 가야 합니다."

신창이 옷을 갈아입기 위해 헐레벌떡 집으로 돌아오니 그의 누나 신헌영辛憲英이 동생을 불러 물었다.

"무슨 일로 그렇게 허둥대느냐?"

"천자께서 성밖으로 나가신 사이에 사마의가 모반을 획책하고 있습니다."

신창이 대답하자 신헌영이 말했다.

"사마태부께서 모반을 하려는 게 아니고 조상을 죽이려는 것이다."

"오늘 노지와 함께 천자가 계시는 곳으로 가기로 했는데 저는 어찌해야 합니까?"

원소의 모사로 있다가 조조의 사람이 된 아버지 신비의 재기를 고스란히 물려받은 신헌영이 대답했다.

"조장군은 사마태부의 적수가 못 되니 그대로 두면 반드시 패할 것이다. 그러니 너는 마땅히 직분을 지켜 천자와 조장군을 알현해야 한다."

신창은 더 머뭇거리지 않고 노지와 함께 수십 기의 군사를 거느리고 수문장의 목을 벤 뒤 성문을 빠져나갔다. 조상의 부하들이 성을 빠져나가는 것을 두려워한 사마의는 환범을 부르러 사람을 보냈다. 그러자 환범과 그 아들은 황제가 있는 곳으로 가기 위해 황급히 말에 올라 평창문平昌門으로 달려갔다. 성문이 굳게 닫혀 있긴 했으나 다행히 성문을 지키던 문지기가 옛날 자기 집안의 아전으로 있었던 사번司藩이었다. 환범은 통행증을 보자는 사번을 윽박지르고 타이른 끝에 무사히 성문을 빠져나갔다. 조상의 지낭이던 환범이 성문을 빠져나갔다는 보고를 들은 사마의는 급히 허윤許允과 진태陳泰를 불러 지시했다.

"너희들은 조상에게 달려가서 태부는 다른 뜻이 없고 다만 조씨 형제의 병권을 거두려는 것뿐이라고 말하라."

허윤과 진태가 사마의의 지시를 받고 떠나자, 사마의는 장제에게 조상을 회유하는 편지를 쓰게 하고 그 편지를 전달할 사람으로 전중교위殿中校尉 윤대목尹大目을 불러 이렇게 당부했다.

"너는 조상과 교분이 두터운 사이라고 들었다. 그러니 그를 만나거든 내가 낙수洛水를 두고 맹세하기를, 조상의 병권 이외에는 아무것도 건드리지 않는다 하더라고 전하라."

한편 고평의 명제릉을 찾아가 제례를 마친 조상은 아우 및 심복들과 함께 매와 사냥개를 거느려 사냥을 하고 있다가 성안에서 변란이 일어났다는 소식과 사마의가 황제에게 표를 올렸다는 연락을 받고 급히 조방을 찾아나섰다. 조상이 황제의 거처를 찾아냈을 때 근신이 막 사마의의 표문을 읽고 있었다.

 정서 대도독 태부 신 사마의는 머리를 조아려 표를 올립니다. 신이 요동에서 돌아왔을 때 선제께서 대장군 조상과 신을 어상御牀 가까이에 불러 뒷일을 당부하셨던 게 어제 일 같습니다. 그런데 대장군 조상은 선제의 명을 거역하고 국가의 전례典禮를 함부로 고치거나 폐지하니 그 참담함을 눈뜨고 볼 수 없을 정도가 됐습니다. 또한 내시 장당張當을 도감都監에 앉혀놓고 천자의 행동을 감시하게 하고, 두 궁(천자와 곽태후) 사이를 이간시켜 골육간의 싸움을 붙이고 있으니 그의 본심이 감히 제위를 넘보고 있는 게 분명합니다.
 신이 비록 노후하여 병이 들었지만, 어찌 선제께서 내리신 유조를 소홀히 하겠습니까? 조상이 천자를 제대로 모실 마음이 없다는 것을 알고 태위 장제와 상서 사마부 등이 영녕궁永寧宮의 황태후에게 가서 조상의 병권을 거두게 하는 것이 좋겠다고 간언하자, 황태후께서 신에게 표를 올리라 하셨습니다. 신은 선제의 유조와 황태후의 영을 받들어 조상·조희·조훈의 병권을 회수하고 그들을 집에서 자숙하게 하려 합니다. 이를 거역하려 드는 자는 군율로 다스리고자 하니 폐하께서는 윤허하여 주십시오. 신은 만일에 대비하여 군사들을 이끌고 낙수에 주둔하고 있으니, 폐하께서는 신의 충절을 헤아려주십시오.

사마의가 올린 표를 끝까지 들은 조방이 조상에게 물었다.
"대장군은 이 일을 어떻게 처리하는 것이 좋겠는가?"
조상은 눈앞이 캄캄해지고 말문이 막혀 그저 손발을 떨고 있을 뿐이었다. 그러자 자주 형에게 고언하던 조희가 울며 말했다.

"그토록 여러 번 간언했는데도 듣지 않으시더니 결국 이 지경이 되었습니다. 사마의의 간계는 제갈량도 어찌지 못했거늘 우리 형제가 무슨 수로 감당하겠습니까? 스스로 결박짓고 찾아가 목숨을 비는 것이 좋겠습니다."

조상이 결정을 하지 못하고 있을 때 참군 신창과 사마 노지가 달려와 보고했다.

"현재 태부는 군사를 거느리고 낙수에 주둔하고 있으며 성안은 태부의 심복이 철통같이 지키고 있습니다."

신창과 노지의 말이 끝나자 사농 환범이 달려와 말했다.

"태부가 변란을 일으켰는데 장군께서는 어찌하여 이곳에 머무르고 계십니까? 어서 천자를 모시고 허창으로 돌아가 의병을 모아 사마의를 토벌하십시오."

"내 가족들이 모두 태부의 손 안에 있는데 이 일을 어쩌면 좋소?"

조상이 우유부단하게 대꾸하자 환범이 간곡하게 말했다.

"한낱 필부라 하더라도 난을 당하면 살길을 찾습니다. 지금 대장군께서는 천자를 모시고 계신데 누가 부름에 응하지 않겠습니까? 여기서 허창까지는 하루도 걸리지 않으니 어서 그곳으로 가셔야 합니다. 허창은 양곡이 풍부하여 몇 해를 버틸 수 있고 대장군의 별영別營이 관문 남쪽에 있으니 군을 동원하기가 쉽습니다. 시간이 흐를수록 수습하기가 힘들어지니 빨리 가도록 하십시오."

조상이 머뭇거리자 시중 허윤과 상서령 진태가 와서 한 목소리로 간언했다.

"태부께서는 장군의 권세가 너무 지나치므로 병권을 약간 깎아내리려고 할 뿐, 다른 의도는 없는 것 같았습니다."

두 사람의 말을 듣고 조상이 고민하고 있을 때 사마의의 영을 받은 전중교위 윤대목이 왔다.

"태부께서 낙수를 두고 맹세하시길, 대장군의 병권만 거두신다고 하니 속히 성으로 돌아가십시오."

그러자 옆에 있던 환범이 윤대목을 내쫓고 조상에게 다시 간청했다.

"대장군께서는 다른 사람의 말을 듣고 공연히 사지로 뛰어들지 마십시오."

심복들을 물린 조상은 그날 밤, 한숨도 자지 않고 탄식하며 눈물을 흘렸다. 새벽 동이 트자 환범이 조상의 장막으로 찾아와 또다시 권했다.

"아직 늦지 않았으니 각처에 파발을 보내 군사를 끌어모으십시오!"

"나는 그까짓 병권 따위에 연연해하지 않겠다. 그저 부유하게 살면 그것으로 족하다."

조상이 칼을 빼어 땅바닥에 던지자 환범은 장막을 나와 크게 통곡하며 중얼거렸다.

"생전에 자단은 스스로 지모를 갖췄다고 큰소리치더니, 그의 아들들은 돼지 새끼처럼 아둔하구나!"

아침이 되자 허윤·진태가 조상의 장막으로 찾아와 대장군의 인수를 내놓으라고 겁박하니 조상이 인수를 내주었다. 그러자 주부 양종楊綜이 인끈을 붙잡고 울며 조상에게 말했다.

"대장군께서 병권을 버리고 스스로 결박지어 항복하신다면 오늘 안에 참수를 면치 못하실 것입니다."

"태부는 신의를 저버릴 분이 아니다."

조상이 양의를 달래어 대장군의 인수를 허윤·진태에게 주어 사마의에게 보냈다. 그러자 휘하 군사들은 모두 흩어져 돌아가고 고작 몇 명의 심복만 주위에 남았다. 조상은 그 뒤를 이어 사마의가 있는 낙수의 부교를 찾아갔다. 그러자 사마의는 면담도 하지 않고 조상 3형제에게 집으로 돌아가 꼼짝 말고 자숙하게 했다. 겁을 집어먹은 조상 형제가 성안으로 들어섰을 때, 그들을 따르는 심복은 아무도 없었다. 사마의는 천자의 어가를 낙양으로 끌고 가도록 조치한 뒤, 조상의 집에 커다란 자물쇠를 채우고 800여 군사로 하여금 집 주변을 지키게 했다. 집안에 위리안치된 조상이 안절부절못하자 아우 조희가 말했다.

"마침 집에 양식이 떨어졌으니 태부께 서신을 보내어 양곡을 빌려달라고 해보십시오. 우리에게 양곡을 빌려준다면 해칠 생각이 없다는 증거가 아니겠습니까?"

조상이 인편으로 사마의에게 양곡을 빌려달라는 서신을 보내자, 사마의는 사람을 시켜 양곡 100석을 조상의 집으로 보내주었다. 그러자 조상은 내심 기뻐하며 더 이상 불안해하지 않았다.

한편 사마의는 양곡을 보내 조상을 안심시켜놓고 그의 주변 사람들을 하나씩 불러 치죄하기 시작했다. 제일 먼저 내시 장당을 불러 고문하자 장당은 사마의가 부르는 대로 죄상을 실토했다.

"저는 하안·등양·이승·필범·정밀과 함께 반역을 꾀했습니다!"

사마의는 각본대로 하안 등 조상의 심복 다섯 명을 잡아 심문한 끝에, 오는 3월에 반역하기로 했다는 거짓 자백을 받아냈다. 그리고 평창문을 지키고 있던 수문장 사번에게 환범을 반역죄로 밀고하게 한 뒤, 집에 있는 환범을 잡아 옥에 가두었다. 아침부터 저녁까지 쉬지 않고 죄수들을 고문한 사마의는 죄수들의 입에서 조상 형제가 역모를 했다는 실토를 받아냈다. 그리고 조상의 3형제와 그 일족을 3대까지 멸하고 그 재산을 몰수하니 그때 죽은 조씨의 친척붙이가 1천 명에 달했다.

사마의가 조상 형제와 그 친척붙이를 모두 참하고 났을 때 태위 장제가 말했다.

"노지와 신창은 수문장을 죽이고 관문을 빠져나갔으며, 양종은 대장군의 인끈을 잡고 내놓지 않으려 했으니 마땅히 죄를 물어야 합니다."

"그것은 자기 주인을 위해서 한 의로운 행위이니 오히려 상을 주어야 하지 않겠는가?"

사마의는 그들을 복직시키고 상을 내렸다. 또 조상의 문하를 드나들던 사람들의 행적을 불문에 붙이고 조상이 뽑은 사람을 그대로 관직에 있게 하니 모두들 사마의의 덕을 칭송했다. 하지만 사마의는 조상의 측근으로 있으면서 주인을 잘못 인도한 죄를 물어 하안과 등양만은 참수하여 저잣거리에 효수했다.

위제 조방은 서둘러 사마의를 승상에 앉히고 구석을 내렸으나 사마의는 한사코 이를 거절했다. 까닭은 성안에 있는 조상의 전가족은 주살했지만 조씨의 일가인 하후패가 막강한 군사를 거느리고 아직도 옹주를 지키고 있었기 때문이다. 하루빨리 하후패를 제거해야겠다고 결심한 사마의는 즉시 사람을 옹주로 보내어 낙양으로 천자를 뵈러 오게 했다. 사자의 말을 전해들은 하후패는 사마의의 간계를 눈치채고 3천의 군사를 거느리고 반기를 들었다. 옹주 자사 곽회는 하후패가 반란을 일으켰다는 소문을 듣고 즉시 휘하 병사를 거느리고 하후패를 퇴치하기 위해 나섰다. 반란군과 마주선 곽회가 말을 달려 앞으로 나가 하후패를 꾸짖었다.

"너는 원래 위나라의 황족인데 어찌하여 반란을 일으켰느냐?"

"우리 조부께서는 위의 공신이다. 사마의는 어떤 사람이기에 조씨 종족을 멸하고 나까지 죽이려 드느냐? 날 죽이려는 것은 머지않아 황제의 지위까지 빼앗으려는 수작이다. 너도 역적이 되기 싫거든 나를 따르라!"

곽회가 크게 노하여 창을 비껴들고 말을 몰아 하후패에게 달려가자 하후패도 칼을 휘두르며 말을 몰고 달려나왔다. 곽회가 10여 합만에 견디지 못하고 달아나자 하후패가 그 뒤를 추격했다. 10리 정도를 따라갔을 때 하후패 뒤쪽에서 갑자기 함성이 크게 들리며 진태가 나타났다. 그러자 도망치던 곽회도 말 머리를 돌려 반격하니 앞뒤로 협공을 당한 하후패는 부하를 무수히 잃어버리고 한중으로 도망쳐 유선에게 투항하려 했다. 하후패가 투항하려 한다는 보고를 받은 강유는 도저히 믿어지지가 않아 침착하게 정보를 종합해보고 나서 하후패의 입성을 허락했다. 하후패는 강유를 만나 울면서 투항을 결심하게 된 자초지종을 말했다. 강유가 그를 위로하며 말했다.

"옛날에 미자微子가 주周나라를 버리니 그 이름이 오늘에까지 전해졌소. 장군은 한 황실을 바로잡을 인물이니 청사에 이름을 남길 것이오."

강유는 크게 잔치를 베풀어 하후패를 대접하고 나서 사마의를 칠 일을 논의했다.

"사마의 부자가 권력을 틀어쥐었으니 머지않아 촉으로 쳐들어오지 않겠소?"

"그 늙은 놈은 지금 제위를 찬탈할 궁리만 하고 있을 테니 거기까지는 미처 생각하지 못할 것입니다. 다만 영천潁川의 장사長社 출신 비서랑秘書郎 종회鍾會와 의양義陽 사람으로 연리掾吏 벼슬에 있는 등애鄧艾, 이 두 사람은 육도삼략에 밝고 지모가 뛰어나 장차 촉의 우환거리가 될 인물들입니다."

강유는 하후패를 데리고 성도로 가서 유선에게 인사를 시키고 말했다.

"위의 사마의가 조상을 죽이고 다시 하후패를 죽이려 하므로 우리에게 투항해왔습니다. 지금 사마의 부자는 권력에 눈이 멀어 바깥일에는 등한하니 지금 위를 친다면 폐하의 은혜에 보답하고 제갈승상의 유지도 이룰 수 있을 것입니다. 신이 여러 해 동안 한중에 있으면서 군사를 기르며 양곡을 비축했으니 출전하게 해주십시오."

그러자 상서령 비위가 강유를 만류했다.

"근래에 장완과 동윤 등이 잇따라 작고하여 내정이 허약합니다. 우리들보다 몇 배나 뛰어나셨던 제갈승상께서도 이루시지 못한 중원 회복을 하물며 우리가 어떻게 이룰 수 있다는 말입니까? 좀더 힘을 기르며 상황을 지켜보는 게 좋겠습니다."

"인생은 날아가는 화살과 같은데 기다리고만 있으면 어찌한다는 말이오? 나는 오랫동안 농상에 살아서 강인羌人들을 잘 알고 있소. 만일 우리가 그들의 지원을 받을 수 있다면 설혹 중원을 모두 회복할 수 없다고 하더라도 농상 서쪽의 땅은 탈환할 수 있을 것이오."

두 사람의 말을 귀담아듣고 있던 유선이 말했다.

"백약이 위국을 토벌할 마음을 굳혔다면 생각한 바대로 실행하여 중원을 수복하도록 하라."

유선의 영을 받은 강유는 하후패와 함께 한중으로 돌아가 군사를 일으킬 일을 의논했다. 강유가 말했다.

"먼저 사자를 강인들에게 보내어 동맹을 맺고 나서 서평으로 나갑시다. 옹주 근처에 국산麴山이 있으니 그곳에 두 개의 토성을 쌓아 군사들로 하여금 서로 바라보며 지키게 하고 나서, 군량미와 마초를 서천 입구로 수송하여 옛날 제갈승상께서 쓰셨던 방법대로 진격하는 게 좋겠소."

〈10권에 계속〉